AGATHA CHRISTIE EDITOR'S CHOICE

A MURDER IS ANNOUNCED

A MURDER IS ANNOUNCED

살인을 예고합니다 애거서 크리스티 장편 소설 | 이은선 옮김

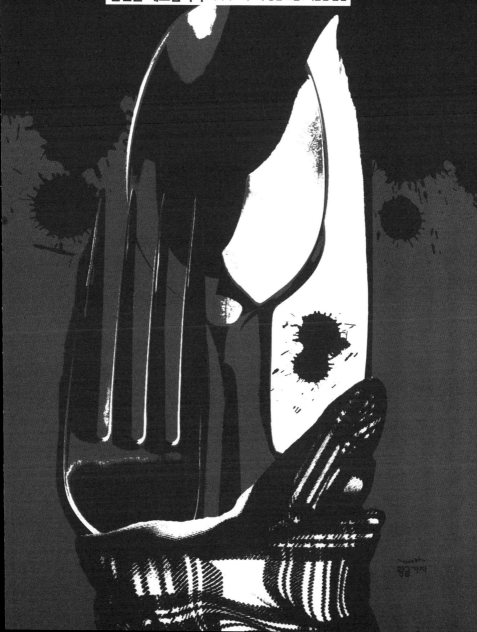

A MURDER IS ANNOUNCED

by Agatha Christie Mallowan

정식 한국어 판 출간에 부쳐

나는 한국에서 우리 할머니의 작품을 정식으로 출간한다는 소식을 듣고 무척 기뻤다. 할머니가 1920년부터 1970년 무렵까지 오랜 세월에 걸쳐 집필한 작품들은 21세기인 지금 읽어도 신선하고 재미있다. 등장 인물들이 워낙 자연스러워서 요즘 사람들과 다를 바 없고 이들이 등장하는 상황과 장소가 전 세계 사람들의 애정과 향수를 자극하기 때문이다. 한국 독자들은 이번에 새로 나온 정식 한국어 판을 통해 그 동안 접하지 못했던 애거서 크리스티의 일부 작품들을 읽을 수 있을 것이다. 덕분에 한국에 새로운 세대의 애거서 크리스티 팬들이 탄생할지도 모르겠다는 생각을 하면 가슴이 벅차다.

애거서 크리스티는 대표적인 두 명의 주인공으로 기억되는 작가이다. 14권의 작품에 등장하는 마플 양은 영국의 작은 시골 마을에서 평온한 나날을 보내며 뜨개질과 수다로 소일하는 미혼의 할머니이지만, 놀라운 기억력과 날카로운 두뇌 회전으로 주변에서 벌어진 살인 사건을 해결한다.

그리고 마플 양과 상반되는 성격을 지닌 에르퀼 푸아로는 자신만만하고 콧수염을 포함한 자신의 외모와 벨기에라는 국적에 대한 자부심이 상당하다. 그는 이집트와 이라크를 비롯한 세계 각지에서 수수께끼를 해결하며 『오리엔트 특급 살인 *Murder On The Orient Express*』, 『나일 강의 죽음 *Death On The Nile*』, 『애크로이드 살인 사건 *The Murder Of Roger Ackroyd*』 등 애거서 크리스티의 여러 대표작에 모습을 드러낸다.

황금가지의 대담하고 참신한 표지와 전반적인 디자인 덕분에 작품의 성격이 잘 살아난 것 같아 기쁘다. 또한 한국 독자들이 할머니의 원작이 지닌 참된 묘미를 느낄 수 있도록 충실한 번역을 위해 애써 준 점도 높이 사고 싶다.

할머니의 작품이 20세기의 그 어떤 작가들보다 많이 팔리고 있는 이유는 나이와 국적에 상관없이 읽을 수 있는 재미와 감동을 갖추었기 때문이다. 모쪼록 한국 독자들도 황금가지에서 선보이는 애거서 크리스티 작품들을 즐겁게 감상하기를 바란다.

매튜 프리처드

애거서 크리스티의 손자

ACL 이사장

나를 집으로 초대해 '달콤한 죽음'의 첫 맛을 선사한

랠프 뉴먼, 앤 뉴먼에게

차례

살인을 예고합니다

I

조니 버트는 일요일을 제외한 매일 아침 7시 30분에서 8시 30분 사이 자전거를 타고 떠들썩하게 휘파람을 불며 치핑 클레그혼 마을을 돌았다. 큰 길의 보급소장 토트먼 씨를 대신해서 각 집마다 주문한 조간 신문을 우편함에 넣는 것이었다. 이스터브룩 대령 부부네 집에는 《타임스》와 《데일리 그래픽》을 배달했다. 스웨트넘 부인의 집에는 《타임스》와 《데일리 워커》를 넣었다. 힌클리프 양과 머거트로이드 양의 집에는 《데일리 텔레그라프》와 《뉴스 크로니클》을, 블랙록 양의 집에는 《텔레그라프》와 《타임스》와 《데일리 메일》을 넣었다.

그리고 매주 금요일에는 위에서 말한 사람들뿐 아니라 치핑 클레

11

그혼의 모든 집에《노스 벤햄 뉴스 앤드 치핑 클레그혼 가제트》, 줄여서《가제트》라고 부르는 신문을 배달했다.

때문에 치핑 클레그혼 주민들 거의 대부분은 금요일 아침마다 일간신문의 머리기사(위기에 처한 국제 정세!, UN, 오늘 회동을 갖다!, 금발 타자수 살인범을 찾는 집요한 추적!, 휴업 상태에 돌입한 탄광 세 곳!, 해변 호텔에서 식중독으로 23명 사망 등등)를 얼른 훑어보자마자《가제트》를 펼쳐 들고 지방 소식에 빠져들었다. 이 중에서도 열에 아홉은 일단 투고란(시골 생활의 반목과 불화가 고스란히 드러나는 곳이었다.)을 대충 살피고 동정란으로 옮아갔다. 동정란은 '팝니다'와 '삽니다', 집안일 도울 사람이 필요하다는 열렬한 호소문, 개에 관한 수많은 광고, 오리나 닭이나 정원 관리용품에 대한 공지사항 등등 치핑 클레그혼이라는 작은 마을에 사는 사람들의 다양한 관심사가 한데 뭉뚱그려진 곳이었다.

10월 29일 금요일, 그날도 예외는 아니었다…….

II

스웨트넘 부인은 이마 위로 흐른 회색 고수머리를 쓸어 올리며《타임스》를 펼쳤고, 멍한 눈으로 페이지의 왼쪽 가운데 부분을 보면서 무언가 흥미진진한 뉴스가 있다 하더라도《타임스》가 감쪽같이 위장하는 데 성공했다고 결론을 내렸다. 그녀는 특히 부고 부분에 신경을 쓰며 출생, 결혼, 사망을 알리는 난을 훑어보았고, 의무를 다

하자마자 《타임스》를 내려놓고 얼른 《치핑 클레그혼 가제트》를 집어 들었다.

잠시 후 아들 에드먼드가 식당 안으로 들어왔을 때 그녀는 이미 동정란에 푹 빠진 상태였다.

"잘 잤니? 스메들리 부부가 다임러 자가용을 판다는구나. 1935년 식이라는데 너무 오래됐다, 그지?"

그녀의 아들은 툴툴거리며 커피 한 잔을 따른 다음 훈제 청어 몇 조각을 덜었고, 자리에 앉아서 《데일리 워커》를 토스트 꽂이에 기대어 세웠다.

"마스티프 강아지 수컷."

스웨트넘 부인이 신문을 보며 읽었다.

"요즘 사람들은 덩치 큰 개를 어떻게 키우나 모르겠네. 정말 모르겠어…… 흠, 셀리나 로렌스가 요리사 찾는 광고를 다시 실었구나. 요즘은 광고를 내 봐야 시간 낭비인데. 게다가 주소는 안 적고 사서 함 번호만 실었잖니. 결정적인 실수야. 고용인들은 어디서 일을 하게 될지 꼭 알고 싶어 하는데. 진작 알려줄걸. 그 사람들은 주소가 마음에 들어야 연락을 하거든. 의치……. 의치가 인기 있는 이유를 모르겠더라. 가장 좋은 가격 조건……. 예쁜 구근 식물. 특별 엄선. 좀 싸구려처럼 들리지 않니? 재미있는 일자리를 원한다는 여자도 있구나. 멀리서라도 찾아가겠대. 당연하지! 누군들 안 찾아가겠니? 닥스훈트……. 난 닥스훈트 싫더라. 독일 품종이라 그런 건 아니야. 그런 악감정이야 극복했으니까. 그냥 마음에 들지 않는 거지. 들어와요, 핀치 부인."

문이 열리면서 낡은 벨벳 베레모를 쓴 무뚝뚝한 표정의 여자가 머리와 윗몸을 내밀었다.

"안녕히 주무셨어요? 상을 치울까요?"

"아니요. 아침 식사 아직 안 끝났어요."

스웨트넘 부인이 대답했다.

"아직 안 끝났다고요."

그녀는 붙임성 있게 덧붙였다.

핀치 부인은 에드먼드와 신문을 흘긋 보더니 콧방귀를 뀌며 사라졌다.

"이제 겨우 식탁에 앉았는데 상을 치우겠다니!"

에드먼드가 입을 열자마자 그의 어머니가 한마디 했다.

"그 끔찍한 신문은 그만 좀 봤으면 좋겠구나, 에드먼드. 핀치 부인이 질색하잖니."

"제 정치적 입장이 핀치 부인하고 무슨 상관인지 모르겠군요."

"넌 노동자도 아니잖아. 일이라고는 전혀 하지도 않으면서."

스웨트넘 부인은 물러날 기미를 보이지 않았다.

"무슨 말씀! 글을 쓰고 있잖아요."

에드먼드는 화가 난 말투로 대답했다.

"진짜 일 말이다, 진짜 일. 그리고 핀치 부인이 왜 상관없니? 우리가 마음에 안 든다고 일을 그만두겠다고 하면 어디서 또 사람을 구하게?"

《가제트》에 광고를 내면 되잖아요."

에드먼드는 씩 웃으며 대답했다.

"소용없다고 방금 전에 이야기했잖아. 얘, 요즘은 부엌에 들어가서 온갖 일 다 해 주는 나이 먹은 유모가 없으면 얼마나 골치 아픈지 아니?"

"그럼 나이 먹은 유모를 쓰면 되겠네요. 저를 위해서 진작 유모 좀 구해 주시지 너무 무관심하셨던 거 아니에요? 무슨 생각하셨던 거냐고요."

"인도 출신 유모 있었잖아."

"멀리 좀 내다보시지 않고서."

에드먼드는 이렇게 중얼거렸고 스웨트넘 부인은 다시 동정란 속으로 깊숙이 빠져들었다.

"전동 잔디 깎는 기계 중고품 팝니다. 그런데 어머나, 이 가격 좀 보렴! 닥스훈트 광고가 또 있고……. 편지나 연락 바람, 절망에 빠진 워글. 참 희한한 별명도 다 지어내지……. 코커스패니얼……. 우리 수지 기억나니, 에드먼드? 사람하고 똑같았는데. 네가 하는 말도 다 알아듣고……. 셰러턴 서랍장 팝니다. 집안 대대로 물려받은 진품. 데이어스 홀, 루카스 부인. 별 거짓말을 다 보겠네! 진짜 셰러턴이라니!"

스웨트넘 부인은 콧방귀를 뀌더니 계속 광고를 읽었다.

"다 내 잘못이야. 죽을 때까지 사랑해. 언제나처럼 금요일에. J. 애인들끼리 싸운 모양이로구나. 아니면 강도들끼리 주고받는 암호인가? 또 닥스훈트 광고로구나! 요즘 닥스훈트 인기는 너무 심한 것 같아. 다른 개도 있는데 말이다. 너희 사이먼 삼촌은 맨체스터 테리어를 키웠지. 얼마나 우아하고 자그마한데. 난 다리가 긴 개가 좋아……. 해외로 나가는 어떤 여자가 투피스를 판다는데…… 치수도 가격도 없잖아! 그리고 결혼식을 예고합니다. 그게 아니라 살인을…… 뭐라고? 설마! 에드먼드, 에드먼드, 이것 좀 들어 보렴. '살인을 예고합니다. 시각은 10월 29일 금요일 6:30 P.M. 장소는 리틀 패덕스. 친구들은 이번 한 번뿐인 통지를 숙지하기 바랍니다.' 뭐 이런 광고가 다 있니, 에드먼드?"

"그게 뭐예요?"

신문을 읽고 있던 에드먼드가 고개를 들었다.

"10월 29일 금요일이면 오늘이잖아?"

"저 좀 보여 주세요."

그는 신문을 건네받았다.

"무슨 뜻일까?"

스웨트넘 부인이 호기심 어린 목소리로 물었다.

에드먼드 스웨트넘은 잘 모르겠다는 듯 코를 문질렀다.

"파티 아닐까요? 살인 게임, 뭐 그런 거."

"그래?"

스웨트넘 부인은 의심스러운 목소리로 말했다.

"하지만 너무 이상하잖아. 이런 식으로 광고란에 내다니. 늘 사리 분별이 정확한 레티셔 블랙록답지 않아."

"그 집 손님으로 있는 젊은 친구들이 실은 것일지도 모르죠."

"너무 갑작스러운 통보로구나. 오늘이라니……. 우리도 가야 하는 걸까?"

"'친구들은 이번 한 번뿐인 통지를 숙지하기 바랍니다.'라고 씌어 있잖아요."

"이런 식의 초대는 정말 마음에 안 들어."

스웨트넘 부인은 딱 잘라 말했다.

"좋아요, 어머니. 그럼 안 가시면 되겠네요."

"그래."

두 사람은 의견의 일치를 보았다.

그리고 잠시 침묵이 흘렀다.

"마지막 토스트 한 조각까지 먹어야겠니, 에드먼드?"

"심술 맞은 할망구가 식탁을 빨리 치우는 것보다 제가 충분한 영양을 공급받는 게 더 중요하지 않을까요?"

"쉿. 들으면 어쩌려고……. 그나저나 에드먼드, 살인 게임이 어떤 거냐?"

"저도 잘 몰라요. 쪽지나 뭐 그런 것을 참석한 사람 몸에 꽂고, 아니다. 모자에 넣고 제비뽑기를 하는구나. 그런 식으로 희생자와 형사를 정하고 불을 꺼요. 그리고 누군가가 자기 어깨를 건드리면 비명을 지르면서 죽은 척 쓰러지는 거예요."

"재미있겠다."

"끔찍하게 재미없을걸요? 아무튼 전 안 가요."

"말도 안 돼, 에드먼드."

스웨트넘 부인은 딱 잘라 말했다.

"나도 가고 너도 가는 거야. 결정된 거다?"

III

"아치."

이스터브룩 부인이 남편을 불렀다.

"이것 좀 들어 보세요."

이스터브룩 대령은 《타임스》 기사를 보며 열심히 콧방귀를 뀌느라 부인의 이야기는 안중에도 없었다.

"이 친구들의 문제점은 인도에 대해 아무것도 모른다는 거야! 아무것도!"

"그럼요, 여보. 그렇고말고요."

"인도에 대해서 아는 사람이라면 이런 식의 허튼소리는 쓰지 못할걸?"

"예, 그럼요. 아치, 이것 좀 들어 보세요. '살인을 예고합니다. 시각은 10월 29일 금요일 (오늘이에요.) 6:30 P.M. 장소는 리틀 패덕스. 친구들은 이번 한 번뿐인 통지를 숙지하기 바랍니다.'"

그녀는 의기양양한 표정으로 말을 멈추었다. 이스터브룩 대령은 인자한 표정으로 그녀를 바라볼 뿐 별다른 관심을 보이지 않았다.

"살인 게임이로군."

"아."

"살인 게임이야."

그는 약간 누그러진 태도로 말을 이었다.

"제대로만 하면 상당히 재미있는 게임이지. 그러려면 요령을 잘 아는 사람이 계획을 세워야 하는데. 제비뽑기를 해서 살인범을 정하는데 누구인지는 아무도 몰라. 그리고 불을 끄면 살인범은 희생자를 정하고 희생자는 스물까지 센 다음 비명을 질러야 해. 그럼 탐정으로 뽑힌 사람이 심문을 시작하지. 어디 있었는지, 무엇을 하고 있었는지, 이것저것 물으면서 범인을 추측하는 거야. 재미있는 게임이 될 수도 있어. 음, 그러니까, 탐정으로 뽑힌 사람이 경찰 일에 대해서 조금이라도 알고 있다면 말이야."

"아치, 당신처럼 말이죠? 관할 구역에서 여러 가지 재미있는 사건들이 벌어지면 당신이 처리했잖아요."

이스터브룩 대령은 인자한 미소를 지으며 흐뭇한 듯 콧수염을 꼬았다.

"맞아. 한두 가지 힌트를 주곤 했지."

그는 이 말과 함께 어깨를 폈다.

"블랙록 양도 이런 계획을 세우기 전에 당신 도움을 받았어야 하는 건데."

아내의 말에 대령은 콧방귀를 뀌었다.

"그 집에 묵는 애송이 한 명 있잖아. 이것도 그 친구 생각이 아닐까? 조카인가 뭐라고 했지? 하지만 신문에 광고를 싣다니 재미있군."

"동정란에 있었어요. 못 보고 지나칠 수도 있었는데. 초대장으로 받아들여야 하는 걸까요, 아치?"

"희한한 초대장이지. 어쨌거나 내가 못 가는 것만큼은 분명해."

"아치!"

이스터브룩 부인이 날카로운 울음소리를 냈다.

"너무 갑작스러운 통보잖아. 다들 내가 바쁜 줄 알 텐데."

"하지만 안 바쁘잖아요. 안 그래요, 여보?"

이스터브룩 부인이 목소리를 낮추고 달래듯 말했다.

"그리고 아치, 저는 당신이 꼭 가야 한다고 생각해요. 가엾은 블랙록 양을 도와야 할 것 아니겠어요? 게임을 제대로 진행하려면 당신의 도움이 반드시 필요할 거예요. 당신은 경찰이나 심문 절차에 대해서 아는 게 정말 많잖아요. 당신이 가서 도와주지 않으면 아주 시시한 게임이 될 거라고요. 이웃 좋다는 게 뭐겠어요?"

이스터브룩 부인은 금발로 염색한 머리를 한쪽으로 갸우뚱하고 파란 눈을 동그랗게 떴다.

"당신 생각이 그렇다면……."

이스터브룩 대령은 회색 콧수염을 다시 한 번 배배 꼬면서 토실토실하고 작달막한 부인을 인자한 눈빛으로 쳐다보았다. 이스터브룩 부인은 남편보다 적어도 서른 살은 어렸다.

"당신 생각이 그렇다면야."

"당신은 참석할 의무가 있다고 생각해요."

이스터브룩 부인이 엄숙한 표정으로 말했다.

IV

《치핑 클레그혼 가제트》는 힌클리프 양과 머거트로이드 양이 사는 볼더스에도 배달되었다. 볼더스는 그림처럼 예쁜 오두막 세 채를 하나로 모은 곳이었다.

"힌크?"

"왜, 머거트로이드?"

"어디 있어?"

"닭장."

"아."

에이미 머거트로이드는 길고 축축한 풀 사이를 조심스럽게 뚫고 친구에게 다가갔다. 코듀로이 바지와 전투복 차림의 힌클리프 양은 삶은 감자 껍질과 양배추 밑동이 부글부글 끓는 대야 속에 사료를 넣으며 조심스럽게 젓고 있었다.

그녀는 남자처럼 짧게 자른 머리와 햇볕에 그을은 얼굴을 친구 쪽으로 돌렸다.

통통하고 귀여운 머거트로이드 양은 체크 무늬 트위드 스커트와 진보라색 볼품 없는 풀오버 차림이었다. 새집 비슷한 회색 고수머리는 엉망이었고 약간 숨을 헐떡이고 있었다.

"《가제트》에 말이야, 들어 봐. 이게 무슨 뜻일까? '살인을 예고합니다. 시각은 10월 29일 금요일(오늘이야.) 6:30 P.M. 장소는 리틀 패덕스. 친구들은 이번 한 번뿐인 통지를 숙지하기 바랍니다.'"

말을 마친 그녀는 숨을 죽이며 친구의 믿을 만한 해석을 기다렸다.

"정신 나간 짓거리네."

힌클리프 양이 말했다.

"그래. 하지만 이게 무슨 뜻일까?"

"술이나 한잔하자는 뜻이겠지."

"그럼 초대장 비슷한 거란 말이야?"

"가 보면 알겠지. 질 나쁜 셰리주나 대접하지 않을까? 머거트로이드, 풀 밟고 서지 마. 침실용 슬리퍼를 신고 나왔잖아. 다 젖었네."

"어머나."

머거트로이드 양은 애처로운 표정으로 발치를 내려다보았다.

"오늘은 계란 몇 개야?"

"일곱 개. 망할 놈의 저 닭은 아직도 알을 품으려고 난리야. 우리에 넣어야겠어."

"그런데 희한하다. 안 그래?"

에이미 머거트로이드는 《가제트》 광고로 다시 화제를 돌렸다. 약간 생각에 잠긴 말투였다.

하지만 그녀의 친구는 좀 더 냉정하고 집중력이 강한 성격이었다. 지금은 반항기 다분한 닭 문제를 처리하기로 나선 만큼 아무리 수수께끼 같은 신문 광고라도 그녀의 주의를 돌릴 수는 없었다.

그녀는 진흙 사이를 철벅거리며 걸어가 얼룩 암탉에게 덤벼들었다. 꽥꽥 하며 노여워하는 소리가 시끄럽게 울렸다.

"차라리 오리가 낫겠어."

힌클리프 양이 말했다.

"그럼 골치가 덜 아플 거야."

V

"어머나, 근사해라!"

하면 부인은 아침 식탁 맞은편에 앉은 남편, 줄리언 하면 목사를 향해 말했다.

"블랙록 양 집에서 살인이 벌어질 예정이래요."

"살인이라고?"

그녀의 남편은 약간 놀란 말투로 물었다.

"언제?"

"오늘 오후…… 아니, 오늘 저녁에요. 6시 30분. 아까워라. 당신은 그 시간에 안수식 준비를 해야 하잖아요. 이렇게 안타까운 일이 있나. 당신, 살인 정말 좋아하잖아요!"

"지금 무슨 소리를 하는지 모르겠군, 번치."

생김새며 얼굴이 워낙 둥글둥글해서 어렸을 때부터 다이애나라는 이름 대신 번치*라는 별명으로 불렸던 하면 부인은 식탁 너머로 《가제트》를 건넸다.

"여기. 중고 피아노, 의치 광고 사이를 보세요."

----

* 송이 또는 혹이라는 뜻.

"정말 희한한 광고로군."

"그렇죠?"

번치는 행복한 목소리로 물었다.

"블랙록 양이 살인이니, 게임이니 하는 것에 관심 있을 줄은 상상도 못했죠? 아무래도 사이먼스 남매가 부추긴 것 같아요. 그래도 줄리아 사이먼스는 살인을 유치하게 생각할 줄 알았는데. 아무튼 이런 발표가 났는데 당신은 참석을 못하다니 안타깝지 뭐예요. 내가 다녀와서 자세하게 이야기해 줄게요. 하지만 기대는 하지 말아요. 어두운 데서 하는 게임은 딱 질색이니까. 너무 무서워. 내가 살해당하는 사람으로 뽑히면 안 되는데. 누군가 내 어깨에 손을 올려놓고 '죽어 주시지.' 하고 속삭이면 심장이 철렁 내려앉아서 정말 죽을지도 몰라요! 설마 그런 일은 없겠죠?"

"당연하지. 당신은 아주, 아주 나이 많은 할머니가 될 때까지 살 거야. 내 옆에서."

"그리고 같은 날 저세상 사람이 돼서 한 무덤에 나란히 묻히겠죠? 그럼 얼마나 좋을까?"

번치는 기분 좋은 상상을 하며 입이 귀에 걸릴 만큼 활짝 웃었다.

"아주 행복해 보이는군."

남편이 미소를 지으며 말했다.

"나처럼 살면 행복하지 않을 사람이 어디 있겠어요?"

번치는 약간 어리둥절한 표정으로 물었다.

"당신이 있고 수잔이 있고 에드워드가 있고, 다들 내가 아무리 바보 같은 소리를 해도 좋아해 주잖아요. 게다가 태양은 밝게 빛나고!
이렇게 널찍하고 예쁜 집도 있고!"

줄리언 하먼 목사는 휑뎅그렁한 식당을 둘러보며 의심스럽다는
듯이 입을 열었다.

"이렇게 크고 사방팔방으로 뻗은 데다 외풍까지 심한 집이라면
엎친 데 덮친 격이라고 생각하는 사람도 있을 텐데."

"난 널찍한 방이 좋아요. 향긋한 바깥 냄새가 들어와서 머물 수
있잖아요. 제대로 정리를 하지 않아도 거치적거리지 않고요."

"편리한 시설도 없고 중앙 난방이 안 되는데도? 그 때문에 당신
할 일이 많아지잖아."

"어머, 아니에요. 6시 30분에 일어나서 보일러를 틀고 증기 기관
차처럼 움직이면 8시에 다 끝이 나는걸요. 그리고 밀랍, 광택제, 낙
엽을 써서 이 집을 깔끔하게 관리하고 있지 않은가요? 큰 집 청소
가 작은 집보다 어려울 것도 없어요. 자루 걸레로 쓸고 다니면 훨
씬 빨리 끝나는걸요. 작은 방하고는 다르게 여기저기 부딪치는 물
건이 없으니까. 그리고 난 널찍하고 추운 방에서 자는 것도 좋아요.
코만 내놓고 이불로 둘둘 감고 누우면 아주 아늑해서 천당이 이렇
겠지 싶으니까. 그리고 집 크기야 어떻든지 간에 껍질 벗기는 감자
개수나 설거지 양은 똑같잖아요. 에드워드하고 수잔도 널찍한 방이
얼마나 좋겠어요. 철길이나 인형 티파티 세트를 가지고 놀다가 치
울 필요가 없잖아요. 그리고 손님을 초대해서 재울 곳이 있으니까
좋고요. 안 그러면 지미 심스나 조니 펀치가 처가 신세를 져야 했을

거 아니에요. 줄리언, 처가나 시댁 식구들하고 같이 살면 얼마나 불편한지 알아요? 당신이 효자라는 건 누구나 아는 사실이지만 그래도 어머님, 아버님을 모시고 신혼 생활을 시작하고 싶지는 않았을 거 아니에요. 나도 마찬가지고요. 철부지 아가씨로 남은 듯한 기분이 들었을 테니까."

줄리언은 그녀를 보며 미소를 지었다.

"당신은 지금도 아가씨 같은걸?"

줄리언 하먼은 조물주가 60세에 맞추어 디자인한 모델이었다. 그가 조물주의 섭리에 맞추려면 아직 25년이나 남았다.

"맞아요. 난 바보 같고……."

"바보 같다니, 무슨 소리! 당신이 얼마나 똑똑한데."

"아니에요. 똑똑하다니 말도 안 돼요. 하지만 노력은 한다고요……. 당신한테 책, 역사, 그런 이야기 들으면 참 좋아요. 그런데 저녁에 기번*을 읽어 주는 건 안 좋은 생각인 것 같아요. 밖에서 찬바람이 불고 따뜻한 벽난로 앞에 앉아 있는데 기번을 들으면 왠지 졸리거든요."

줄리언은 웃음을 터뜨렸다.

"하지만 당신 이야기 듣는 건 참 좋아요. 아하수에로를 주제로 설교했다는 늙은 목사님 이야기해 줘요."

"다 외우고 있잖아."

---

* 영국의 역사가.

"그래도 또 해 줘요. 예?"

그는 부인의 부탁에 순순히 응했다.

"스크림거라고, 나이 많은 목사 이야기야. 어느 날 지나가던 사람이 교회 안을 들여다보았더니 목사가 설교단 밖으로 몸을 내밀고 청소부 몇 명을 상대로 열심히 설교를 늘어놓고 있더래. 손가락을 흔들어 가면서 이렇게 말을 했다지. '아하! 여러분이 무슨 생각을 하는지 다 알고 있어요. 1과에 나오는 아하수에로 황제가 아닥사스다 2세라고 생각하고 계시죠? 하지만 아닙니다!' 그러더니 의기양양한 목소리로 외치더라는 거야. '아닥사스다 3세란 말입니다!'"

줄리안 하면은 이 이야기가 왜 우스운지 알 길이 없었지만 그의 아내는 이 이야기만 들으면 재미있어했다.

이번에도 그녀는 시원스레 웃음을 터뜨렸다.

"너무 귀엽지 않아요? 당신도 나중에 그런 노인네가 될 거예요, 줄리언."

줄리언은 약간 어색한 표정을 지으며 겸허하게 인정했다.

"맞아. 나는 아무래도 신도들한테 쉽게 다가가는 방법을 모르는 것 같아."

"난 걱정 안 해요."

번치는 일어서서 접시를 쟁반에 쌓기 시작하며 말했다.

"어제 버트 부인을 만났는데, 교회에 발도 들여놓지 않고 무신론자나 다름없었던 버트가 이제는 매주 일요일마다 당신 설교를 들으러 교회에 간다잖아요."

그녀는 버트 부인의 아주 고상한 말투를 똑같이 흉내 내며 이야기를 계속했다.

"'부인, 요전번에는 버트가 리틀 워스데일의 팀킨스 씨한테 여기, 치핑 클레그혼에는 진정한 문화가 있다고 말하는 게 아니겠어요? 리틀 워스데일의 고스 씨는 아무 교육도 못 받은 어린아이들 대하듯이 설교를 하지만 우리에게는 진정한 문화가 있다고 말이에요. 우리 목사님은 밀체스터가 아니라 옥스퍼드에서 교육을 받은, 아주 교양 있는 신사 분인데 로마, 그리스는 물론이고 바빌로니아, 아시리아 사람들에 대해서 아는 걸 모두 들려주신다는 거예요. 목사관에서 기르는 고양이마저 아시리아 왕의 이름을 따서 부른다고, 그렇게 말했답니다.' 그러니까 당신은 자부심을 가질 만해요."

번치는 의기양양하게 말을 마쳤다.

"아휴, 얼른 치워야지. 안 그러면 평생 내버려 두겠네. 따라오렴, 디글랏빌레셋*. 청어 뼈를 줄 테니까."

그녀는 발로 교묘하게 문을 붙잡고 접시가 잔뜩 쌓인 쟁반을 나르며 그다지 아름답달 수 없는 목소리를 높여 직접 개사한 모험가를 불렀다.

오늘은 근사한 살인의 날,

날씨는 5월처럼 화창하고

----

* 성경의 열왕기하에 등장하는 왕의 이름.

마을의 사냥개들은 자취를 감추었네.

접시들이 싱크대 안으로 쏟아지며 덜거덕거리는 소리가 다음 가
사를 대신했다. 하지만 줄리언 하먼 목사는 집을 떠나는 순간, 의기
양양한 외침을 들었다.

우리 모두 살인을 떠나자!

리틀 패덕스의 아침

I

리틀 패덕스에서도 아침 식사가 진행 중이었다.

식탁의 상석에는 이 집의 주인인 예순 살 가량의 블랙록 양이 앉아 있었다. 그녀는 소박한 트위드 옷차림하고는 어울리지 않게 답답해 보이는 가짜 진주 목걸이를 끼고 《데일리 메일》의 레인 노코트의 글을 읽고 있었다. 줄리아 사이먼스는 《텔레그라프》를 맥없이 뒤적이고 있었다. 패트릭 사이먼스는 《타임스》의 십자말 퀴즈를 풀고 있었다. 도라 버너 양은 이 마을의 주간지에 온 정신을 쏟아 붓고 있었다.

블랙록 양이 쿡쿡 조용히 웃음을 터뜨렸고 패트릭은 이렇게 중얼거렸다.

"접착이 아니라 접착인데 여기서 잘못됐군."

이때 갑자기 버너 양이 놀란 암탉 비슷한 소리를 냈다.

"레티, 레티, 이거 봤어? 이게 무슨 말이지?"

"뭔데 그래, 도라?"

"정말 희한한 광고야. 분명히 리틀 패덕스라고 적혀 있는데. 이게 무슨 말이람?"

"뭔지 보여 줘."

버너 양은 부들부들 떨리는 집게손가락으로 문제의 광고를 가리키며 블랙록 양에게 신문을 건네주었다.

"여길 봐, 레티."

블랙록 양이 신문을 읽었다. 그녀의 눈썹이 치켜 올라갔다. 그녀는 캐묻는 눈빛으로 식탁을 둘러본 다음 큰 소리로 광고 문구를 낭독했다.

살인을 예고합니다. 시각은 10월 29일 금요일 6:30 P.M. 장소는 리틀 패덕스. 친구들은 이번 한 번뿐인 통지를 숙지하기 바랍니다.

곧이어 그녀가 날카롭게 물었다.

"패트릭, 네가 한 짓이니?"

그녀는 태평한 얼굴로 식탁 맞은편에 앉아 있는 잘생긴 청년을 뚫어져라 쳐다보았다.

패트릭 사이먼스는 금세 부인하고 나섰다.

"아니에요, 레티 이모. 왜 저를 지목하세요? 저는 정말 모르는 일이에요."

"너라면 이런 짓을 하고도 남을 아이니까 그렇지."

블랙록 양이 무뚝뚝하게 대답했다.

"네가 장난 삼아 벌인 짓이 아닌가 생각했다만."

"장난이라고요? 전 이런 장난 안 쳐요."

"그럼 줄리아, 너니?"

줄리아는 따분한 표정으로 대답했다.

"당연히 아니죠."

버너 양은 "혹시 헤임스 부인이……." 하고 중얼거리며 일찌감치 아침 식사를 끝내고 일어선 사람의 빈 자리를 쳐다보았다.

"우리의 필리파가 그런 장난을 쳤을 것 같지는 않은데요. 얼마나 진지한 사람인데요. 암. 그렇고말고요."

패트릭이 말했다.

"그나저나 그게 뭔데요? 무슨 말인가요?"

줄리아가 하품을 하며 물었다.

블랙록 양이 천천히 입을 열었다.

"아마 짓궂은 장난 같구나."

도라 버너가 외쳤다.

"하지만 이유가 뭘까? 그런 장난을 치는 이유가 있을 거 아냐. 너무 얼토당토않고 너무 기분 나쁜 장난이잖아."

축 늘어진 그녀의 뺨이 노여움으로 떨렸고 근시인 눈은 분노로 반짝였다.

블랙록 양이 그녀를 향해 웃어 보였다.

"너무 신경 쓰지 마, 버니. 누군가 재미있으라고 벌인 짓이겠지. 하지만 누구인지 궁금하긴 하다."

"게다가 오늘이라잖아. 오늘 저녁 6시 30분. 도대체 어떤 일이 벌어질까?"

패트릭이 음산한 목소리로 속삭였다.

"죽음! 달콤한 죽음."

"입 다물어라, 패트릭."

블랙록 양이 이렇게 말했고 버너 양은 외마디 비명을 질렀다.

패트릭이 변명 투로 말했다.

"미치가 만드는 케이크를 말한 거예요. 그 케이크에 붙인 이름이 '달콤한 죽음'이잖아요."

블랙록 양이 멍하니 미소를 지었다.

버너 양은 끈질기게 물고 늘어졌다.

"하지만 레티, 네 생각에는……."

블랙록 양은 걱정 말라는 듯이 친구의 말허리를 잘랐다.

"6시 30분에 어떤 일이 벌어질지는 모르겠지만 한 가지는 분명해. 이 마을 사람들 절반 정도가 호기심을 못 이기고 찾아온다는 거. 셰리주를 준비해 놓는 게 좋겠다."

II

"걱정되지? 그렇지, 로티?"

블랙록 양은 멍하니 책상에 앉아서 압지에 작은 물고기를 그리고 있었다. 그녀는 고개를 들고 걱정스러워하는 친구의 얼굴을 바라보았다.

도라 버너에게 무슨 말을 해야 좋을지 감을 잡을 수가 없었다. 버너는 걱정하거나 흥분을 하면 안 되는 친구였다. 그녀는 아무 말 없이 잠깐 동안 생각에 잠겼다.

블랙록 양과 도라 버너는 동창이었다. 학창 시절에 도라는 금발과 파란 눈이 예쁘고 조금은 모자란 친구였다. 하지만 모자란 부분은 문제될 게 없었다. 명랑하고 쾌활하고 예쁘장해서 옆에 있으면 기분이 좋았기 때문이다. 다정다감한 육군 장교나 시골 변호사하고 결혼을 했더라면 좋았을 텐데…… 정 많고 남을 위할 줄 알고, 정말 여러 가지 장점이 있는 친구인데…… 하지만 운명의 여신은 도라 버너에게 호의를 베풀지 않았다. 자기 손으로 생활을 꾸려 나가야 하는 십자가를 지웠던 것이다. 그런데 그녀는 아무리 열심히 노력해도 무슨 일을 하건 수완을 보이지 못했다.

두 친구는 오랫동안 연락 없이 지냈다. 그러다 6개월 전, 블랙록 양 앞으로 두서없고 애처로운 편지가 한 통 날아왔다. 도라가 건강이 나빠지는 바람에 방 한 칸짜리 집에서 노후 연금에 의지하며 간신히 살고 있다는 내용이었다. 그녀는 삯바느질이라도 하고 싶지만 류머티즘으로 손가락이 굳어서 그나마도 할 수 없다고 했다. 그러고는 학창 시절을 이야기하면서 그 동안 멀리 떨어져 지냈지만, 혹시 만에 하나라도 옛 친구의 도움을 받을 수 있겠느냐고 물었다.

블랙록 양은 즉흥적인 반응을 보냈다. 가엾은 도라, 가엾고 예쁘장하고 한심하고 토실토실한 도라. 그녀는 그 길로 도라에게 달려가서 리틀 패덕스로 데리고 왔다. "집안일이 너무 많아서 도와줄 사람이 필요하다."는 다정한 핑계와 함께. 의사 말로는 살날이 얼마 안 남았다고 했지만 블랙록 양은 가엾은 도라가 슬픈 시련으로 느껴질 때가 가끔 있었다. 그녀는 무엇 일이든 뒤죽박죽으로 망쳐 놓거나 외국인 식모의 기분을 건드리거나 빨랫감 숫자를 잘못 세거나 통지서와 편지를 잃어버리기 일쑤였다. 그리고 가끔은 슈퍼우먼 블랙록 양의 기운마저 쏙 빼놓았다. 가엾은 구제불능 도라, 친구를 너무나 위하고 친구를 돕고 싶어 너무나 안달이고 도움이 되고 있다는 데 기쁨과 자부심이 너무나 강하지만……. 안타깝게도 전혀 믿을 만한 인물이 못 되었다.

블랙록 양이 날카롭게 대답했다.

"그러지 마, 도라. 내가 부탁했잖아."

"아."

버너 양은 미안한 표정을 지었다.

"맞다. 깜빡했어. 하지만, 하지만 걱정되잖아. 안 그래?"

"걱정되느냐고? 아니. 전혀."

블랙록 양은 진심이라는 투로 덧붙였다.

"걱정 안 돼.《가제트》에 실린 그 엉뚱한 광고 말이지?"

"응. 아무리 장난이라 하더라도 내가 보기에는 악의가 다분한 것 같단 말이야."

"악의가 다분하다고?"

"응. 그러니까, 왠지 악의가 느껴져. 기분 나쁜 장난이야."

블랙록 양은 친구의 얼굴을 쳐다보았다. 부드러운 눈매, 길고 고집스러워 보이는 입술, 끝이 살짝 들린 콧날. 가엾은 도라, 너무나 짜증나고 너무나 한심하고 너무나 헌신적이고 너무나 골칫거리인 친구. 그녀는 나이 들어서 괜히 야단법석을 떠는 구제불능이기는 하지만 한편으로는 묘한 직감의 소유자이기도 했다.

"네 말이 맞는 것 같아, 도라. 기분 나쁜 장난이지."

도라 버너는 뜻밖에 강한 어조로 대답했다.

"마음에 안 들어. 무섭기도 하고."

잠시 후 그녀는 난데없이 덧붙였다.

"그리고 너도 무서워하고 있잖아, 레티셔."

"무슨 소리!"

블랙록 양은 단호하게 잘라 말했다.

"위험해. 정말 위험하다고. 소포에다 폭탄을 넣어서 보내는 사람들처럼 말이야."

"도라, 어떤 멍청이가 재미있으라고 올린 거야."

"하지만 하나도 재미없잖아."

맞아, 하나도 재미없지……. 블랙록 양의 표정을 통해 속마음이 그대로 드러나자 도라는 의기양양하게 외쳤다.

"그것 봐. 너도 그렇게 생각하잖아?"

"하지만 도라……."

그녀는 말을 멈추었다. 몸에 꼭 끼는 저지 옷 밑으로 풍만한 가슴을 들썩이며 씩씩대는 젊은 여자가 문틈 사이로 모습을 드러낸 때문이었다. 그녀는 밝은 색 던들 스커트를 입었고 까맣게 번들거리는 머리를 땋아서 뒤통수를 온통 휘감은 모습이었다. 까만 눈에서는 불이 뿜어져 나오는 듯했다.

그녀는 말문을 터뜨렸다.

"얘기 좀 하고 싶은데요. 되나요, 안 되나요?"

블랙록 양은 한숨을 내쉬었다.

"얘기해 봐, 미치. 무슨 일인데?"

가끔 그녀는 난민 출신 '식모'의 끝없는 신경질을 상대하느니 요리는 물론 집안 살림 전부를 혼자 처리하는 편이 낫겠다는 생각이 들 때도 있었다.

"단도직입적으로 말씀드릴게요. 그게 낫겠죠? 떠나겠어요. 지금 당장 떠나겠어요!"

"이유가 뭔데? 누가 또 심란하게 했어?"

"맞아요. 나 지금 심란해요."

미치는 연극을 하는 투로 말했다.

"죽고 싶지 않단 말이에요! 유럽에서도 도망쳤는데. 우리 가족은 다 죽었어요. 우리 어머니, 남동생, 귀엽고 사랑스러운 조카까지 다,

하나같이 다 죽임을 당했다고요. 하지만 난 도망쳤어요. 숨었어요. 영국으로 건너와서 일했어요. 우리나라였다면 하지도 않았을 일을, 그런 일을……."

"그야 다 아는 이야기잖아."

블랙록 양이 분명하게 말했다. 그 대사는 미치의 입을 떠날 줄 모르는 후렴구와도 같았기 때문이다.

"그런데 왜 이제 와서 떠나겠다는 거지?"

"그 사람들이 또 나를 죽이려고 하니까요!"

"그 사람들이라니, 누구?"

"적들이요. 나치! 아니면 이번에는 볼셰비키인지도 모르죠. 내가 여기 있는 걸 알아냈어요. 나를 죽이려고 해요. 다 봤어요. 신문에 난 거 봤다고요!"

"아,《가제트》말이로구나?"

"여기, 여기 씌어 있잖아요."

미치는 등 뒤에 감추어 놓고 있던《가제트》를 내밀었다.

"보세요. 살인이라잖아요. 리틀 패덕스. 이 집 아닌가요? 오늘 저녁 6시 30분. 아! 난 살해당하기 싫어요. 절대 싫어."

"하지만 그게 미치하고 무슨 상관일까? 우리는 장난이라고 생각하는데."

"장난? 누굴 죽이는 게 장난이라고요?"

"아니, 그런 뜻이 아니잖아. 하지만 생각해 봐. 미치를 죽이려는 사람이 있다 한들 신문에 광고까지 내겠어?"

미치는 약간 동요하는 표정을 보였다.

"그렇게 생각하세요? 그러니까 아무도 죽이지 않는단 말인가요? 하지만 그 사람들이 아주머니를 죽이려는 것일 수도 있어요."

블랙록 양은 가볍게 받아넘겼다.

"날 죽이려는 사람은 없을 것 같은데? 그리고 미치를 죽이려는 사람도 없을 거야. 왜 미치를 죽이려 들겠어?"

"왜냐하면 나쁜 사람…… 아주 나쁜 사람들이니까요. 말했잖아요. 우리 어머니, 남동생, 귀엽고 사랑스러운 조카……."

"맞아, 맞아."

블랙록 양은 능수능란하게 화제를 바꾸었다.

"하지만 미치를 죽이려는 사람은 없어. 물론 미치가 이런 식으로 갑자기 그만두겠다면 말릴 수야 없겠지. 그렇지만 그건 너무 어리석은 짓이야."

그녀는 못 박듯이 말했고 미치는 의심스러운 표정을 지었다.

"점심에는 정육점에서 보낸 쇠고기로 스튜를 끓여 먹자. 아주 질겨 보이더라."

"굴라시*를 만들어 드릴게요. 특별 굴라시."

"미치 마음대로 해. 딱딱해진 치즈로 치즈 스트로**를 만들어도 좋고. 오늘 저녁에 사람들이 놀러 올 것 같으니까."

---

* 쇠고기, 양파, 파프리카를 넣어 만든 스튜 요리.
** 밀가루에 가루 치즈를 섞어서 가느다랗게 구운 비스킷.

"오늘 저녁? 지금 오늘 저녁이라고 하셨나요?"

"6시 30분에."

"신문에서 말한 그 시간이잖아요. 누가 온다는 거죠? 왜 온다는 거죠?"

"장례식 보러."

블랙록 양이 눈을 반짝이며 말했다.

"이젠 됐지, 미치? 내가 지금 좀 바쁘거든. 나가면서 문 닫아 줘."

그녀는 단호한 말투로 말했다. 그러고는 어리둥절한 표정으로 문을 닫고 나가는 미치를 보면서 이렇게 덧붙였다.

"당분간은 잠잠하겠지."

"넌 정말 대단해, 레티."

버너 양이 감탄하는 목소리로 말했다.

6:30 P.M.

I

"자, 이제 준비 다 됐다."

블랙록 양은 방 두 개를 터서 만든 응접실을 찬찬히 둘러보며 말했다. 장미 무늬 커튼, 누르스름한 국화가 꽂힌 수반 두 개, 벽 쪽 탁자 위에는 제비꽃을 담은 작은 꽃병과 은 담뱃갑, 가운데 탁자 위에는 음료가 놓인 쟁반.

리틀 패덕스는 초기 빅토리아 스타일로 지은 중간 크기의 집이었다. 베란다는 길고 얕았고 창문에는 녹색 덧문이 달려 있었다. 베란다 지붕 때문에 햇빛이 잘 안 드는, 길고 좁다란 응접실은 원래 한쪽 끝에 양쪽으로 열리는 문이 있고 창문이 달린 작은 방과 연결되어 있었다. 하지만 전 주인이 문을 떼어내고 벨벳 커튼을 달았다. 블랙록 양은 벨벳 커튼마저 없애고 두 방을 하나로 합쳤다. 응접실의 양쪽 끝에는 벽난로가 하나씩 있었다. 벽난로는 모두 꺼졌지만 응접실 안에는 따스한 온기가 가득했다.

"중앙 난방을 켜셨네요?"

패트릭이 물었다.

블랙록 양은 고개를 끄덕였다.

"요즘 너무 안개가 끼고 습기가 차서. 집 안 전체가 축축하잖니. 에번스더러 가기 전에 켜 달라고 했지."

"귀하디귀한 코크스를 쓰시는 건가요?"

패트릭이 빈정대며 말했다.

"네 말대로 귀한 코크스인 것은 맞아. 하지만 석탄은 그보다 더 귀하잖니. 요리를 할 방법이 없다고 말하지 않는 한 연료 담당국에서 1주일 할당량조차 안 주려고 하니까."

"예전에는 코크스나 석탄이 남아돌았다면서요?"

줄리아가 미지의 나라 이야기를 듣는 사람처럼 호기심을 보이며 물었다.

"그랬지. 값도 쌌고."

"장부에 적을 필요도 없이 누구든 원하는 만큼 살 수 있었고 그래도 모자라는 법이 없었다면서요? 그렇게 많았나요?"

"종류도 많고 질도 좋았지. 돌이나 슬레이트도 지금 쓰는 것하고는 달랐고."

"정말 살기 좋은 세상이었겠어요."

줄리아가 탄성을 지르며 말했다.

블랙록 양은 미소를 지었다.

"이제 와서 생각해 보면 정말 그랬던 것 같아. 하지만 난 나이 든 아주머니잖니. 그러니까 예전을 그리워하는 게 당연하지. 너희처럼 젊은 사람들은 그런 식으로 생각하면 안 되는 거야."

줄리아가 말했다.

"그때는 일을 할 필요도 없었을 것 아니에요. 그냥 집에서 꽃이나 만지고 편지나 쓰고……. 그런데 왜 그때는 편지를 썼어요? 누구한테 보내는 거였죠?"

블랙록 양이 눈을 반짝이며 말했다.

"지금이야 다들 전화를 하니까 이해를 못하겠구나? 줄리아, 너는 편지 쓰는 법도 잘 모를걸?"

"요전번에 본『완벽한 편지 작성법』에서 말한 것처럼 근사하게는 못 쓰겠죠. 맙소사! 홀아비의 청혼을 거절하는 올바른 방법까지 적혀 있더라니까요?"

"집 안에서 지내는 게 생각처럼 근사하지는 않았을걸? 해야 할 일들도 많으니까."

블랙록 양의 목소리는 무미건조했다.

"어쨌거나 나도 그 부분에 대해서는 아는 게 별로 없어. 버니하고 나는 일찌감치 노동 시장에 뛰어들었으니까."

그녀는 애정이 듬뿍 담긴 눈빛으로 도라 버너를 쳐다보며 미소를 지었다.

버너 양도 맞장구를 쳤다.

"그럼, 그렇고말고. 아이들이 어찌나, 어찌나 장난이 심했다고. 죽을 때까지 못 잊을 거야. 레티야 똑똑한 전문직 여성이었지. 유명한 금융업자의 비서였으니까."

문이 열리면서 필리파 헤임스가 들어왔다. 금발에 키가 크고 차분해 보이는 인상이었다. 그녀는 놀란 눈으로 응접실을 둘러보았다.

"저 왔어요. 그런데 오늘 파티가 열리나요? 그런 소리는 들은 적 없는데."

패트릭이 큰 소리로 외쳤다.

"우리의 필리파가 알 리 없죠. 치핑 클레그혼에서 오늘 파티를 모르는 사람은 필리파 한 사람뿐일걸요?"

필리파가 무슨 소리냐고 묻는 눈빛으로 그를 쳐다보았다.

패트릭은 손을 휘저으며 연극하는 투로 말했다.

"자, 보시라. 살인의 현장을!"

필리파 헤임스는 약간 어리둥절한 표정을 지었다.

패트릭은 누르스름한 국화가 꽂힌 수반 두 개를 가리키며 말을 이었다.

"이것은 조화(弔花)요, 치즈 스트로와 올리브 접시는 장례식용 음식이랍니다."

필리파는 묻는 듯한 눈빛으로 블랙록 양을 쳐다보았다.

"지금 장난치는 건가요? 전 예전부터 장난을 알아차리는 데로는 눈치가 없기로 유명했거든요."

"아주 고약한 장난이야. 정말 마음에 안 들어."

도라 버너가 못을 박듯이 말했다.

"필리파한테 광고를 보여 줘."

블랙록 양이 말했다.

"나는 나가서 오리들을 우리 안에 넣을게. 벌써 어둑어둑하네. 얼마 안 있으면 사람들이 들이닥치겠다."

"제가 할게요."

필리파가 말했다.

"아니야. 필리파는 오늘 할 일 다 했잖아."

"그럼 제가 할게요, 레티 이모."

패트릭이 말했다.

"너는 안 돼. 지난번에 걸쇠를 제대로 안 잠갔잖아."

블랙록 양이 힘주어 말했다.

버너 양이 큰 소리로 외쳤다.

"내가 할게, 레티. 내가 하고 싶어서 그래. 고무 장화만 신으면 되잖아. 그런데 카디건을 어디 뒀더라?"

하지만 블랙록 양은 미소를 지으며 이미 응접실을 나선 뒤였다.

패트릭이 말했다.

"소용없어요, 버니 아주머니. 레티 이모는 워낙 척척박사라 평생 남한테 일을 못 맡길 거예요. 뭐든지 혼자 처리하는 쪽을 더 좋아하실걸요?"

"훨씬 더 좋아하시지."

줄리아의 말에 패트릭이 대구했다.

"넌 돕겠다고 말하는 걸 못 봤다."

줄리아는 나른한 미소를 지었다.

"오빠도 조금 전에 레티 이모는 뭐든지 혼자 처리하는 쪽을 좋아 하신다고 이야기했잖아. 게다가……."

그녀는 얇은 스타킹으로 감싼 늘씬한 다리를 뻗었다.

"난 지금 제일 좋은 스타킹을 신고 있거든."

"실크 스타킹을 신고 맞이하는 죽음이라!"

패트릭이 시를 읊듯이 외쳤다.

"실크가 아니라 나일론이야. 이 바보."

"그거 별로 듣기 좋은 별명은 아닌 것 같다."

"그런데 왜 이렇게 죽음이라는 단어가 자꾸 나오는지 누가 좀 알려 줄래요?"

필리파가 구슬픈 목소리로 애원하듯이 물었다.

모두들 한꺼번에 설명을 늘어놓았다. 미치가 《가제트》를 부엌으로 가져가는 바람에 광고를 보여 줄 수가 없었던 것이다.

몇 분 뒤 응접실로 돌아온 블랙록 양이 기운차게 말했다.

"자, 다 끝났다."

그녀는 시계를 흘긋 훔쳐보았다.

"6시 20분이네? 누구든 모습을 드러낼 때가 됐는데. 내가 이웃 사촌들을 잘못 본 건가?"

"제가 보기에는 아무도 안 올 것 같은데요?"

필리파가 어리둥절한 표정으로 물었다.

"그래? 필리파라면 그렇겠지. 하지만 사람들은 대부분 필리파보다 호기심이 많거든."

"필리파는 인생을 대하는 태도 자체가 무관심이잖아요."

줄리아가 놀리듯이 말했다.

필리파는 아무 대답이 없었다.

블랙록 양은 응접실을 둘러보았다. 한가운데 자리 잡은 탁자 위에 미치가 가져다놓은 셰리주와 올리브, 치즈 스트로, 작고 예쁜 페이스트리를 담은 접시 세 개가 놓여 있었다.

"패트릭, 쟁반, 아니 탁자 전체를 창문이 난 저쪽 구석으로 옮겨주겠니? 파티를 연 것도 아니고 누굴 초대한 것도 아닌데 사람들이 나타나길 기다렸던 것처럼 보이기는 싫구나."

"현명한 예상을 감추고 싶으신 건가요, 레티 이모?"

"아주 적절하게 표현해 주는구나, 패트릭. 고맙다."

"이제 평화로운 저녁을 연출해 볼까요? 누군가 들어오면 깜짝 놀란 척하는 거죠."

줄리아가 말했다.

블랙록 양은 셰리주를 집어 들더니 머뭇거리며 계속 붙잡고 있었다.

패트릭이 걱정 말라는 듯이 말했다.

"반 병이나 남았잖아요. 그 정도면 충분할 거예요."

"아, 그래. 그렇겠지……."

그녀는 망설이다 말고 얼굴을 살짝 붉히며 다시 입을 열었다.

"패트릭, 부엌 옆방 찬장에 보면 새 병이 있는데……. 그거랑 코르크 따개랑 갖다 주련? 아, 아무래도 새 것으로 준비해야 할 것 같아서. 이, 이건 따 놓은 지 좀 된 거잖니."

패트릭은 아무 말 없이 그녀의 부탁을 실행에 옮겼다. 그는 새 병을 들고 와서 마개를 땄다. 그러고는 쟁반 위에 술병을 내려놓으며 호기심 어린 표정으로 블랙록 양을 올려다보았다. 그는 부드러운 목소리로 이렇게 물었다.

"이번 일을 심각하게 받아들이시는군요, 이모?"

도라 버너가 충격을 받은 표정으로 외쳤다.

"어머나. 레티, 설마 하니……."

"쉿."

블랙록 양이 얼른 말허리를 자르고 나섰다.

"벨소리 들었지? 그것 봐. 나의 현명한 예상이 맞아떨어졌잖아."

II

미치가 응접실 문을 열고 이스터브룩 대령 부부를 안내했다. 그녀에게는 손님의 도착을 알리는 나름의 방식이 있었다.

"이스터브룩 부부가 뵙기를 청하십니다."

그녀는 스스럼없이 이렇게 소개했다.

이스터브룩 대령은 난처한 기색을 감추기 위해 큰 소리로 힘차게 외쳤다.

"잠시 들렀는데 괜찮으시겠지요? (줄리아가 입을 가리고 키득키득 웃는 소리가 들렸다.) 마침 이 앞을 지나가던 길이었습니다. 저녁인데도 날씨가 아직 따뜻하군요. 중앙 난방을 켜신 모양입니다. 저희는 아직 켜지 않았는데."

이스터브룩 부인은 감탄사를 쏟아 놓았다.

"국화가 정말 보기 좋네요! 예쁘기도 하지!"

"사실은 줄기가 너무 가늘어요."

줄리아가 말했다.

이스터브룩 부인은 필리파 헤임스에게 좀 더 예의바른 인사를 건넸다. 필리파가 원래 농사나 짓고 있을 사람이 아닌 줄 알고 있다는 것을 보여 주기 위해서였다.

"루카스 부인의 채소밭은 어떻게 되어 가고 있나요? 복구가 제대로 될까요? 전쟁 내내 그대로 내버려 두었다가 애시라는 한심한 노인네가 낙엽 좀 치우고 양배추 씨 몇 개 심은 것밖에 없는데."

"지금 땅을 다지는 중이에요. 하지만 시간이 좀 걸릴 거예요."

미치가 다시 문을 열고 외쳤다.

"볼더스의 숙녀분들께서 오셨습니다."

뚜벅뚜벅 걸어 들어온 힌클리프 양이 블랙록 양의 손을 세게 잡았다.

"안녕하세요. 리틀 패덕스에 들러 보자고 머거트로이드를 데리고 왔어요. 오리들이 요즘 알을 잘 낳는지 궁금해서요."

머거트로이드 양이 허둥지둥 패트릭에게 말을 걸었다.

"요즘은 해가 참 빨리 지네요. 그렇지 않아요? 국화가 참 예쁘기도 하지!"

"줄기가 너무 가늘다니까요!"

줄리아가 말했다.

"좀 협조적으로 나오면 안 되겠냐?"

패트릭이 줄리아를 향해 나무라듯이 속삭였다.

"벌써 중앙 난방을 시작하셨네요."

힌클리프 양의 말투에는 나무라는 기색이 깃들어 있었다.

"매년 이 무렵만 되면 집에 습기가 차서 말이죠."

블랙록 양이 대답했다.

패트릭이 "셰리주를 대접할까요?" 하는 뜻의 눈짓을 보냈고 블랙록 양은 "조금만 기다리렴." 하는 뜻의 눈짓으로 답했다.

그녀는 이스터브룩 대령에게 말을 걸었다.

"올해에도 네덜란드에서 구근을 들여오실 계획인가요?"

문이 다시 열리면서 스웨트넘 부인이 미안해하는 표정으로 들어섰고 얼굴을 잔뜩 찡그린 에드먼드가 그 뒤를 이었다.

"저희들 왔어요!"

스웨트넘 부인은 호기심이 잔뜩 어린 표정으로 주위를 둘러보며 밝게 외쳤다. 그러더니 갑자기 마음이 불편해졌는지 다시 입을 열었다.

"혹시 고양이 기르실 생각 있나 물어보려고 들렀어요. 저희 집 고

양이가 마침…….”

“적갈색 수컷하고 교배 계획이 잡혔지요.”

에드먼드가 말허리를 자르고 나섰다.

“아주 끔찍한 새끼들이 나올 겁니다. 미리 경고 드렸으니까 나중에 딴말 하지 마세요.”

“그래도 얼마나 쥐를 잘 잡는데요.”

스웨트넘 부인은 허둥지둥 이렇게 말하더니 얼른 덧붙였다.

“국화 참 예쁘다!”

“중앙 난방을 틀어 놓으셨네요. 그렇죠?”

에드먼드가 신기하다는 투로 물었다.

“다들 어쩜 저렇게 레코드판 같을까?”

줄리아가 중얼거렸다.

“요즘 신문 보도가 마음에 안 들어.”

이스터브룩 대령은 패트릭을 단단히 붙잡으며 말했다.

“마음에 안 들고말고. 하지만 내 의견을 묻는다면 전쟁이 불가피하다는 생각일세. 불가피하고말고.”

“저는 신문 보도에 관심을 가진 적이 없습니다.”

패트릭의 대답이었다.

다시 한 번 문이 열렸고 하먼 부인이 안으로 들어섰다.

그녀는 최신 유행을 흉내 내려는 막연한 시도로 너덜너덜한 펠트 모자를 뒤통수에 얹고 늘 입는 풀오버 대신 축 늘어진 프릴 블라우스를 걸친 차림이었다.

"안녕하세요, 블랙록 양."

그녀는 동그란 얼굴을 환히 빛내며 외쳤다.

"제가 너무 늦은 건 아니겠죠? 살인은 언제 시작되나요?"

III

헉 하는 탄성이 여기저기서 연달아 터져 나왔다. 줄리아는 만족
스럽다는 듯이 키득거렸고 패트릭은 인상을 구겼고 블랙록 양은 가
장 나중에 등장한 손님을 향해 미소를 지었다.

"줄리언이 못 온다고 해서 얼마나 섭섭해했는지 몰라요. 살인 사
건을 끔찍이 좋아하거든요. 지난 일요일에 그렇게 감동적인 설교
를 할 수 있었던 것도 그 때문이죠. 제 남편이 한 설교를 놓고 감동
적이라고 말하면 안 되는 거겠지만 그래도 정말 감동적이지 않던가
요? 평소보다 훨씬 좋더라고요. 하지만 그게 다 『세 번 연달아 찾아
온 죽음』 덕분이에요. 혹시 읽은 분 계세요? 부츠 여직원이 절 위해
서 특별히 남겨 놓은 건데 정말 종잡을 수 없는 작품이었어요. 범인
이 뻔한 것 같다가 갑자기 모든 상황이 바뀌거든요. 그리고 살인 사
건이 네 번인가 다섯 번인가 벌어지고요. 그 책을 서재에 놓아두었
더니 설교 준비를 하러 들어간 줄리언이 보았는데 중간에 덮을 수
가 없더래요! 덕분에 허둥지둥 설교를 준비하느라 말하고 싶은 내
용을 아주 간단하게 적을 수밖에 없었죠. 그런데 학술적인 비유나
인용문을 하나도 안 넣으니 설교가 훨씬 더 좋아졌더라나요? 어머,

제가 너무 말이 많았죠? 그나저나 살인은 언제 시작되나요?"

블랙록 양은 벽난로 위에 놓인 시계를 쳐다보더니 기분 좋은 목소리로 말했다.

"살인이 정말로 벌어질 거라면 조만간 시작되겠네요. 지금이 6시 29분이니까요. 기다리는 동안 셰리주라도 한 잔 드세요."

패트릭이 통로를 재빠르게 움직였다. 블랙록 양은 담뱃갑이 놓인 탁자 쪽으로 걸어갔다. 하면 부인이 말했다.

"셰리주 좋죠. 그런데 '정말로 벌어질 거라면'이라니 무슨 말씀이세요?"

블랙록 양이 대답했다.

"저도 하면 부인만큼이나 잘 모르는 일이라서요. 이 모든 게 다 어찌된 영문인지……."

이때 벽난로 위의 작은 시계가 울리기 시작했다. 그녀는 말을 멈추고 고개를 돌렸다. 은종이 울리는 것처럼 듣기 좋은 소리였다. 모두들 입을 다문 채 꿈쩍 않고 시계만 쳐다보았다.

시계가 15분을 알리고 이어서 30분을 알렸다. 마지막 소리가 잦아들 무렵 모든 전등이 꺼졌다.

IV

즐거운 탄성과 여자들의 비명이 어둠을 타고 전해졌다.

"시작이로군요."

하면 부인이 흥분한 목소리로 외쳤다. 도라 버너는 애처로운 비명을 질렀다.

"이런 분위기 정말 싫어!"

여기저기서 말소리가 들렸다.

"무서워라!"

"소름 끼쳐요."

"아치, 어디 있어요?"

"이제 어떻게 하면 되는 거죠?"

"어머나, 제가 발을 밟았나요? 죄송해요."

그때 쿵 하는 소리와 함께 문이 활짝 열렸다. 눈부신 손전등 불빛이 빠르게 춤을 추었다. 영화에나 나옴직한 남자의 비음 섞인 탁한 목소리가 사람들에게 명령을 내렸다.

"손 들어! 손 들라고!"

그는 거칠게 외쳤다.

사람들은 기다렸다는 듯이 머리 위로 손을 들었다.

"너무 재미있지 않아요? 짜릿해라."

어떤 여자가 소곤거리는 소리가 들렸다.

바로 그때 뜻밖에도 리볼버 총성이 울렸다. 한 번, 두 번. 두 개의 총알이 핑 하고 날아가는 소리가 방 안의 평화를 깨뜨렸다. 이제는 더 이상 게임이 아니었다. 누군가 비명을 지르기 시작했다⋯⋯.

문 앞에 서 있던 남자는 홱 고개를 돌리고 잠시 머뭇거리는가 싶더니 세 번째 총성과 함께 고꾸라지듯 쓰러졌다. 손전등이 바닥에 떨어지면서 빛을 잃었다. 다시 어둠이 찾아왔다. 응접실 문은 열려 있는 데 익숙하지 않은지, 조그만 빅토리아 식 신음을 내면서 짤깍 하는 소리와 함께 부드럽게 닫혔다.

V

응접실 안은 아수라장이었다. 여기저기에서 한꺼번에 고함이 터져 나왔다.

"불!"

"스위치 좀 찾아봐요!"

"라이터 있는 사람?"

"끔찍해, 끔찍해."

"총소리는 진짜였어요!"

"진짜 리볼버를 들고 있었다고요."

"강도였을까?"

"아치, 이 방에서 나가고 싶어요."

"누구 라이터 있는 사람 없어요?"

잠시 후 딸깍 하는 소리와 함께 두 개의 라이터가 거의 동시에 켜지면서 흔들림 없는 불꽃을 선사했다.

모두들 눈을 깜빡이며 서로를 쳐다보았다. 깜짝 놀란 얼굴이 깜짝 놀란 얼굴을 향했다. 통로 옆 벽 쪽에는 블랙록 양이 손으로 얼굴을 가린 채 서 있었다. 불빛이 너무 어두워서 그녀의 손가락 사이로 무언가 시커먼 액체가 흘러내리고 있는 것 말고는 아무것도 보이지 않았다.

이스터브룩 대령이 헛기침을 하고 상황 수습에 나섰다.

"스위치를 올려 보게, 스웨트넘."

문 옆에 서 있던 에드먼드는 고분고분하게 스위치를 올렸다 내렸다.

"콘센트나 퓨즈가 나간 모양이로군."

대령이 말했다.

"그나저나 이 끔찍한 소음은 뭐지?"

아까부터 닫힌 문 너머 어디에선가 한 여자의 비명이 줄기차게 들려오고 있었다. 이제는 비명이 정점에 달했고 주먹으로 문을 때리는 소리도 함께 들렸다.

나지막이 흐느끼고 있던 도라 버너가 큰 소리로 외쳤다.

"미치예요. 누군가 미치를 죽이려고 하나 봐요……."

패트릭이 중얼거렸다.

"언감생심 그런 꿈은 꾸지도 마세요."

블랙록 양이 말했다.

"양초를 가지고 와야겠다. 패트릭, 네가 가서……."

대령이 이미 문을 열고 있었다. 그는 에드먼드와 함께 라이터를 깜빡이며 밖으로 향했다. 그러다 두 사람은 쓰러져 있는 사람에 걸려 휘청거렸다.

"기절한 모양이로군. 저 여자가 무시무시한 비명을 질러 대고 있는 곳이 어디인가?"

"식당입니다."

에드먼드가 대답했다.

식당은 응접실 바로 맞은편에 있었다. 누군가 문을 두드리며 악을 쓰고 있었다.

"문이 잠겼어요."

허리를 굽히고 내려다보던 에드먼드가 말했다. 열쇠를 돌리자마자 미치가 성난 호랑이처럼 뛰쳐나왔다.

식당은 불이 환했다. 불빛을 등지고 선 미치는 정신 나간 사람처럼 계속 비명을 질렀다. 은 식기를 닦던 중이었는지 섀미 가죽과 커다란 생선용 칼을 들고 있는 모습이 우스꽝스럽게 보였다.

"조용히 해, 미치. 그만 하라고."

블랙록 양이 말했다.

이 말에도 비명이 멈출 기미를 보이지 않자 에드먼드는 미치에게 다가가 뺨을 세차게 때렸다. 미치는 헉 하고 숨을 들이쉬며 딸꾹질을 하다 입을 다물었다.

"양초 몇 개만 가지고 오너라. 부엌 선반에 있어. 패트릭, 두꺼비집이 어디 있는지 아니?"

블랙록 양이 말했다.

"부엌 옆방 뒤쪽 통로에 있죠? 바로 가서 손을 볼 수 있나 알아볼게요."

블랙록 양이 환한 식당으로 들어서는 순간, 도라 버너가 흐느끼는 소리를 냈다. 미치는 또다시 목청이 터져라 비명을 지르기 시작했다.

"피, 피가! 총에 맞은 거예요, 블랙록 양. 피를 흘리다 죽고 말 거예요."

블랙록 양이 호되게 대꾸했다.

"한심한 소리 그만 해. 다친 것도 아니야. 총알이 그냥 스치고 지나갔으니까."

"하지만 레티 이모, 피가 많이 나요."

줄리아의 말처럼 블랙록 양의 하얀 블라우스와 진주 목걸이와 손은 소름 끼치는 광경을 연출하고 있었다.

"귀를 다치면 피가 많이 나는 법이야. 어렸을 때 미장원에서 기절한 기억이 나. 귀를 살짝 집혔을 뿐인데 삽시간에 한 대야쯤 피를 흘렸으니까. 아무튼 불이 있어야 할 텐데."

"제가 가서 양초를 가지고 올게요."

미치가 말했다.

줄리아가 그녀를 따라나섰고 받침대와 함께 몇 개의 양초를 가지고 왔다.

"이제 악당 얼굴을 좀 봅시다. 양초를 좀 낮추어 주겠나, 스웨트넘? 악당의 얼굴하고 최대한 가깝게."

대령이 말했다.

"건너편은 제가 맡을게요."

필리파가 이 말과 함께 차분하게 받침대 두세 개를 받아 들었다.

이스터브룩 대령은 무릎을 꿇었다.

쓰러진 남자는 모자가 달린 검은색의 조잡한 망토 차림이었다. 얼굴에는 검은색 복면을 쓰고 있었고 손에는 검은색 면 장갑을 끼고 있었다. 조금 벗겨진 모자 사이로 헝클어진 금발이 보였다.

이스터브룩 대령은 남자의 몸을 뒤집고 맥박과 심장을 짚어 보더니…… 움찔하며 손을 빼서 내려다보았다. 손가락이 시뻘겋고 끈적거렸다.

"자기가 쏜 총에 맞았군요."

"상처가 심한가요?"

블랙록 양이 말했다.

"흠. 죽은 것 같습니다. 자살일 가능성도 있습니다. 아니면 망토에 발이 걸려서 넘어지는 순간 리볼버가 발사된 것일 가능성도 있지요. 제대로 볼 수만 있다면……."

바로 이때 마술이 펼쳐진 것처럼 다시 불이 들어왔다.

리틀 패덕스의 응접실 앞에 서 있던 치핑 클레그혼의 주민들은 그들이 갑작스러운 죽음의 현장에 있다는 사실을 깨닫고 현실이 아닌 듯한 묘한 기분을 느꼈다. 이스터브룩 대령의 손은 붉은 얼룩투성이였다. 블랙록 양의 목을 타고 흘러내린 핏방울은 블라우스와 치마를 물들였고 그녀의 발치에는 침입자가 기괴한 모습으로 누워 있었다.

식당에서 나온 패트릭은 "퓨즈 하나가 나갔던 모양……."이라고 이야기를 꺼내다 입을 다물었다. 이스터브룩 대령이 조그만 검은색 복면을 잡아당겼다.

"누군지 얼굴이나 봅시다. 우리가 아는 사람일 것 같지는 않지만 말입니다."

그는 복면을 벗었다. 모두들 목을 내밀고 쳐다보았다. 미치는 딸꾹질을 하며 숨을 헉 하고 들이쉬었지만 나머지는 침묵을 지켰다.

"아주 젊은 사람이네요."

하면 부인이 불쌍하다는 듯이 말했다.

이때 갑자기 도라 버너가 흥분한 목소리로 외쳤다.

"레티, 레티. 메던햄 웰스에 있는 온천 호텔에서 만난 남자잖아. 여기 찾아와서 스위스로 돌아갈 돈을 달라고 했다가 거절당했던. 그게 다 이 집을 염탐하려는 핑계였나 봐……. 세상에, 하마터면 그냥 목숨을 잃을 뻔했잖아."

블랙록 양이 지휘관답게 카랑카랑한 목소리로 명령을 내렸다.

"필리파, 버니를 데리고 식당에 가서 브랜디 반 잔만 따라 줘. 줄리아, 화장실에 가서 찬장에 있는 반창고 좀 갖다 주렴. 돼지처럼 피를 흘리고 있으려니 꼴사납구나. 그리고 패트릭, 너는 당장 경찰서에 전화를 걸어라."

로열 온천 호텔

I

미들셔의 경찰서장 조지 라이즈데일은 조용한 성격이었다. 그는 중간 정도 되는 키와 숱이 많다 싶은 눈썹 밑으로 보이는 날카로운 눈매가 특징이었고 말을 하기보다는 듣는 쪽이었다. 그러다 아무런 감정이 없는 목소리로 짤막한 명령을 내리면 모두들 이 명령에 따랐다.

그는 지금 더못 크래독 경위의 이야기를 듣고 있었다. 크래독은 이번 사건의 담당자였다. 라이즈데일은 리버풀에서 다른 사건의 조사를 벌이고 있던 그를 어젯밤에 불러들였다. 라이즈데일은 크래독을 높이 평가했다. 그는 머리가 좋고 기지가 뛰어날 뿐 아니라 서두르지 않고 모든 사실을 일일이 점검하며 사건이 종결될 때까지 여러 가지 가능성을 열어 두는 인내심이 가장 큰 장점이었다.

크래독의 보고는 계속 이어졌다.

"레그 경관이 전화를 받았습니다. 신속하고 침착하게 대응을 잘한 것으로 생각됩니다. 쉽지 않은 일이었을 겁니다. 예닐곱 명이 한꺼번에 입을 열었던 데다 경찰의 모습이 보이기만 해도 멀찌감치 달아나는 미텔 오이로파스라는 인물까지 있었으니까요. 그녀는 자신은 식당에 갇혀서 집 안이 떠나가라 비명만 질렀노라고 주장했다고 합니다."

"시신은 신원 확인이 되었나?"

"예. 이름은 루디 셰르츠, 국적은 스위스입니다. 메던햄 웰스 로열 온천 호텔의 프런트 담당입니다. 서장님만 괜찮으시다면 먼저 로열 온천 호텔에 들렀다 치핑 클레그혼으로 건너갈까 생각 중입니다. 그곳에는 지금 플레처 경사가 나가 있습니다. 경사가 버스 승객들을 만나 보고 문제의 집을 방문할 겁니다."

라이즈데일은 동의의 뜻으로 고개를 끄덕였다.

문이 열리자 서장은 고개를 들었다.

"들어오게, 헨리. 약간 특이한 사건이 하나 벌어졌어."

전직 런던 경시청장 헨리 클리서링 경은 눈썹을 살짝 치켜세우며 안으로 들어섰다. 그는 키가 크고 생김새가 훤칠한 노년의 신사였다.

"사건이라면 신물이 난 자네라도 구미가 당기지 않을까 싶은데."

라이즈데일의 말은 계속 이어졌다.

"내가 언제 사건에 신물이 났다고 하던가?"

헨리 경은 당치도 않다는 듯이 말했다.

"살인이 벌어진다고 신문 광고를 낸 게 이번 사건의 특징이야. 크래독, 헨리 경에게 광고를 보여 드리게."

"《노스 벤험 뉴스 앤드 치핑 클레그혼 가제트》라. 이름 참 길기도 하다."

헨리 경은 크래독의 손가락이 가리키는 곳을 따라서 크기가 1.2센티미터 정도 되는 광고 문구를 읽었다.

"흠, 그래. 유별난 면이 있군."

"광고를 실은 사람에 대한 정보가 있나?"

라이즈데일이 물었다.

"조서에 따르면 루디 셰르츠 본인이 수요일에 실은 것이라고 합니다."

"아무도 문제 삼지 않았고? 광고를 받은 사람은 이상하다는 생각을 하지 않았다던가?"

"광고를 받은 금발의 코맹맹이는 사고 능력이 마비되었다고 보아도 무방합니다, 서장님. 글자 수를 세서 돈을 받고는 끝이었다고 하니까요."

"무슨 생각으로 광고를 낸 거지?"

헨리 경이 물었다.

"호기심 많은 마을 주민들을 특정 시간, 특정 장소에 모아 놓고 현금과 귀중품을 털려고 했던 거지. 발상 자체는 독창적이다 싶어."

"치핑 클레그혼은 어떤 곳인가?"

헨리 경이 물었다.

"넓고 얼기설기하고 경치가 아름다운 마을이라네. 정육점, 빵집, 식료품 가게, 괜찮은 골동품 가게, 여기에 찻집이 두 군데 있고. 자동차 여행객들 입맛에 맞을 만한 숨은 명승지야. 그리고 살기에도 아주 좋지. 농부들이 살던 오두막집이 이제는 나이 많은 노처녀나 퇴직한 부부들 차지가 되었거든. 건물들 대부분이 빅토리아 시대에 지어진 것이고."

"그렇군. 인정 많고 나이 많은 숙녀와 퇴역 대령들이라면 이 광고를 보고 무슨 일인가 알아보러 모여들었겠지. 내가 아는 어느 나이 많은 숙녀가 이 마을에 살고 있다면 얼마나 좋을까 싶군. 그렇다면 아주 우아한 방법으로 이 사건을 파고들 텐데. 그분이 사는 마을이었다면 말이야."

"자네가 아는 나이 많은 숙녀라니? 이모님이라도 계신 건가?"

헨리 경은 한숨을 내쉬었다.

"아닐세. 친척은 아니야."

이렇게 말하는 그의 말투에서 존경심이 느껴졌다.

"이 세상 최고의 탐정이라고 할까. 타고난 천재가 적합한 토양에서 한층 능력을 쌓았다고 할까."

그는 크래독 쪽으로 고개를 돌렸다.

"이 마을의 나이 많은 숙녀들을 함부로 무시하지 말게. 이 사건이 기상천외한 미스터리로 밝혀질 가능성은 없어 보이지만, 만일 그럴 경우 뜨개질과 정원 가꾸기가 취미인 나이 많은 노처녀가 그 어떤 경찰보다 뛰어날 수 있다는 점을 명심하라고. 어떤 일이 벌어졌을 법한지, 어떤 일이 벌어질 수밖에 없는지, 심지어는 실제로 어떤 일이 벌어졌는지 이야기해 줄 테니까. 게다가 왜 그런 일이 벌어졌는지까지!"

"명심하겠습니다."

크래독 경위는 최대한 예의를 갖추고 대답했다. 이 모습을 보면서 더못 에릭 크래독이 사실은 헨리 경의 대자(代子)이고 대부와 아주 가깝게 지내는 사이임을 알아차릴 사람은 아무도 없었다.

라이즈데일은 친구에게 사건의 개요를 들려주었다.

"마을 주민들은 6시 30분에 맞추어 등장했다네. 그런데 우리의 스위스 친구가 그런 상황을 미리 예측했을까? 뿐만 아니라 마을 주민들이 쓸 만한 귀중품을 가지고 나타날 가능성이 과연 얼마나 됐을까?"

"구식 브로치 몇 개, 알이 작은 진주 목걸이, 동전 몇 푼, 지폐 한두 장 정도가 고작이겠지."

헨리 경이 생각에 잠긴 목소리로 대답했다.

"블랙록 양이라는 사람의 집에 현금이 많다고 하던가?"

"아니랍니다. 기껏해야 5파운드 정도라고 합니다."

"그 정도야 푼돈에 불과하지."

라이즈데일이 말했다.

"이 친구가 연극을 즐겼다는 점을 주목해야겠지. 금품 탈취가 목적이 아니라 강도 놀이를 즐겼던 것은 아닐까? 영화 비슷하게. 그럴 가능성도 상당히 농후하지 않은가? 그런데 어쩌다 자기가 쏜 총에 맞은 거지?"

라이즈데일은 서류 한 장을 그의 앞으로 내밀었다.

"1차 부검 보고서일세. 리볼버는 가까운 거리에서 발사되었음. 시신에 그슬린 흔적이 있음……. 흠…… 사고인지 자살인지 명확하지가 않군. 계획적인 자살이었을 수도 있고, 발에 걸려 넘어지는 와중에 들고 있던 리볼버가 발사된 것일 수도 있고. 아무래도 후자인 것 같은데."

그는 크래독 쪽으로 고개를 돌렸다.

"증인을 확실하게 심문해서 당시 상황을 정확히 들도록."

크래독 경위는 이 말을 듣고 우는소리를 했다.

"모두들 증언이 엇갈립니다."

"예전부터 그게 참 흥미롭더란 말이지. 흥분과 긴장이 최고조에 달한 순간 사람들의 눈에는 어떤 광경이 들어오는가. 그들은 무엇을 보며, 더욱 중요하게는 무엇을 보지 못하는가."

헨리 경이 말했다.

"리볼버에 대한 보고서는 어디 있나?"

"유럽 대륙에서는 상당히 흔히 볼 수 있는 외제인데 루디 셰르츠는 사용 허가증을 가지고 있지 않았습니다. 영국으로 반입할 때 신고도 하지 않았고요."

"나쁜 친구로군."

헨리 경이 말했다.

"여기저기 못마땅한 인물이야. 크래독, 로열 온천 호텔로 가서 이 친구에 대해 알아보게."

II

로열 온천 호텔에 도착한 크래독 경위는 지배인 사무실로 곧장 안내되었다.

지배인 롤런드슨 씨는 큰 키에 혈색이 좋고 친절한 사람으로 크래독 경위를 아주 따뜻하게 맞이했다.

"무슨 일이든 힘닿는 데까지 돕겠습니다, 경위님. 그런데 참 놀라운 사건입니다. 정말 믿어지지가 않는군요. 셰르츠처럼 평범하고 쾌활한 청년이 강도극을 벌이다니."

"그 사람이 이곳에서 근무를 시작한 지는 얼마나 됩니까, 롤런드슨 씨?"

"경위님이 오시기 전에 찾아보았습니다. 3개월이 조금 넘었더군요. 추천서도 믿을 만했고 통상적인 자격증도 갖추고 있었지요."

"근무 태도는 만족스러웠습니까?"

크래독은 상대방이 대답을 하기에 앞서 살짝 머뭇거리는 것을 알아차렸다.

"상당히 만족스러웠습니다."

크래독은 예전에 효과를 본 적 있는 방법을 동원하기로 했다. 그는 가볍게 고개를 저었다.

"아니죠, 아니죠, 롤런드슨 씨. 사실이 아니지 않습니까."

"그…… 그게……."

지배인은 약간 당황한 기색을 보였다.

"솔직히 말씀해 보십시오. 문제가 있었죠? 어떤 문제였습니까?"

"확실하게는 모르겠습니다."

"하지만 문제가 있다는 생각을 하셨단 말씀이지요?"

"음, 예. 그렇습니다……. 하지만 드릴 말씀이 전혀 없습니다. 제 추측이 기사화돼서 저희에게 안 좋은 방향으로 인용되면 곤란하니까요."

크래독은 활짝 웃어 보였다.

"무슨 말씀이신지 알겠습니다. 그 점은 염려 마십시오. 하지만 저는 이 셰르츠라는 친구가 어떤 사람이었는지 감을 잡아야 합니다. 그 친구를 의심하셨던 모양인데, 어떤 이유에서였습니까?"

롤런드슨이 마지못해 입을 열었다.

"그게…… 계산서에 한두 번 문제가 있었습니다. 엉뚱한 항목이 청구되는 식이었죠."

"그러니까 호텔 기록에는 없는 항목을 청구서에 넣어서 차액을 챙겼다고 생각하신다는 말씀인가요?"

"대충 표현하자면 그렇습니다. 아무리 좋게 말한다 쳐도 상당히 덤벙대는 성격인 것만큼은 사실이었습니다. 한 번인가 두 번 정도 제법 큰 금액이 연루된 적이 있으니까요. 사실 의심이 좀 생겨서 회계사를 시켜 셰르츠의 장부를 살펴본 적도 있는데 여러 가지 실수도 보이고 대충 적은 구석도 있었지만 금액은 정확하게 들어맞았습니다. 그래서 제가 오해를 했나 보다고 결론을 내렸죠."

"하지만 의심이 사실이었을 수도 있지 않습니까? 셰르츠가 실제로 여기저기서 푼돈을 챙겨 놓고 메운 것일 수도 있지 않습니까?"

"돈이 있으면 그랬을 수도 있지요. 하지만 말씀하신 것처럼 '푼돈'에 손을 대는 사람들은 그럴 만한 여유가 없을뿐더러 그런 식으로 슬쩍한 돈은 그 자리에서 써 버립니다."

"그러니까 차액을 메울 만한 돈이 필요했다면 어떻게든 돈을 마련하려고 했겠군요? 금품 탈취나 다른 수단을 써서라도."

"그렇습니다. 처음에는 그런 의도가 아니었을까 싶습니다."

"가능성이 다분합니다. 상당히 어수룩한 수법이었네요. 셰르츠가 달리 돈을 얻을 만한 사람이 있었습니까? 따로 만나는 여자는 없었습니까?"

"이곳 식당의 여종업원하고 사귄다고 들었습니다. 이름은 머너 해리스이고요."

"그 여자 분하고 이야기를 나누어 보아야겠군요."

III

머너 해리스는 이글거리는 듯한 빨간 머리와 오뚝한 콧날이 인상적인 미인이었다. 그녀는 불안해하며 경계하는 눈초리를 보였고 경찰의 심문을 받는다는 데 따르는 모욕감을 상당히 의식했다.

그녀는 이렇게 항변했다.

"저는 아는 게 아무것도 없어요, 경위님. 아무것도. 그런 인간인 줄 알았으면 만나지도 않았을 거예요. 여기 프런트에서 일하는 것을 보고 괜찮은 사람인 줄 알았죠. 그렇게 생각한 것도 당연하지 않겠어요? 제 말씀은, 호텔에서 직원을 뽑을 때 좀 더 신중해야 하는 것 아니냐는 뜻이에요. 특히 외국인의 경우에는 정확한 신분을 알 수 없으니까 더욱 신경을 써야죠. 루디는 아마 신문에 등장하는 폭력 조직의 일원이었을지도 몰라요."

"이번 사건은 단독 범행으로 추정됩니다."

"원, 세상에! 아주 조용하고 착실한 사람이었는데. 그런 짓을 벌일 줄은 상상도 못했어요. 그러고 보니까 물건들이 없어지는 경우가 있었어요. 다이아몬드 브로치도 그렇고, 조그만 금 로켓도 그렇고. 하지만 루디 짓일 줄은 꿈에도 몰랐지 뭐예요."

"그러셨겠죠. 누구라도 속아 넘어갔을 겁니다. 셰르츠를 잘 아십니까?"

"잘 안다고는 할 수 없어요."

"하지만 가깝게 지내셨다면서요?"

"아, 가깝게 지내기야 했죠. 하지만 그게 다예요. 심각한 사이는 절대 아니었어요. 전 외국인을 항상 조심하는 편이거든요. 외국인들은 도무지 종잡을 수가 없잖아요. 전쟁 때 폴란드 사람들을 생각해 보세요! 그리고 미국 사람들도! 이미 엎질러진 물이 된 다음에야 유부남이라는 걸 밝히는 식이니……. 루디는 허풍이 심했어요. 하지만 저는 항상 에누리해서 들었죠."

크래독은 이 말을 파고들었다.

"허풍이 심했다고 하셨습니까? 상당히 흥미로운 부분이군요, 해리스 양. 앞으로 저희한테 상당한 도움을 주실 것 같은데요. 어떤 식으로 허풍을 늘어놓던가요?"

"스위스 사람들은 얼마나 잘 살고 또 얼마나 대단한지, 뭐 그런 종류였어요. 하지만 돈에 쪼들리는 루디의 모습을 보면 앞뒤가 안 맞았죠. 루디는 통화 규제 때문에 스위스에 있는 돈을 이곳으로 가지고 오지 못한다는 말을 입에 달고 살았어요. 그럴 수도 있겠다 싶었지만 차림새가 영 아니던걸요? 전혀 고급스럽지 않았다는 말씀이에요. 게다가 믿지 못할 이야기들도 많았어요. 알프스를 올랐다는 둥, 빙하 끝에서 사람을 구했다는 둥. 볼터 골짜기만 걸어도 어지러워하는 사람이 알프스는 무슨!"

"셰르츠하고는 자주 만나셨습니까?"

"예……. 매너 좋고 여자를 어떻게 대접해야 하는지 아는 사람이었거든요. 영화관에서도 제일 좋은 자리를 잡아 주고 가끔은 꽃도 사 주었어요. 그리고 춤이 아주 기가 막혔죠."

"셰르츠를 통해서 블랙록 양이라는 이름을 들어 보신 적이 있습니까?"

"여기서 가끔 점심 식사를 하신 분인데, 아닌가요? 이 호텔에 한번 묵으신 적도 있고. 하지만 루디를 통해서 들은 적은 없어요. 두 사람이 서로 아는 사이인 줄도 몰랐는걸요."

"치핑 클레그혼은요?"

머너 해리스의 얼굴 위로 언뜻 경계하는 눈빛이 스치고 지나가는 듯했다.

"들어 본 적 없는 것 같아요……. 버스 시간표를 물어본 적은 있는데 치핑 클레그혼인지 다른 데였는지 기억이 안 나요. 좀 오래된 일이라서."

머너 해리스에게 얻을 수 있는 정보는 이 정도로 끝이었다. 루디 셰르츠는 평범한 인물인 것 같았다. 그녀는 전날 저녁에 셰르츠를 만나지 않았다고 했고 셰르츠가 악당인 줄은 몰랐다고, 전혀 몰랐다고 몇 번이나 강조했다.

정말 몰랐던 것 같다고 크래독은 생각했다.

블랙록 양과 버너 양

리틀 패덕스는 크래독 경위의 상상과 대부분 맞아떨어졌다. 그는 오리와 닭, 얼마 전까지만 하더라도 아름다운 화단이 있었을 곳에서 마지막 자줏빛 자태를 뽐내며 시들어 가는 철늦은 애스터*를 쳐다보았다. 잔디와 보도에서는 방치된 흔적이 느껴졌다.

크래독 경위는 리틀 패덕스에 대한 결론을 내렸다.

'이 집 주인은 정원사를 쓸 만한 여유는 못 되지만 꽃을 좋아하고 화단을 가꾸는 데 안목이 있군. 요즘은 대부분이 그렇지. 예쁘고 아담한 집이야.'

크래독의 차가 대문 입구에서 멈추는 순간, 플레처 경사가 집 옆쪽에서 모습을 드러냈다. 군인처럼 자세가 꼿꼿한 플레처 경사는

---

* 국화과의 두해살이풀. 9~10월에 자줏빛 흰색 꽃이 가지 끝에 피고 수과를 맺는다. 갯개미취라고 불린다.

마치 보초병 같은 인상을 풍기며 "옛!" 한 마디로 많은 의미를 전달하는 인물이었다.

"여기 있었군, 플레처."

"옛!"

"새로운 보고 사항 있나?"

"가택 수색을 모두 마쳤습니다. 셰르츠는 지문을 전혀 남기지 않은 것 같습니다. 장갑을 끼고 있었으니까요. 문이나 창문을 억지로 열고 들어간 흔적도 없습니다. 셰르츠는 메던햄에서 버스를 타고 6시 무렵 이곳에 도착한 것으로 추정됩니다. 이 집의 옆문은 5시 30분에 잠겼습니다. 따라서 현관을 통해 들어온 것으로 보입니다. 블랙록 양의 이야기에 따르면 보통 잠자리에 들 때까지 현관문을 잠그지 않는다고 합니다. 식모 말로는 오후 내내 현관문이 잠겨 있었다고 하지만 제멋대로 떠드는 여자라 믿을 수 없습니다. 보시면 아시겠지만 상당히 신경질적입니다. 이름은 미텔 오이로파스이고 외국에서 건너온 난민입니다."

"다루기 힘들다, 이 말이로군?"

"옛!"

플레처 경사의 대답에는 격한 감정이 실려 있었다.

크래독은 미소를 지었다.

플레처는 보고를 계속했다.

"전기 시설은 모두 정상입니다. 셰르츠가 어떤 식으로 조작했는지 아직 파악이 되지 않았습니다. 선이 나간 곳은 한 군데, 응접실과 그 앞 복도였습니다. 요즘이야 벽 전등과 등을 퓨즈 하나로 연결시키지 않지만 이곳은 시설이나 배선 면에서 오래된 집이니까요. 그런데 셰르츠가 두꺼비집을 어떻게 조작했는지 모르겠습니다. 부엌 옆방 뒤쪽에 있어서 부엌을 지나쳐야 갈 수 있고 그러면 식모의 눈에 띌 수밖에 없었을 텐데 말입니다."

"식모가 공범일 수도 있단 말이지?"

"상당히 가능성이 높습니다. 둘 다 외국인이니까요. 그리고 저는 식모를 절대 믿을 수 없습니다. 절대로."

현관 옆 창문 너머로 커다랗고 까만 눈이 등장했다. 겁에 질린 표정이었다. 창유리에 바짝 갖다댄 얼굴은 생김새를 거의 알아볼 수 없었다.

"저 여자인가?"

"그렇습니다, 경위님."

그녀의 모습은 잠시 후 사라졌다.

크래독은 초인종을 눌렀다.

한참을 기다린 뒤에야 예쁘장한 아가씨가 문을 열어 주었다. 밤색 머리카락과 따분한 표정이 인상적이었다.

"크래독 경위라고 합니다."

그녀는 상당히 매력적이지만 무표정한 적갈색 눈을 들어 쳐다보았다.

"들어오세요. 블랙록 양이 기다리고 계세요."

길고 좁다란 복도는 곳곳에 문이 달려 있었다.

그녀는 왼쪽의 문 하나를 열면서 말했다.

"크래독 경위님이 오셨어요, 레티 이모. 초인종이 울리는데 미치는 들은 척도 안 하지 뭐예요? 지금 부엌에 틀어박혀서 어마어마하게 큰 소리로 투덜거리고 있어요. 점심은 아무래도 포기해야 할 것 같아요."

그녀는 크래독을 보며 "미치가 경찰이라면 질색하거든요." 하고 설명을 덧붙인 다음 밖으로 나가면서 문을 닫았다.

크래독은 앞으로 걸어가서 리틀 패덕스의 주인과 대면했다.

경위를 맞이한 사람은 예순 정도로 보이고 키가 크고 활달한 인상을 풍기는 여성이었다. 약간 곱슬곱슬한 회색 머리카락이 지적이고 심지가 굳어 보이는 얼굴과 잘 어울렸다. 날카로운 회색 눈과 각이 진 턱, 왼쪽 귀에 바른 연고가 크래독의 눈에 들어왔다. 그녀는 화장기가 전혀 없었고 고급스러운 트위드 상의와 스커트, 풀오버 차림이었다. 풀오버 위로 보이는 구식 카메오* 목걸이는 조금 뜻밖이었다. 빅토리아 시대 특유의 감상적인 분위기가 유일하게 드러나는 부분이었다.

그녀의 옆에는 나이가 비슷해 보이는 여자가 있었다. 진지한 표정의 동그란 얼굴과 망사 사이로 삐죽 고개를 내민 머리카락이 특징이었다. 레그 경관이 보고서에서 '도라 버너, 친구'라고 소개하고 비공식적으로 '덜떨어졌다'는 평가를 내린 인물이었다.

---

* 조개 껍질에 돋을새김을 한 장신구.

블랙록 양이 품위 있고 듣기 좋은 목소리로 이야기를 시작했다.

"안녕하세요, 크래독 경위님. 이쪽은 제 친구 버너 양입니다. 저를 도와서 이 집 관리를 맡고 있죠. 앉으시겠어요? 담배는 안 피우시는 모양이죠?"

"근무 중에는 피우지 않습니다."

"참으려면 힘드시겠어요!"

크래독은 노련한 눈매로 방 안을 재빨리 훑어보았다. 두 방을 터서 만든 응접실로, 전형적인 빅토리아 시대 분위기를 띠고 있었다. 이쪽에는 기다란 창문이 두 개, 저쪽에는 밖으로 튀어나온 창문이 한 개, 의자, 소파, 중앙의 탁자와 창틀에 놓인 커다란 국화 수반. 독특한 멋은 없지만 상쾌하고 단정한 느낌이었다. 단 하나 어울리지 않는 부분이 있다면 통로 근처 탁자에 놓인 조그만 은색 꽃병에서 시들어 가는 제비꽃이었다. 크래독이 보기에 블랙록 양은 시든 꽃을 그대로 놓아둘 성격이 아니었다. 빈틈없이 굴러가던 이 집의 일탈을 알리는 유일한 증거인 것 같았다.

크래독이 입을 열었다.

"블랙록 양, 여기가 사건이 벌어진 장소입니까?"

"예."

버너 양이 옆에서 큰 소리로 외쳤다.

"어제 그 광경을 보셨어야 하는 건데. 어찌나 엉망이었던지. 작은 탁자 두 개가 쓰러지고 다리 한 개가 부러지고(어두컴컴하니까 사람들이 우왕좌왕하다 말이에요.) 누군가 불붙인 담배를 올려놓는 바람에 제일 좋은 가구에 그을음이 남았지 뭐예요. 요즘 사람들, 특히 젊은 사람들은 그런 데 전혀 신경을 쓰지 않는다니까……. 그나마 사기 제품들은 모두 무사하지만."

블랙록 양이 부드러우면서도 단호한 투로 말허리를 잘랐다.

"도라, 신경질이야 나겠지만 그런 점들은 사소한 부분에 불과하잖아. 크래독 경위님이 질문을 하시면 대답을 하는 게 제일 좋지 않을까 싶은데."

"고맙습니다, 블랙록 양. 그럼 이제부터 어제 있었던 일에 대해 물어보겠습니다. 먼저, 사망자 루디 셰르츠를 처음으로 만난 게 언제인지 알고 싶습니다만."

"루디 셰르츠?"

블랙록 양은 조금 놀란 기미를 보이며 되물었다.

"그게 그 사람 이름인가요? 저는…… 아, 아무것도 아니에요. 메던햄 온천으로 쇼핑을 나갔을 때 처음 만났어요. 그러니까…… 한 3주쯤 전이로군요. 버너 양하고 제가 로열 온천 호텔에서 점심을 먹고 막 일어서려는데 누군가 제 이름을 부르는 소리가 들리기에 봤더니 그 남자였죠. '블랙록 양이시죠? 맞죠?' 그 사람은 이렇게 물으면서 기억 못하겠지만 몽트뢰에 있는 알프스 호텔 사장 아들이라고 자기 소개를 하더군요. 알프스 호텔은 제가 전쟁 당시 여동생과 함께 1년 가까이 머문 곳이에요."

"몽트뢰, 알프스 호텔."

크래독은 메모를 적었다.

"본 기억이 있으시던가요, 블랙록 양?"

"아니요. 사실 기억이 전혀 안 났어요. 호텔 프런트 데스크에 있는 젊은 남자들은 다 똑같이 생겼잖아요. 하지만 몽트뢰에서 즐겁게 지냈고 호텔 사장님도 아주 친절하신 분이었던 기억이 나서 영국 생활 잘하라고 최대한 친절하게 대했죠. 그 사람 말로는 아버지가 시키는 대로 6개월 동안 호텔 일을 배우러 왔다고 하더군요. 그런가 보다 했어요."

"그 다음으로 만나신 건 언제였죠?"

"그러니까…… 열흘 전이었어요. 갑자기 집으로 찾아왔더군요. 제가 깜짝 놀란 표정을 보였더니 폐를 끼쳐서 미안하다고, 하지만 영국에 아는 사람이 저밖에 없다고 했어요. 그러면서 어머니가 위독하신데 스위스로 돌아갈 경비가 급히 필요하다고……."

"하지만 레티는 돈을 주지 않았어요."

버너 양이 숨 돌릴 틈도 없이 끼어들었다.

블랙록 양이 힘을 주어 말했다.

"누가 들어도 수상한 이야기잖아요. 그래서 질이 나쁜 사람이로구나 결론을 내렸죠. 스위스로 돌아갈 경비가 필요하다니 말이 안 되잖아요. 호텔 사람들끼리는 다들 알고 지내니까 영국에서 필요한 경비쯤이야 아버지가 쉽게 부쳐 줄 수도 있는데. 공금을 횡령하거나 그런 건 아닌지 의심이 들더군요."

그녀는 잠시 말을 멈추더니 냉정하게 덧붙였다.

"혹시 저를 매정하다 생각하실지 모르겠지만 전 유명한 금융업자의 비서로 오랫동안 일을 하면서 손 내미는 사람들을 경계하게 됐답니다. 별의별 넋두리를 다 들었거든요. 그런데 그 남자는 한 가지 특이한 점이 있더군요."

그녀는 생각하는 듯한 말투로 이야기를 계속했다.

"쉽게 물러서더란 말이죠. 왈가왈부하지 않고 깨끗하게. 처음부터 돈을 받을 생각이 없는 사람 같았어요."

"이제 와서 생각해 보니까 이 집을 살펴보기 위한 핑계였다는 느낌이 드십니까?"

블랙록 양이 세차게 고개를 끄덕였다.

"바로 그거예요. 배웅을 하려고 일어섰더니 이 방 저 방 이야기를 꺼내지 않겠어요? '식당이 참 근사하네요.' 하고. 지독하게 어둡고 좁은 곳인데 근사하다니요. 안을 둘러보려는 핑계였죠. 그리고 현관문을 열 때도 '제가 열겠습니다.' 하면서 얼른 나서더라고요. 걸쇠를 살펴보려는 의도가 아니었을까 싶어요. 이 마을 사람들 대부분이 그렇겠지만 저희도 컴컴해질 때까지 현관문을 잠그지 않는답니다. 마음만 먹으면 아무라도 들어올 수 있죠."

"옆문은 어떻습니까? 채소밭으로 나가는 옆문이 있다고 들었습니다만."

"예. 사람들이 도착하기 전에 제가 옆문으로 나가서 오리들을 우리에 넣었어요."

"그때 잠겨 있었습니까?"

블랙록 양은 미간을 찌푸렸다.

"잘 생각이 안 나요……. 잠겨 있었던 것 같은데. 아무튼 제가 집 안으로 들어오고 나서 잠근 건 분명해요."

"그때가 6시 15분쯤이었습니까?"

"그쯤이었어요."

"현관문은 어떻습니까?"

"현관문은 보통 한참 뒤에야 잠가요."

"그러면 셰르츠가 그쪽으로 쉽게 들어올 수 있었겠군요. 아니면 블랙록 양이 오리들을 우리에 넣는 동안 슬그머니 들어왔을 수도 있고. 이미 이곳을 살펴보면서 숨을 만한 장소를 여러 군데 점찍어 놓았을 겁니다. 벽장이라든가……. 모든 면에서 정황이 딱 들어맞는 것 같군요."

"딱 들어맞다니요? 뭐 하러 그런 노력을 들이면서 이 집을 노리고 들어와 말도 안 되는 강도극을 벌인단 말씀인가요?"

블랙록 양이 말했다.

"집 안에 현금이 많습니까, 블랙록 양?"

"저쪽 책상 서랍 안에 5파운드 정도가 들어 있고 지갑에 일이 파운드쯤 있어요."

"보석은 어떻습니까?"

"반지하고 브로치 몇 개, 그리고 지금 제가 걸고 있는 카메오 목걸이뿐이에요. 경위님, 제 말을 믿으세요. 도무지 앞뒤가 안 맞는 사건이라니까요."

버너 양이 외쳤다.

"도둑질을 하러 들어온 게 아니래도? 내가 몇 번이나 말했잖아, 레티. 몇 번이나. 복수가 목적이었다고! 네가 돈을 주지 않으니까 총을 쏜 거야! 그것도 두 번씩이나."

"이제 어젯밤 이야기로 돌아가겠습니다."

크래독이 말했다.

"정확히 어떤 일이 벌어졌습니까, 블랙록 양? 기억 나는 대로 최대한 자세하게 묘사해 주십시오."

블랙록 양은 잠시 기억을 더듬었다.

"시계가 울렸어요. 벽난로 위 시계가. 제가 무슨 일이든 벌어질 거라면 조만간 시작하겠다고 말했던 기억이 나요. 그리고 잠시 후 시계가 울리기 시작했어요. 모두들 아무 말 없이 시계 소리만 들었지요. 15분 단위로 벨소리를 내는 시계거든요. 시계가 두 번 울리는 순간 갑자기 불이 나갔어요."

"어떤 불을 켜 놓으셨습니까?"

"이쪽 방과 저쪽 방의 벽 전등을요. 탁상 스탠드 등하고 조그만 전기 스탠드 두 개는 켜 놓지 않았어요."

"불이 나가기 전에 불꽃이 튀거나 소리가 났습니까?"

"그렇지는 않았던 것 같아요."

"분명히 불꽃이 튀었어요. 그리고 지지직 하는 소리도 났고. 위험하게!"

도라 버너가 말했다.

"말씀 계속하십시오, 블랙록 양."

"문이 열렸고……."

"어느 쪽 문입니까? 이 방에는 문이 두 개인데요."

"아, 이쪽 문요. 저쪽 문은 열리지 않아요. 달려 있기만 한 문이라서. 문이 열렸고 복면을 쓴 남자가 리볼버를 들고 나타났어요. 너무 꿈같은 일이라 말로 표현이 안 되는데 그 당시에는 누가 장난을 치는 줄만 알았어요. 그 남자가 무슨 말을 했는데…… 뭐였더라……."

"손 들어, 안 그러면 쏘겠다!"

버너 양이 연극하는 투로 거들었다.

"그 비슷한 말이었어요."

블랙록 양이 조금 미심쩍다는 듯이 말했다.

"그래서 모두 손을 들었습니까?"

"그럼요. 모두 손을 들었죠. 장난인 줄 알았으니까요."

버너 양이 대신 대답했다.

"나는 들지 않았어요."

블랙록 양이 딱 잘라 말했다.

"너무 한심한 짓이라는 생각이 들어서요. 상황 자체에 짜증이 나기도 했고."

"그 이후에는 무슨 일이 있었습니까?"

"손전등이 저를 비추었어요. 눈이 부시더군요. 곧이어 놀랍게도 총알이 저를 스치고 지나가더니 머리 바로 옆쪽 벽에 박히는 소리가 들렸어요. 누군가 비명을 질렀고 귀가 불에 덴 것처럼 화끈거렸어요. 그리고 두 번째 총소리가 들렸죠."

"정말 끔찍했답니다."

버너 양이 끼어들었다.

"그리고 또 어떤 일이 벌어졌습니까, 블랙록 양?"

"말로 잘 표현이 될까 싶은데 아프고 놀라서 정신이 없었어요. 그 남자가 고개를 돌리고 비틀거리는가 싶더니 또다시 총소리가 들렸고 손전등이 나갔어요. 모두들 소리를 지르면서 앞으로 달려 나갔죠. 서로 부딪히면서."

"블랙록 양은 어디 서 계셨습니까?"

버너 양이 숨쉴 틈도 없이 대답했다.

"탁자 옆에 서 있었어요. 제비꽃 병을 손에 들고."

블랙록 양이 통로 옆의 작은 탁자 쪽을 가리켰다.

"저기 서 있었습니다. 그리고 제가 들고 있던 건 담뱃갑이었어요."

크래독 경위는 그녀의 뒤로 보이는 벽을 살폈다. 두 개의 총알 자국이 선명하게 보였다. 제거된 총알은 리볼버와 비교하기 위해 경찰서로 옮겨진 상태였다.

그는 조용히 입을 열었다.

"하마터면 목숨을 잃을 뻔하셨습니다, 블랙록 양."

"그 남자는 분명 레티를 노리고 쏘았어요. 분명해요! 제가 봤어요. 손전등으로 사람들 얼굴을 비추다 레티를 찾으니까 불빛을 똑바로 비추고는 총을 쏘았어요. 레티, 너를 죽이려고 했다니까?"

버너 양이 말했다.

"도라, 어제 저녁 일을 자꾸 생각하다 보니까 그런 착각이 생긴 거야."

"분명히 너를 향해서 쏘았어."

도라는 고집스럽게 같은 말을 반복했다.

"너를 죽이려고 하다가 안 되니까 자살을 한 거야. 분명해!"

"자살할 생각은 없었던 것 같은데? 자살할 사람이 아니었어."

블랙록 양이 말했다.

"블랙록 양, 리볼버가 발사되기 전까지는 누군가의 장난인 줄 알 았다고 말씀하셨죠?"

"예. 그렇게 생각할 수밖에 없지 않았겠어요?"

"누구의 장난이라고 생각하셨습니까?"

"처음에는 패트릭을 의심했잖아."

도라 버너가 기억 안 나느냐는 듯이 말했다.

"패트릭이라니요?"

크래독이 날카롭게 물었다.

"저보다 한참 어린 친척, 패트릭 사이먼스를 말하는 거예요."

친구 때문에 짜증이 났는지 블랙록 양의 말투에는 날이 서 있었다.

"처음 광고를 보았을 때 패트릭의 장난인가 생각했는데 절대 아 니라고 했어요."

"그 말을 듣고 불안해했잖아, 레티. 아닌 척했지만 불안해했잖아. 그럴 만도 하지. 살인을 예고한다는 게 다름 아니라, 너를 죽이겠다 는 거였으니까! 그 남자의 계획대로 됐다면 넌 목숨을 잃었을 거야. 그럼 우린 어떻게 됐겠니?"

도라 버너는 부들부들 떨었다. 울먹이는 모습이 금세 울음이라도 터뜨릴 것 같았다. 블랙록 양은 친구의 어깨를 두드렸다.

"괜찮아, 도라. 너무 흥분하지 마. 건강에 안 좋으니까. 지금은 다 괜찮잖아. 끔찍한 일이 있었지만 모두 끝났으니까. 날 봐서라도 마음을 추슬러야지. 도라가 아니면 이 집 살림을 누구한테 맡기겠어? 그나저나 오늘 세탁 맡긴 옷들 배달되는 날 아닌가?"

"어머, 어머, 내 정신 좀 봐! 지난번에 빠뜨린 베갯잇을 오늘은 가지고 왔는지 모르겠네. 장부에다 써 놓아야지. 지금 당장 가서 확인해 볼게."

"가는 길에 이 제비꽃도 치워 줘. 시든 꽃만큼 볼썽사나운 것도 없으니까."

"너무 아깝다. 어제 꽂은 건데 오래 안 가네? 어머나, 내가 꽃병에 물 담는 걸 까먹었나 봐. 세상에! 늘 이렇게 깜빡깜빡한다니까. 나가서 세탁 맡긴 걸 챙길게. 이제 배달 올 시간도 되었고 하니까."

그녀는 다시 행복해진 표정으로 분주하게 사라졌다.

"도라는 몸이 좀 약해서 흥분을 하면 안 좋아요."

블랙록 양이 말했다.

"알고 싶은 게 더 있으신가요, 경위님?"

"이 집 구성원이 정확히 몇 명인지 알고 싶습니다. 각자의 신상 정보하고."

"저하고 도라 버너 말고 젊은 친척 두 명이 더 있어요. 패트릭 사이먼스, 줄리아 사이먼스."

"친척? 조카가 아니라 친척입니까?"

"예, 저더러 레티 이모라고 부르긴 하지만 먼 친척이에요. 그 아이들 엄마가 저하고 육촌이니까요."

"예전부터 죽 함께 사셨습니까?"

"아, 아니에요. 함께 산 지 두 달 정도밖에 안 돼요. 두 아이 모두 전쟁 전에는 남프랑스에서 살았죠. 패트릭은 해군 생활을 했고 줄리아는 랜디드노에 있는 정부의 무슨 부서에서 일을 했다고 들었어요. 전쟁이 끝나고 아이들 엄마가 아이들을 하숙생으로 여기 맡겨도 되겠느냐고 편지를 보냈더군요. 줄리아는 지금 밀체스터 종합 병원의 약제실에서 약사로 일하고 패트릭은 밀체스터 대학교 공대에서 공부를 하고 있어요. 아시다시피 밀체스터는 여기서 버스를 타고 15분 거리잖아요. 전 아이들이 온다는 소식을 듣고 아주 기뻤답니다. 저 혼자 살기에는 집이 너무 크잖아요. 얼마 안 되는 금액이나마 하숙비를 받으면서 잘 지내고 있어요."

그녀는 미소를 지으며 덧붙였다.

"젊은 사람들이 있으니까 좋아요."

"그리고 헤임스 부인이라는 분도 계시다고 들었습니다만."

"예. 루카스 부인이 사는 데이어스 홀에서 보조 정원사로 일하고 있어요. 그곳 별채에는 나이 든 정원사 부부가 살고 있어서 루카스 부인이 저한테 숙식을 부탁했죠. 아주 착한 여자예요. 남편은 이탈리아에서 전사했고 여덟 살배기 아들이 있는데 사립 초등학교 기숙사 생활을 하고 방학 때만 이 집에서 지낸답니다."

"집안일을 돕는 사람은 없습니까?"

"허긴스 부인이 1주일에 다섯 번씩 오전마다 들르고 이름을 제대로 발음하기가 아주 힘든 외국 난민이 요리사 비슷한 역할을 하고 있죠. 미치는 대하기가 좀 까다로우실 거예요. 피해 망상 비슷한 증상이 있거든요."

크래독은 고개를 끄덕였다. 그는 레그 경관의 값진 평가를 다시 한 번 떠올렸다. 도라 버너 옆에는 '덜떨어졌다', 레티셔 블랙록 옆에는 '믿을 만하다', 미치 옆에는 '거짓말쟁이'라고 적혀 있었다.

블랙록 양은 그의 생각을 읽기라도 한 듯 이렇게 덧붙였다.

"미치가 거짓말을 한다고 섣부른 선입견을 갖지는 말아 주세요. 거짓말 잘하는 사람들이 원래 그렇겠지만 미치의 거짓말에도 일말의 진실이 있으니까요. 예를 들어 신문에 잔인한 사건이 등장만 하면 자기나 자기 친척들이 겪은 일인 것처럼 이야기하는데, 실제로 끔찍한 충격을 겪은 적이 있는 데다 친척이 살해당하는 광경을 적어도 한 번 이상 목격한 적이 있거든요. 그런 일을 겪으면 누구나 사람들의 관심과 동정을 받고 싶어서 이야기를 과장하고 꾸미게 되지 않겠어요? 솔직히 미치가 부아 치밀게 만드는 성격이긴 하죠. 사람들을 자극해서 화나게 만들고, 항상 의심하고 뚱한 표정을 짓고 '예감'이 느껴진다는 둥, 무시하지 말라는 둥……. 그래도 딱한 아가씨예요."

그녀는 미소를 지었다.

"그리고 마음만 먹으면 아주 근사한 요리를 만들거든요."

"가능한 한 자극하지 않도록 노력하겠습니다."

크래독은 안심하라는 듯이 말했다.

"좀 전에 문을 열어 주신 분이 줄리아 사이먼스인가요?"

"예. 지금 만나 보시겠어요? 패트릭은 외출 중이고 필리파 헤임스는 데이어스 홀에 가면 만날 수 있으실 겁니다."

"고맙습니다, 블랙록 양. 괜찮다면 지금 사이먼스 양을 만나고 싶습니다."

줄리아, 미치 그리고 패트릭

I

레티셔 블랙록이 일어서고 응접실로 들어온 줄리아가 그 자리에 앉는 순간 크래독은 태연한 그녀의 표정을 보면서 왠지 모를 짜증을 느꼈다. 그녀는 천연덕스러운 눈빛으로 그를 쳐다보며 질문을 기다렸다. 블랙록 양은 눈치 빠르게 응접실 밖으로 나갔다.

"어젯밤 상황을 들려주시겠습니까, 사이먼스 양?"

"어젯밤요?"

줄리아는 멍한 표정으로 중얼거렸다.

"모두들 시체처럼 잤어요. 반작용이었겠죠."

"어제 저녁 6시 이후에 말씀입니다."

"아, 그때요? 성가신 사람들이 잔뜩 몰려와서……"

"누구누구였습니까?"

그녀는 또다시 천연덕스러운 눈빛을 보였다.

"이미 알고 계신 거 아닌가요?"

"알면서 묻겠습니까, 사이먼스 양?"

크래독은 다정하게 물었다.

"제가 착각했군요. 똑같은 말을 반복하려니까 지겨워서 말이죠. 하지만 경위님은 못 들으신 모양이네요? 이스터브룩 대령 부부, 힌 클리프 양하고 머거트로이드 양, 스웨트넘 부인하고 에드먼드 스웨트넘, 하먼 목사님 부인. 이 순서대로 왔어요. 들어오면서 모두들 똑같은 말을 차례로 반복했죠. '중앙 난방을 시작하셨군요.' 그리고 '국화 참 예쁘네요!'"

크래독은 입술을 깨물었다. 말투 흉내 내기가 제법 그럴 듯했다.

"하먼 부인만 예외였어요. 좀 엉뚱한 성격이거든요. 모자는 아슬 아슬하게 떨어질 듯 말 듯, 신발 끈은 제대로 묶지도 않은 차림으로 들어서자마자 살인은 언제 시작되느냐고 묻지 않겠어요? 그 말을 듣고 모두들 당황했죠. 다들 지나가다 우연히 들른 척했거든요. 레티 이모는 여느 때처럼 태연하게 조만간 시작될 거라고 했죠. 잠시 후에 시계가 울리기 시작했고 종소리가 끝나자마자 불이 나가면서 문이 열리더니 복면을 쓴 사람이 나타나서 '손 들어.' 비슷한 말을 했어요. 3류 영화하고 똑같았죠. 어찌나 우습던지. 그런데 그 사람이 레티 이모를 향해서 총알 두 방을 날리는 순간 우습다는 표현을 쓸 수 없는 상황이 됐어요."

"사건 당시 사람들의 위치가 어떻게 됩니까?"

"불이 나갔을 때 말씀이신가요? 글쎄요, 다들 여기저기 서 있었는데. 하면 부인은 소파에 앉아 있었고 힌크는(힌클리프 양 말씀이에요.) 벽난로 앞에 남자처럼 서 있었어요."

"다들 여기 계셨습니까, 아니면 저쪽 방에 계셨습니까?"

"대부분 여기 있었어요. 패트릭은 저쪽 방에 셰리주를 가지러 갔지만. 이스터브룩 대령이 따라간 것 같은데 확실하지는 않아요. 아까 말씀드린 것처럼 다들 여기저기 서 있었어요."

"사이먼스 양은 어디 계셨습니까?"

"창가에 서 있었던 걸로 기억해요. 레티 이모는 담배를 가지러 가셨고요."

"통로 옆에 있는 탁자 쪽으로 말씀이신가요?"

"예. 그때 불이 나가면서 3류 영화가 시작됐어요."

"남자가 불빛이 아주 강한 손전등을 들고 있었다고 하던데 그걸로 어떻게 했습니까?"

"우리 쪽을 비췄어요. 정말 불빛이 밝더라고요. 눈을 제대로 뜰 수 없을 만큼."

"이번 질문은 잘 생각한 다음에 대답해 주시기 바랍니다, 사이먼스 양. 남자가 손전등을 가만히 들고 있었습니까, 아니면 이리저리 움직였습니까?"

줄리아는 곰곰이 생각하는 눈치였다. 권태로운 표정이 많이 사라진 얼굴이었다. 잠시 후 그녀는 천천히 입을 열었다.

"이리저리 움직였어요. 나이트클럽 조명처럼. 한순간 제 얼굴을 비추었다가 방 안 여기저기로 옮아갔어요. 그러더니 총소리가 들렸죠. 두 번."

"계속하십시오."

"남자가 고개를 돌렸고 미치가 어디에선가 사이렌 비슷한 비명을 지르기 시작했어요. 손전등 불빛이 사라지더니 세 번째 총소리가 들렸고 잠시 후 문이 닫혔어요. 끼이익 하는 소리를 내면서 천천히 닫히는데 소름 끼치더라고요. 컴컴한 방 안에 갇히게 된 사람들이 허둥지둥했고 버니는 돼지 멱따는 소리를 냈고 미치는 집 안이 떠나가라 비명을 질러 댔죠."

"남자가 스스로 목숨을 끊었다고 생각하십니까, 아니면 비틀거리는 와중에 리볼버가 발사됐다고 생각하십니까?"

"전혀 모르겠어요. 상황 자체가 워낙 연극 같아서. 사실 전 황당한 장난인 줄 알았거든요. 그런데 레티 이모의 귀에서 피가 흐르는 게 보이더라고요. 장난 삼아 총을 쏜 거라면 머리보다 한참 위를 겨냥해야 하는 것 아니겠어요?"

"맞는 말씀이십니다. 남자가 총을 겨눈 상대방을 분명히 보았다고 생각하십니까? 그러니까 손전등으로 블랙록 양을 확실히 겨누었습니까?"

"모르겠어요. 저는 이모가 아니라 그 남자를 보고 있었거든요."

"제 말은, 남자가 블랙록 양을 노리고 겨냥한 것처럼 보였느냐는 뜻입니다."

줄리아는 이 말을 듣고 약간 놀란 듯한 표정을 지었다.

"그러니까 레티 이모를 노리고 한 짓이라는 말씀이세요? 그렇지는 않은 것 같은데……. 레티 이모를 쏠 생각이 있었으면 그보다 더 좋은 기회가 많았을 거 아니에요. 친구랑 이웃 사람들을 잔뜩 모아 놓으면 일이 더 어려워지기만 했을 텐데. 아일랜드 식으로 일주일 중에 아무 날이나 골라서 울타리 뒤에 숨어 있다가 총알을 날리고 유유히 달아나는 쪽이 훨씬 쉽지 않았겠어요?"

크래독의 생각에 줄리아의 대답은 레티셔 블랙록을 겨냥했다는 도라 버너의 주장을 일거에 무너뜨릴 수 있을 만큼 완벽한 답변이었다. 그는 한숨을 내쉬며 말했다.

"고맙습니다, 사이먼스 양. 이제 미치를 만나 봐야겠습니다."

"미치의 손톱을 조심하세요. 사나운 괴물이니까!"

II

크래독은 플레처를 거느리고 미치가 있는 부엌으로 건너갔다. 페이스트리를 만들고 있던 그녀는 의심스러운 눈초리로 두 사람을 쳐다보았다. 까만 머리카락으로 눈을 가리고 뚱한 표정이었다. 자주색 점퍼와 화려한 초록색 스커트는 핏기 없는 얼굴과 어울리지 않았다.

"무슨 일로 내 부엌에 발을 들여놓으셨나요, 경찰 나리? 경찰 맞죠? 어딜 가나 괴롭혀. 지겨워, 지겨워! 이제는 나도 익숙해질 때가 됐는데. 영국은 다르다고 하더니 똑같아. 내 이야기를 들으려고 고문하러 왔겠지만 절대 입을 열지 않을 거예요. 손톱을 뽑고 살 위에다 불붙인 성냥을 올려놓을 거죠? 그 정도면 다행이게? 그래도 절대 입을 열지 않을 거예요. 알아들었어요? 절대로, 절대로. 강제 수용소로 보낸다고 해도 소용없어요."

크래독은 최선의 공략법을 생각하며 그녀를 가만히 쳐다보았다. 마침내 그는 한숨을 내쉬며 말을 꺼냈다.

"좋아요. 그럼 모자 쓰고 코트 입으시죠."

"그게 무슨 말이에요?"

미치는 깜짝 놀란 표정을 지었다.

"모자 쓰고 코트 입고 따라오란 말입니다. 손톱 뽑는 기계며 다른 도구들 모두 지서에 있으니까요. 수갑 가지고 왔겠지, 플레처?"

"옛!"

상사의 의도를 알아차린 플레처 경사가 이렇게 외쳤다.

"싫어요! 가기 싫어!"

미치는 뒷걸음질을 치며 비명을 질렀다.

"그럼 예의바르게 질문을 할 테니까 예의바르게 대답하세요. 원하시면 변호사를 불러 드리죠."

"변호사? 변호사 없어요. 변호사 싫어요."

그녀는 밀방망이를 내려놓더니 행주로 손을 훔치고 의자에 앉으며 뚱한 표정으로 물었다.

"뭘 알고 싶으시다는 거죠?"

"어젯밤 있었던 일에 대해 듣고 싶습니다."

"다 아시잖아요."

"당신의 입으로 직접 듣고 싶은 겁니다."

"난 도망치려고 했어요. 블랙록 양이 얘기 안 하던가요? 살인 어쩌고 하는 신문 광고를 보는 순간 도망치고 싶었어요. 하지만 블랙록 양이 놓아주지 않았어요. 동정심이라고는 눈곱만큼도 없는 매정한 사람이라서 날 붙잡았어요. 하지만 난 알고 있었어요. 무슨 일이 생길 줄 알고 있었어요. 내가 살해당할 줄 알고 있었다고요."

"하지만 버젓이 살아 있지 않습니까?"

"그렇죠."

미치는 마지못한 듯 대답했다.

"자, 이제 어젯밤 상황을 들어 볼까요?"

"불안했어요. 너무 불안했어요, 저녁 내내. 소리가 들렸어요. 사람들이 움직이는 소리가요. 한번은 현관 앞 복도를 살금살금 걷는 소리가 들리기에 내다보았더니 헤임스 부인이 앞 계단을 더럽히지 않으려고 옆문으로 들어왔다고 하더군요. 참 고맙기도 하지! 그 여자는 나치예요. 금발에 파란 눈을 봐요. 잘난 척 나를, 나를 쓰레기 취급하고……."

"헤임스 부인 이야기는 건너뜁시다."

"자기가 뭐라고! 나처럼 비싼 대학 교육을 받은 것도 아니면서! 나처럼 경제학과를 졸업한 것도 아니면서! 그 여자는 돈 받고 일하는 일꾼이라고요. 땅 파고 잡초 뽑는 게 전부이면서 매주 토요일마다 돈을 얼마나 많이 받는지. 그런 주제에 숙녀인 척!"

"헤임스 부인 이야기는 건너뛰자고 했잖아요. 어젯밤 일로 돌아갑시다."

"셰리주와 술잔, 그리고 정성껏 만든 페이스트리를 응접실에 갖다놓았어요. 초인종이 울리기에 문을 열었죠. 몇 번이고, 몇 번이고, 몇 번이고 문을 열었죠. 정말 자존심 상하는 일이지만 군소리 없이 했다고요. 그러다 부엌 옆방으로 가서 은 식기를 닦기 시작했어요. 살인범이 다가왔을 때 커다랗고 날카로운 칼을 들고 있으면 좋을 것 같아서."

"아주 현명한 판단이었군요."

"그런데 갑자기 총소리가 들렸어요. 드디어 닥쳤구나. 드디어 벌어지는구나. 식당을 가로질러 갔죠. 다른 쪽 문은 안 열리거든요. 가만히 서서 귀를 기울였더니 또다시 총소리가 들리고 복도에서 쿵 하는 소리가 났어요. 문을 열려고 손잡이를 돌렸는데 밖에서 잠긴 게 아니겠어요? 나는 독 안에 갇힌 쥐였어요. 무서워서 미칠 것 같았어요. 비명을 지르고 또 지르면서 문을 두드렸죠. 그러다 마침내, 마침내 사람들이 열쇠로 문을 열어 주었어요. 내가 가서 양초를 아주, 아주 많이 가지고 왔고 불이 다시 들어왔는데 피! 피가 보였어요. 오, 하늘에 계신 우리 아버지, 피가! 물론 피를 처음 본 건 아니었어요. 남동생이 내 눈앞에서 살해당했을 때 길거리는 온통 피투성이였고. 사람들이 총에 맞아 죽고. 나는……."

"알겠습니다."

크래독 경위가 말허리를 잘랐다.

"고맙습니다."

"이제 날 체포해서 감옥으로 데리고 가시겠죠?"

미치가 연극하는 투로 외쳤다.

"다음으로 미루죠."

크래독 경위가 말했다.

III

크래독과 플레처가 복도를 거쳐 현관에 다가갔을 무렵, 갑자기 문이 열리더니 키가 크고 훤칠한 젊은이가 들어왔다. 두 사람은 부딪힐 뻔한 상황을 가까스로 모면했다.

"이크, 형사 양반 아니십니까?"

젊은 남자가 외쳤다.

"패트릭 사이먼스 씨 되십니까?"

"그렇습니다, 경위님. 경위님 맞으시죠? 옆에 계신 분은 경사님이시고."

"맞습니다, 사이먼스 씨. 잠시 이야기 좀 나눌 수 있을까요?"

"전 결백합니다, 경위님. 하늘에 맹세코 결백해요."

"연극은 그만두시지요, 사이먼스 씨. 앞으로 만나야 할 사람들도 많은데 시간 낭비하고 싶지 않습니다. 이 방은 뭡니까? 들어가도 되는 곳입니까?"

"다들 공부방이라고 부르는 곳입니다. 하지만 여기서 공부를 하는 사람은 없죠."

"사이먼스 씨는 학교에 계시다고 들었는데요?"

크래독이 물었다.

"수학 수업에 집중할 수 없어서 집으로 돌아왔습니다."

크래독 경위는 형식적인 말투로 이름, 나이, 군복무 내역을 물었다.

"사이먼스 씨, 이제 어젯밤에 있었던 일을 들려주시겠습니까?"

"극진한 대접을 준비했죠. 미치는 맛있는 페이스트리를 만들었고 레티 이모님은 셰리주 새 병을 따셨고……."

크래독이 말허리를 잘랐다.

"새 병이라고요? 마시던 게 있었습니까?"

"예. 반 병 정도. 하지만 레티 이모님은 굳이 새 술을 고집하시더 군요."

"안색이 불안해하시는 것 같았습니까?"

"아니요, 전혀. 이모님은 아주 합리적인 분이세요. 분위기를 조장한 쪽은 버니 아주머니였죠. 하루 종일 안 좋은 일을 예언하면서."

"버너 양은 확실히 걱정을 하셨단 말씀이죠?"

"그럼요. 상황을 아주 즐겼죠."

"광고를 심각하게 받아들이시던가요?"

"무서워서 어쩔 줄 모르던걸요?"

"블랙록 양은 처음 광고를 보았을 때 사이먼스 씨의 소행이라고 생각했던 모양인데 이유가 뭡니까?"

"아, 그야 이 집에서 일어나는 모든 일을 제가 다 뒤집어쓰니까 그렇죠!"

"하지만 이번 일하고는 전혀 관계가 없다는 말씀이시죠, 사이먼스 씨?"

"전혀 관계없습니다. 전혀."

"사건 전에 루디 셰르츠라는 사람을 만나거나 이야기를 나눈 적이 있습니까?"

"한 번도 본 적 없습니다."

"하지만 이번 일은 사이먼스 씨가 벌임직한 장난 아니었습니까?"

"누굽니까, 그런 소리를 한 사람이? 버니 아주머니 침대에 장난을 치고 미치한테 게슈타포가 뒤를 쫓고 있다는 엽서를 보낸 적은 있지만……."

"어젯밤 일을 생각나는 대로 말씀해 주십시오."

"술을 가지러 작은 응접실로 가는 중간에 갑자기 불이 나갔죠. 고개를 돌렸더니 문가에 한 남자가 나타나서 '손 들어.' 하고 외치더군요. 모두들 숨을 들이쉬고 비명을 질렀죠. 덮치면 잡을 수 있을까 생각하는 순간 남자가 총을 쏘다가 쓰러졌고 손전등마저 꺼져서 사방이 다시 컴컴해졌습니다. 그때 이스터브룩 대령이 군대식으로 명령을 내렸습니다. '불!' 이 말을 듣고 제 라이터가 켜졌을까요? 천만의 말씀. 저주받은 발명품들은 하나같이 결정적인 순간에 말썽을 부리거든요."

"침입자가 블랙록 양을 겨냥한 것 같았습니까?"

"제가 어찌 알겠습니까? 재미 삼아 총을 쏘았는데 장난이 너무 심했다 생각한 게 아닐까요?"

"그 때문에 자살을 했다?"

"그럴 수도 있죠. 얼굴을 보니까 금세 기가 죽는 도둑처럼 핏기가 하나도 없더구먼요."

"그 사람을 본 적이 없다고 하셨죠? 확실합니까?"

"확실합니다."

"고맙습니다, 사이먼스 씨. 이제 어젯밤 현장에 있었던 다른 사람들을 만나야겠습니다. 어떤 순서로 만나는 게 제일 좋겠습니까?"

"우리의 필리파(헤임스 부인 말씀입니다.)가 일하는 데이어스 홀이 거의 맞은편에 있습니다. 그 다음으로는 스웨트넘 부인네 집이 가장 가깝고요. 사람들한테 물으면 누구든지 가르쳐 줄 겁니다."

현장에 있던 나머지 사람들

I

데이어스 홀은 전쟁으로 인해 피해를 입은 흔적이 역력했다. 바람에 흔들리는 이파리로 볼 때 한때 아스파라거스의 자리였을 화단 위로 개밀*이 열심히 고개를 내밀고 있었다. 개쑥갓**과 메꽃***을 비롯한 다른 잡초들도 무성했다. 하지만 채소밭의 일부분은 가닥이 잡혀 가고 있었다. 이곳에서 크래독은 못마땅한 표정으로 가래에 기대고 선 노인을 만났다.

"헤임스 부인 찾아왔소? 어디에 있는지 모르겠군. 제멋대로이거

---

* 길가나 들에서 자라는 볏과의 여러해살이풀.

** 들이나 논밭에서 자라며 봄부터 가을까지 노란 꽃이 피는 국화과의 한해살이풀.

*** 들에 저절로 나며 나팔꽃 모양의 꽃이 피는 덩굴풀.

든. 남의 충고는 들은 척도 않고. 도와주려고 해도 들어먹어야 말이지. 요즘 젊은 여자들은 다 그래! 바지 입고 트랙터만 타면 뭐든 안다고 생각하거든. 이 집에 필요한 사람은 정원사인데 정원 일을 하루아침에 배울 수가 있나. 이 집은 정원을 가꿀 줄 아는 사람이 필요한데."

"그런 것 같습니다."

노인은 크래독의 대답을 비난으로 받아들였다.

"이것 보슈, 젊은 양반. 이렇게 넓은데 날더러 어쩌라고? 남자 셋하고 어린아이 하나가 관리하던 땅이야. 그 정도 인원은 있어야 한다고. 나처럼 열심히 하는 사람도 찾기 힘들걸? 난 가끔 밤 8시까지 여기서 일을 한다고. 8시까지."

"8시면 캄캄하지 않습니까? 석유 등을 켜 놓고 일을 하시나요?"

"요즘이야 못 그러지. 내 이야기는 여름 말이야, 여름."

"아, 그렇군요. 저는 이만 헤임스 부인을 찾아봐야겠습니다."

노인은 그의 말에 관심을 보였다.

"뭣 때문에 찾으쇼? 보아하니 경찰인 것 같은데 헤임스 부인이 무슨 사고라도 저질렀소? 아니면 리틀 패덕스에서 있었던 일 때문에? 복면을 쓴 남자가 들어와서 방 안에 있는 사람들을 총으로 위협했다던데. 하! 전쟁 전이라면 그런 일은 상상도 못했는데. 탈영병들 때문이야. 자포자기한 사람들이 시골을 떠돌고 있거든. 군대에서 얼른 잡아가지 않고 뭣들 하는지, 원."

"그러게 말입니다. 이번 사건으로 말들이 많은가 보죠?"

"그렇고말고. 도대체 어찌 되려고 그러는 걸까? 네드 파커는 이렇게 말하더라고. 영화를 너무 많이 본 때문이라는 거야. 하지만 톰 라일리는 외국 년놈들을 너무 풀어놔서 그렇대. 블랙록 양 집에 식모로 있는 그 여자, 성질이 아주 고약하다던데 톰 말로는 분명 한패라는 거야. 공산당이라나 뭐라나, 하여간 그런 사람이 이 마을에 있다니 못마땅해. 술집에서 일하는 말린 짐작으로는 블랙록 양 집에 아주 값나가는 물건이 있는 게 분명하다더군. 겉보기와는 다르게 말이지. 블랙록 양은 아주 검소하잖아. 끼고 다니는 굵은 가짜 진주 목걸이 빼고는. 그런데 그 목걸이가 진짜일 수도 있지 않겠느냐는 거지. 플로리는(벨러미의 딸자식이라오.) 그 말을 듣더니 '말도 안 된다.'고 했어. 뭐라더라? '누우보 아트' 모조 액세서리라나? 모조 액세서리라니 가짜 진주 목걸이를 가리키는 말 치고는 근사하지 않소? 옛날 귀족들은 로마 진주니, 파리 다이아몬드니, 그런 말들을 썼는데. 우리 마누라가 어느 마나님 하녀로 있어 놔서 잘 알지. 하지만 그게 다 무슨 소용이오? 한낱 유리 조각에 불과한데! 사이먼스 양이 끼고 다니는 금박 담쟁이 잎이니, 강아지니 하는 것도 분명 모조 액세서리일 거야. 요즘 세상에 순금이 어디 있나? 결혼 반지도 허연 백금인가 거시기인가 하는 걸로 만드는 판국에. 그런 싸구려 만드는 데도 돈은 억수로 많이 들더만!"

노인은 잠시 숨을 돌리더니 다시 이야기를 시작했다.

"'블랙록 양 집에는 돈이 별로 없어. 그것만큼은 내가 장담할 수 있다고.' 짐 허긴스가 이렇게 큰 소리로 떠들고 나섰지. 자기 마누라가 리틀 패덕스 살림을 거드니까 잘 안다 이거야. 그 마누라, 모르는 게 없는 여자거든. 참견 대장이라, 이 말씀이지."

"허긴스 부인 생각은 어떻다던가요?"

"미치를 의심한다 하더라고. 성질 고약하고 잘난 척하는 여자거든! 요전번에는 허긴스 부인더러 대놓고 잡역부라 불렀다잖아."

크래독은 노인에게 들은 이야기를 머릿속으로 차근차근 정리했다. 치핑 클레그혼 주민들의 의견 파악이라면 모를까, 업무에 도움이 될 만한 내용은 거의 없었다. 크래독이 발걸음을 옮기자 노인은 그의 뒤통수에 대고 마지못한 듯 외쳤다.

"사과 밭에 있을 거유. 사과 따는 일은 젊은 사람이 해야 하거든."

노인의 짐작대로 필리파 헤임스는 사과밭에 있었다. 그곳에서 크래독을 처음으로 맞이한 것은 바지로 무장한 늘씬한 다리가 거뜬하게 나무를 타고 내려오는 광경이었다. 잠시 후, 얼굴이 발갛게 달아오르고 나뭇가지에 머리가 헝클어진 필리파가 크래독을 쳐다보더니 깜짝 놀란 표정을 지었다.

로잘린드 역에 제격이겠군. 크래독은 자기도 모르게 이런 생각을 했다. 그는 셰익스피어의 열렬한 팬이었고 고아원 행사로 「뜻대로 하세요」를 무대에 올렸을 때 우수에 찬 제이크 역으로 박수 갈채를 받은 바 있었다.

잠시 후 그는 생각을 바꾸었다. 필리파 헤임스는 로잘린드 역을 맡기에 너무 뻣뻣했다. 금발과 냉정한 표정은 영국인 특유의 분위기가 맞았지만 16세기가 아니라 20세기 영국인의 상징이었다. 교양 있고 이성적이며 장난기라고는 전혀 없는 20세기 영국인.

"안녕하십니까, 헤임스 부인. 놀라셨다면 죄송합니다. 저는 미들서 지서의 크래독 경위라고 합니다. 잠시 말씀을 좀 나누고 싶은데요."

"어젯밤 일 때문인가요?"

"그렇습니다."

"오래 걸릴까요? 어디 잠깐……."

그녀는 망설이는 표정으로 주위를 둘러보았다.

크래독은 쓰러진 나무를 가리키며 밝은 목소리로 말했다.

"허물없이 이야기를 나누면 어떻겠습니까? 시간을 너무 많이 뺏지는 않겠습니다."

"고맙습니다."

"먼저 조서 작성을 위한 질문을 드리겠습니다. 어젯밤 몇 시경 일을 마치고 집으로 돌아오셨습니까?"

"5시 30분쯤이었어요. 온실에 물을 주느라 20분쯤 있다 집 안으로 들어갔어요."

"어느 문으로 들어가셨습니까?"

"옆문으로요. 대문에서 오리들과 닭장을 지나면 나오는 문이죠. 그 문으로 들어가면 멀리 돌아가지 않아도 되고 현관을 더럽힐 걱정도 없거든요. 전 가끔 흙투성이가 될 때가 있어서."

"항상 그 문을 이용하십니까?"

"예."

"문이 열려 있었습니까?"

"예. 여름에는 보통 활짝 열어 놓아요. 매년 이맘때는 닫아 놓지만 잠그지는 않고요. 이 집 식구들 모두 자주 드나드는 문이에요. 들어오면서 제가 문을 잠갔고요."

"늘 그렇게 하십니까?"

"지난주에는 그랬어요. 6시면 어두워지니까. 블랙록 양이 저녁에 가끔 오리와 닭을 우리에 넣기는 하지만 보통은 부엌 문으로 드나드시죠."

"어제 옆문을 잠그신 게 확실합니까?"

"확실해요."

"그렇군요, 헤임스 부인. 집 안으로 들어온 뒤에는 무엇을 하셨습니까?"

"지저분한 신발을 벗고 위층으로 올라가서 씻고 옷을 갈아입었어요. 그러고는 아래층으로 내려왔더니 파티 비슷한 게 진행되고 있더군요. 그때까지 저는 신문에 이상한 광고가 실린 줄 모르고 있었어요."

"강도극이 시작됐을 때 어떤 일이 벌어졌는지 말씀해 주십시오."

"갑자기 불이 나갔고……."

"당시 어디 계셨습니까?"

"벽난로 옆에요. 거기 라이터를 놓아둔 것 같아서 찾고 있었죠. 불이 나갔고 모두들 쿡쿡 웃었어요. 잠시 후 문이 열리면서 나타난 남자가 우리한테 손전등을 비추더니 리볼버를 보이면서 손을 들라고 하더군요."

"그래서 시키는 대로 하셨습니까?"

"아니요. 장난인 줄 알았거든요. 피곤하기도 했고 손을 들지 않아도 될 것 같아서……."

"사실 상황 자체에 별 재미를 못 느끼셨나요?"

"그렇다고 볼 수 있어요. 그런데 잠시 후 총이 발사됐어요. 총소리가 어찌나 크던지 정말 겁이 나더라고요. 손전등이 뱅그르르 돌더니 바닥에 떨어지면서 불이 나갔고 미치가 비명을 지르기 시작했죠. 돼지 먹따는 소리 비슷하게."

"손전등 불빛에 눈이 부시던가요?"

"아니요, 그 정도는 아니었지만 아무튼 불빛이 강했어요. 잠시 버너 양을 비추었는데 백짓장처럼 하얗게 질린 것이 유령 같더군요. 새하얗게 질린 얼굴로 입을 벌리고 쳐다보는데 저러다 눈동자가 튀어나오지 않을까 싶더라고요."

"남자가 손전등을 이리저리 움직이던가요?"

"예. 방 안 여기저기를 비추었어요."

"누군가를 찾는 것처럼 보이던가요?"

"그런 것 같지는 않았어요."

"이후 상황은 어떻게 됐습니까, 헤임스 부인?"

필리파 헤임스는 미간을 찌푸렸다.

"뒤죽박죽 엉망진창이었어요. 에드먼드 스웨트넘과 패트릭 사이먼스가 라이터를 켜고 밖으로 나갔고 우리 모두 뒤를 따랐죠. 누군가 식당 문을 열었는데 그곳 불은 나가지 않았더군요. 에드먼드 스웨트넘이 미치의 뺨을 세게 때려서 비명을 멈추게 한 뒤로는 상황이 많이 나아졌어요."

"시신을 보셨습니까?"

"예."

"아는 얼굴이던가요? 본 적 있는 사람이었습니까?"

"아니요."

"실수로 죽은 것 같습니까 아니면 의도적인 자살이었던 것 같습니까?"

"전혀 모르겠어요."

"예전에 집을 찾아온 적이 있다고 하던데 그때 못 보셨습니까?"

"예. 오전에 왔겠죠. 그 시간에 저는 집에 없거든요."

"고맙습니다, 헤임스 부인. 마지막으로 한 가지만 여쭈어보겠습니다. 값이 나가는 보석을 가지고 계십니까? 반지나 팔찌, 뭐 그런 것들 말입니다."

필리파는 고개를 저었다.

"약혼 반지하고 브로치 몇 개뿐이에요."

"부인께서 아는 한 집 안에 값나가는 물건도 없고요?"

"예. 상당히 좋은 은 식기가 있기는 하지만 대단히 특별한 정도는 아니에요."

"고맙습니다, 헤임스 부인."

II

채소밭을 거슬러가던 크래독은 몸집이 크고 혈색이 불그스레하며 코르셋으로 몸을 조심스럽게 조인 여자와 마주쳤다.

그녀는 호전적인 말투로 인사를 건넸다.

"안녕하세요. 무슨 일로 오셨나요?"

"루카스 부인 되십니까? 저는 크래독 경위입니다."

"아, 그러시군요. 죄송합니다. 낯선 사람이 우리 채소밭으로 들어와서 정원사의 시간을 뺏는 게 싫어서요. 하지만 경위님이라면 일이 있어서 오셨겠죠."

"그렇습니다."

"어젯밤 블랙록 양의 집에서 벌어졌던 일들이 앞으로도 반복될까요? 폭력배의 짓인가요?"

"다행스럽게도 폭력배의 소행은 아닙니다."

"요즘은 도둑이 하도 많아서 말이죠. 경찰이 점점 게을러지고 있어요."

크래독은 대꾸하지 않았다.

"필리파 헤임스하고 말씀 나누셨겠지요?"

"증언이 필요해서 들었습니다."

"오후 1시까지 기다리실 수는 없었겠죠? 사실 근무 시간이 아니라 휴식 시간을 써야 맞는 게 아닌가 싶은데요."

"이제 지서로 돌아가 보아야겠습니다."

"요즘 사람들은 생각이 없어요. 거기다 게으름만 피우려 들고. 늦게 출근해서 30분 정도 빈둥빈둥 일하다 10시면 쉬고. 비가 올 때까지 제대로 일을 하는 법이 없다니까요. 잔디를 깎으려 들면 기계에 꼭 문제가 생겼다고 하고. 그러다 5분이나 10분 일찍 퇴근을 하죠."

"헤임스 부인은 어제 5시가 아니라 5시 20분에 퇴근을 했다고 하던데요."

"아, 그랬을 거예요. 헤임스 부인이야 맡은 일이 있으면 열심히 하죠. 가끔 여기 나와 보면 어디 있는지 안 보이는 날도 있지만. 헤임스 부인은 좋은 집안 출신이에요. 게다가 가엾은 전쟁 미망인을 돌보는 건 우리 모두의 임무죠. 불편한 점도 있기는 해요. 아들 아이 학교가 오랫동안 방학을 하면 휴가를 줘야 하거든요. 부모랑 함께 지내는 것보다 훨씬 재미있는 캠프도 많은데. 요즘 아이들은 여름 방학이라도 집에 있을 필요가 없지 않은가요?"

"그런데 헤임스 부인은 캠프를 탐탁지 않게 여기는군요?"

"황소고집이랍니다. 테니스장 잔디를 깎고 거의 날마다 선을 그려야 했을 때만 해도 그래요. 애시 할아범한테 맡겼더니 온통 비뚤비뚤 그려 놓지 않았겠어요? 그래도 내 편의는 조금도 생각해 주지 않더군요!"

"헤임스 부인은 남들보다 월급을 적게 받을 것 같습니다만."

"그렇죠. 당연한 것 아니겠어요?"

"그런 것 같습니다."

크래독은 이렇게 말했다.

"안녕히 계십시오, 루카스 부인."

III

스웨트넘 부인은 들뜬 목소리였다.

"끔찍했어요. 정말, 정말 끔찍했어요. 《가제트》에서는 광고를 실을 때 조심해야 하는 거 아닌가요? 광고를 본 순간부터 아주, 아주 이상하다 싶더니. 내가 그렇게 말하지 않던, 에드먼드?"

"불이 나갔을 때 무엇을 하고 계셨는지 생각이 나십니까, 스웨트넘 부인?"

크래독이 물었다.

"그 말씀을 들으니까 옛날 유모 생각이 나네요. 빛이 사라졌을 때 모세는 어디 있었을까? 정답은 물론 '어둠 속'이었죠. 어제 우리도 비슷한 상황이었어요. 모두들 여기저기 서서 무슨 일이 벌어질까 궁금해했죠. 갑자기 칠흑 같은 어둠이 찾아왔을 때의 짜릿함이란! 그러더니 문이 열렸고 희미한 그림자가 리볼버를 들고 눈부신 빛을 비추면서 협박조로 말했죠. '목숨이 아까우면 돈을 내놔라!' 어찌나 흥분이 되던지! 그런데 몇 분 뒤에 모든 게 끔찍하게 바뀌었어요. 진짜 총알이 귀를 스치고 지나가다니! 전쟁 때 기습 부대 심정이 우리하고 비슷했을 거예요."

"당시 어디 계셨습니까, 스웨트넘 부인?"

"가만있자, 내가 어디 있었더라? 내가 누구랑 얘기하고 있었니,

에드먼드?"

"전혀 모르겠는데요, 어머니."

"힌클리프 양한테 추운 날 암탉들한테 대구 간유를 먹여도 되느냐고 묻고 있었나? 아니면 하면 부인한테…… 아니야, 하면 부인은 그때 막 도착한 참이었지? 이스터브룩 대령한테 영국에다 원자력 연구 기지를 세우는 건 너무 위험하다고 말하고 있었던 것 같아요. 방사능이 유출될 경우를 대비해서 외딴 섬에다 지어야 한다고."

"앉아 있었는지, 서 있었는지 생각이 안 나십니까?"

"그게 그렇게 중요한 문제인가요, 경위님? 창가나 벽난로 근처에 있었어요. 시계가 울릴 때 바로 곁에 있었거든요. 어찌나 짜릿하던지! 어떤 일이 벌어질까 정말 궁금하더라고요."

"손전등 불빛에 눈이 부셨다고 말씀하셨습니다. 손전등이 부인의 얼굴을 똑바로 비추던가요?"

"똑바로 눈을 비춰서 앞이 전혀 안 보였어요."

"남자가 손전등을 가만히 들고 있던가요, 아니면 이 사람 저 사람을 비추며 움직이던가요?"

"잘 모르겠어요. 어느 쪽이었니, 에드먼드?"

"우리가 뭘 하는지 보려고 천천히 훑듯이 움직였어요. 혹시 달려드는 사람이 없나 확인하려고 그랬겠죠."

"스웨트넘 씨는 그때 정확히 어디 있었습니까?"

"줄리아 사이먼스하고 이야기를 하던 중이었습니다. 우리 두 사람 다 응접실 한가운데 서 있었죠. 기다란 쪽 응접실에."

"모두들 그쪽 응접실에 있었습니까? 다른 쪽 응접실에 있던 사람은 없었습니까?"

"필리파 헤임스가 그쪽으로 걸어갔던 것 같은데요. 저쪽 벽난로 옆에서 무언가 찾는 눈치였습니다."

"세 번째 총격이 자살 의도였다고 보십니까, 아니면 실수였다고 보십니까?"

"전혀 모르겠습니다. 남자가 난데없이 몸을 돌리더니 쓰러졌는데…… 아주 복잡한 상황이었거든요. 사방이 캄캄했으니까요. 게다가 그 난민 여자가 집 안이 떠나가라 비명을 질렀고."

"식당 문을 열고 그녀를 꺼내 준 사람이 스웨트넘 씨였다고 들었습니다만."

"맞습니다."

"문이 분명 밖에서 잠겨 있었나요?"

에드먼드는 이상하다는 듯이 그를 쳐다보았다.

"물론입니다. 설마 하니……."

"확인차 물어본 겁니다. 고맙습니다, 스웨트넘 씨."

IV

크래독 경위는 이스터브룩 대령 부부의 집에서 상당히 긴 시간 동안 붙잡혀 있어야 했다. 이번 사건의 심리적인 측면을 놓고 오랜 시간 강의를 들어야 했던 것이다.

"심리학적인 접근이야말로 요즘 들어 유일한 사건 해결 방식이지."

대령은 이렇게 말했다.

"범인을 이해해야 한단 말일세. 나처럼 경험이 많은 사람이 보기에 이번 사건은 아주 단순해. 이 친구는 왜 광고를 실었을까? 문제는 심리학이야. 이 친구는 자신을 광고하고 싶었던 거지. 이목을 집중시키고 싶었던 거야. 외국인이라거나 뭐 그런 이유로 온천 호텔의 다른 직원들에게 따돌림을 당하거나 무시당했던 건 아닐까? 여자한테 버림받은 이후 그 여자의 관심을 돌리고 싶었을지도 모르고. 요즘 영화에 등장하는 우상이 누구더라? 깡패, 터프가이지? 그래, 터프가이로 나서자. 떠들썩한 강도 행각을 벌이는 거야. 복면은 어떨까? 리볼버는 어떨까? 그러자면 관객이 필요했지. 그러니까 관객을 모은 걸세. 그런데 결정적인 순간에 이성을 잃으면서 단순한 강도가 아니라 살인범으로 돌변한 거지. 무작정 총을 쏘면서……."

크래독 경위는 반갑게 이 틈을 노렸다.

"'무작정'이라고 하셨습니까, 이스터브룩 대령님? 그럼 특정인, 그러니까 블랙록 양을 겨냥하고 쏜 게 아니라는 말씀이신가요?"

"물론이지. 무작정 쏜 걸세. 그러다 누군가 총에 맞은 거고. 사실 스치고 지나간 정도였지만 이 친구는 몰랐던 거야. 탕 하는 소리에 퍼뜩 정신을 차리고 보니까 연극이 실제 상황으로 변해 있더란 말이지. 내가 쏜 총에 누군가 맞았구나, 죽었을지도 모르겠구나……. 그 책임이 모두 자기한테 집중되지 않겠나? 그러니까 공포에 질린 나머지 자기한테 총구를 돌린 걸세."

이스터브룩 대령은 잠시 말을 멈추고 헛기침을 한 뒤 만족스러운 말투로 다시 이야기를 시작했다.

"불 보듯 뻔해. 암, 뻔하고말고."

"정말 대단해요! 당신은 상황을 정확히 알고 있네요?"

이스터브룩 부인의 목소리에는 존경심이 듬뿍 담겨 있었다.

크래독 경위도 대단하다는 생각이 들었지만 존경심이 느껴지지는 않았다.

"총이 발사되던 순간에 방 안 어디에 계셨습니까, 이스터브룩 대령님?"

"우리 집사람하고 같이 꽃병이 놓인 가운데 탁자 근처에 서 있었다네."

"그 일이 벌어지자마자 내가 당신 팔을 잡았죠? 무서워서 죽는 줄 알았어요. 그래서 당신한테 매달리는 수밖에 없었다고요."

"딱한 사람 같으니라고."

대령이 농담투로 말했다.

V

크래독 경위는 돼지 우리 옆에서 힌클리프 양을 만났다.

쭈글쭈글한 분홍색 돼지 등을 긁어 주며 힌클리프 양이 말했다.

"돼지는 참 쓸 만한 동물이에요. 이 녀석, 아주 토실토실하죠? 크리스마스 무렵이면 아주 맛있는 베이컨이 될 거예요. 그나저나 무슨 일로 찾아오셨나요? 그 남자가 누구인지 전혀 모른다고 어젯밤에 이미 말씀을 드렸는데. 이 근처에서 얼씬거리거나 하는 모습을 한 번도 본 적 없다고. 몹 부인 말로는 메던햄 웰스의 커다란 호텔에서 일하는 사람이라던데. 그럼 호텔에서 강도극을 벌이는 게 낫지 않았을까요? 그쪽이 훨씬 짭짤했을 텐데."

맞는 말이로군. 크래독은 이런 생각을 하며 심문을 시작했다.

"사건이 벌어지던 당시 정확히 어디 계셨습니까?"

"사건! 그 단어를 들으니까 공습 경보 시절이 떠오르는군요. 그 당시에 사건이라고 할 만한 광경을 여럿 보았는데……. 총격이 시작되었을 때 제가 어디 있었느냐, 그걸 알고 싶으신 건가요?"

"그렇습니다."

"벽난로에 기대서 술 좀 빨리 갖다 달라고 하느님께 기도드리고 있었죠."

힌클리프 양은 기다렸다는 듯이 대답했다.

"범인이 무작정 총을 발사했다고 생각하십니까, 아니면 특정인을 겨냥했다고 생각하십니까?"

"레티 블랙록을 겨냥한 것 같으냐고 물으시는 건가요? 제가 어떻게 알겠어요? 상황이 다 끝나고 나면 어떤 분위기였는지, 실제로 어떤 일이 벌어졌는지 짐작하기가 무지 어렵잖아요. 불이 나갔고, 손전등 불빛이 빙빙 돌면서 모두의 눈을 부시게 했고, 총소리를 듣는 순간 '패트릭 사이먼스 이 인간이 장전된 리볼버로 장난을 치고 있다면 다치는 사람이 생기겠군.' 하고 생각했던 기억밖에 안 나요."

"패트릭 사이먼스의 소행이라고 생각하셨습니까?"

"그런 것 같았거든요. 에드먼드 스웨트넘은 지적인 작가인 데다 야단법석을 좋아하지 않는 성격이고 이스터브룩 대령은 그 나이에 그런 장난을 칠 리 없으니까요. 하지만 패트릭은 엉뚱한 청년이잖아요. 이제 와서 생각해 보면 그런 오해를 했던 게 미안하지만."

"친구분도 패트릭 사이먼스의 소행인 것 같다고 생각하셨나요?"

"머거트로이드 말씀인가요? 직접 물어보세요. 제대로 된 대답은 기대 마시고. 지금 과수원에 있는데 원하신다면 불러 드리죠."

힌클리프 양은 안 그래도 큰 목소리를 포효에 가깝게 돋우었다.

"머거트로이드!"

"갈게."

가느다란 목소리가 바람을 타고 날아왔다.

"빨리 와."

힌클리프 양이 고함을 질렀다.

잠시 후 머거트로이드 양이 숨을 헐떡이며 종종걸음으로 걸어왔다. 치마는 단이 다 떨어지고 머리카락은 작아 보이는 망사 사이로 빠져나온 모습이었다. 동그랗고 인상 좋은 얼굴이 환하게 빛났다.

그녀는 숨 쉴 틈도 없이 물었다.

"런던 경시청에서 오셨나요? 그런 사건인 줄 알았더라면 집 밖으로 나가지도 않았을 거예요."

"런던 경시청에는 아직 연락을 하지 않았습니다, 머거트로이드 양. 저는 밀체스터 지서의 크래독 경위입니다."

"아, 그렇군요. 다행이네요."

머거트로이드 양이 애매한 말투로 대답했다.

"단서는 찾으셨나요?"

"범행이 벌어지던 당시 네가 어디 있었는지 알고 싶으시대, 머거트로이드."

힌클리프 양은 이렇고 말하고 크래독을 향해 눈을 찡긋했다.

머거트로이드 양이 헉 하고 숨을 들이켰다.

"어머나. 그렇지. 알리바이! 미리 준비를 했어야 하는 건데. 가만있자, 다른 사람들하고 같이 있었어요."

"나하고는 같이 있지 않았잖아."

힌클리프 양이 말했다.

"어머나, 힌크, 너하고 같이 있지 않았니? 아니구나. 난 국화를 보고 있었지? 사실 아주 초라한 품종이었어요, 경위님. 그러다 그 일이 벌어졌는데, 전 사실 상황이 시작된 것도 몰랐어요. 그런 일이 벌어질 줄은 상상도 못했거든요. 그게 진짜 총일 줄은 생각도 못했는데, 그런데 모두들 어둠 속에서 우왕좌왕하고 끔찍한 비명이 들리고. 전 착각을 했어요. 그 피난 온 여자가 살해당하는 줄 알았거든요. 복도 너머 어디에선가 칼부림이 난 줄 알았죠. 사실 범인이 남자인 것도 몰랐고 문 앞에 사람이 서 있는 줄도 몰랐어요. '손을 들어주십시오.' 하는 목소리만 들렸거든요."

"'손 들어!'였지. 존댓말은 쓰지도 않았고."

힌클리프 양이 고치고 나섰다.

"생각해 보면 끔찍하지만 그 여자가 비명을 지르기 전까지만 하더라도 전 재미있는 장난인 줄 알았어요. 어두컴컴한 데 있으려니까 영 어색했고 티눈이 어디 부딪쳐서 아프긴 했지만. 더 알고 싶은 게 있으신가요, 경위님?"

크래독 경위가 머거트로이드 양을 유심히 살펴보며 말했다.

"아닙니다. 없습니다."

힌클리프 양이 짤막한 웃음을 터뜨렸다.

"네가 어떤 사람인지 간파하신 거야."

"나야 아는 게 있으면 뭐든지 말씀드리고 싶을 뿐이야."

"네 이야기는 필요없으시대."

힌클리프 양이 이렇게 말하고 경위 쪽으로 고개를 돌렸다.

"지리적 순서대로 심문을 하고 계시다면 다음 차례가 목사관이겠네요? 그곳에서 무언가 증거를 찾으실지도 몰라요. 하먼 부인이 겉보기에는 멍청한 것 같지만 가끔 보면 똑똑하다는 생각이 들 때가 있거든요. 아무튼 하먼 부인이라면 뭔가 들려 드릴 만한 이야깃거리가 있을 거예요."

두 사람은 경위와 플레처 경사가 걸어가는 모습을 지켜보았고 잠시 후 에이미 머거트로이드가 숨을 헐떡이며 물었다.

"힌크, 나 너무 어색했니? 정신이 없었어!"

"전혀 안 어색했어."

힌클리프 양은 미소를 지었다.

"전체적으로 아주 잘했어."

VI

크래독 경위는 커다랗고 낡은 방을 즐거운 마음으로 둘러보았다. 보고 있으려니 컴벌랜드에 있는 고향 집 생각이 났다. 빛바랜 커튼, 낡고 커다란 의자, 사방에 놓인 꽃과 책들, 그리고 광주리 안에 앉은 스패니얼. 산만하고 정신없고 들뜬 하먼 부인의 분위기도 낯이 익었다.

하지만 그녀는 크래독을 보자마자 솔직하게 털어놓았다.

"저는 아무 도움도 못 될 거예요. 눈이 부신 게 싫어서 감고 있었거든요. 그러다 총소리가 들리기에 더 세게 감았어요. 조용한 살인극이길 바라고 또 바랐는데. 총소리는 싫거든요."

"그러니까 아무것도 못 보셨다는 말씀이로군요."

경위는 그녀를 보며 미소를 지었다.

"하지만 듣기는……."

"아, 그럼요. 듣기야 많이 들었죠. 문이 열리고 닫히는 소리, 사람들이 실없는 말을 늘어놓고 숨을 들이마시는 소리, 미치가 증기 기관차처럼 비명을 지르던 소리, 그리고 가엾은 버니가 덫에 걸린 돼지처럼 꽥꽥거리던 소리. 여기에 사람들이 밀치고 넘어지던 소리까지. 하지만 총소리가 멈추었기에 눈을 떴더니 모두들 양초를 들고 복도에 서 있었어요. 잠시 후 불이 들어오면서 평소로 돌아갔죠. 아무 일도 없는 것처럼 됐다는 뜻이 아니라 어둠 속에 서 있던 사람들이 원래 모습을 찾았다는 뜻이에요. 어두운 곳에 있으면 사람들이 많이 달라지잖아요."

"무슨 말씀인지 알겠습니다, 하먼 부인."

하먼 부인은 그를 향해 미소를 지었다.

"그리고 그 사람이 보였어요, 족제비 비슷하게 생긴 외국인이. 온통 피투성이인데다 놀란 표정으로 죽어서 누워 있는데 옆에는 리볼버가 있고. 아무튼 뭔가 앞뒤가 들어맞지 않는 느낌이었어요."

경위가 보기에도 앞뒤가 들어맞지 않았다…….

그는 일련의 사태가 걱정스러웠다.

마플 양의 등장

I

크래독은 여러 심문을 타자로 정리한 기록을 서장 앞에 내려놓았다. 그는 스위스 경찰에서 보낸 전보를 막 읽은 참이었다.

"전과 기록이 있더군. 생각했던 대로야."

라이즈데일이 말했다.

"예, 서장님."

"보석…… . 흠, 그래……. 입장권 위조……. 그래. 사기꾼이로군."

"맞습니다, 서장님. 하지만 좀도둑에 불과했습니다."

"하지만 바늘 도둑이 소 도둑 된다는 말도 있지 않던가."

"과연 그럴까 싶습니다, 서장님."

서장은 고개를 들었다.

"걱정되나, 크래독?"

"그렇습니다, 서장님."

"어째서? 간단한 사건이 아닌가. 어디 심문 기록을 볼까?"

그는 기록을 앞으로 끌어당기고 빠르게 읽어 나갔다.

"뻔한 내용이로군. 여기저기 말이 안 맞는 것 하며 서로 어긋나는 것 하며. 몇 분 동안 강렬한 충격을 접했을 때 사람들의 이야기는 늘 엇갈리게 마련이지. 하지만 기본적인 그림은 상당히 분명한 것 같은데?"

"맞습니다, 서장님. 하지만 성에 차지 않는 그림이란 말씀입니다. 제 뜻이 제대로 전달되었는지 모르겠습니다만 어딘가 단단히 잘못된 그림 같습니다."

"확실한 사실들을 짚어 나가 볼까? 루디 셰르츠는 5시 20분 버스를 타고 메던햄을 출발해서 6시경 치핑 클레그혼에 도착했지. 차장과 승객 두 명이 증인이고. 정거장에서 내린 셰르츠는 리틀 패덕스 방향으로 걷기 시작했고 별다른 어려움 없이 집 안으로 들어갔어. 현관문을 통해 들어간 게 아닐까 싶군. 아무튼 그는 리볼버로 사람들을 위협하면서 두 방을 쏘았는데 그중 한 발이 블랙록 양에게 가벼운 상처를 입혔지. 이후 세 번째 총알을 가지고 스스로 목숨을 끊었는데 실수인지 의도한 결과인지는 충분한 증거가 없어서 섣불리 단정 지을 수가 없고. 그가 왜 이런 짓을 벌였는지 이유를 알 수 없으니 자네로서는 성에 차지 않겠지. 하지만 우리는 왜라는 질문에 대답을 제시할 의무가 없다네. 검시 배심은 자살 아니면 우발적인 죽음으로 결론을 내리겠지. 어느 쪽으로 판결이 나건 우리 입장에서는 마찬가지야. 종결된 사건으로 처리할 수 있다고."

"이스터브룩 대령이 말한 심리 이론을 들이대면 된다는 말씀이로군요."

크래독이 우울한 표정으로 말했다.

라이즈데일은 미소를 지었다.

"뭐니 뭐니 해도 대령은 경험이 많을 거야. 범죄 심리니 어쩌니 하는 요즘 유행어는 나도 신물이 나지만 그 부분을 완전히 배제할 수는 없지."

"그래도 어딘가 단단히 잘못된 그림이라는 느낌을 지울 수가 없습니다, 서장님."

"치핑 클레그혼의 주민들 중에 거짓말을 하는 사람이 있다고 믿는 이유라도 있나?"

크래독은 멈칫했다.

"외국인 여자가 무언가 감추고 있다는 생각이 듭니다. 어쩌면 편견일지도 모르겠습니다만."

"그 여자가 공범일지도 모른다? 셰르츠를 집 안으로 들여서 일을 벌이게 했다?"

"그 비슷한 가능성이 있다고 생각합니다. 하지만 집 안에 현금이나 보석 같은 귀중품이 있어야 앞뒤가 맞는데 그렇지가 않단 말씀이죠. 이 부분은 블랙록 양이 상당히 단호하게 부인했을 뿐만 아니라 다른 사람들도 마찬가지였습니다. 그렇다면 아무도 모르는 귀중품이 집 안에 있었을지도 모르는데…….”

“소설에나 어울림직한 발상이로군.”

“터무니없는 상상이라는 건 알고 있습니다, 서장님. 또 한 가지 미심쩍은 부분은 셰르츠가 블랙록 양을 노린 게 분명하다는 버너 양의 주장입니다.”

“글쎄? 자네가 한 이야기나 진술 내용으로 볼 때 버너 양은…….”

“그렇긴 합니다, 서장님.”

크래독은 얼른 말허리를 잘랐다.

“믿을 만한 증인이 못 되죠. 억측이 심하고. 사람들 말에 쉽게 혹하고. 하지만 신기한 것이 이번만큼은 단독 주장을 펼치고 있단 말씀입니다. 그런 이야기를 꺼낸 사람도 없을 뿐더러 모두들 그렇지는 않았던 것 같다고 했으니까요. 이례적으로 다른 사람들과 의견을 달리한 것을 보면 분명 독자적인 판단이었다는 뜻입니다.”

“그럼 루디 셰르츠가 왜 블랙록 양을 살해하려 했다는 건가?”

“그 점을 모르겠습니다, 서장님. 블랙록 양도 모르겠다고 하더군요. 어쩌면 블랙록 양이 생각보다 훨씬 뛰어난 거짓말쟁이일 가능성도 있습니다. 아무도 모를 일이죠. 블랙록 양의 증언이 거짓이라는 짐작을 내릴밖에.”

그는 한숨을 내쉬었다.

“기운 내게, 크래독. 헨리 경과 점심을 먹기로 했는데 같이 가지 않겠나? 메던햄 웰스의 로열 온천 호텔에서 제일 비싼 음식을 사주겠네.”

"고맙습니다, 서장님."

크래독은 약간 놀란 표정을 보였다.

"저, 서장님, 편지를 한 통 받았습니다만……."

그는 헨리 클리서링 경이 사무실 안으로 들어서는 모습을 보고 말을 멈추었다.

"아, 오셨군요."

이번에 헨리 경은 허물없는 태도로 인사를 건넸다.

"잘 지냈나, 더못?"

"자네한테 보여 줄 게 있네, 헨리."

서장이 말했다.

"뭔가?"

"어느 나이 많은 숙녀가 자필로 쓴 편지. 로열 온천 호텔에 묵고 있다는데 이번 치핑 클레그혼 사건과 관련해서 들려줄 이야기가 있다는군."

헨리 경이 의기양양한 목소리로 물었다.

"나이 많은 숙녀라고? 그것 봐, 내가 뭐라던가? 나이 많은 숙녀들은 모르는 게 없다니까? 게다가 유명한 속담하고는 다르게 좋은 게 좋은 거다, 생각하지도 않는다고. 그분은 어떤 정보를 알고 있다던가?"

라이즈데일은 편지를 들여다보며 투덜거렸다.

"우리 할머니하고 글씨가 비슷하군. 잉크 적신 거미가 기어간 것처럼 비뚤비뚤한 건 둘째 치고 사방에 밑줄을 그어 놨어. 우리의 소중한 시간을 뺏을 생각은 없지만 조금이라도 도움이 됐으면 좋겠다, 어쩌고저쩌고 이런 말들이 대부분이야. 이름이 뭐지? 제인, 뭔데……. 머플인가? 아니, 마플이로군. 제인 마플."

"오, 주여! 이게 꿈인가 생신가? 이 세상에 단 한 명뿐이자 별 네 개를 주어도 아깝지 않은 바로 그 숙녀! 모든 할머니를 능가하는 초특급 할머니! 세인트 메리 미드에서 평화롭게 지내시는 줄 알았더니 마침 살인 사건이 벌어진 때에 맞춰서 메던햄 웰스에 나타나 주셨군. 마플 양을 위해서 다시 한 번 살인이 예고된 셈이야."

라이즈데일이 비꼬듯이 말했다.

"알았네, 헨리. 자네의 영웅을 만나게 되어 반갑기 그지없군. 자! 로열 온천 호텔에서 점심을 먹으면서 그분과 이야기를 나눠 볼까? 크래독은 상당히 의심스러운 눈초리이네만."

"아닙니다, 서장님."

크래독이 예의바르게 말했다.

하지만 그는 속으로 대부님이 가끔 지나칠 때가 있다는 생각을 했다.

II

제인 마플 양은 크래독이 상상한 모습과 매우 비슷했다. 하지만 생각했던 것보다 훨씬 인자한 인상이었고 나이가 많았다. 아니, 많은 정도가 아니라 상당히 많았다. 그녀는 눈처럼 하얀 백발과 쪼글

쪼글하고 발그레한 얼굴, 다정하고 순진해 보이는 파란색 눈동자를 하고 폭신폭신한 털실에 둘러싸여 있었다. 어깨에는 털실로 뜬 레이스 망토, 그리고 어린 아이용 숄로 보이는 뜨개질 거리.

그녀는 헨리 경을 보더니 뛸 듯이 기뻐했고 서장과 크래독 경위에게 소개되었을 때에는 부끄러워했다.

"하지만 헨리 경, 정말 행운이네요……. 정말 행운이에요. 얼마나 오랜만인지…… 예, 류머티즘 때문이에요. 요즘 들어 아주 안 좋아져서 말이죠. 물론 저야 이런 호텔을 감당할 형편이 못 되지만(요즘 비용들을 보면 너무하다 싶더군요.) 레이먼드가, 제 조카 레이먼드 웨스트 기억하시지요?"

"그 이름을 모르는 사람이 어디 있겠습니까."

"우리 조카가 괜찮은 작품들로 상당한 성공을 거두고 있지요. 가장 최근작은 북클럽 추천작으로 뽑혔답니다. 사실 제가 보기에는 최악의 작품이었는데. 하지만 그런 경우들이 종종 있지 않은가요? 아무튼 사랑스러운 우리 조카가 모든 비용을 대주었답니다. 그리고 우리 조카며느리도 화가로 명성을 쌓고 있어요. 주로 시든 꽃이 담긴 단지나 창틀에 놓인 깨진 빗 같은 걸 그리죠. 조카며느리 앞에서 말은 못 하지만 저는 아직도 블레어 레이턴*이나 앨머 태디마**가 더 좋답니다. 아, 제가 쓸데없는 말을 늘어놓고 있네요. 서장님도 계신

---

* 19세기 영국의 화가, 조각가. 그리스 신화를 다룬 탐미적인 작품으로 유명하다.
** 19세기 네덜란드의 화가. 고대 문명의 이상적인 면모를 정교하게 재현한 작품으로 유명하다.

데. 사실 서장님을 만날 줄은 몰랐어요. 제가 너무 시간을 뺏는 건 아닌지……."

노망난 할머니로군. 심기가 불편해진 크래독은 이렇게 생각했다.

"지배인 사무실로 들어가시죠. 이야기를 나누려면 그쪽이 훨씬 좋을 겁니다."

라이즈데일이 말했다.

마플 양은 털실을 정리하고 여분용 뜨개바늘을 챙긴 다음 무어라 말을 하면서 허둥지둥 세 사람의 뒤를 따라 롤런드슨 씨의 편안한 사무실로 들어갔다.

"자, 마플 양. 이제 알고 계신 바를 말씀해 주십시오."

서장이 말했다.

마플 양은 뜻밖에도 단도직입적으로 이야기를 꺼냈다.

"수표예요. 그 사람은 수표를 고쳤어요."

"그 사람이라면……?"

"여기서 프런트 담당이던 남자, 강도극을 벌이고 자살했다는 그 남자 말씀이에요."

"그 사람이 수표를 고쳤다고 하셨습니까?"

마플 양은 고개를 끄덕였다.

"예. 증거도 가지고 있답니다."

그녀는 핸드백에서 수표를 꺼내더니 탁자 위에 내려놓았다.

"오늘 아침에 다른 수표들하고 같이 받은 거랍니다. 보시면 아시 겠지만 7파운드였던 것을 그 사람이 17파운드로 고쳤어요. 7 앞에

1을 덧붙이고 '칠' 앞에 '십'이라고 쓴 다음 잉크 방울을 떨어뜨려서 글자 전체를 잘 안 보이게 만들었죠. 상당히 감쪽같지 않은가요? 어느 정도 훈련을 쌓은 솜씨예요. 제가 프런트에서 수표를 적을 때 썼던 잉크이기도 하고. 예전에도 여러 번 이런 수법을 썼던 것 같은데 어떻게들 생각하세요?"

"하지만 이번에는 상대를 잘못 골랐군요."

헨리 경의 지적에 마플 양은 고개를 끄덕였다.

"그렇지요. 아무래도 금세 꼬리가 밟히는 부류가 아닐까 싶네요. 말씀하신 대로 이번에는 상대를 잘못 골랐어요. 젊고 바쁜 기혼 여성이나 연애 중인 여자라면 여기저기서 수표를 많이 쓸 테고 수표첩도 자세히 보지 않겠죠. 하지만 1페니도 아껴야 하는 데다 습관이 굳어 버린 할머니라니 상대를 잘못 골라도 한참 잘못 고른 거예요. 저라면 17파운드짜리 수표를 쓸 일이 없지요. 대충 20파운드로 사람들 주는 월급하고 책값을 해결하는데. 저는 한 달 용돈으로 보통 7파운드를 쓴답니다. 예전에는 5파운드였는데 요즘은 물가가 하도 올라서 말이에요."

"그 남자를 보면서 생각난 사람이 있으시던가요?"

헨리 경이 장난기 가득한 눈빛으로 추궁했다.

마플 양은 미소를 지으며 그를 향해 고개를 저었다.

"정말 짓궂으시네요, 헨리 경. 사실 생각난 사람이 있었답니다. 생선 가게를 하는 프레드 타일러. 계산서의 실링 칸에 항상 1을 덧붙이는 사람이었지요. 요즘은 다들 생선을 많이 먹다 보니 계산서가 길어져서 금액을 더해 보는 사람이 거의 없지 않겠어요? 그래서 매번 10실링씩 챙길 수 있었답니다. 많지는 않지만 넥타이 몇 개 사고 제시 스프래그(포목점 아가씨랍니다.)에게 영화 구경 시켜 주기에는 충분한 금액이었죠. 요즘 젊은 사람들이야 선심 공세 펴는 게 소원 아니겠어요? 아무튼 저는 이곳으로 건너간 첫 주에 계산서에서 잘못된 부분을 발견했답니다. 잘못된 부분을 지적했더니 그 사람은 아주 공손하게 사과를 하면서 당황한 표정을 짓더군요. 하지만 저는 속으로 이렇게 생각했지요. '눈초리가 교활하군, 젊은 양반.' 상대방을 똑바로 쳐다보면서, 시선을 피하거나 눈을 깜빡이지 않는 사람을 보고 눈초리가 교활하다는 표현을 쓰죠."

크래독이 알겠다는 듯이 갑작스레 몸을 움찔했다. 그는 얼마 전 그의 도움으로 검거에 성공한 악명 높은 사기꾼 짐 켈리를 떠올렸다.

"루디 셰르츠는 상당히 바람직하지 못한 인물이었습니다. 알고 보니 스위스에 전과 기록이 있더군요."

라이즈데일이 말했다.

"스위스에 있기 곤란한 상황이 되니까 위조한 서류를 들고 이곳으로 건너왔겠지요?"

마플 양이 물었다.

"바로 맞추셨습니다."

라이즈데일이 대답했다.

"식당에서 일하는 빨간 머리 여종업원하고 사귀는 눈치였어요. 다행스럽게도 그 아가씨는 이번 일로 조금도 상처를 받지 않은 것 같더군요. 약간 색다른 사람하고 사귀고 싶었던 것이겠죠. 영국 남자들하고는 다르게 꽃이며 초콜릿이며 선물을 자주 하니까. 그 아가씨가 아는 대로 전부 털어놓던가요?"

마플 양이 크래독 쪽으로 갑작스레 고개를 돌리며 이렇게 물었다.

"아니면 아직은 다 털어놓지 않던가요?"

"잘 모르겠습니다."

크래독은 조심스럽게 대답했다.

"숨기는 게 있을 거예요. 상당히 불안해하는 표정이거든요. 오늘 아침에는 그냥 청어 대신 훈제 청어를 갖다주더니 우유도 깜빡하더군요. 보통은 그런 실수를 안 하는 종업원인데. 불안해하는 게 틀림없어요. 증거 비슷한 것을 알려 주어야 하나 고민을 하는 것이지요. 하지만 제가 보기에……"

마플 양은 빅토리아 시대 특유의 여성스러운 눈빛으로 남자다운 몸집과 잘생긴 외모를 자랑하는 크래독 경위를 훑어보았다.

"경위님이라면 그 아가씨를 설득할 수 있을 거예요."

크래독 경위는 얼굴을 붉혔고 헨리 경은 소리 없이 웃었다.

"중요한 정보일지 몰라요. 셰르츠가 누구인지 이름을 밝혔을 수도 있으니까요."

라이즈데일은 그녀를 뚫어져라 쳐다보았다.

"누구라니요?"

"제가 이렇게 말주변이 없다니까요. 그 일을 벌이도록 부추긴 사람 말씀이죠."

"그러니까 부추긴 사람이 있다고 생각하신단 말씀입니까?"

마플 양은 놀란 듯 눈을 동그랗게 떴다.

"아, 그야 물론, 생각해 보세요. 수표의 금액을 바꾸거나 누군가 놔두고 간 작은 보석이 있으면 챙기거나 금고에서 푼돈을 슬쩍하는 식으로 여기서 조금, 저기서 조금 좀도둑질을 하던 잘생긴 남자잖아요. 옷을 사거나 데이트 비용을 마련하려고 쉽게 돈을 벌 수 있는 방법에 손을 댄 것이지요. 그런데 그런 남자가 갑자기 리볼버를 들고 방 안을 가득 메운 사람들을 상대로 강도 행각을 벌이다 총을 쏘다니. 그런 짓을 할 사람이 아니에요, 절대로! 그럴 인물이 아니지요. 앞뒤가 맞지 않으니까요."

크래독은 날카롭게 숨을 들이쉬었다. 그것은 레티셔 블랙록이 했던 말이었다. 목사 부인이 했던 말이었다. 그가 느끼는 바이기도 했다. 앞뒤가 맞지 않는다. 그런데 지금 헨리 경이 소개한 나이 많은 숙녀도 할머니 특유의 피리 같은 목소리로 똑같은 말을 하고 있었다.

크래독의 말투가 갑자기 공격조로 바뀌었다.

"말씀해 보십시오, 마플 양. 그럼 진상은 어떻게 되는 겁니까?"

그녀는 깜짝 놀란 표정을 지으며 크래독 쪽으로 고개를 돌렸다.

"그야 나도 모르지요. 신문에 기사가 실리긴 했지만 워낙 단편적이라서. 물론 그걸 보고 추측이야 내릴 수 있겠지만 정확한 정보를 알아야 하는 법이니까요."

헨리 경이 입을 열었다.

"조지, 크래독이 치핑 클레그혼 주민들을 심문하고 만든 기록을 마플 양에게 보여 드리면 규칙을 너무 위반하는 셈이 될까?"

라이즈데일이 말했다.

"그럴지도 모르지. 하지만 난 규칙을 고집하면서 이 위치에 오른 사람이 아닐세. 보여 드려도 좋아. 어떤 말씀을 하실지 궁금하군."

마플 양은 무척 당황스러워했다.

"헨리 경 말씀을 들으신 모양이로군요? 헨리 경은 언제나 매우 친절하세요. 제가 예전에 몇 번 내놓은 의견을 너무 높게 평가하시죠. 저는 사실 인간의 본능에 대해서 조금 알고 있을 따름이지 추리에는 소질이 전혀 없답니다. 사람들은 남을 너무 쉽게 믿는 반면에 저는 최악의 경우를 상상하거든요. 좋은 습관은 아니지만 나중에 상상과 맞아떨어지는 사건들이 벌어질 때가 많답니다."

라이즈데일은 타자로 정리한 조서를 앞으로 내밀었다.

"읽어 보십시오. 읽으시는 데 시간이 많이 걸리지는 않을 겁니다. 마플 양과 비슷한 사람들인 만큼 저희가 미처 알아차리지 못한 부분을 지적하실 수도 있을 테고. 이 사건은 조만간 종결 처리 될 겁니다. 완전히 덮어 버리기 전에 아마추어의 의견을 듣는 것도 나쁘지 않겠지요. 미리 말씀드리자면 크래독은 미심쩍다고 합니다. 마플 양처럼 앞뒤가 안 맞는다는 의견이지요."

마플 양이 조서를 읽는 동안 침묵이 흘렀다. 잠시 후 그녀는 서류를 내려놓았다. 그녀는 한숨과 함께 입을 열었다.

"아주 재미있군요. 사람들의 이야기와 생각들이 참 다르네요. 봤다는 광경이나 보았다고 생각하는 광경도 저마다 다르고. 게다가 모든 증언들이 복잡한 한편으로 평범해서 중요한 단서가 있더라도 찾기가 쉽지 않겠어요. 사막에서 바늘 찾는 것처럼 말이죠."

크래독은 뼈저린 실망감을 느꼈다. 그는 한순간이나마 이 우스꽝스러운 할머니에 대한 헨리 경의 판단이 맞을지도 모른다고 생각했다. 노인들은 종종 눈치가 빠른 만큼 무언가를 끄집어낼지도 모른다고 생각했다. 그의 경우만 하더라도 에마 이모할머니 앞에서는 아무것도 숨길 수가 없었다. 이모할머니가 나중에 털어놓은 바에 따르면 그는 거짓말을 하려는 찰나마다 코를 실룩거린다고 했다.

하지만 헨리 경이 칭찬해 마지않던 마플 양이 내놓은 의견은 시시한 일반론뿐이었다. 그는 짜증이 난 나머지 조금은 퉁명스럽게 이야기를 꺼냈다.

"사실이라는 것은 논의의 여지가 없는 법입니다. 사람들이 아무리 엇갈린 진술을 내놓더라도 공통적인 부분이 있단 말씀입니다. 복면을 쓴 남자가 리볼버와 손전등을 들고 문을 열더니 협박을 했다는 점, '손 들어.'였건 '목숨이 아까우면 돈을 내놔라.'였건 간에 협박투의 말과 함께 모두들 남자의 모습을 목격했다는 점이죠."

"하지만 실제로 목격했을 리가 없지 않은가요? 아무것도 보이지 않았을 텐데……."

마플 양이 부드럽게 건넨 말을 듣고 크래독은 숨을 들이켰다. 알아차렸다! 역시 눈치가 빠른 할머니였다. 마플 양은 그가 놓은 덫에 걸려들지 않았다. 그렇다고 해서 상황이나 사실 자체가 달라지지는 않았지만 크래독이 그랬던 것처럼 마플 양도 복면을 쓴 강도를 보왔다는 사람들의 증언에서 오류를 알아차린 것이다.

두 뺨이 발그스름하게 물든 마플 양은 즐거워하는 어린아이처럼 눈을 반짝이며 말했다.

"제 기억이 맞다면 바깥쪽 복도에는 불빛이 없었다고 하지 않으셨던가요? 그리고 위층으로 향하는 층계참도 마찬가지라고 하셨지요?"

"그렇습니다."

크래독이 대답했다.

"그러니까 어떤 남자가 문가에 서서 강한 불빛을 들이댔다면 '그 불빛 말고는 아무것도 보이지 않았겠죠.' 안 그런가요?"

"맞습니다. 제가 직접 실험을 해 보았습니다."

"그러니까 복면 쓴 남자나 기타 등등을 목격했다고 하는 것은 불이 들어온 이후에 본 모습을 재현한 것에 불과하지요. 그러니까 루디 셰르츠가 그 뭣이냐, '희생양'이라는 가정에 정확히 들어맞지 않은가요?"

라이즈데일이 놀란 눈으로 뚫어져라 쳐다보는 바람에 그녀의 얼굴이 한층 더 붉어졌다.

"제가 표현을 잘못 이해한 것일지도 모르겠네요. 미국식 표현에 익숙하지 않은 데다 미국식 표현은 워낙 자주 바뀌어서요. 희생양이라는 단어는 대실 해밋의 소설을 읽다 알게 된 거랍니다.(조카 레이먼드 말로는 거친 스타일을 추구하는 문학계에서 으뜸가는 작가라고 하더군요.). 제가 이해한 대로라면 '희생양'은 남이 지은 죄를 뒤집어 쓰는 사람을 말한답니다. 제가 보기에 루디 셰르츠는 희생양 역할에 제격이에요. 조금 멍청하지만 물욕이 많고 남의 말에 너무나도 쉽게 속고."

라이즈데일은 참을성 있게 미소를 지으며 입을 열었다.

"그러니까 다른 사람의 이야기에 넘어가서 남의 집에 들어가 방 안 가득 모인 사람들을 향해 총을 쏘았다는 말씀입니까? 비약이 조금 심한 것 같습니다만."

"장난이라고 들었겠지요. 물론 보수도 받았을 테고. 보수를 받았으니까 신문에 광고를 싣고 집 주변을 둘러본 다음 문제의 그날 밤 찾아가서 복면과 검은 망토 차림으로 문을 열고 손전등을 들이대며 '손 들어!' 하고 외쳤겠지요."

"그러고는 리볼버를 발사했단 말씀입니까?"

"아니에요, 아니에요. 리볼버는 들고 있지 않았어요."

"하지만 사람들 말로는……."

라이즈데일은 이렇게 이야기를 꺼내다 중간에 멈추었다.

"그렇죠. 셰르츠가 리볼버를 들고 있었다 하더라도 아무도 보지 못했을 거예요. 그리고 제 생각에는 리볼버를 안 들고 있었을 것 같군요. 셰르츠가 '손 들어.' 하는 동안 누군가 어둠을 틈타서 살금살금 뒤로 다가가 어깨 너머로 총을 두 방 쏘았겠지요. 그 소리를 듣고 심장이 철렁할 만큼 놀라지 않았겠어요? 그래서 고개를 돌린 순간 뒤에 서 있던 사람이 그를 쏘고 리볼버를 옆에 떨어뜨린 거랍니다……."

세 남자는 그녀의 얼굴을 쳐다보았다. 잠시 후 헨리 경이 부드럽게 말했다.

"있을 법한 이야기로군요."

"하지만 어둠을 틈타서 다가갔다는 미지의 인물 X가 누굽니까?"

서장이 물었다.

마플 양은 헛기침을 했다.

"블랙록 양이 죽기를 바라는 인물이 있는지 찾으셔야겠죠."

도라 버너의 말이 맞았다. 크래독은 이렇게 생각했다. 직감은 항상 이성을 이기는 법이라고.

"그러니까 블랙록 양을 살해하기 위해 교묘하게 꾸민 계획이라는 말씀이십니까?"

라이즈데일이 물었다.

"한두 가지 이해하기 어려운 문제가 있지만 그렇게 보이는군요. 하지만 제가 이해할 수 없는 부분은 좀 더 쉬운 방법이 있지 않았을까 하는 점이에요. 이런 일을 꾸미려면 루디 셰르츠의 입을 단단히 막아야 하는 번거로운 절차가 따르는데……. 셰르츠가 비밀을 지킨 것으로 보이지만 만약 누군가에게 털어놓았다면 머너 해리스라는 아가씨였겠지요. 어쩌면, 정말로 어쩌면, 누가 시킨 일인지 암시 비슷한 것을 흘렸을 수도 있지 않을까요?"

"지금 당장 그 아가씨를 만나 보겠습니다."

크래독이 자리에서 일어서며 말했다.

마플 양은 고개를 끄덕였다.

"예, 그러세요, 크래독 경위님. 다행이네요. 일단 비밀을 털어놓으면 그 아가씨로서도 안심이 될 테니까."

"예, 무슨 말씀인지 알겠습니다."

그는 지배인 사무실을 나섰다. 서장은 미심쩍은 태도를 보이면서도 재치 있게 토를 달았다.

"어찌 됐거나 마플 양이 저희한테 생각할 만한 문제를 주셨군요."

III

머너 해리스가 말했다.

"죄송해요, 정말 죄송해요. 이렇게 차분히 대해 주시는 것도 아주 고맙고요. 저희 엄마가 공연한 일에도 난리법석을 피우는 분이거든요. 그리고 사실대로 말씀드리면 그 뭐라더라, 제가 방조자로 보일 것 같다는 생각도 들었어요."

이런 말들이 그녀의 입에서 술술 쏟아져 나왔다.

"장난인 줄 알았다는 말을 안 믿어 주실까 봐 겁도 났고……."

크래독은 머너의 저항을 무너뜨릴 때 썼던 "걱정하지 마라."는 내용의 대사를 다시 한 번 반복했다.

"말씀드릴게요. 전부 다 말씀드릴게요. 하지만 저희 엄마를 봐서라도 최대한 저를 보호해 주셔야 해요, 예? 루디가 데이트 약속을 깬 게 시초였어요. 그날 저녁에 영화를 보러 가기로 했는데 못 가게 됐다는 거예요. 그래서 좀 쌀쌀맞게 대했죠. 사실 먼저 접근한 쪽은 루디였고 저는 외국인하고 사귈 마음이 없었거든요. 사정이 생겨서 그렇다고 하기에 잘도 둘러댄다고 했더니 그날 밤에 연극을 좀 벌일 일이 있다고 하더라고요. 돈을 받고 하는 일이니까 나중에 그 돈으로 시계를 사 주겠다나요? 연극이라니 무슨 뜻이냐고 물었더니 아무한테도 말하지 말라면서 모처에서 파티가 열리는데 가짜 강도 노릇을 해 주기로 했다는 거예요. 자기가 실은 거라면서 내민 광고를 보고 저는 웃을 수밖에 없었죠. 루디는 약간 비웃는 듯이 말했어요. 영국 사람들이 좋아할 만한 유치한 장난이라고. 영국 사람들은 정신연령이 어린애 수준이라고. 제가 우리나라 사람들을 놓고 왜 그런 식으로 말하느냐고 따지는 바람에 말다툼이 벌어졌지만 나중에 화해했어요. 그런데 경위님도 이해하시겠지만 신문에서 그 기사를 읽고 장난이 아니라 루디가 정말 누군가를 쏘고 자살했다는 걸 알았을 때 어쩌면 좋을지 모르겠더라고요. 미리 알고 있었다고 털어놓으면 공범인 것처럼 보일지 모르잖아요. 하지만 처음 들었을 때는 장난인 줄 알았어요. 루디는 분명 그런 식으로 말했거든요. 리볼버를 가지고 간다는 말은 하지도 않았어요."

크래독은 알았다고 달랜 뒤 가장 중요한 질문을 던졌다.

"파티를 계획한 사람이 누구인지 이야기하던가요?"

하지만 이번 시도는 불발이었다.

"누가 시킨 일인지 끝까지 말을 하지 않았어요. 누가 시킨 게 아니라 루디가 꾸민 짓 같아요."

"이름을 이야기하지 않던가요? 남자인지, 여자인지라도."

"사람들을 깜짝 놀라게 할 거라는 말만 했어요. '그 사람들 얼굴을 보면서 실컷 웃어야지.' 이렇게 말했어요."

실컷 웃지는 못했겠지. 크래독은 이렇게 생각했다.

IV

"가설에 불과해."

메던햄으로 돌아가는 길에 라이즈데일은 이렇게 말했다.

"뒷받침할 만한 증거가 하나도 없잖아, 하나도. 나이 든 노처녀의 헛소리라 생각하고 잊어버리게. 알겠나?"

"그럴 수 없습니다, 서장님."

"도대체 말이 되지 않잖아. 미지의 인물이 어둠을 틈타서 스위스 친구의 등 뒤로 다가갔다니. 그 인물이 어디서 나타났단 말인가? 누구이며, 어디에 있었단 말인가?"

"셰르츠처럼 옆문으로 들어왔을지도 모릅니다. 아니면……."

그는 천천히 말을 덧붙였다.

"부엌에서 나왔을지도 모르죠."

"부엌에 있다 나왔단 말인가?"

"예, 서장님. 그랬을 가능성도 있습니다. 처음부터 그 여자가 미심쩍었습니다. 질 나쁜 부류인 것 같아서 말이죠. 집 안이 떠나가라 비명을 질렀다는 것 하며 히스테리를 부렸다는 것 하며……. 모두 다 연극이었을지 모릅니다. 이 친구를 꼬드겨서 적절한 때 집 안으로 들인 다음 블랙록 양과 남자를 쏘고 식당으로 재빨리 달려가서 은 식기와 섀미 가죽을 들고 비명을 지르기 시작한 거죠."

"그 추측에 위배되는 증언이 있지 않나. 이름이 뭐더라? 아, 에드 먼드 스웨트넘. 그 사람 말로는 식당 문이 밖에서 잠겨 있었고 자기 가 문을 열어 여자를 꺼내 주었다고 하니까. 현장에 접근할 수 있는 문이 그곳 말고 또 있나?"

"예. 계단 바로 밑에 뒷계단과 부엌으로 연결되는 문이 있습니다. 하지만 3주 전에 손잡이가 떨어져 나간 이후 다시 달지 않았습니다. 손잡이가 없으면 문을 열 수 없다고 하더군요. 그 말은 사실인 것 같 습니다. 문 옆 선반에서 샤프트와 손잡이 두 개를 보았는데 먼지투 성이였으니까요. 물론 전문가라면 쉽사리 문을 열 수 있을 겁니다."

"그 여자의 전과 기록을 찾아봐야겠군. 신분이 확실한지 알아봐. 하지만 내가 보기에는 헛수고인데……."

서장은 미심쩍은 표정으로 부하를 다시 한 번 쳐다보았다. 크래 독은 조용히 대답했다.

"저도 잘 압니다, 서장님. 그리고 서장님께서 수사를 종결하겠다 고 결정을 내리시면 따르겠습니다. 하지만 조금만 더 시간을 주시 면 좋겠습니다."

뜻밖에도 서장은 조용히 승낙의 뜻을 비쳤다.

"훌륭한 자세야."

"리볼버를 조사해야겠습니다. 방금 들은 가정대로라면 셰르츠의 총이 아니었고 셰르츠가 리볼버를 들고 있었는지 장담할 수 있는 사람이 없으니까요."

"독일제이던데."

"그렇습니다, 서장님. 하지만 이 나라에는 유럽 대륙에서 만든 총들이 난무합니다. 전쟁이 끝난 이후 미국인들뿐만 아니라 영국인들도 총을 가지고 귀국했으니까요. 총 없이 지낼 수 없게 된 거죠."

"맞는 말이야. 그리고 또 조사할 사항은?"

"동기가 있어야 합니다. 지난 금요일에 벌어졌던 일이 단순한 장난이나 일반적인 강도 행각이 아니라 잔인한 살인 계획이라는 점이 이번 가설의 핵심이니까요. 누군가 블랙록 양을 살해하려 했다는 뜻인데 이유가 뭘까요? 제가 보기에 해답을 알 만한 사람은 블랙록 양뿐입니다."

"블랙록 양은 자네 생각에 찬물을 끼얹은 것으로 아는데?"

"루디 셰르츠가 그녀를 살해하려고 했다는 주장에는 이미 찬물을 끼얹은 바 있죠. 그리고 그녀의 짐작은 옳았습니다. 그런데 한 가지가 더 있습니다, 서장님."

"뭔가?"

"누군가 또다시 살인을 시도할 거라는 점입니다."

"그럼 이번 가설이 맞는 것으로 입증되겠지."

라이즈데일은 건조한 어조로 말했다.

"아무튼 마플 양한테 신경 써 주게."

"마플 양에게요? 왜 그러십니까?"

"치핑 클레그혼의 목사관에 머물면서 일주일에 두 번씩 치료 삼아 메던햄 웰스에 오는 모양이야. 그 뭣인가 하는 부인이 오랜 친구의 딸인 것 같더군. 아무튼 호기심이 상당한 할머니 같아. 평생 별다른 재미를 못 느끼고 살아서 살인범 후보자들의 뒤를 캐고 다니는 데서 재미를 찾는 걸까?"

"앞으로는 가만히 계셨으면 좋겠습니다."

크래독이 진지하게 이야기했다.

"거치적거려서?"

"그런 게 아닙니다. 재미있는 분인걸요. 무슨 일이라도 생길까 봐 그렇습니다. 이번 가설이 맞는다면 그럴 가능성이 있으니까요."

수상한 문

I

"또다시 폐를 끼치게 돼서 죄송합니다, 블랙록 양."

"별 말씀을요. 심문이 일주일 만에 다시 열리는 만큼 이번에는 증거가 더 많아졌겠죠?"

크래독 경위는 고개를 끄덕였다.

"먼저 루디 셰르츠는 몽트뢰에 있는 알프스 호텔 사장의 아들이 아니었습니다. 베른에 있는 병원의 잡역부로 사회 생활을 시작한 모양이더군요. 당시 상당수의 환자들이 자질구레한 보석을 잃어버렸다고 합니다. 이후에 이름을 바꾸고 조그마한 겨울 스포츠 리조트에서 종업원 일을 했습니다. 그곳에서의 전공은 계산서 위조였죠. 항목이 서로 다른 계산서를 만들어서 차액을 챙기는 수법이었습니다. 이후 취리히의 어느 백화점에 취직했는데 셰르츠가 근무하는 동안 절도로 인한 손실액이 평균 이상이었다고 합니다. 손실분을 모두 고객의 탓으로 돌릴 수 없는 상황이었고."

블랙록 양이 무미건조한 말투로 물었다.

"사소한 범죄를 일삼는 사람이었다는 말씀이네요? 그러니까 제가 처음 보는 사람이라고 생각한 게 맞았군요?"

"그렇습니다. 로열 온천 호텔에 들른 블랙록 양에게 아는 척 접근했던 겁니다. 스위스 경찰의 수사망이 점점 좁혀지자 위조된 서류를 가지고 이곳으로 건너와서 로열 온천 호텔에 취직을 한 거죠."

"사냥터를 제대로 골랐네요. 요금이 어마어마해서 아주 잘사는 사람들만 머물 수 있는 곳이니까요. 그중 일부는 계산서를 제대로 확인하지도 않을 테고."

블랙록 양의 말투는 여전히 무미건조했다.

"그렇습니다. 상당한 수확을 거둘 가능성이 충분했죠."

블랙록 양은 미간을 찌푸렸다.

"그렇겠군요. 하지만 치핑 클레그혼으로 건너온 이유는 뭐죠? 으리으리한 로열 온천 호텔에 비해 여기가 나은 점은 아무 것도 없을 텐데."

"이 집에 값나가는 귀중품이 없는 게 확실합니까?"

"물론이죠. 있으면 제가 모를 리 없잖아요. 장담하지만 이 집에 남들이 모르는 렘브란트 작품이나 그런 건 없답니다."

"그렇다면 버너 양의 말씀이 맞는 것 같지 않습니까? 버너 양은 세르츠가 블랙록 양을 노린 거라고 했죠."

"그것 봐, 레티. 내가 뭐랬어!"

"아니야, 말도 안 돼, 버니."

"하지만 정말 말도 안 된다고 생각하십니까? 제가 보기에는 버너 양의 짐작이 사실인 것 같습니다만."

블랙록 양은 그를 날카롭게 노려보았다.

"상황을 한번 일목요연하게 정리해 보겠습니다. 이 남자가 광고를 통해 호기심에 찬 마을 사람들을 바로 그 시각에 모아 놓은 이유가……."

"하지만 일을 이런 식으로 만들 생각은 없었을 거예요."

버너 양이 얼른 끼어들었다.

"레티한테 보내는 끔찍한 경고였을지 몰라요. 제 느낌은 그랬거든요. '살인을 예고합니다.' 이 광고를 읽는 순간 불길한 예감이 들었어요. 레티, 만약 이 남자가 계획대로 너를 쏘고 사라졌다면 누군지 정체를 밝힐 수 있었겠어?"

"그야 그렇지. 하지만……."

"나는 그 광고가 장난이 아닌 줄 알고 있었어. 내가 뭐라 그랬니? 그리고 미치를 봐. 미치도 무서워했잖아!"

"아, 미치."

크래독이 입을 열었다.

"미치라는 여자 분에 대해서도 자세히 알고 싶습니다만."

"자격증을 보나 신분증을 보나 아무 문제 없어요."

"그럴 겁니다."

크래독은 냉랭하게 말했다.

"셰르츠의 신분증도 완벽했으니까요."

"하지만 루디 셰르츠라는 이 사람이 저를 살해할 이유가 없지 않은가요? 그 부분은 아무런 설명이 없으시군요, 크래독 경위님."

크래독은 천천히 운을 뗐다.

"배후 인물이 있을지도 모릅니다. 혹시 이 점에 대해서 생각해 보셨습니까, 블랙록 양?"

그는 상징적인 표현을 썼지만 마플 양이 세운 가정이 맞다면 상징이 아닌 실제가 된다는 생각을 했다. 하지만 블랙록 양은 그의 질문에 별다른 감흥을 느끼지 않았는지 여전히 미심쩍어하는 태도를 보였다.

"결국 똑같은 문제로 되돌아가잖아요. 도대체 누가 날 죽이고 싶어 하느냔 말이죠."

"바로 그 문제에 대한 해답을 듣고 싶어서 왔습니다, 블랙록 양."

"그야 나도 모르죠! 난 적을 만든 적이 없어요. 이웃 사람들하고 언제나 사이좋게 지내 왔고 누군가의 비밀을 알고 있지도 않으니까. 정말 얼토당토않은 말씀을 하시는군요! 그리고 미치가 이번 사건하고 연관이 있다고 생각하신다면 그것도 터무니없기는 마찬가지예요. 버너 양도 말했다시피 미치는 《가제트》에 난 광고를 보고 사색이 됐어요. 짐을 싸 들고 나가겠다고 할 정도로."

"머리를 쓴 것일지도 모릅니다. 블랙록 양이 붙잡을 줄 짐작했을 테니까요."

"그런 식으로 생각하면 무슨 일인들 설명이 안 되겠어요? 하지만 미치가 아무 이유 없이 저를 미워했더라면 음식에 몰래 독을 넣거나 하지 이런 식으로 복잡하게 일을 꾸미지는 않았을 거예요. 정말 말도 안 되는 생각을 하시는 거라고요. 경찰은 외국인이라면 무조건 색안경을 끼고 보시는 모양인데 미치가 거짓말을 좀 할지는 몰라도 잔인한 살인범은 못 됩니다. 원하신다면 가서 추궁해 보세요. 하지만 미치가 화를 내면서 이 집을 나가거나 방문을 걸어 잠그고 청승을 떨면 경위님한테 저녁 준비를 맡길 테니까 알아서 하시고요. 하면 부인이 그 집에 머무는 손님하고 오늘 오후 차나 마시자고 하기에 미치한테 케이크를 부탁하려고 했는데 경위님 때문에 잔뜩 신경질만 부리게 생겼군요. 제발 미치 말고 다른 사람을 의심하시면 안 될까요?"

II

크래독은 부엌으로 건너갔다. 그는 미치에게 예전과 똑같은 질문을 던졌고 똑같은 대답을 들었다.

예, 4시 이후에 현관문을 잠갔어요. 아니요, 평소에는 안 그러는데 그날 오후에는 '소름 끼치는 광고' 때문에 불안했거든요. 옆문은 잠가 봐야 소용없어요. 블랙록 양하고 버너 양이 오리를 우리에 넣고 닭 모이를 줄 때 그 문으로 드나드는 데다 헤임스 부인도 퇴근하면 그 문으로 들어오거든요.

"헤임스 부인 말로는 5시 30분에 들어오면서 옆문을 잠갔다고 하더군요."

"아, 그쪽 말을 믿으시겠다? 당연히 그러시겠죠."

"헤임스 부인을 믿지 말라는 뜻인가요?"

"제 생각을 말한들 무슨 소용 있겠어요? 어차피 믿지도 않을 거면서."

"한번 믿어 봅시다. 헤임스 부인이 그 문을 잠그지 않았을 거란 말이죠?"

"잠기지 않도록 아주 조심했을걸요?"

"잠기지 않도록 조심했을 거라뇨?"

"그 남자는 혼자 일을 벌인 게 아니에요. 어디로 들어오면 되는지 알고 있었고 문이 열려 있을 줄 알고 있었죠. 그럼요! 아주 훤히 열려 있을 줄 이미 알고 있었을걸요?"

"무슨 뜻입니까?"

"무슨 뜻이건 상관 있나요? 듣지도 않을 거면서. 날더러 거짓말이나 하는 불쌍한 난민이라고 하시겠죠. 금발의 영국 숙녀가 거짓말을 할 리 없다고 하시겠죠. 그럼! 전형적인 영국 숙녀, 정직한 여자인걸! 그러니까 내가 아니라 그쪽 말을 믿으시겠죠. 하지만 그게 아니라고요. 아니고말고요!"

그녀는 스튜 냄비를 쾅 하고 스토브 위에 내려놓았다.

크래독은 분풀이에 불과할지도 모르는 말을 계속 귀담아 들어야 할지 말아야 할지 갈등에 휩싸였다.

"하신 이야기는 모두 기록으로 남습니다."

"아무 이야기도 하지 않을 거예요. 뭐하러 이야기를 한담? 당신네들은 다 똑같아. 가엾은 난민들을 괴롭히고 무시하고. 일주일 전에 그 남자가 블랙록 양한테 돈을 빌리러 찾아왔다가 씨알도 안 먹히고 내쫓긴 다음 별채에서 헤임스 부인하고 이야기하는 소리를 들었다고 한들 내가 다 지어낸 소리라고 할 거 아니에요!"

정말로 지어낸 소리일지도 모르지. 크래독은 속으로 이렇게 생각했지만 말은 다르게 했다.

"별채에서 하는 이야기가 여기까지 들릴 리 없잖아요?"

미치는 의기양양하게 외쳤다.

"뭘 모르시네! 쐐기풀을 따러 나갔다가 들었다고요. 쐐기풀이 얼마나 맛있는데 이 집 사람들은 그걸 몰라요. 그래서 난 쐐기풀로 음식을 만들고 재료를 비밀로 한다고요. 아무튼 그때 두 사람이 별채에서 하는 이야기를 들었어요. 남자가 '어디 숨는단 말이죠?' 하니까 헤임스 부인이 '가르쳐 줄게요.' 하면서 '6시 15분에 만나요.' 했단 말이에요. 그래서 난 속으로 생각했죠. 우웩! 고상한 척하더니 이런 짓이나 하고 있네! 일 끝내고 밖에서 남자나 몰래 만나다니. 그 남자를 집 안으로 끌어들이려고 하다니. 블랙록 양이 들으면 좋아하지 않을 텐데? 이 집에서 쫓아낼 텐데? 잘 보고 잘 들어놓았다가 블랙록 양한테 고자질해야지. 하지만 착각이었어요. 헤임스 부인이 계획한 건 비밀 연애가 아니라 도둑질, 살인이었으니까. 하지만

경위님은 내가 지어낸 소리라고 하겠죠. '못된 미치, 감옥으로 끌고
갈 테다.' 하겠죠."

크래독은 잠시 고민에 휩싸였다. 지어낸 이야기일지 모르지만 아
닐 수도 있었다. 결국 그는 조심스럽게 물었다.

"헤임스 부인하고 이야기하던 상대가 루디 셰르츠였던 게 분명합
니까?"

"당연하죠. 이 집에서 나갈 때 별채 쪽으로 가는 걸 봤는데."

미치가 시비조로 대답했다.

"그리고 잠시 후에 내가 파릇파릇한 쐐기풀이 있나 보러 나간 거
라고요."

크래독은 속으로 생각했다. 10월에 파릇파릇한 쐐기풀을 찾는다
고? 몰래 염탐하러 나간 이유를 급조하느라 쐐기풀 핑계를 댄 것이
분명했다.

"그것 말고 다른 이야기는 못 들었나요?"

미치는 안타까워하는 표정을 지었다.

"버너 양이, 그 코 길쭉한 여자가 자꾸 부르잖아요. '미치! 미치!'
그래서 자리를 뜨는 수밖에 없었죠. 버너 양은 정말 짜증나. 항상 간
섭이나 하고. 요리를 가르쳐 주겠다나? 요리라니! 맹물, 맹물, 맹물
맛 나는 음식밖에 만들 줄 모르면서!"

"지난번에는 왜 이 이야기를 하지 않았습니까?"

크래독이 날카롭게 물었다.

"그땐 기억이 안 났으니까요, 그땐……. 계획된 사건이라면 그 여

자의 계획이라는 생각이 나중에야 들었으니까요."

"헤임스 부인이었던 게 분명합니까?"

"그럼요. 분명하다마다요. 아주 확실해요. 헤임스 부인은 도둑이야. 도둑에 공범이야. 그렇게 고상한 숙녀 분이 채소밭에서 일하면서 받는 돈으로는 부족하다 이거지. 블랙록 양이 그렇게 잘해 주었는데 도둑질을 생각하다니. 나쁜, 나쁜, 나쁜 여자!"

크래독은 그녀를 주의 깊게 관찰하며 물었다.

"당신이 루디 셰르츠하고 이야기하는 걸 본 사람이 있다면 어떻게 할래요?"

이 말은 그가 생각했던 것만큼 효과를 거두지 못했다. 미치는 콧방귀를 뀌며 고개를 뒤로 젖힐 따름이었다.

"내가 루디 셰르츠하고 이야기하는 걸 봤다고요? 거짓말, 거짓말, 거짓말!"

그녀는 경멸조로 내뱉었다.

"다른 사람을 놓고 거짓말 하기야 쉽죠. 하지만 영국에서는 증거를 대야 하는 거 아닌가요? 블랙록 양한테 그렇다고 들었어요. 맞죠? 난 살인범이나 도둑하고는 이야기 안 해요. 어느 경찰관이라도 나한테 그런 누명은 못 씌운다고요. 그리고 경위님이 이렇게 조잘, 조잘, 조잘거리면 점심 준비를 어떻게 하겠어요? 내 부엌에서 나가 줘요. 아주 어려운 소스를 만들어야 하니까."

크래독은 순순히 부엌을 나섰다. 미치에 대한 의심이 조금 흔들리는 기분이었다. 필리파 헤임스에 관한 이야기가 아주 신빙성 있게 들렸던 것이다. 미치가 거짓말을 밥 먹듯이 할지는 몰라도(이 부분만큼은 분명했다.) 필리파 헤임스의 이야기에서는 진실의 기미가 엿보였다. 그는 필리파에게 직접 물어보기로 했다. 처음 심문했을 때 그녀는 조용하고 좋은 집안에서 자란 여자 같았다. 당시에 크래독은 그녀를 조금도 의심하지 않았다.

그는 복도를 가로질러 갔고 생각에 잠긴 나머지 문을 잘못 찾았다. 계단을 내려오고 있던 버너 양이 황급히 가로막고 나섰다.

"그 문이 아니에요. 그쪽 문은 열리지 않는답니다. 왼쪽으로 보이는 다음 문으로 나가시면 돼요. 헷갈리죠? 문이 워낙 많아서."

"정말 많군요."

크래독은 좁은 복도를 위아래로 훑어보며 말했다.

버너 양이 친절하게 하나하나 설명을 시작했다.

"첫 번째는 화장실 문, 그 다음은 벽장 문, 다음은 식당 문이에요. 저쪽은 이것으로 끝이에요. 이쪽으로 넘어오면 경위님이 잡으셨던 가짜 문, 다음이 진짜 응접실 문, 다음이 사기 그릇 넣는 찬장 문, 다음이 작은 화원으로 이어지는 문, 제일 마지막이 옆문이랍니다. 정말 헷갈리죠? 특히 이 문 두 개는 워낙 붙어 있어서 저도 실수할 때가 많아요. 원래 이 문은 홀 탁자로 막아 놓았는데 저쪽 벽으로 옮겼어요."

크래독은 조금 전에 열려고 했던 문짝을 쳐다보았다. 가느다란 세로줄이 금세 눈에 띄었다. 홀 탁자가 놓였던 자리인 모양이었다. 순간 한 줄기 빛이 희미하게 그의 머리를 스치고 지나갔다.

"옮겼다고요? 언제 옮기셨습니까?"

도라 버너를 심문할 때는 이유를 댈 필요가 없어서 좋았다. 그녀는 수다 떨기를 워낙 좋아해서 어떤 주제의 어떤 질문을 던지더라도 사소한 것이나마 정보를 줄 수 있다는 데 기뻐했다.

"언제였더라? 얼마 전이었는데……. 열흘에서 2주쯤 됐어요."

"왜 옮기셨습니까?"

"기억이 잘 안 나요. 꽃 때문이었는데……. 필리파가 가을 분위기물씬 나는 나뭇가지들을 꺾어다 커다란 꽃병을 꾸몄는데(꽃꽂이 솜씨가 좋거든요.) 너무 커서 지나가면 머리카락이 걸리고 그랬거든요. 그래서 필리파가 저쪽으로 옮기자고, 문이 아니라 아무것도 없는 벽을 배경으로 놓으면 더 예뻐 보일 거라고 했어요. 그 때문에 워털루 전투에 참여한 웰링턴 장군 그림을 계단 밑으로 치웠죠. 어차피 난 그 그림 별로 마음에 안 들었어요."

"원래는 가짜 문이 아니었습니까?"

크래독이 문을 내려다보며 물었다.

"아니에요. 경위님 식으로 말씀드리자면 원래는 진짜 문이었어요. 작은 응접실에 딸린 문이었는데 응접실 두 개를 하나로 합치니까 필요 없게 돼서 막은 거죠."

"막았다고요?"

크래독은 살며시 문고리를 돌려 보았다.

"못을 박았다는 말씀입니까? 아니면 자물쇠로 잠갔다는 말씀입니까?"

"자물쇠로 잠그고 빗장을 걸었죠."

그는 위쪽에 달린 빗장을 움직여 보았다. 쉽게, 너무나도 쉽게 움직였다.

"이 문을 마지막으로 연 게 언제였습니까?"

"아주 오래전이었을걸요? 제가 이 집에 있는 동안에는 연 적이 없어요."

"열쇠가 어디 있는지 아십니까?"

"홀 탁자 서랍 속에 각종 열쇠가 있어요. 아마 거기 있을 거예요."

크래독은 버너 양의 뒤를 따라갔다. 서랍 뒤쪽으로 밀어 놓았던 낡은 열쇠들이 보였다. 그는 나머지와 생김새가 다른 열쇠를 하나 찾아 들고 문이 있는 곳으로 돌아갔다. 열쇠는 미끄러지듯 들어갔다. 문을 밀었더니 아무 소리 없이 스르르 열렸다.

"조심하세요."

버너 양이 큰 소리로 외쳤다.

"안쪽에서 뭔가로 막았을지도 몰라요. 한 번도 열어 본 적 없는 문이니까."

"과연 그럴까요?"

그의 표정은 이제 딱딱하게 굳어 있었다. 그는 한 마디 한 마디에 힘을 실으며 말했다.

"이 문은 최근에 열린 적이 있습니다, 버너 양. 자물쇠와 경첩에 기름 칠까지 되어 있으니까요."

버너 양은 멍한 표정으로 입을 벌리고 그를 쳐다보았다.

"누가 그런 짓을 했을까요?"

"이제부터 조사를 해야겠죠."

크래독은 무뚝뚝하게 말하고 생각에 잠겼다. X는 외부 인물일까? 아니다. X는 이 집의 내부 인물이다. X는 그날 밤 응접실에 있었다.

핍과 에마

I

블랙록 양은 한결 긴장한 표정으로 그의 말에 귀를 기울였다. 그녀는 똑똑한 사람답게 크래독의 말뜻을 금세 알아차렸다.

"그렇군요."

그녀는 조용히 이야기를 꺼냈다.

"그렇다면 이야기가 달라지네요……. 그 문에 손을 댄 사람이 있었다니. 제가 아는 한 그 문에 손을 댄 사람은 없었는데."

크래독은 다그치듯 말했다.

"그게 무슨 뜻인지 생각해 보십시오. 불이 나갔을 때 이 방에 있던 사람 누구라도 그 문으로 빠져나가 루디 셰르츠의 뒤에서 블랙록 양을 쏠 수 있었다는 뜻입니다."

"아무 소리 없이, 아무도 모르게 말이죠?"

"그렇습니다. 생각해 보십시오. 불이 나갔을 때 사람들 모두 비명을 지르면서 우왕좌왕하지 않았습니까? 이후에 보이는 것이라고는 눈부신 손전등 불빛뿐이었고요."

블랙록 양은 천천히 입을 열었다.

"그러니까 그 사람들 중에 한 명이, 인정 많고 평범한 우리 이웃 중에 한 명이 몰래 빠져나가서 저를 죽이려 했단 말씀인가요? 하지만 이유가 뭐죠? 도대체 이유가 뭐냐고요."

"블랙록 양은 분명 해답을 아실 겁니다."

"모르겠어요, 경위님. 정말 모르겠어요."

"차근차근 생각해 봅시다. 블랙록 양이 숨을 거두면 누가 유산을 물려받게 됩니까?"

블랙록 양은 마지못한 표정으로 말했다.

"패트릭하고 줄리아가 받아요. 이 집의 가구하고 얼마 안 되는 연금은 버니의 몫이 되고. 하지만 유산이라고 해야 얼마 되지도 않아요. 독일과 이탈리아 채권을 가지고 있지만 휴지 조각이 됐고 예금에 붙는 세금과 낮은 이자율을 생각하면 저를 살해해 봐야 얻는 이득이 거의 없답니다. 게다가 1년 전쯤 거의 모든 돈을 연금에 넣었으니까요."

"그래도 수입이 좀 있으실 거 아닙니까. 그건 조카 분들 차지가 되겠죠."

"그러니까 패트릭하고 줄리아가 저를 죽이려고 했단 말씀인가요? 말도 안 돼요. 그 정도로 돈이 궁한 상황도 아닌데."

"장담하십니까?"

"그렇지는 않아요. 두 아이한테 들은 이야기니까……. 하지만 두 아이를 의심하기는 싫습니다. 언젠가는 저를 살해하면 얻는 이득이 많아지겠지만 지금은 아니에요."

"언젠가는 블랙록 양을 살해하면 얻는 이득이 많아진다니 무슨 말씀이신가요?"

"언젠가, 아니 조만간 아주 재산이 많아지거든요."

"재미있는 말씀을 하시는군요. 자세한 설명을 부탁드려도 되겠습니까?"

"그럼요. 경위님은 아마 모르시겠지만 전 20여 년 동안 랜들 괴들러의 비서로 일을 하면서 아주 돈독한 관계로 지냈답니다."

귀가 솔깃한 이야기였다. 랜들 괴들러라면 금융계의 거물이었다. 과감한 투기와 연극 배우 비슷한 분위기 연출로 사람들의 뇌리 속에 깊은 인상을 남긴 인물이었다. 크래독의 기억이 맞다면 그는 1937년인가 1938년에 고인이 되었다.

"경위님하고는 세대차가 좀 있어서 잘 모르시겠네요. 하지만 이름은 들어 보셨겠죠?"

"물론입니다. 백만장자였다고 들었습니다만 맞습니까?"

"백만장자뿐이었겠어요? 하지만 부침이 좀 있었죠. 새로운 '쿠데타'에 항상 거의 전 재산을 걸었으니까."

그녀의 목소리는 활기를 띠었고 두 눈은 옛 추억을 되새기며 반짝거렸다.

"아무튼 세상을 떠날 당시에는 재산이 상당했어요. 아이가 없어서 부인이 살아 있는 동안에는 부인이 쓰도록, 이후에는 제 몫이 되도록 재산을 신탁에 맡겼답니다."

크래독의 머릿속에서 희미한 기억이 떠올랐다.

엄청난 재산이 믿음직한 비서의 차지가 되다. 이 비슷한 기사를 본 기억이 났다.

블랙록 양은 눈을 반짝이며 말을 이었다.

"저는 지난 12년 동안 괴들러 부인을 살해할 만한 동기가 충분했는데. 이런 말을 해 봐야 경위님한테는 별 도움이 안 되겠죠?"

"이런 질문을 드려서 죄송합니다만 괴들러 부인은 남편의 결정에 화를 내셨습니까?"

블랙록 양은 이제 재미있다는 표정으로 바뀌었다.

"그런 식으로 조심스럽게 물으실 것 없어요. 그러니까 제가 랜들 괴들러의 정부였는지, 그게 궁금하신 거죠? 아니에요. 랜들은 저한테 애틋한 감정을 품은 적이 없었고 저 역시 마찬가지였으니까. 그는 벨(부인 이름이랍니다.)을 사랑했고 죽는 날까지 그 사랑은 변함이 없었죠. 랜들은 고맙다는 뜻에서 그런 유언장을 남겼을 거예요. 아주 초창기, 그러니까 랜들이 아직 자리를 잡지 못했을 때 파산 직전으로 몰린 적이 있거든요. 사실 몇 천 파운드만 있으면 해결될 문제였죠. 어마어마하고 짜릿한 '쿠데타'에 과감하게 투자를 했는데 순간적인 위기를 극복할 몇 푼이 없었던 거예요. 그때 제가 도움을 췄어요. 모아 놓은 돈이 좀 있었고 랜들을 믿었으니까. 그래서 가지고 있던 돈을 탈탈 털어 랜들한테 췄어요. 그게 적중했고 일주일 뒤에 그는 어마어마한 재산을 거머쥐게 되었죠. 이후로 랜들은 저를 동업자 비슷하게 생각했어요. 정말 짜릿한 시절이었는데!"

그녀는 한숨을 내쉬었다.

"일이 정말 재미있었거든요. 그러다 아버지가 돌아가시고 병에 걸린 여동생 혼자 남게 됐어요. 전 모든 걸 포기하고 고향으로 내려가서 동생을 돌보는 수밖에 없었죠. 랜들은 몇 년 뒤에 눈을 감았어요. 저는 그 사람하고 일을 하면서 제법 돈을 모았고 유산은 기대도 하지 않는데 벨이 저보다 먼저 죽을 경우(사실 벨은 누구나 오래 살지 못할 거라고 말할 만큼 몸이 약한 체질이었어요.) 전 재산을 물려받게 될 것이라는 소식을 듣고 참 감동했어요. 뿌듯하기도 했고. 아무래도 물려줄 사람이 없어서 그랬겠죠. 벨은 참 좋은 여자예요. 유언장 이야기를 듣고 기뻐했죠. 정말 착한 여자예요. 벨은 지금 스코틀랜드에서 살고 있답니다. 만난 지는 꽤 됐어요. 크리스마스에 카드만 주고받고. 여동생은 전쟁이 벌어지기 직전에 저하고 스위스의 요양소로 떠났는데 거기서 폐결핵으로 눈을 감았답니다."

그녀는 잠시 침묵을 지키더니 다시 입을 열었다.

"영국으로 돌아온 지 이제 1년이 조금 넘었군요."

"조만간 재산이 아주 많아질 거라고 하셨는데요, 그게 언제쯤입니까?"

"벨을 돌보는 간호사한테 들었는데 그녀의 건강이 급속도로 악화

되고 있다고 하더군요. 아마…… 몇 주 못 버틸 모양이에요."

그녀는 슬픈 목소리로 덧붙였다.

"지금 저한테는 돈이 별다른 의미가 없어요. 간단한 의식주 정도
는 해결하고도 남으니까요. 한때는 투기 시장으로 다시 돌아갈 수
있다면 얼마나 좋을까 생각했지만 지금은……. 뭐, 사람은 나이가
들면 늙게 마련이죠. 어쨌거나 경위님, 패트릭하고 줄리아가 돈 때
문에 저를 죽이려고 했다면 몇 주 기다리는 편이 훨씬 낫지 않았겠
어요?"

"맞는 말씀입니다. 그런데 블랙록 양께서 괴들러 부인보다 먼저
돌아가시면 그 재산이 누구 차지가 됩니까?"

"사실 그 문제는 한 번도 생각해 본 적이 없네요. 핍하고 에마가
아닐까 싶은데……."

크래독은 그녀를 멀뚱멀뚱 쳐다보았고 블랙록 양은 미소를 지
었다.

"무슨 소린가 싶으시죠? 제가 벨보다 먼저 죽으면 랜들의 하나뿐
인 여동생 소냐의 법정 상속인(이 단어가 맞는지 모르겠네요.)이 이
재산을 물려받게 될 거예요. 랜들은 동생하고 사이가 안 좋았어요.
사기꾼보다 더 나쁜 남자하고 결혼을 했다고."

"실제로 사기꾼이었습니까?"

"그랬죠. 하지만 여자들한테 아주 인기가 많은 타입이겠더군요.
그리스인가 루마니아 출신이었는데 이름이 뭐였더라? 스탐포르디
스. 드미트리 스탐포르디스."

"랜들 괴들러는 동생이 이 남자하고 결혼하는 것을 보고 유언장에서 제외시켜 버렸습니까?"

"천만에! 소냐도 나름대로 꽤 부유했어요. 랜들이 상당한 금액을 떼어 줬거든요. 물론 남편이 손을 대지 못하도록 최대한의 조치를 취한 다음에 말이죠. 변호사들이 제가 벨보다 먼저 죽을 경우를 대비하라고 압력을 넣으니까 랜들은 할 수 없이 소냐의 아이들을 넣었을 거예요. 달리 물려줄 만한 사람도 없고 자선 재단에 전 재산을 기부할 성격은 못 되니까요."

"소냐는 결혼 후에 아이를 낳았습니까?"

"그게 핍하고 에마예요."

블랙록 양은 이렇게 말하고 웃음을 터뜨렸다.*

"엉뚱한 이름이죠? 소냐는 결혼을 하고 나서 벨에게 편지를 한 번 보낸 적이 있는데 오빠한테 아주 행복하게 잘 지내고 있다고 전해 달라면서 얼마 전에 쌍둥이를 낳았는데, 핍하고 에마라고 부를까 한다고 썼거든요. 내가 아는 한 그 이후로는 편지를 보낸 적이 없어요. 벨한테 물으면 더욱 자세하게 알려 주겠죠."

블랙록 양은 장황한 설명을 마치고 즐거워하는 표정을 지었다. 하지만 크래독은 즐거운 표정이 아니었다.

"그럼 이런 결론이 내려지는군요. 지난밤에 당신이 살해되었다면 적어도 두 사람이 엄청난 재산을 물려받을 수 있었습니다. 그런

---

* 영국 구어에서 '핍 에마'는 '오후'를 가리킨다.

데도 살해당할 만한 동기가 없다고 주장하시다니 그런 억지가 어디 있습니까, 블랙록 양? 이해당사자가 적어도 두 사람인 상황에서 말씀이죠. 이 남매는 나이가 몇 살 정도 됩니까?"

블랙록 양은 미간을 찌푸렸다.

"어디 보자…… 1922년생이었나? 그건 아니었고…… 기억이 잘 안 나네…… 스물다섯 아니면 스물여섯 살일 거예요."

그녀의 표정은 다시 냉정해졌다.

"경위님, 설마……."

"지난밤에 총을 쏜 인물은 블랙록 양을 살해할 목적이었습니다. 그리고 누군가 다시 시도할 가능성이 충분합니다. 부탁드리지만 조심하고 또 조심해 주시기 바랍니다, 블랙록 양. 첫 번째 살인 계획이 무산된 만큼 두 번째 살인 계획이 조만간 등장할 가능성이 크다고 봅니다."

II

필리파 헤임스는 허리를 펴고 땀에 젖은 이마 위로 흘러내린 머리카락을 쓸어 올렸다. 그녀는 화단을 청소하는 중이었다.

"무슨 일이신가요, 경위님?"

그녀는 묻는 듯한 표정으로 크래독을 쳐다보았다. 그는 보답으로 예전보다 훨씬 더 날카로운 눈빛을 선물했다. 그래, 상당한 미녀였다. 잿빛이 도는 금발에 약간 길다 싶은 얼굴이 전형적인 영국인이었다. 여기에 고집 세게 보이는 턱과 입. 항상 무언가를 누르고 있는 듯한, 긴장한 듯한 분위기가 느껴졌다. 흔들림 없는 파란 눈은 아무 말도 하지 않았다. 이런 여자가 비밀을 잘 숨기는 법이었다.

"항상 일을 하는 도중에 찾아와서 죄송합니다, 헤임스 부인. 하지만 점심을 드시러 오실 때까지 기다릴 수가 없었습니다. 게다가 리틀 패덕스하고 좀 떨어진 여기에서 말씀을 드리는 편이 훨씬 좋을 것 같았고요."

"무슨 일이신가요, 경위님?"

감정이나 관심이 조금도 실리지 않은 목소리였다. 하지만 경계의 기미를 느낀 것은 그만의 착각이었을까?

"오늘 아침에 어떤 진술을 들었습니다. 헤임스 부인과 연관 있는 진술이었죠."

필리파는 아주 살짝 눈썹을 치켜세웠다.

"루디 셰르츠라는 남자를 전혀 모른다고 하셨죠, 헤임스 부인?"

"예."

"시신과 맞닥뜨리기 전까지는 그 남자를 본 적이 없다고 하셨습니다. 맞습니까?"

"예. 한 번도 본 적 없어요."

"그럼 리틀 패덕스의 별채에서 이야기를 나눈 적도 없겠군요?"

"별채요?"

그녀의 목소리에서 공포의 기미가 느껴졌다. 분명했다.

"그렇습니다, 헤임스 부인."

"누가 그런 소리를 하던가요?"

"헤임스 부인께서 루디 셰르츠와 이야기를 나누었다고, 이 남자가 어디 숨으면 되겠느냐고 물었고 부인은 가르쳐 줄 테니 6시 15분에 만나자고 했다는 진술을 들었습니다. 6시 15분이면 강도극이 벌어졌던 날 저녁, 버스에서 내린 셰르츠가 이곳에 도착한 무렵입니다만."

침묵이 흐르고 잠시 후 필리파는 어이없다는 듯이 짤막한 웃음을 터뜨렸다. 재미있다는 듯한 표정이었다.

"누가 그런 소리를 했는지 모르겠군요. 짐작은 가지만. 상당히 엉성하고 악의로 가득한 이야기네요. 무슨 이유에서인지는 모르겠지만 미치는 그 집 사람들 중에서 저를 제일 미워하죠."

"그럼 부인하시는 겁니까?"

"당연하죠. 사실이 아니니까요……. 저는 루디 셰르츠를 본 적도 없고 만난 적도 없어요. 그날 아침만 하더라도 별채 근처에는 가지도 않았어요. 여기서 일을 하고 있었으니까요."

크래독 경위는 아주 부드럽게 물었다.

"어느 날 아침 말씀이십니까?"

잠시 침묵이 흘렀다. 그녀의 눈꺼풀이 파르르 떨렸다.

"매일 아침요. 전 매일 아침 여기서 일을 해요. 오후 1시까지."

그녀는 경멸조로 이렇게 덧붙였다.

"미치가 하는 말은 들을 필요가 없어요. 늘 거짓말만 하니까."

"결국 이렇게 됐군."

크래독은 플레처 경사와 함께 걸어가며 이야기를 꺼냈다.

"정확하게 대치되는 두 여자의 진술. 어느 쪽 말을 믿어야 할까?"

"그 외국인 여자는 거짓말을 밥 먹듯이 한다는 게 모든 사람들의 의견인 것 같습니다. 저도 외국인을 다룬 경험이 있습니다만 다들 진실이 아닌 거짓을 택하더군요. 그 여자는 헤임스 부인에게 앙심을 품고 있는 모양입니다."

"그러니까 자네라면 헤임스 부인의 말을 믿겠다?"

"확실한 반증이 등장하기 전까지는 그렇게 하겠습니다."

사실 확실한 반증은 없었다. 지나치게 침착한 파란 눈과 불쑥 튀어나온 '그날 아침'이라는 단어가 의심스러울 뿐. 크래독은 아무리 기억을 더듬어 보아도 아침이나 오후라는 표현을 쓴 적이 없었다.

어쩌면 블랙록 양이, 그도 아니면 버너 양이 스위스로 돌아갈 비용을 구걸하러 찾아왔던 젊은 외국 남자 이야기를 꺼냈을지도 모른다. 그래서 필리파 헤임스가 그날 아침을 가리키는 것이겠거니 단정 지었을지도 모른다.

하지만 "별채요?" 하고 묻던 그녀의 목소리에는 분명 공포의 기미가 묻어 있었다.

크래독은 판단을 유보하기로 했다.

III

목사관 앞뜰은 아주 상쾌한 곳이었다. 가을의 따스함이 난데없이 영국을 찾은 이런 날씨를 성 마틴의 여름이라고 부르는지 성 누가의 여름이라고 부르는지 크래독 경위로서는 알 수 없었지만* 상쾌한 한편으로 나른해지는 것은 분명했다. 그는 활기 넘치는 번치가 학부형 모임 참석차 나서는 길에 건네준 접이식 의자에 앉았고 마플 양은 커다란 덮개로 무릎을 덮고 그의 옆에서 뜨개질을 했다. 햇살, 평화로움, 규칙적으로 딸깍딸깍 소리를 내는 마플 양의 뜨개바늘이 한데 어우러져 나른한 분위기를 만들었다. 하지만 크래독의 마음 한구석에서는 악몽의 예감이 느껴졌다. 무시무시한 분위기가 점점 고조되면서 일상이 공포로 바뀌는 낯익은 꿈과 비슷했다.

그는 불쑥 입을 열었다.

"여기 계시면 안 됩니다."

마플 양은 잠시 뜨개질을 멈추고 도자기를 닮은 파란빛의 차분한 눈으로 그를 물끄러미 쳐다보았다.

"무슨 뜻에서 하는 말인지 알겠어요. 경위님은 참 세심한 성격이로군요? 하지만 걱정할 것 없어요. 번치의 아버지(우리 교구 목사였답니다. 아주 훌륭한 학자였죠.)와 어머니(정말 믿음이 강한 사람이었어요.)는 나하고 아주 오랜 친구랍니다. 그러니까 메던헴을 찾은 이상

---

* 성 마틴의 여름은 11월 11일 성 마틴제 무렵, 성 누가의 여름은 10월 18일 성 누가제 무렵의 포근한 날씨를 가리킨다.

얼마 동안 번치네 집에 머무는 게 아주 당연하지 않겠어요?"

"그럴지도 모르죠. 하지만, 하지만 너무 기웃거리지는 말아 주십시오. 그러기에는 너무 위험하다는 생각이 듭니다."

마플 양은 살짝 미소를 지었다.

"하지만 나처럼 나이 많은 여자들은 항상 기웃거린답니다. 그렇지 않으면 오히려 이상하고 눈에 띄지 않겠어요? 우리 같은 여자들이야 세계 각지로 흩어진 친구들은 어떻게 사느냐고, 이런저런 일들 생각나느냐고, 누구네 딸은 결혼했느냐고 묻는 게 일인데. 그게 다 도움이 되기도 하고요."

"도움이 되다니요?"

크래독은 약간 멍한 목소리로 물었다.

"사람들의 실상을 파악하는 데 도움이 되지요. 경위님이 걱정하는 것도 그런 부분 아닌가요? 전쟁이 끝나면서 세상이 변한 게 바로 그런 부분이지요. 여기, 치핑 클레그혼을 예로 들어도 그래요. 내가 사는 세인트 메리 미드하고도 아주 비슷한데 15년 전까지만 해도 한 마을에 모르는 사람이 없었어요. 대저택에 사는 밴트리 부부. 그리고 하트넬, 프라이스 리들리, 웨더비 부부……. 모두들 아버지와 어머니, 할아버지와 할머니 때부터 한 마을에 살던 사람들이지요. 새로 이사 오는 사람들은 소개장을 들고 오거나 기존의 어느 주민과 같은 연대 또는 같은 배에서 부대낀 사이였답니다. 새로운 인물, 정말로 새로운 인물, 생판 모르는 사람이 등장하면 단연 눈에 띄었고 모두들 어떤 사람일까 궁금해하면서 확실히 파악이 될 때까지 마음을 놓지 않았어요."

그녀는 부드럽게 고개를 끄덕였다.

"하지만 지금은 그렇지가 않지요. 시골마다 아무런 연고 없이 찾아와서 정착한 사람들로 가득하니까. 대저택들은 팔리고 작은 집들은 구조가 바뀌고……. 이런 이웃들의 신상명세야 당사자가 하는 말을 믿을 수밖에 없지 않겠어요? 요즘은 전 세계에서 사람들이 영국을 찾아오지요. 인도, 홍콩, 중국에서 건너온 사람들, 프랑스와 이탈리아의 외딴 섬에 살던 사람들. 그리고 적으나마 퇴직해도 될 만큼 돈을 모은 사람들. 하지만 이들이 실제로 어떤 사람인지는 아무도 모른답니다. 집 안에 바라나시 산 놋쇠 제품을 갖추어 놓고 티핀*이며 초타 하즈리** 이야기를 하건, 힌클리프 양과 머거트로이드 양처럼 타오르미나*** 그림을 걸어 놓고 영국 교회며 도서관 이야기를 하건, 남프랑스에서 건너왔다고 하건, 지금까지 줄곧 동양에서 살았다고 하건. 요즘 사람들은 상대방을 겉모습 그대로 평가하지요. 친구한테 누구누구는 참 좋은 사람이다, 나하고 평생 알고 지내 온 사람이다 하는 편지를 받을 때까지 기다리지도 않아요."

크래독으로서는 그 점이 바로 골칫거리였다. 그는 알 수가 없었다. 그가 이 마을 사람들에 대해 아는 사항이라고는 얼굴과 성격, 배급 통장과 깔끔한 신분증뿐이었다. 그나마 신분증은 사진이나 지문

---

* 인도의 간단한 점심 식사.
** 인도의 아침 식사.
*** 이탈리아 시칠리아 주에 위치한 도시.

없이 숫자만 적힌 카드에 불과했고 누구든 마음만 먹으면 그럴듯한 신분증을 만들 수 있었다. 영국의 시골 생활을 지탱해 오던 미묘한 유대 관계가 무너진 것은 일정 부분 이런 탓도 있었다. 도시에서는 이웃을 잘 알지 못하는 것이 당연한 현상이었다. 그런데 이제는 시골에서마저 이웃끼리 모르는 경우가 허다했다. 당사자는 잘 알고 있다고 생각할지 모르지만…….

크래독은 기름 칠한 문과 마주친 이후로 친절한 이웃의 가면을 쓴 범인이 레티셔 블랙록의 응접실에 섞여 있었음을 알게 되었다. 그가 나이 많고 연약하며 눈치가 빠른 마플 양을 걱정하는 이유도 그 때문이었다.

"어느 정도까지는 뒷조사를 할 수 있을 겁니다……."

하지만 쉽지 않은 일이었다. 인도, 중국, 홍콩, 그리고 남프랑스……. 15년 전이었다면 그렇게 어렵지는 않았을 것이다. 하지만 지금은 도시에서 '사고'로 갑작스럽게 목숨을 잃은 사람을 사칭하며 전국을 돌아다니는 범죄자들이 있고, 신분증과 배급 통장을 위조하는 소규모 조직들이 백여 개나 존재하는 실정이었다. 뒷조사야 할 수 있지만 시간이 걸리는 작업이었다.

그런데 지금은 랜들 괴들러의 미망인이 죽음을 앞두고 있는 상황이니 만큼 시간이 없었다.

지치고 걱정되고 햇볕에 나른해진 때문이었을까? 크래독은 마플 양에게 랜들 괴들러와 핍, 에마 이야기를 꺼냈다.

"분명 애칭이겠죠. 어쩌면 존재하지 않는 인물일지도 모릅니다.

아니면 유럽 어딘가에 살고 있는 모범 시민일지도 모르고요. 하지만 둘 중 한 사람 또는 두 사람 모두 지금 치핑 클레그혼에 와 있을지도 모르는 일입니다……."

스물다섯 살 정도라고 했다. 이 나이에 들어맞는 사람이 누가 있을까? 그는 자신의 생각을 솔직하게 털어놓았다.

"블랙록 양의 조카라는, 아니 먼 친척이라고 했던가? 아무튼…… 블랙록 양이 그 두 사람을 마지막으로 본 게 언제였을지……."

마플 양이 다정한 목소리로 말했다.

"내가 알아봐 줄까요?"

"부탁드립니다, 마플 양. 제발……."

"아주 간단한 일이니까 걱정할 것 없답니다, 경위님. 게다가 내가 뒷조사를 하는 줄 눈치 채는 사람도 없을 거예요. 비공식적인 접근이니까. 수상한 부분이 드러났는데 두 사람이 미리 경계 태세를 취하는 건 경위님도 바라는 일이 아니겠지요?"

핍과 에마, 핍과 에마. 크래독은 생각하면 할수록 핍과 에마에 대한 집착이 커졌다. 매력적이고 당돌한 청년, 서늘한 눈매의 미녀 아가씨…….

"앞으로 48시간 동안 두 사람에 대해 좀 더 알아보겠습니다. 먼저 스코틀랜드로 찾아가 볼 생각입니다. 괴들러 부인이 말을 할 수 있는 상태라면 두 사람에 대한 정보를 알려 주겠죠."

"아주 좋은 생각인 것 같네요."

마플 양은 잠시 머뭇거리다 중얼거렸다.

"블랙록 양한테도 조심하라고 주의를 주셨겠지요, 경위님?"

"물론입니다. 그리고 조용히 감시를 하도록 사람을 한 명 배치시킬 생각입니다."

마플 양의 눈빛은 경찰이 아무리 망을 보더라도 집 안에서 일어나는 사건은 막을 수 없다는 말을 하고 있었다. 크래독은 잠시 시선을 돌렸다가 마플 양을 똑바로 쳐다보며 이야기를 꺼냈다.

"마플 양도 조심하십시오. 분명히 말씀드렸습니다."

"걱정 마요, 경위 양반. 내 몸은 내가 챙길 수 있으니까."

차를 마시러 온 마플 양

하먼 부인이 그 집에 머문다는 문제의 손님 마플 양을 데리고 차를 마시러 왔을 때 레티셔 블랙록은 조금 멍한 표정이었다. 하지만 마플 양은 이 사실을 알아차리지 못했다. 그녀를 처음 만나는 자리이기 때문이었다.

블랙록 양이 보기에 목사관의 손님은 수다스럽고 아주 재미있는 인물이었다. 그리고 도둑을 끊임없이 걱정하는 성격인 것이 단박에 드러났다.

그녀는 블랙록 양에게 이렇게 말했다.

"도둑이 어디로 들어올지는 아무도 모르지요. 요즘 도둑들은 정말이지 어디로든 들어올 수 있으니까요. 미국에서 건너온 신식 대비책도 많지만 난 구식 방법을 쓴답니다. 거실에 쇠사슬을 채우는 거죠. 자물쇠는 따고 빗장은 벗겨도 쇠사슬은 어쩌지 못하거든요.

그 방법 써 보셨어요?"

블랙록 양이 경쾌한 목소리로 대답했다.

"저희는 빗장이나 걸쇠에 별로 신경 안 써요. 도둑맞을 물건도 없고 해서요."

"그래도 현관문에 사슬을 다세요. 그럼 가정부가 살짝 열고 손님이 누구인지 확인할 테니까 도둑들이 힘으로 밀고 들어올지 못할 것 아니겠어요?"

마플 양이 충고했다.

"미치가 들으면 아주 좋아하겠네요."

"강도 사건이 벌어졌을 때 아주 아주 무서웠겠어요. 번치한테 자세히 들었답니다."

"전 너무 무서웠어요."

번치가 말했다.

"깜짝 놀랄 만한 사건이었죠."

블랙록 양도 인정했다.

"범인이 실수로 목숨을 잃다니 아무래도 신의 섭리인 것 같네요. 요즘 도둑들은 참 위험하기도 하지 말이에요. 그나저나 어디로 들어온 건가요?"

"그게, 저희가 워낙 문단속을 안 해서 말이죠."

그때 버너 양이 큰 소리로 외쳤다.

"어머나, 레티! 깜빡하고 말 안 한 게 있어. 오늘 아침에 경위님이 아주 이상하게 구시는 거야. 저기 저 두 번째 문을 열려고 하시지 않겠니? 한 번도 연 적 없는 그 문 말이야. 열쇠를 찾고 어쩌고 하시더니 문에 기름 칠이 됐다지 뭐야? 하지만 도무지 이유를 알 수 없는 게……."

그녀는 조용히 하라는 블랙록 양의 눈짓을 너무 늦게 알아차린 나머지 입을 벌린 채로 도중에 이야기를 멈추었다.

"어머나, 로티. 미, 미안해. 그게 아니라, 정말 미안해, 레티, 어휴, 이 멍청이!"

"괜찮아."

블랙록 양은 이렇게 말했지만 짜증난 표정이었다.

"크래독 경위가 비밀에 부치고 싶어 할 것 같아서 그런 거니까. 문을 열어 보았을 때 도라, 너도 같이 있었는지 몰랐네. 제 뜻을 이해하시죠, 하면 부인?"

"물론이죠. 입도 벙긋하지 않을게요. 그러실 거죠, 제인 이모? 그런데 왜 경위님이……."

그녀는 말을 하다 말고 생각에 잠겼다. 버너 양은 울상을 지으며 안절부절못하다 왈칵 말문을 터뜨렸다.

"난 항상 입이 말썽이야. 레티, 너한테 자꾸 짐만 되고……."

블랙록 양이 얼른 말허리를 잘랐다.

"도라, 네가 얼마나 도움이 되는데. 게다가 치핑 클레그혼처럼 작은 마을에서는 비밀이라는 게 있을 수도 없잖아."

"맞는 말씀이에요."

마플 양이 거들었다.

"소문은 아주 희한한 방법으로 퍼지기 마련이지요. 물론 하인들이 주범이지만 요즘은 하인을 쓰는 집이 거의 없는 만큼 그 탓만 할 수도 없고요. 그런데 가정부가 더 나빠요. 이 집 저 집 돌아다니면서 소문을 퍼뜨리니까."

번치 하면이 갑자기 입을 열었다.

"어머나, 알았다! 그게 열리는 문이었다면 여기 있던 사람이 슬그머니 나가서 강도극을 벌일 수도 있었다는 뜻이 되겠네요? 하지만 그랬을 리는 없질 않나요. 로열 온천 호텔에서 일하는 사람이 범인이었으니까. 그게 아니라 다른 사람이 범인이었나? 아이 참, 잘 모르겠네……."

그녀는 미간을 찌푸렸다.

"그럼 이 방에서 열린 사건이란 말씀인가요?"

마플 양이 이렇게 묻더니 변명조로 덧붙였다.

"날 너무 참견하기 좋아하는 사람으로 생각하시겠지만 너무 짜릿해서 말이에요. 신문에서나 보던 사건이 아는 사람의 집에서 벌어졌다고 하니까……. 어떻게 된 일인지 자세히 들으면서 머릿속으로 그림을 그려 보고 싶답니다. 무슨 뜻인지 아시겠죠?"

그 즉시 번치와 버너 양이 장황하고 난잡한 설명을 늘어놓았다. 블랙록 양은 중간중간 잘못된 부분을 바로잡아 주는 역할을 했다.

이 와중에 끼어든 패트릭은 고맙게도 연극 무대를 마련했고 루디 셰르츠의 역할을 자청하기까지 했다.

"레티 이모는 저기, 통로 옆 구석에 계셨어요. 그쪽으로 가서 서 계세요, 레티 이모."

블랙록 양은 순순히 지시에 따랐고 마플 양은 총알 자국을 보며 숨을 들이켰다.

"어머나 세상에…… 하마터면 정말 큰일날 뻔했네요."

"손님들한테 담배를 대접하려던 참이었어요."

블랙록 양이 탁자 위에 놓인 커다란 은 상자를 가리키며 말했다.

버너 양이 못마땅하다는 투로 말했다.

"사람들은 담배를 너무 아무렇게나 피우는 것 같아요. 요즘은 고급 가구를 아낄 줄 모른다니까요. 이 예쁜 탁자 위에 담배를 올려놓는 바람에 끔찍한 자국이 생긴 것 좀 보세요. 정말 어쩌나 꼴불견인지……."

블랙록 양은 한숨을 내쉬었다.

"물건에 너무 집착하는 것도 안 좋아."

"하지만 정말 예쁜 탁자였잖아, 레티."

버너 양은 친구의 물건들을 자기 것처럼 아꼈다. 번치 하면이 보기에는 그런 점이야말로 버너 양의 가장 매력적인 부분이었다. 그녀는 친구를 질투하는 법이 없었다.

마플 양이 예의바르게 이야기했다.

"지금도 예쁜 탁자예요."

이번에도 등의 주인인 양 칭찬에 반응을 보인 사람은 버너 양이었다.

"정말 깜찍하죠? 드레스덴에서 만든 거랍니다. 원래 한 쌍으로 만들어진 등이에요. 다른 한 개는 아마 창고 방에 있을 거예요."

"도라, 너는 이 집의 물건들이 어디에 있는지 모르는 게 없는 것 같다? 내 물건을 나보다 더 아낀다니까?"

블랙록 양이 서글서글한 말투로 이야기했다.

버너 양은 얼굴을 붉혔다.

"난 명품이 좋아."

당당한 한편으로 아쉬움이 묻어 있는 말투였다. 마플 양이 이야기를 꺼냈다.

"솔직히 고백하자면 나도 아주 아끼는 물건이 있답니다. 추억이 가득한 물건들 말이에요. 사진도 그렇잖아요. 요즘 사람들은 사진을 잘 안 찍지만 난 우리 조카들 젖먹이 때 사진, 어렸을 때 사진을 고이 보관하고 싶어요."

"제가 세 살 때 아주 못난이로 나온 사진 갖고 계시잖아요. 폭스테리어 안고서 잔뜩 찡그린 사진."

번치가 말했다.

"블랙록 양도 조카들 사진을 많이 가지고 계시지 않을까요?"

마플 양이 패트릭 쪽으로 고개를 돌리며 물었다.

"아, 저희는 먼 친척뻘인 걸요."

"엘리너가 네 어렸을 때 사진을 보내 준 적이 있단다. 하지만 잃어버린 것 같아. 엘리너가 아이를 몇이나 낳았는지, 이름은 어떻게 지었는지 까맣게 잊어버리고 있다가 너희 둘을 여기로 보낸다는 편지를 받고서야 생각이 났지 뭐니."

블랙록 양이 말했다.

"그것도 세월과 함께 나타난 변화예요. 요즘 사람들은 나이 어린 친척들 소식을 잘 모르죠. 온 친척들이 자주 모이던 예전에는 상상도 못하던 일인데."

마플 양이 말했다.

"패트릭하고 줄리아의 엄마를 마지막으로 본 게 30년 전 결혼식이랍니다. 그때 참 예뻤는데."

블랙록 양이 말했다.

"그러니까 이렇게 잘생긴 아이들을 낳으셨잖아요."

패트릭이 씩 웃으며 말했다.

"아주 오래전 앨범을 갖고 계시잖아요, 레티 이모. 지난번에 같이 본 거 생각 안 나세요? 모자를 보면서 얼마나 웃었다고요!"

줄리아가 말했다.

"그땐 그게 예쁜 줄 알았지."

블랙록 양은 한숨을 내쉬었다.

"걱정 마세요, 레티 이모. 줄리아도 앞으로 30년 뒤에 자기 사진을 보면서 남자처럼 보인다고 생각할걸요?"

패트릭이 말했다.

"일부러 꺼내신 건가요?"

집으로 걸어가는 길에 번치가 물었다.

"사진 이야기 말이에요."

"블랙록 양이 두 친척의 얼굴을 전혀 몰랐다니 재미있지 않니? 크래독 경위한테 이 소식을 전하면 분명 관심을 보일 거야."

치핑 클레그혼의 아침

I

에드먼드 스웨트넘은 정원용 롤러 위로 아슬아슬하게 걸터앉은 채 말했다.

"안녕, 필리파."

"왔어요?"

"바쁜가요?"

"조금."

"무슨 일 하는 거예요?"

"보면 몰라요?"

"모르죠. 난 정원사가 아니니까요. 내 눈엔 흙장난을 하는 것처럼 보이는데."

"겨울 양상추를 옮겨 심는 중이에요."

"옮겨 심는다! 그런 것도 해야 하는 거로군요. 그냥 심으면 되는 줄 알았더니."

"찾아온 이유가 뭐죠?"

필리파가 쌀쌀맞은 말투로 물었다.

"보고 싶으니까 왔죠."

그녀는 에드먼드를 흘끔 쳐다보았다.

"이렇게 불쑥 찾아오지 않았으면 좋겠네요. 루카스 부인이 싫어하니까."

"당신한테 신도가 생기는 게 싫다는 건가요?"

"말도 안 되는 소리 하지 마요."

"신도. 참 근사한 단어죠? 지금 내 입장에 완벽하게 들어맞잖아요. 먼발치에서 우러러보며 끝까지 쫓아다니니까."

"이제 그만 가요, 에드먼드. 아무 용건 없이 찾아오지 말고."

"용건이 없다니 천만의 말씀. 오늘 아침에 우리 엄마가 루카스 부인의 전화를 받는데 서양 호박이 아주 많다고 하더군요."

에드먼드는 의기양양하게 말했다.

"차고 넘치죠."

"그래서 꿀 한 병하고 바꿀까 하는데 어떻게 생각해요?"

"말도 안 돼! 서양 호박은 요즘 워낙 많아서 시장에 내놓아 봐야 팔리지도 않는 채소라고요!"

"그렇죠. 그래서 루카스 부인이 전화를 한 겁니다. 지난번에는 탈지

유를 양상추하고 바꿨거든요. 양상추가 한참 이른 철이라 개당 1실링씩 하던 때였는데."

필리파는 아무 대꾸도 하지 않았다.

에드먼드는 주머니 속에서 꿀 한 병을 꺼냈다.

"자, 여기 내 알리바이가 있습니다. 넓은 의미에서 보면 이것도 알리바이라 할 수 있겠죠. 루카스 부인이 이곳에 불쑥 나타나더라도 양상추를 받으러 왔다고 하면 됩니다. 당신하고 노닥거리려고 왔다는 의심을 살 일이 전혀 없어요."

"알았어요."

"테니슨의 작품 자주 읽어요?"

에드먼드는 지나가는 투로 물었다.

"별로."

"자주 읽어야 해요. 얼마 안 있으면 테니슨이 다시 어마어마한 인기를 누리게 될 테니까. 앞으로는 저녁에 라디오를 켜면 지긋지긋한 트롤럽*이 아니라 「국왕목가(國王牧歌)」를 듣게 될 겁니다. 트롤럽의 잘난 척이야말로 가장 역겨운 허세죠. 약간은 좋지만 트롤럽한테 빠져들지는 마요. 테니슨 이야기가 나왔으니까 말인데 「모드」는 읽었나요?"

"오래전에 한 번."

"의미심장한 부분이 있죠."

---

* 19세기 영국의 소설가.

그는 부드러운 목소리로 한 구절을 인용했다.

"흠이다 싶을 만큼 흠 잡을 데 없고, 차가우리 만큼 단정하며, 놀라우리 만큼 공허한. 그게 바로 당신이랍니다."

"칭찬처럼 들리지는 않는군요."

"맞아요. 칭찬으로 쓰인 구절이 아니죠. 아무래도 모드가 가엾은 남자를 안달하게 만든 모양이에요. 당신이 나한테 그러는 것처럼."

"말도 안 되는 소리 그만 해요, 에드먼드."

"이런 젠장. 필리파, 당신은 왜 이런 사람인가요? 놀라우리 만큼 단정한 얼굴 뒤에는 무엇이 숨어 있나요? 당신은 어떤 생각을 하나요? 어떤 감정을 느끼나요? 행복한가요, 불행한가요, 무서운가요? 분명 뭔가가 있을 텐데."

필리파는 조용히 대답했다.

"내가 어떤 감정을 느끼건 당신이 상관할 바 아니죠."

"왜 상관할 바가 아니라는 겁니까? 난 당신의 이야기를 듣고 싶어요. 그 조용한 머릿속에 어떤 생각들이 떠다니는지 알고 싶어요. 나도 알 권리가 있단 말입니다. 있고말고요. 당신을 사랑하고 싶어서 사랑한 게 아니에요. 난 얌전히 앉아서 글이나 쓰고 싶었단 말입니다. 이 세상이 얼마나 불행한 곳인지에 대한 걸작을. 불행한 사람들을 대변한답시고 잘난 척하기는 소름끼칠 만큼 쉽죠. 사실 그런 태도는 습관이에요. 번 존스*의 전기를 읽고 난 뒤 문득 깨닫게 된

----

* 19세기 영국의 화가, 장식가.

사실이지만."

필리파는 일손을 멈추고 영문을 모르겠다는 듯이 미간을 찌푸리며 그를 쳐다보았다.

"그게 번 존스하고 무슨 상관인가요?"

"엄청나게 상관이 있죠. 라파엘 전파*의 이야기를 읽다 보면 유행이 무엇인지 알게 됩니다. 그들은 하나같이 너무하다 싶을 만큼 밝고 소박하고 쾌활하죠. 세상 모든 게 멋지고 근사하다는 듯이 웃고 떠들어요. 그게 유행이었으니까. 그 사람들은 우리보다 더 행복하거나 더 쾌활하지 않았어요. 그리고 우리는 그 사람들보다 더 불행하지 않죠. 유행 때문에 그런 식으로 생각하게 된 거지. 전쟁이 끝난 뒤에 사람들은 섹스에 탐닉했죠. 그런데 지금은 다들 욕구 불만에 시달리잖아요. 이게 중요한 게 아닌데 어쩌다 이런 얘기를 하게 됐죠? 처음에는 우리 얘기로 시작됐는데. 너무 긴장해서 기가 죽었잖아요. 당신이 도와주지 않으니까."

"내가 어떻게 해 주길 바라는 건가요?"

"말을 해 봐요! 이야기를 해 달라고요! 남편 때문인가요? 너무나 사랑하던 남편이 죽으니까 조개처럼 입을 다물게 된 건가요? 그런 건가요? 좋아요. 사랑하던 남편이 죽었다 칩시다. 하지만 이 세상에는 남편을 잃은 여자들이 많죠. 많다마다요. 그중에는 남편을 끔찍이 사랑한 여자도 있을 겁니다. 이 여자들은 술집에서 남편 이야기

---

* 19세기 중엽 영국에서 일어난 예술 운동으로, 라파엘로 이전처럼 자연에서 겸허하게 배우는 예술을 표방한 유파.

를 하다가 술에 취하면 눈물을 찔끔 흘리고 상대 남자랑 자고 싶다고 하죠. 그러면 기분이 나아질 것 같다고. 그것도 과거를 잊는 한 가지 방법 아닐까요? 당신도 잊어야 해요, 필리파. 당신은 젊고 너무나도 아름답잖아요. 그리고 내가 미치도록 사랑하잖아요. 빌어먹을 남편 이야기를 들려줘요. 그 작자 이야기를 해 달라고요."

"할 말 없어요. 만나서 결혼하고 그뿐이었으니까."

"아주 어린 나이에 결혼했겠군요."

"너무 어렸죠."

"그런데 그 결혼 생활이 행복하지 않았나요? 계속 얘기해 봐요, 필리파."

"계속하고 말고 할 것도 없어요. 결혼 생활은 남들만큼 행복했던 것 같아요. 이후에 해리가 태어났고 로널드가 해외로 파병됐고. 그러다, 그러다 이탈리아에서 목숨을 잃었죠."

"그리고 이제는 해리만 남았나요?"

"그리고 이제는 해리만 남았죠."

"난 해리가 좋아요. 참 착한 아이라서. 해리도 날 좋아하죠. 우린 죽이 잘 맞아요. 어때요, 필리파? 우리 결혼할까요? 당신은 계속 정원 일을 하고 나는 계속 글을 쓰고 방학에는 일을 그만두고 재미있게 지내고. 수만 잘 쓰면 어머니하고 따로 살 수 있을 거예요. 사랑하는 아들을 위해서 돈을 좀 내놓으실지도 모르고. 나는 빈대 기질이 있고 시시한 작품을 쓰고 눈이 나쁘고 그리고 말이 너무 많죠. 이게 최대의 단점이에요. 그래도 결혼해 줄래요?"

필리파는 그를 쳐다보았다. 키가 크고 조금 진지해 보이는 젊은 남자가 커다란 안경을 쓰고 애원하는 표정을 짓고 있었다. 모래 빛 머리칼은 봉두난발이었고 눈빛은 따스하리 만큼 다정했다.

"싫어요."

"절대 싫은가요?"

"절대 싫어요."

"왜요?"

"당신은 나에 대해서 아는 게 전혀 없잖아요."

"그게 전부인가요?"

"아니요. 당신은 다른 것도 아는 게 전혀 없잖아요."

에드먼드는 생각에 잠겼다.

"그럴지도 모르죠."

잠시 후 그는 솔직하게 인정했다.

"하지만 모든 사람이 그렇지 않은가요? 필리파, 내 사랑……."

그는 말을 하다 말고 멈추었다. 날카롭고 끝을 길게 늘이는 말소리가 빠르게 다가오고 있었다.

에드먼드가 읊조리기 시작했다.

높다란 저택 정원의 페키니즈들은
땅거미가 질 무렵이면(지금은 오전 열한 시였다.)
필, 필, 필, 필,
짖으며 이름을 부르지.

"이름이 운율하고 잘 안 맞네요. 무슨 만년필한테 바치는 송가도 아니고. 다른 이름 없어요?"

"조앤. 이제 그만 가요, 제발. 루카스 부인 목소리잖아요."

"조앤, 조앤, 조앤, 조앤. 좀 낫긴 하지만 그래도 마음에 안 드는군요. 땜에 전 조앤이 화분을 뒤집을 때…… 이것도 예쁜 결혼 생활이 못 되고."

"루카스 부인이……."

"이런, 젠장. 알았어요. 빌어먹을 서양 호박이나 줘요."

II

리틀 패덕스는 플레처 경사의 독차지가 되었다.

오늘은 미치가 쉬는 날이었다. 그녀는 쉬는 날마다 11시 버스를 타고 메던햄 웰스로 향했다. 플레처 경사는 리틀 패덕스를 마음대로 드나들 수 있도록 블랙록 양의 양해를 미리 구해 놓았다. 그녀는 도라 버너와 함께 시내로 외출하고 없었다.

플레처는 발 빠르게 움직였다. 집안 식구 누군가 그 문에 기름 칠을 했다면 불이 나가자마자 아무도 모르게 응접실을 빠져나가겠다는 의도가 분명했다. 미치는 굳이 그 문으로 드나들 필요가 없었기 때문에 용의선상에서 제외됐다.

그럼 누가 남는 셈이지? 이웃 사람들을 제외해도 별 문제가 없을 것 같았다. 플레처가 보기에 이웃 사람들은 미리 기름 칠을 해 놓을 만한 기회가 없었다. 그럼 패트릭 사이먼스와 줄리아 사이먼스, 필리파 헤임스, 도라 버너가 남는 셈이었다. 사이먼스 남매는 지금 밀체스터에 있었다. 필리파 헤임스는 출근한 뒤였다. 따라서 플레처 경사는 마음껏 비밀을 캐낼 수 있는 상황이었다. 하지만 리틀 패덕스는 실망스러우리 만치 깨끗했다. 전기 분야의 전문가인 플레처이지만 배선이나 전기 시설을 살펴보아도 어떤 식으로 불이 나갔는지 알 수가 없었다. 여러 침실을 재빨리 조사해 보아도 짜증날 만큼 평범했다. 필리파 헤임스의 방에는 눈빛이 진지한 사내아이 사진과 이 아이의 어렸을 적 사진, 초등학생이 보낸 편지 더미, 극장 프로그램 한두 개뿐이었다. 줄리아의 방에 있는 서랍장은 남프랑스에서 찍은 사진들로 가득했다. 수영하는 모습, 미모사 한가운데 자리잡은 빌라. 패트릭의 방에는 해군 시절 기념품이 몇 개 있었다. 도라 버너의 방에는 소지품이 거의 없었고 의심스러운 구석이 보이지 않았다.

그래도 이 집 식구 누군가가 그 문에 기름 칠을 했겠지. 플레처는 이렇게 생각했다.

아래층에서 소리가 들리는 바람에 그의 생각은 중단되었다. 그는 재빨리 층계참으로 다가가 아래층을 내려다보았다.

스웨트넘 부인이 복도를 걸어오고 있었다. 광주리를 든 그녀는 응접실을 들여다보더니 복도를 지나 식당 안으로 들어갔다. 그러고는 잠시 후 빈손으로 나왔다.

플레처가 밟고 서 있던 마루가 불쑥 끼익 하는 소리를 냈다. 스웨트넘 부인이 고개를 돌리고 큰 소리로 외쳤다.

"블랙록 양인가요?"

"아닙니다, 스웨트넘 부인. 접니다."

그녀는 약한 비명 소리를 냈다.

"어머나! 깜짝 놀랐잖아요. 또 도둑이 든 줄 알고."

플레처는 계단을 내려갔다.

"이 집은 도둑에 대한 방비가 잘 안 되어 있는 것 같군요. 아무나 그렇게 드나들 수 있습니까?"

"마르멜로*를 가지고 왔어요. 블랙록 양이 젤리를 만들고 싶다고 했는데 이 집에는 마르멜로 나무가 없거든요. 그래서 식당에 갖다 놨죠."

스웨트넘 부인은 설명을 마치고 미소를 지었다.

"아, 알겠어요. 내가 무슨 수로 들어왔나 궁금하신 거로군요? 옆 문으로 들어왔죠. 우리는 어느 집이나 마음대로 드나든답니다. 어두워지기 전까지는 아무도 문을 잠그지 않거든요. 선물을 가지고 왔는데 놔두고 갈 수 없다면 영 맥 빠지는 일 아니겠어요? 예전에는 초인종을 누르면 하인이 달려 나왔는데."

그녀는 한숨을 내쉬고 서글픈 목소리로 말을 이었다.

"내가 기억하기로 우리 가족이 인도에 살았을 때는 하인이 열여덟 명이었어요, 열여덟 명. 유모는 당연히 빼고 말이죠. 어렸을 때 여기로 돌아온 뒤에는 세 명을 두고 살았는데 우리 어머니는 식모

---

* 모과 비슷한 열매로 잼을 만들 때 쓴다.

를 못 쓰는 집은 찢어지게 가난한 집이라고 생각했답니다. 요즘은 참 살기가 힘들다는 생각이 들지만 푸념을 늘어놓아서는 안 될 거예요. 앵무병*(앵무병이 아니라 앵무새병이던가?)에 걸린 광부들은 하는 수 없이 광산 일을 그만두고 잡초하고 시금치도 구분 못하면서 정원사 노릇을 하는데."

그녀는 문 쪽으로 걸어가면서 다시 입을 열었다.

"더 이상 방해 안 할게요. 바쁘실 테니까. 무슨 일이 또 생기는 건 아니겠죠?"

"왜 그런 생각을 하십니까, 스웨트넘 부인?"

"여기서 경사님을 만나니까 그런 생각이 드네요. 폭력배의 소행일지도 모른다고 생각했거든요. 아무튼 블랙록 양한테 마르멜로 잼 갖다놓았다고 전해 주세요."

이 말을 끝으로 스웨트넘 부인은 자리를 떴다. 플레처는 머리를 한 대 얻어맞은 심정이었다. 문에 기름 칠을 한 장본인은 이 집 식구일 수밖에 없다고 생각한 것이 빗나간 추측임을 깨달은 것이다. 미치가 버스를 타고 떠나고 레티셔 블랙록과 도라 버너가 둘 다 외출하는 순간을 노리면 누구든 이 집에 들어올 수 있었다. 그것도 아주 간단하게. 그렇다면 그날 밤 응접실에 있던 사람들 중에서 어느 누구도 제외시킬 수 없다는 뜻이었다.

---

* 조류의 전염병으로 조류 특히 앵무새로부터 사람에게 전염되는 감염성 질환.

III

"머거트로이드."

"왜, 힌크?"

"생각을 좀 해 봤는데 말이야."

"생각을 해 봤다고?"

"응. 이 똑똑한 머리를 좀 굴려 보았단 말씀이지. 그런데 말이야, 지난밤 상황이 아무리 봐도 수상해."

"수상하다고?"

"응. 머거트로이드, 머리 잘 묶고 이 꽃삽 받아. 그리고 그걸 리볼 버라고 생각해."

"알았어."

머거트로이드 양은 겁먹은 듯한 말투였다.

"좋았어. 꽃삽에 잡아먹히는 일은 없을 테니까 걱정 마. 이제 부엌 문 쪽으로 따라와. 네가 강도가 되는 거야. 여기 서. 이제 부엌으로 들어가서 멍청이들을 위협하는 거다? 손전등 들고 켜."

"하지만 지금은 벌건 대낮이잖아!"

"상상력을 발휘하라고, 머거트로이드. 손전등 켜."

머거트로이드 양은 꽃삽을 겨드랑이에 끼고 어색하게 친구의 지시를 따랐다.

"이제 들어가는 거다? 여성 회관에서 「한여름밤의 꿈」 공연했을 때 허미아 역 맡았던 거 생각나지? 그때처럼 최선을 다해서 연기를 해야 해. '손 들어!' 이게 네 대사야. 괜히 존댓말 써서 분위기 망치지는 말고."

머거트로이드 양은 순순히 손전등을 들고 꽃삽을 당당하게 내밀며 부엌 문 쪽으로 걸어갔다.

그녀는 손전등을 오른손으로 옮겨서 잽싸게 손잡이 부분을 돌리고 다시 왼손으로 쥐고는 앞으로 걸어갔다.

"손 들어!"

그녀는 피리 비슷한 목소리로 이렇게 외치더니 짜증난다는 듯이 말했다.

"어휴, 너무 어렵다, 힌크."

"왜?"

"문 때문에 말이야. 자동식이라서 자꾸 닫히는데 양손에 뭘 들고 있잖아."

힌클리프 양이 큰 소리로 외쳤다.

"바로 그거야! 리틀 패덕스의 응접실 문도 자동식이잖아. 우리 집 부엌 문이랑 똑같지는 않지만 열면 자동으로 닫힌다고. 그러니까 레티 블랙록이 큰길에 있는 엘리엇 가게에서 묵직한 유리 버팀쇠를 산 거 아냐. 내 물건을 가로채다니 아직도 용서가 안 돼. 그 인간을 제대로 구워삶아 놓았는데. 8기니 부르는 걸 6파운드 10실링까지 깎아 놓았더니 블랙록이 나타나서 채갔단 말이지. 그렇게 예쁜 버팀 쇠는 본 적이 없는데. 유리로 그렇게 크게 만든 건 흔하지 않거든."

"강도가 버팀쇠로 문을 괴어 놓았을지도 모르겠다."

"머거트로이드, 상식적으로 생각해 봐. 쾅 하고 문을 연 강도가 '잠시 기다려 주십시오.' 하고 양해를 구하고 버팀쇠를 괸 다음 '손 들어.' 하면서 다시 협박을 시작하겠어? 어깨로 문을 누르고 있어 봐."

"그래도 너무 불편해."

"그렇다니까? 리볼버에 손전등까지 들고 문을 붙잡고 있어야 한다. 일이 너무 많지 않니? 그럼 정답이 뭐겠어?"

머거트로이드 양은 정답을 맞히려는 시도조차 하지 않았다. 거들먹거리는 친구를 존경스러운 눈빛으로 바라보면서 깨우침을 선물해 주기를 기다릴 따름이었다. 힌클리프 양이 설명을 시작했다.

"리볼버를 들고 있었던 건 분명해. 총알이 발사됐으니까. 그리고 손전등을 들고 있었던 것도 분명해. 우리가 봤으니까. 인도의 밧줄 묘기처럼 응접실에 있던 사람들 모두 집단 최면에 걸린 게 아니라면 말이지.(이스터브룩 영감이 인도 이야기 늘어놓을 때마다 지겨워 죽겠다니까.) 그러니까 문제는 그 남자를 대신해서 문을 붙잡아 준 사람이 있었느냐는 거지."

"하지만 그런 짓을 할 만한 사람이 없잖아."

"용의자가 적어도 한 명 있기는 해. 내가 기억하는 한 불이 나갔을 때 너는 문 바로 뒤에 서 있었으니까."

힌클리프 양이 큰 소리로 웃음을 터뜨렸다.

"이 정도면 아주 의심스러운 인물 아닐까? 안 그래, 머거트로이드? 하지만 어느 누가 널 의심하겠어? 이제 꽃삽 줘. 진짜 리볼버가 아니었기 망정이지 안 그랬으면 넌 벌써 죽은 목숨이었겠다!"

IV

"정말 이상한 일이로군. 정말 이상한 일이야, 로라."

이스터브룩 대령이 중얼거렸다.

"무슨 일인데요, 여보?"

이스터브룩 부인이 방 안으로 들어서며 물었다.

"내가 리볼버 보여 준 거 기억하지?"

"그럼요, 아치. 시커멓고 끔찍하게 생긴 물건이었잖아요."

"그래. 독일제 기념품인데. 이 서랍 안에 있지 않았나?"

"맞아요."

"그런데 없어졌어."

"어머, 정말 이상한 일이로군요!"

"당신이 치운 건 아니고?"

"그럴 리가 있나요. 버트 부인 짓도 아닐 텐데. 한번 물어볼까요?"

"아냐. 내버려 두는 게 낫겠어. 괜한 소문 일으키기 싫으니까. 당신한테 그걸 보여 준 게 언제였더라?"

"일주일쯤 전이죠. 당신이 옷깃 세탁이 잘 안 됐다고 투덜거리면서 이 서랍을 활짝 열었는데 뒤쪽에서 그게 보이기에 내가 뭐냐고 물었잖아요."

"맞아. 그랬지. 일주일쯤 전이었지. 정확한 날짜는 생각 안 나?"

이스터브룩 부인은 눈을 내리깔고 곰곰이 기억을 더듬었다.

"생각나요. 토요일이었어요. 우리가 영화 구경 가기로 했다가 안

간 날.”

“흠……. 확실해? 수요일이나 목요일이거나, 아니면 일주일 전이
아니고?”

“아니에요. 분명하게 기억해요. 30일, 토요일이었어요. 그 사이에
여러 가지 일들이 있어서 상당히 오래전인 것 같네요. 왜 분명하게
기억하느냐면요, 블랙록 양 집에 강도가 들이닥치고 다음 날이었잖
아요. 당신 리볼버를 보니까 전날 밤에 들었던 총소리가 생각났거
든요.”

“그렇다면 정말 다행이야.”

“왜요?”

“그 사건이 벌어지기 전에 리볼버가 없어진 거라면…… 그 스위
스 녀석이 들고 있었던 게 내 리볼버였을 수도 있으니까 말이야.”

“하지만 당신이 리볼버를 가지고 있는 걸 그 사람이 어떻게 알았
겠어요?”

“폭력배들은 정보망이 확실하거든. 어떤 집이며, 그 집에 사는 사
람들까지 훤히 꿰고 있다고.”

“아치, 당신은 정말 모르는 게 없어요.”

“하! 그렇긴 해. 산전수전 다 겪었으니까. 어쨌든 사건이 벌어진
뒤에 리볼버를 본 게 확실하다니 안심이로군. 그러니까 스위스 녀
석이 들고 나타난 게 내 리볼버일 리 없지, 안 그래?”

“그럼요. 그럴 리 없죠.”

“정말 다행이야. 안 그랬으면 경찰에 찾아가서 난처한 질문을 숱

하게 겪어야 했을 테니까. 분명 그랬을 테지. 사실 사용 허가증 신청을 안 했거든. 전쟁이 끝나면 평화로운 시절의 법규를 잊어버리게 된다니까? 총기가 아니라 전쟁 기념품으로 생각한 탓도 있고."

"맞아요. 그 때문이에요."

"그런데 이 망할 놈의 물건이 도대체 어디로 사라진 걸까?"

"버트 부인이 가져갔나 보죠. 아주 정직한 사람인데 강도 사건이 벌어졌다니까 불안해서 집안에 리볼버 하나 놔두고 싶었을지 모르잖아요. 절대 아니라고 할 테니까 물어보지 않을래요. 기분 나빠할지도 모르고. 그럼 어떻게 해요? 이렇게 큰 집 살림을 나 혼자 할 수도 없고. 난 못해요."

"맞아. 아무 말도 하지 않는 게 좋겠어."

(계속해서) 치핑 클레그혼의 아침

목사관을 나선 마플 양은 중앙로로 향하는 좁은 길을 따라 걸었다. 그녀는 물푸레나무로 만든 줄리언 하먼 목사의 지팡이 덕분에 상당히 기운차게 걸을 수 있었다.

그녀는 레드 카우와 정육점을 지나서 엘리엇 골동품 가게의 쇼윈도를 잠깐 동안 들여다보았다. 그 상점은 블루버드 차와 커피 전문점과 나란히 붙어 있었기 때문에, 맛있는 차 한 잔과 이름도 근사한 노란색 '홈메이드 케이크'를 맛보고 나온 부유한 자동차 여행객들이 엘리엇 씨가 영리하게 꾸며 놓은 쇼윈도를 보고 유혹을 느낄 법했다.

고풍스러운 아치 모양의 쇼윈도 안에는 모든 사람들의 입맛을 만족시킬 만한 구색이 갖추어져 있었다. 흠잡을 데 없는 와인쿨러 위에 얌전히 놓인 두 개의 워터포드 유리잔. 호두나무 조각들로 만들어 진품의 자태를 뽐내는 책상. 탁자 위에는 값싼 문고리와 희한하게 생긴 요정 인형, 몇 군데 이가 빠진 드레스덴 자기, 칙칙한 구슬 목걸이 몇 개, '턴브리지 웰스의 선물'이라고 적힌 머그잔, 그리고 자질구레한 빅토리아 시대의 은제품.

마플 양은 쇼윈도 구경에 넋을 잃었고 늙고 뚱뚱한 거미 비슷한 엘리엇 씨는 거미줄 밖으로 고개를 내밀고 새롭게 등장한 파리의 가치를 평가했다.

하지만 목사관에 머무는 숙녀가(이 마을의 모든 사람들이 그렇듯 엘리엇 씨도 그녀의 정체를 알고 있었다.) '턴브리지 웰스의 선물'의 매력에 무너지겠다는 판단을 내린 순간, 마플 양은 도라 버너가 블루버드 찻집으로 들어가는 모습을 곁눈으로 보고 맛있는 모닝커피 한 잔으로 찬바람을 달래기로 마음먹었다.

찻집 안에서는 이미 네댓 명의 여자들이 간단한 다과를 앞에 놓고 아침 쇼핑의 여유를 만끽하고 있었다. 마플 양은 어두컴컴한 실내에 적응하느라 눈을 깜빡이며 일부러 주위를 배회했다. 잠시 후 팔꿈치께에서 도라 버너의 목소리가 들렸다.

"어머, 안녕하세요, 마플 양. 여기 앉으세요. 혼자 왔거든요."

"고마워요."

마플 양은 약간 모가 난 파란색 안락의자에 몸을 맡겼다.

"바람이 참 매섭네요. 안 그래도 류머티즘 때문에 빨리 걷질 못하는데."

마플 양이 불평했다.

"어휴, 저도 그 심정 잘 알아요. 어느 핸가 좌골 신경통에 걸린 적이 있는데 안 아픈 날이 거의 없더라고요."

두 여자는 류머티즘, 좌골 신경통, 신경염 등을 놓고 한동안 열심히 이야기를 나누었다. 날아다니는 블루버드 떼가 그려진 분홍색 유니폼을 입은 뚱한 표정의 아가씨가 지겹다는 듯 하품을 하며 커피와 케이크 주문을 받아갔다.

"여기 케이크는 정말 맛있어요."

버너 양은 음모를 꾸미는 사람처럼 나지막한 목소리로 속삭였다.

"지난번에 블랙록 양의 집을 나서다가 아주 예쁘장한 아가씨를 만났어요. 정원 일을 한다고 했던 것 같은데. 그게 아니라 농사를 짓는다고 했던가? 하인스. 이 이름이 맞나요?"

마플 양이 말했다.

"아, 필리파 헤임스요? 우리는 하숙생이라고 부른답니다."

버너 양은 자기가 한 농담에 웃음을 터뜨렸다.

"조용하고 참한 여자예요. 한마디로 숙녀죠."

"내가 아는 사람 중에 인도로 파병된 기병대의 헤임스 대령이라고 있었는데. 혹시 그 아가씨의 아버지인가요?"

"필리파는 결혼으로 헤임스 부인이 된 거랍니다. 미망인이고. 남편이 시칠리아인가 이탈리아에서 죽었대요. 어쩌면 헤임스 대령이 시아버지일 수도 있겠네요."

"혹시 연애를 하나 싶던데 아닌가요? 그 키가 큰 청년하고 말이지요."

마플 양이 장난기 어린 목소리로 물었다.

"패트릭 말씀이세요? 제가 보기에는……."

"아니, 안경 낀 청년 말이에요. 자주 보았는데."

"아, 에드먼드 스웨트넘 말씀이세요? 쉿! 저쪽 구석에 에드먼드의 어머니가 앉아 있거든요. 글쎄요, 잘 모르겠네요. 에드먼드가 필리파를 좋아한단 말씀이신가요? 참 희한한 사람이에요. 가끔 아주 심란한 말을 하거든요. 똑똑한 척하려고 그러는 거겠죠."

버너 양은 못마땅하다는 듯이 말했다.

마플 양도 고개를 저었다.

"똑똑한 게 다는 아닌데. 아, 커피 나왔네요."

뚱한 표정의 아가씨가 달그락 하는 소리와 함께 커피 잔을 내려놓았다. 마플 양과 버너 양은 서로 케이크를 권했다.

"블랙록 양하고 동창이라면서요? 정말 오래된 친구겠어요."

버너 양은 한숨을 내쉬었다.

"그렇죠. 레티 블랙록처럼 옛 친구를 잘 챙기는 사람도 없을 거예요. 아, 정말 오래전 이야기 같네요. 예쁘고 활기찬 친구였는데. 가슴 아픈 일이에요."

마플 양은 뭐가 그렇게 가슴 아픈 일인지 알 수 없었지만 한숨을 내쉬며 고개를 저었다.

"인생은 고해라잖아요."

"용감하게 이겨 낸 가슴 아픈 고통."

버너 양은 눈물이 그렁그렁 맺힌 눈으로 이렇게 중얼거렸다.

"항상 이 구절이 생각난답니다. 진정한 인내심, 진정한 의지. 그런 용기와 인내심은 상을 받아 마땅하다고 생각해요. 그 애한테는 어떤 상도 부족하단 말씀이죠. 앞으로 어떤 행운이 찾아올지 모르겠지만 그 애는 그만한 행운을 누릴 자격이 있어요."

"돈이 있으면 생활이 많이 편해지지요."

그녀가 스스럼없이 이런 이야기를 꺼낸 이유는 버너 양이 말한 행운이라는 것이 상당한 유산을 뜻한다고 해석한 때문이었다. 하지만 버너 양은 이 말을 듣고 다른 생각이 들었는지 쓸쓸하게 내뱉었다.

"돈이라! 정말로 겪어 본 사람이 아니면 돈이 뭔지, 아니 돈 없이 사는 게 어떤 건지 모를 거예요."

마플 양은 이해한다는 뜻으로 고개를 끄덕였다.

버너 양은 얼굴까지 붉혀 가며 흥분한 말투로 속사포처럼 늘어놓았다.

"꽃이 없는 식탁에서 밥을 먹느니 차라리 굶겠다고 말하는 사람들이 많잖아요. 하지만 그런 사람들이 과연 얼마나 굶어 봤겠어요? 정말로 겪어 본 사람이 아니면 배고픈 게 어떤 건지 모르는 법이에요. 빵 한 조각, 햄 한 통, 그리고 마가린 한 줌. 날마다 이런 생활이 반복되면 맛있는 고기와 두 가지 야채가 놓인 식탁을 얼마나 그리워하게 되는데……. 그리고 그 남루함이란! 찢어진 옷을 꿰매 입으면서 눈에 띄지 않기만을 바라게 되죠. 취직하려고 하면 항상 나이가 너무 많다는 말만 듣고. 만에 하나 취직이 되더라도 몸이 너무 약해서 까무러치고. 그러면 다시 예전으로 돌아가야 하는 거예요. 늘 집세에 허덕이는 생활로. 집세마저 못 내면 길바닥으로 쫓겨나니까. 집세를 내고 나면 남는 게 거의 없죠. 노후 연금은 몇 푼 안 되거든요. 정말로 몇 푼 안 돼요."

"맞아요."

마플 양은 다정하게 말을 하면서 실룩거리는 버너 양의 얼굴을 딱하다는 듯이 쳐다보았다.

"그래서 레티한테 편지를 썼어요. 우연히 신문에서 이름을 봤거든요. 밀체스터 병원 기금 마련을 위한 오찬회 참석자 명단에 레티셔 블랙록 양이라고 또렷하게 적혀 있더라고요. 그 이름을 보니까 옛날 생각이 나더군요. 아주 오랫동안 연락이 끊긴 친구였는데. 그 애는 돈이 많기로 유명한 괴들러의 비서였죠. 예전부터 똑똑한 친구였어요. 분명 성공할 거다 싶은. 외모보다 성품이 돋보이는. 그래서 생각했죠. 어쩌면 날 기억할지 몰라. 내가 조금만 도와 달라고 하면 들어줄지 몰라. 어렸을 때 학교에서 만난 친구니까 날 잘 알 테고 구걸하는 편지나 쓰는 사람으로 간주하지 않겠지."

도라 버너의 눈에 눈물이 고였다.

"그랬더니 로티가 찾아와서 절 거두어 줬어요. 도와줄 사람이 필요하다면서. 저는 깜짝 놀랐어요. 정말 깜짝 놀랐죠. 하지만 신문이라는 게 원래 잘못된 인상을 전하기 마련이잖아요. 얼마나 인정 많고 마음이 따뜻한 친구이던지. 게다가 옛날 일을 죄다 기억하고 있더라고요. 전 그 애를 위해서라면 무슨 일이든 할 거예요. 무슨 일이

든. 하지만 열심히 노력하기는 하는데 가끔 일을 망쳐 놓는 것 같아서 걱정이랍니다. 머리가 예전 같지 않아서 말이에요. 실수도 하고 자주 까먹고 이상한 말을 하기도 하고……. 그 애는 참을성이 많아요. 제가 도움이 되는 척해 줘서 얼마나 고마운지 몰라요. 진정한 우정이라는 게 그런 거 아닌가요?"

마플 양은 다정하게 대답했다.

"그럼요. 그런 게 진정한 우정이죠."

"리틀 패덕스에 온 이후에도 계속 걱정이 됐어요. 만약에, 만약에 내 친구 블랙록 양한테 무슨 일이 생기면 난 어떻게 되는 걸까? 요즘은 사고가 참 많잖아요. 자동차들도 쌩쌩 달리고. 그러니까 앞일은 아무도 모르는 거 아니겠어요? 저는 당연히 아무 말도 안 했지만 그 애는 눈치 챈 게 분명해요. 어느 날 갑자기 자기가 죽으면 연금을 조금 남겨 주겠다고, 그리고 자기보다 제가 더 아끼는 것 같다면서 가구들을 물려주겠다고 하지 않겠어요? 어찌나 감동을 했던지……. 하지만 레티 말로는 저만큼 가구를 아껴 줄 사람이 없을 거라잖아요. 그건 맞는 말이에요. 전 예쁜 사기 그릇이 깨지거나 물 묻은 유리잔을 탁자 위에 올려놓는 바람에 탁자에 자국이 생기면 참을 수가 없거든요. 전 그 애의 가구를 정말 정성껏 관리한답니다. 그런데 어떤 사람들은 너무 생각이 없어요. 아니, 그보다 더 심해요!"

버너 양은 순진한 표정으로 이야기를 계속했다.

"저는 겉으로 보이는 것처럼 멍청하진 않아요. 레티가 이용당하고 있는 게 훤히 보이거든요. 이름은 밝힐 수 없지만 몇몇 사람들이 레티를 이용하고 있어요. 제 친구 블랙록 양은 사람을 너무 잘 믿는 것 같아요."

마플 양은 고개를 저었다.

"그럼 안 되는데."

"그러니까 말이죠. 마플 양하고 저는 세상을 잘 알잖아요. 하지만 제 친구 블랙록 양은……."

그녀는 고개를 저었다.

마플 양이 생각하기에는 거물급 금융업자의 비서였던 블랙록 양도 세상을 잘 알지 않을까 싶었다. 하지만 그녀는 레티 블랙록이 편안한 퇴직자 생활을 즐기고 있으니 만큼 인간의 깊은 본성을 모를 거라는 뜻으로 받아들였다.

"패트릭만 해도 그래요!"

버너 양이 난데없이 퉁명스러운 말투로 쏘아붙이는 바람에 마플 양은 놀라서 움찔했다.

"그 애한테 돈을 받아낸 게 제가 아는 것만 두 번이라고요. 돈이 없다는 둥, 빚을 지고 있다는 둥. 그 애는 인심이 너무 후해요. 제가 뭐라고 하면 항상 이렇게 말하죠. '아직 어리잖아, 도라. 젊었을 때 아니면 언제 놀아 보겠어.'"

"그야 맞는 말이죠. 게다가 그렇게 잘생겼으니."

"얼굴값을 한다니까요. 사람들 놀리기나 하고. 여자들하고도 놀아나기나 하고. 그 아이한테 저는 장난감이에요. 그뿐이라고요. 다른 사람도 감정이 있는 줄 모르나 봐요."

"젊은 사람들은 그런 면에서 생각이 좀 짧죠."

버너 양이 갑자기 비밀스러운 분위기를 풍기며 몸을 앞으로 숙였다.

"제가 지금 드리는 이야기는 절대 비밀이에요. 약속하실 수 있죠? 제 생각에는 아무래도 패트릭이 이번 끔찍한 사건하고 관계가 있는 것 같아요. 그 남자를 예전부터 알고 있지 않았을까요? 아니면 줄리아가 알고 있었거나. 제 친구 블랙록 양에게는 이런 말 입도 벙긋 안 하죠. 그랬다가는 뭐라고 말 들을 테니까. 게다가 조카인데(아니, 먼 친척인가? 아무튼) 스위스 청년이 자살한 사건에 패트릭이 연루되어 있다면 보기 흉하지 않겠어요? 그러니까 만약 패트릭이 사주한 짓이라면 말이죠. 머리가 너무 어지러워요. 다들 응접실에 달린 또 다른 문을 가지고 난리법석인데 그것도 걱정이에요. 경위 말로는 기름 칠이 되었다잖아요. 그런데 제가 뭘 보았느냐 하면……."

그녀는 갑자기 말을 멈추었다.

마플 양은 잠시 적당한 표현을 생각한 뒤 딱하다는 듯 입을 열었다.

"정말 난감하겠어요. 누구든 경찰서에 끌려가는 건 바라지 않으실 테니까."

도라 버너가 큰 소리로 외쳤다.

"제 말이 그 말이에요! 뜬눈으로 밤을 지새우면서 걱정한답니다……. 왜냐하면 요전 날 덤불 속에서 패트릭을 만났거든요. 암탉 하나가 숨겨 놓은 계란을 찾는데, 패트릭이 붓하고 컵을 들고 서 있더라고요. 기름이 번들거리는 컵을 들고. 저를 보더니 죄를 지은 사람처럼 움찔하는 게 아니겠어요? '이게 왜 여기 있나 궁금해하던 중이었어요.' 패트릭이야 머리 회전이 빠른 아이죠. 절 보고 깜짝 놀란 순간 변명을 얼른 생각해 냈을 거예요. 게다가 덤불 속에서 그런 물건을 어떻게 찾겠어요? 어디 있는지 미리 알고 있는 상황이 아니라면. 물론 저는 아무 말도 하지 않았죠."

"그럼요, 그럼요. 하면 안 되죠."

"하지만 한번 쳐다봐 줬죠. 무슨 뜻인지 아시죠?"

도라 버너는 요란한 연어 색 케이크를 멍하니 집적거렸다.

"그리고 또 요전번에는 줄리아하고 이상한 이야기를 나누는 것도 들었어요. 둘이 말싸움을 벌이는 것 같더라고요. 패트릭이 '네가 그런 짓을 할 줄은 정말 몰랐어!' 하니까 줄리아는(성격이 늘 차분하거든요.) '그래서 어쩔 건데?' 하더군요. 그런데 제가 실수로 삐걱거리는 마루를 밟는 바람에 들켰지 뭐예요? 저는 아주 밝은 목소리로 말했죠. '둘이 싸우는 거니?' 그랬더니 패트릭 왈, '줄리아가 의류 쿠폰 암거래를 하겠다기에 말리는 중이었어요.' 하더군요. 아주 그럴 듯한 변명이기는 했지만 그런 이야기를 하는 분위기가 아니었던걸요! 제가 보기에는 패트릭이 응접실 등을 조작한 것 같아요. 불이 나가게 말이죠. 왜냐하면 그날은 분명 양치기 소년이 아니라 양치기 소녀 등이었는데 다음 날 보니까⋯⋯."

그녀는 갑자기 말을 멈추고 얼굴을 붉혔다. 마플 양이 고개를 돌리자 블래록 양이 탁자 옆에 서 있었다. 방금 전에 들어온 모양이었다.

"커피 마시면서 수다 떠는 거야, 버니?"

블랙록 양의 말투는 나무라는 기색이 역력했다.

"안녕하세요, 마플 양. 날씨가 춥죠?"

"의류 쿠폰 이야기를 하고 있었어."

버너 양이 허둥지둥 둘러댔다.

"너무 짠 것 같지 않니? 이제는 신발 값이 좀 내려서 나아지기는 했지만 그래도 겨울 코트 하나 받으려면 열다섯 장이나 모아야 하다니."

딸랑 하는 소리와 함께 문이 열리면서 번치 하먼이 블루버드 안으로 들이닥쳤다.

"안녕하세요. 커피 다 드신 거예요?"

"아니다. 앉아서 한 잔 시키려무나."

마플 양이 대답했다.

"저희는 이제 그만 가 봐야 돼요."

블랙록 양이 말했다.

"쇼핑 다 끝냈어, 버니?"

그녀의 말투는 다시 너그럽게 바뀌었지만 눈빛은 여전히 나무라는 표정이었다.

"응? 응. 고마워, 레티. 가는 길에 약국에 들러서 아스피린하고 티눈 고약만 사면 돼."

두 사람의 등 뒤로 블루버드의 문이 닫히자 번치가 물었다.

"무슨 이야기 하셨어요?"

마플 양은 잠시 대답을 하지 않았다. 그녀는 번치가 주문을 할 때까지 기다렸다가 입을 열었다.

"가족끼리는 유대감이 아주 강하지. 아주 강하고말고. 예전에 떠들썩했던 사건 있지 않니. 자세한 내막은 생각 안 난다만, 남편이 아내를 독살했다고 한 거. 와인에다 독약을 넣어서. 그런데 재판정에서 딸이 어머니 와인을 자기가 절반쯤 마셨다고 했잖아. 덕분에 그 남자는 무죄로 풀려났고. 소문이기는 하다만 사람들 말로는 그 딸이 이후로 다시는 아버지하고 이야기를 하지 않았다더구나. 같이 살지도 않았고. 물론 아버지하고 조카나 먼 친척은 다르겠지. 그래도 마찬가지야. 자기 가족이 교수대에 오르길 바라는 사람은 없지 않겠니?"

번치가 생각에 잠긴 말투로 대답했다.

"그렇죠. 그럴 사람은 없겠죠."

마플 양은 의자에 몸을 묻고 들릴락 말락 하게 중얼거렸다.

"사람들은 다들 비슷하단다. 어디나 마찬가지야."

"전 누구랑 비슷한데요?"

"너야 널 닮았지. 너하고 비슷한 사람은 생각이 안 나는구나. 한명 있긴 한데……."

"그럴 줄 알았어요."

"잔시중을 들어주던 하녀 생각이 나서."

"잔시중 들어주던 하녀요? 전 그런 방면에 소질 없어요."

"그래, 그 아이도 마찬가지였어. 식탁 시중을 드는 게 영 엉망이었지. 그릇은 죄다 삐딱하게 놓고 주방용 나이프하고 식당용 나이프를 섞어 버리고 게다가 캡은 또 어땠는지 아니? 그땐 옛날이니까 하녀들은 다 캡을 썼는데 반듯하게 쓴 걸 한 번도 본 적이 없단다."

번치는 무의식적으로 모자를 매만지고 궁금하다는 듯이 물었다.

"그리고 또요?"

"그 아이를 내치지 않았던 이유는 같이 있으면 참 재미있었기 때문이었지. 날 웃게 만들 줄 아는 아이였단다. 그리고 무슨 말이든 솔직하게 하는 것도 마음에 들었고. 하루는 날 찾아오더니 이러지 않겠니? '사모님, 저야 잘 모르지만 플로리 말이에요. 앉는 폼이 영 아줌마 같아요.' 짐작했겠지만 가엾은 플로리는 난처한 상황이었단다. 상대방은 이발사의 예의바른 조수였고. 다행스럽게도 너무 늦기 전에 내가 그 사람하고 조용히 이야기를 나눌 수 있었어. 두 사람은 근사한 결혼식을 올리고 행복하게 살았단다. 플로리는 참한 아이였는데 남자다운 외모에 넘어간 거야."

"그런데 그녀가 살인 같은 걸 저지른 건 아니겠죠? 잔시중 들던 하녀 말이에요."

"당연하지. 침례교 목사하고 결혼을 해서 아이를 다섯이나 낳았단다."

"저하고 비슷하네요? 저야 아직까지는 에드워드하고 수잔뿐이지만 말예요."

그녀는 잠시 후에 다시 이야기를 꺼냈다.

"지금은 또 누굴 생각하세요, 제인 이모?"

"많은 사람들. 아주 많은 사람들."

마플 양은 애매모호한 대답을 했다.

"세인트 메리 미드 사람들요?"

"대부분은……. 사실 엘러튼 간호사 생각을 하고 있었단다. 정말 착하고 친절한 여자였거든. 간병 맡은 노부인을 진심으로 돌보는 것 같았고. 그러다 그 노부인이 죽고 다른 노부인의 간호를 맡게 됐는데 그 부인마저 또 숨을 거둔 거야. 모르핀 중독으로. 이후에 죄다 밝혀졌지. 맡은 환자들을 가장 고통이 없는 방식으로 살해한 게. 그런데 충격적인 것은 그 여자가 잘못을 전혀 깨닫지 못했다는 점이란다. 어쨌거나 살날이 얼마 안 남은 사람들이었고 그중 한 명은 암에 걸려서 고통이 심했다는 거지."

"그러니까 안락사였다는 건가요?"

"아니지, 아니야. 노부인들 모두 유산을 간호사한테 물려준다고 했거든. 돈을 좋아한 게 탈이었지……. 그리고 신문 보급소 퓨지 부인의 조카도 생각이 나는구나. 훔친 물건을 집으로 가지고 와서 퓨지 부인한테 처분을 부탁했거든. 외국에서 산 거라면서. 퓨지 부인은 그 말을 곧이곧대로 믿었지. 그러다 경찰이 들이닥쳐서 질문을 던지기 시작하니까 그 조카가 퓨지 부인의 머리를 내려치려고 하지 않았겠니? 입막음을 하려고. 질이 나쁜 청년이었지. 하지만 얼굴은 아주 잘생겼어. 두 여자하고 연애를 했는데 그중 한쪽에 상당히 많은 돈을 썼단다."

"정말 상종 못할 인간이로군요?"

"그렇단다. 그리고 털실 가게를 하던 크레이 부인. 아들을 너무 아껴서 응석받이로 만들어 놓았지. 그 아들이 아주 수상한 작자하고 가까워진 거야. 조앤 크로프트 생각나니?"

"아……니요. 모르겠어요."

"우리 집에 놀러 왔을 때 본 적 있을 텐데. 시가나 파이프 물고 어슬렁거리던 친구. 한번은 은행에 강도가 든 적이 있는데 마침 은행에 있던 조앤이 강도를 때려눕히고 리볼버를 빼앗았단다. 용기 있는 시민이라고 법원의 칭찬까지 받았지."

번치는 열심히 그녀의 이야기를 들었다. 외우기라도 하려는 듯한 표정이었다.

"그리고요?"

"그 해 여름 생장드콜린에서 만났던 아가씨. 참 조용한 아가씨였는데 조용하다기보다는 말이 없는 쪽이었지. 모두들 그 아가씨를 좋아했지만 자세히 아는 사람은 아무도 없었단다. 그런데 나중에 듣고 보니까 남편이 위조범이었다지 뭐겠니? 그러니까 사람들을 멀리했던 거야. 그러다 결국에는 약간 별난 성격이 되고. 너무 생각이 많으면 그렇게 되잖니."

"인도에서 살았다는 영국 군인 중에는 생각나는 사람 없으세요?"

"있고말고. 라치스의 본 소령하고 심라 로지의 라이트 대령. 두 사람 모두 의심스러운 인물은 아니란다. 하지만 유람선 여행에서 딸뻘은 됨직한 여자하고 결혼한 은행 간부 호지슨 씨가 생각나는구나. 그 여자가 어디 출신인지는 아무도 몰랐지. 본인이 하는 말을 믿을밖에."

"그런데 거짓말을 한 건가요?"

"그렇단다. 당연히 거짓말이었지."

"좋아요."

번치는 고개를 끄덕이며 손가락으로 사람들 숫자를 셌다.

"친구 일이라면 사족을 못 쓰는 도라, 잘생긴 패트릭, 스웨트넘 부인하고 에드먼드, 필리파 헤임스, 이스터브룩 대령 부부……. 솔직히 말씀드리면 이스터브룩 부인에 대한 의심은 맞는 것 같아요. 하지만 그렇다고 해서 레티 블랙록을 살해할 만한 이유가 생기는 건 아니죠."

"블랙록 양이 그녀의 비밀을 알고 있기 때문에 입막음을 하고 싶었을지도 모르지."

"이모, 그 옛날 탱커리 연극* 생각하시는 거예요? 하지만 그건 아주 오래전 얘기잖아요."

"오래전 얘기가 아닐지도 모르지. 번치, 너야 사람들이 어떻게 생각하건 신경 안 쓰는 성격이니까 잘 모르는 거야."

"무슨 말씀인지 알겠어요."

번치가 갑자기 입을 열었다.

"세파에 시달려서 길 잃은 고양이처럼 벌벌 떨다 집과 수프와 따뜻하게 어루만져 주는 손길을 만나 예쁜 야옹이라는 호칭까지 얻고

---

* 영국의 극작가 피네로가 1893년에 발표한 「탱커리 씨의 후처」에 빗댄 말로, 이 작품에는 어두운 과거가 있는 여자가 등장한다.

나를 세상의 전부인 양 여기는 사람이 생겼다면…… 그걸 지키기
위해 수단과 방법을 아끼지 않겠죠……. 이로써 완벽한 그림이 완
성된 셈이네요."

"아직 완벽하지는 않지."

마플 양이 부드러운 말투로 이야기했다.

"그래요? 누가 빠졌죠? 줄리아? 줄리아, 어여쁜 줄리아는 특이하
기도 하지."

"3실링 6펜스예요."

뚱한 표정의 웨이트리스가 어디에선가 난데없이 등장하더니 블
루버드 유니폼 밑으로 가슴을 들썩이며 물었다.

"그런데 하면 부인, 왜 저더러 특이하다고 말씀하시는 거죠? 선민
회* 교인인 이모가 있긴 하지만 전 영국 국교회 신자라고요. 돌아가
신 홉킨슨 목사님한테 물어보세요."

"어머, 미안해요. 노래 가사를 인용한 건데. 아가씨더러 한 말이
아니에요. 아가씨 이름이 줄리아인 줄도 몰랐는걸요?"

"우연의 일치였군요?"

뚱한 표정이던 여종업원의 말투가 바뀌었다.

"기분 나빠서 드린 말씀 아니었어요. 그냥 제 이름이 들리니까.
누군가 제 이야기를 한다 싶으면 귀를 쫑긋 세우는 게 인간의 본성
이잖아요. 고맙습니다."

---

* 1838년 영국에서 창설된 개신교의 한 교파. 교파 이름이 특이하다는 뜻의 peculiar를 써서 Peculiar
People이다.

그녀는 팁을 챙겨 들고 사라졌다.

"제인 이모, 표정이 이상하시네요. 어디 불편하세요?"

"하지만 그럴 리가 없잖아."

마플 양은 혼잣말을 중얼거렸다.

"이유가 없는걸……."

"제인 이모!"

마플 양은 한숨을 내쉬고 밝게 미소를 지었다.

"아무것도 아니란다."

"범인이 누군지 알아내신 거죠? 누군가요?"

"전혀 모르겠구나. 생각이 나는가 싶더니 금세 사라졌거든. 나도 범인을 알았으면 좋겠다. 시간이 없으니까. 너무 없으니까."

"시간이 너무 없다니요?"

"스코틀랜드의 노부인이 언제 죽을지 모른다잖니."

번치는 그녀를 뚫어져라 쳐다보았다.

"핍과 에마의 존재를 믿으시는 모양이로군요. 두 사람의 소행이라고 생각하시는 거죠? 그리고 또다시 시도할 거라고."

마플 양이 멍한 말투로 대답했다.

"당연히 다시 시도를 하겠지. 한 번 했는데 두 번인들 못하겠니? 누군가 살해하기로 마음을 먹으면 첫 번째에 실패했다고 포기할 수 없는 법이야. 특히 의심을 받지 않는 게 분명한 상황이라면."

"하지만 핍과 에마의 소행이라면 누군지 뻔하잖아요. 패트릭하고 줄리아일 수밖에 없으니까. 남매인 데다 그만한 나이가 둘밖에 없잖아요."

"그렇게 간단한 문제가 아니란다. 가지 치기와 조합이 아주 복잡하니까. 핍이 결혼을 했다면 부인이 있을 테고 에마도 마찬가지 아니겠니? 그리고 두 사람의 어머니도 있어. 직접 유산을 상속받지는 않지만 이해당사자라고 할 수 있지. 레티 블랙록 말로는 30년 동안 못 만났다고 하니까 지금 만나도 알아보지 못할 가능성이 커. 나이 많은 여자들은 생김새가 거의 비슷하거든. 바틀릿 부인이 오래전에 죽은 사람인데도 워더스푼 부인이 그쪽 연금까지 챙긴 거 기억나지? 게다가 블랙록 양은 시력이 나쁘잖니. 사람들 만나면 실눈 뜨는 거 봤지? 그리고 두 사람의 아버지도 있어. 질이 아주 안 좋은 부류였다고 하는."

"그렇죠. 하지만 그 남자는 외국인이잖아요."

"태생이 외국이라는 거지. 그렇다고 해서 영어가 서툴거나 손짓으로 의사를 전달한다고 단정 지을 수는 없지 않겠니? 인도에서 살다온 대령 흉내라면 누구보다 잘 낼 수 있을 것 같은데?"

"그럼 그쪽을 의심하시는 건가요?"

"아니, 그렇지는 않아. 그렇지는 않고말고. 그저 엄청난 돈이 걸린 문제라는 생각이 드는구나, 엄청난 돈이. 많은 액수의 돈을 손에 넣을 수 있다면 사람들이 얼마나 끔찍한 짓을 저지르는지 난 너무나도 잘 알고 있거든."

"그렇겠죠. 하지만 결국에는 아무 이익도 못 누리지 않나요?"

"그렇단다. 하지만 사람들은 그걸 잘 모르지."

"이해는 돼요."

번치는 매력적이면서도 사악한 미소를 지었다.

"돈이 생기면 세상이 얼마나 달라질지 상상이 될 거 아니에요⋯⋯. 저만 해도 그런걸요?"

그녀는 생각에 잠긴 목소리로 말을 이었다.

"그 돈으로 좋은 일을 많이 하겠다 생각하겠죠. 기부금을 내고⋯⋯ 고아원을 세우고⋯⋯ 지친 어머니들⋯⋯ 일을 너무 열심히 한 여자들을 위해서 외국 어디다 예쁜 쉼터도 만들고⋯⋯."

그녀는 표정이 점점 우울해지더니 어둡고 슬픈 눈빛으로 변했다.

"무슨 생각하고 계신지 알겠어요. 저 같은 사람이 제일 사악한 부류라고 생각하고 계신 거죠? 자기 자신을 속이는 부류이니까. 이기적인 이유로 돈을 탐내면 자기가 어떤 인간인지 느낄 수밖에 없잖아요. 하지만 좋은 일에 쓰겠다고 생각하면 살인쯤 아무것도 아니라고 자신을 설득할 수 있죠."

그녀의 눈빛이 다시 맑아졌다.

"하지만 전 안 그럴 거예요. 아무도 죽이지 않을 거예요. 늙거나 병에 걸렸거나 온갖 나쁜 짓을 하는 사람이라고 해도. 협박범이나 아니면⋯⋯ 아니면 짐승이라 해도."

그녀는 커피 찌꺼기에 빠진 파리를 건져 내더니 마르도록 탁자 위로 올려놓았다.

"왜냐하면 사람은 누구나 살고 싶어 하니까요. 안 그런가요? 파리가 그런 것처럼. 늙고 아프고 햇볕을 쬐며 기어 다니는 게 전부인 사람이라 해도. 줄리언이 그러는데 그런 사람들이 젊고 튼튼한 사람들보다 생명에 대한 집착이 강하대요. 죽기 힘들수록 더욱 버둥거리게 된대요. 저도 사는 게 좋아요. 행복하고 즐겁고 기쁘고 그런 걸 떠나서 사는 것 자체가. 아침이면 눈을 뜨고 제가 여기서 살아가고 있다는 걸 느끼는 게 좋아요."

그녀는 파리를 살살 불었다. 파리는 다리를 흔들며 비틀비틀 날아갔다.

"기운 내세요, 사랑하는 제인 이모. 전 아무도 죽이지 않을 테니까 말이에요."

과거로의 여행

크래독 경위는 기차에서 밤을 지새운 뒤 하일랜즈의 작은 역에서 내렸다. 그는 괴들러 부인처럼 돈 많은 사람이(그것도 환자가) 런던에서도 부촌으로 꼽히는 스퀘어의 주택이나 햄프셔의 저택이나 남프랑스의 별장을 놔두고 왜 하필 머나먼 이곳 스코틀랜드를 거처로 삼았는지 이해할 수 없었다. 수많은 친구들이나 시끄러운 잡음을 멀리하기 위한 방책이었겠지만 분명 외롭지 않을까? 아니면 주변 환경을 알아차리거나 신경 쓰지도 못할 만큼 건강이 안 좋은 걸까?

자동차 한 대가 그를 기다리고 있었다. 나이 많은 운전사가 딸린 구식의 대형 다임러였다. 화창한 아침이었고 30킬로미터의 드라이브는 즐거웠다. 하지만 크래독은 괴들러 부인이 왜 이렇게 외딴 곳을 선택했는지 다시 한 번 궁금해지지 않을 수 없었다. 운전사에게 조심스럽게 물었더니 조금이나마 이유를 파악할 수 있었다.

"어렸을 때 사신 곳이지요. 어휴, 이제 집안에 남은 식구가 부인한 분뿐이네요. 괴들러 씨 부부는 이 집을 제일 좋아하셨답니다. 괴들러 씨가 런던을 자주 비울 수 있는 형편이 못 됐지만 그럴 만한 여유가 되면 이곳에서 어린아이들처럼 행복하게 지내셨지요."

고성(古城)의 회색 담벼락이 시야에 들어오는 순간, 크래독은 시간을 거슬러 가는 듯한 느낌을 받았다. 나이 많은 집사가 그를 맞았다. 그는 세수와 면도를 마친 뒤 벽난로에서 커다란 장작불이 이글거리는 방으로 안내를 받았고 아침 식사를 했다.

식사가 끝나자 간호사 복장의 키가 큰 중년 여자가 상냥하고 유능한 분위기를 풍기며 들어왔고 맥클랜드 수간호사라고 자기 소개를 했다.

"괴들러 부인은 준비를 모두 마친 상태입니다, 크래독 씨. 사실은 몹시 크래독 씨를 만나고 싶어 하세요."

"자극이 되는 말을 하지 않도록 최대한 노력하겠습니다."

"앞으로 어떤 상황이 벌어질지 미리 말씀드릴게요. 지금 들어가시면 괴들러 부인은 상당히 정상적으로 보일 겁니다. 말씀도 아주 잘하실 거예요. 그러다 갑자기 기운을 잃으시면 당장 저를 불러 주세요. 지금 모르핀의 힘으로 버티고 계신 상태랍니다. 거의 하루 종일 잠만 주무시죠. 크래독 씨가 오실 것을 대비해서 강한 자극제를 놓았어요. 자극제의 효과가 떨어지자마자 다시 의식이 희미해질 겁니다."

"알겠습니다, 맥클랜드 양. 괴들러 부인의 건강 상태가 정확히 어느 정도인지 물어도 되겠습니까?"

"글쎄요, 빈사 상태라고 보시면 맞습니다. 몇 주 이상은 버티지 못하실 거예요. 이미 몇 년 전에 돌아가셨어야 맞다고 하면 이상하게 들리겠지만 사실이에요. 생에 대한 강한 의지와 애착 때문에 지금까지 버티신 거죠. 오랫동안 환자로 지내셨고 15년 동안 집 밖을 나가지 못한 분이 그렇다고 하면 이상하게 들리시겠지만 사실이랍니다. 괴들러 부인은 몸이 약한 분이세요. 하지만 살고 싶다는 의지는 놀랄 정도로 강하시죠."

그녀는 미소를 지으며 덧붙였다.

"만나 보면 아시겠지만 아주 매력적인 분이랍니다."

크래독은 커다란 침실로 안내됐다. 장작불이 타고 있었고 차양이 드리워진 커다란 침대 위에 노부인이 누워 있었다. 레티셔 블랙록보다 일고여덟 살 많은 정도인데 병 때문에 그런지 훨씬 나이 들어 보였다.

백발은 가지런하게 정리된 모습이었고 복슬복슬한 하늘색 모직물이 목과 어깨를 덮고 있었다. 얼굴에서 고통의 흔적이 느껴졌지만 온화함의 흔적도 엿보였다. 뿐만 아니라 옅은 파란색 눈동자는 신기하게도 장난꾸러기처럼 반짝였다.

"이렇게 재미있는 일이 있나. 경찰을 손님으로 맞은 적은 거의 없었는데. 레티셔 블랙록은 거의 다치지 않았다고 들었는데 맞지요? 사랑하는 우리 블랙키는 어떻게 지내고 있나요?"

"잘 지내고 있습니다, 괴들러 부인. 부인께 안부를 전해 달라고 하셨습니다.”

“마지막으로 만난 지도 참 오래됐네요, 참 오래됐어. 크리스마스에 카드나 보낼 뿐……. 샬럿이 죽고 영국으로 돌아왔을 때 여기서 함께 살자고 했더니 너무 오랫동안 떨어져 지낸 뒤라 불편할 거라 그러더군요. 맞는 말이에요. 그렇게 생각이 깊다니까……. 1년 전에 학창 시절 친구가 찾아온 적이 있었는데 맙소사…….”

그녀는 말을 멈추고 미소를 지었다.

“둘 다 지겨워서 죽는 줄 알았답니다. ‘그거 생각나니?’, ‘저거 생각나니?’를 끝내고 나니까 더 이상 할 말이 있어야죠. 어찌나 당황스럽던지.”

크래독은 질문을 던지기에 앞서 그녀의 이야기를 듣기로 했다. 과거로 돌아가 괴들러와 블랙록 집안의 분위기를 느끼고 싶었던 것이다.

괴들러 부인이 눈치 빠르게 물었다.

“유산에 대해서 알고 싶으시겠죠? 내가 죽으면 블랙키가 물려받도록 되어 있으니까. 사실 랜들은 자기가 나보다 먼저 죽을 줄 꿈에도 몰랐어요. 랜들은 몸집도 크고 튼튼하고 단 하루도 아픈 적이 없었지만 나는 늘 여기가 아프다, 저기가 아프다 우는소리를 했고 의사들이 수시로 불려 와서 심각한 표정을 짓곤 했으니까.”

“우는소리를 하셨을 것 같지는 않은데요, 괴들러 부인.”

그녀는 쿡쿡 웃었다.

“정말로 우는소리를 한 건 아니죠. 내 신세를 한탄한 적은 없으니

까. 하지만 몸 약한 내가 먼저 눈을 감는 건 일종의 기정 사실이었
어요. 하지만 모든 사람들의 예상이 틀렸죠, 틀렸다마다요……."

"부군은 유산 상속을 놓고 왜 그런 결정을 내리셨습니까?"

"왜 블랙키에게 넘겨주려고 했냐는 말씀인가요? 경위님이 생각
하는 그런 이유 때문은 아니었답니다."

그녀의 눈이 한층 더 장난스럽게 반짝였다.

"경찰은 생각하는 게 다 거기서 거기라니까! 랜들은 레티셔를 이
성으로 대한 적이 없었고 그 점에 있어서는 레티셔도 마찬가지였
죠. 레티셔는 생각하는 게 꼭 남자 같았거든요. 여성 특유의 감수성
이라든지 약점 같은 게 없었어요. 한평생 남자를 만난 적도 없을걸
요? 눈에 띄게 예쁜 것도 아니었고 옷차림에 신경을 쓰지도 않았
고……. 살짝이나마 화장을 하고 다닌 건 일반적인 통념 때문이지
예뻐 보이기 위해서가 아니었답니다."

그녀의 목소리는 딱하다는 투로 바뀌었다.

"여자로 태어난 즐거움을 전혀 모른 거죠."

크래독은 커다란 침대에 누운 연약한 환자를 호기심 어린 눈으로
바라보았다. 벨 괴들러는 여자로 태어난 즐거움을 평생 누려 왔고
지금도 누리는 중이었다. 그녀는 크래독을 쳐다보며 눈을 반짝였다.

"남자로 태어났으면 정말 재미없었겠다. 예전부터 늘 그렇게 생
각했죠."

그녀는 생각에 잠긴 말투로 이야기를 계속했다.

"랜들은 블랙키를 남동생처럼 생각했을 거예요. 항상 정확한 블

랙키의 판단을 믿었죠. 덕분에 어려운 상황을 극복한 게 한두 번이 아니었어요."

"금전적인 면에서 도움을 드린 적이 있다고 말씀하시더군요."

"그것뿐만이 아니었어요. 세월이 많이 흘렀으니까 진실을 말씀드려도 되겠지만 랜들은 속임수와 적법한 행위를 구분하지 못하는 성격이었답니다. 양심이 무딘 사람이었죠. 영리한 것과 부정한 것을 구분하지 못했다고나 할까……. 그런 랜들을 바로잡아 준 사람이 블랙키였어요. 늘 바른 길을 고집하는 것, 그게 바로 레티셔 블랙록의 장점이었죠. 부정한 수단은 쳐다보지도 않고 참 반듯한 성격이었답니다. 어찌나 존경스러웠던지……. 레티셔 자매는 어린 시절을 끔찍하게 보냈다고 들었어요. 아버지가 시골 의사였는데 고집불통에 외골수에 집안의 폭군이었다고 하더군요. 집을 뛰쳐나온 레티셔는 런던으로 건너와서 공인 회계사 공부를 했죠. 여동생은 장애인 비슷한 환자라 사람들을 만나거나 외출도 못한다고 했어요. 그래서 아버지가 돌아가셨을 때 모든 걸 그만두고 고향으로 내려가서 여동생을 돌보겠다고 했던 거예요. 그 이야기를 듣고 랜들은 불같이 화를 냈지만 소용없었어요. 레티셔는 의무라고 생각한 일이 있으면 반드시 해야만 하는 성격이었으니까. 그럼 어느 누구도 말릴 수 없었죠."

"그게 부군이 돌아가시기 얼마쯤 전 이야기입니까?"

"이삼 년 전이었을 거예요. 랜들은 레티셔가 회사를 그만두기 전에 유언장을 만들어 놓고 바꾸지 않았어요. 저한테 이러더군요.

'우린 자식이 없잖아.(아들이 있었지만 두 살 때 세상을 떠났답니다.) 당신하고 내가 죽고 나면 블랙키가 돈을 맡는 게 좋겠어. 투기 시장을 주무르면서 세상을 깜짝 놀라게 할 테니까.'

들어서 알겠지만 랜들은 투기라는 게임을 너무 좋아했답니다. 돈이 목적은 아니었어요. 그 모험, 위험 부담, 짜릿함을 즐겼던 거지. 그리고 블랙키도 그걸 좋아했죠. 남자들처럼 모험심이 강하고 판단력이 뛰어났으니까. 딱한 사람. 연애하고 남자를 밀었다 당기고 가정을 꾸리고 아이를 낳고 하는 식의 진정한 재미를 평생 모르고 살다니."

평생 병으로 고생한 여자, 아이와 남편을 먼저 보내고 외로운 미망인으로 지낸 여자, 오랫동안 가망 없는 환자로 지낸 여자가 누군가를 딱하게 여기면서 혀를 차다니, 크래독으로서는 이해할 수 없었다. 그녀는 고개를 끄덕였다.

"무슨 생각하는지 알겠어요. 하지만 난 인생의 모든 즐거움을 만끽했답니다. 지금은 아닐지 몰라도 예전에는 분명히 그랬어요. 예쁘고 활달한 처녀 시절을 보냈고 사랑하는 남자와 결혼했고 죽을 때까지 남편 사랑을 듬뿍 받았으니까요. 아이는 죽었지만 2년이라는 소중한 시간을 함께 보낼 수 있었잖아요. 육체적인 고통을 많이 겪었지만 고통을 알아야 고통이 멈추는 순간의 완벽한 기쁨을 느낄 수 있는 법이랍니다. 거기다 모두들 나한테 잘해 주었으니……. 난 정말 운이 좋은 여자였어요."

크래독은 좀 전에 들은 말을 화두로 삼고 질문을 시작했다.

"방금 전에 들은 바로는 부군께서 물려줄 만한 사람이 없기 때문에 블랙록 양한테 유산을 남겼다고 하셨습니다. 하지만 엄밀히 따지면 아니지 않습니까? 여동생이 있으니까요."

"아, 소냐 말인가요? 하지만 아주 오래전에 크게 다툰 이후로 남매의 인연을 깨끗이 정리했는걸요."

"여동생의 결혼을 반대하셨다고 들었습니다만."

"맞아요. 결혼한 남자 이름이 뭐더라……?"

"스탐포르디스."

"맞아요. 드미트리 스탐포르디스. 랜들이 그 사람더러 사기꾼이라고 했거든요. 두 사람은 처음 만난 순간부터 잘 맞지 않았어요. 하지만 소냐는 그 남자를 열렬히 사랑했고 결혼하겠다는 결심이 대단했죠. 그리고 내가 보기에는 결혼을 반대할 이유도 없었어요. 남자들은 이런 문제가 닥치면 참 이상한 반응을 보이더군요. 소냐가 어린애도 아니고 스물다섯 살 난 아가씨인데 설마 하니 아무것도 모르면서 일을 저지르겠어요? 그 남자가 사기꾼이었던 건 맞아요. 정말로. 전과 기록도 있을 것 같던데. 랜들은 드미트리 스탐포르디스라는 이름도 가짜일 거라고 의심했죠. 소냐도 그런 사실을 다 알고 있었어요. 하지만 문제는 드미트리가 여자들이 보기에 너무 매력적인 남자라는 점이었죠. 랜들은 그런 부분을 전혀 몰랐지만. 그리고 두 사람은 서로를 정말 사랑했어요. 랜들은 돈 때문에 결혼하는 거라고 했지만 그건 아니었어요. 소냐도 참 예쁜 아가씨였거든요. 그리고 아주 활달했고. 만약 결혼 생활이 불행했다면, 만약 드미트리가 잘 못 해 주거나 바람을 피웠다면, 소냐는 깨끗이 손을 떼고 정리했을 거예요. 마음껏 인생을 즐길 수 있을 만큼 돈도 많았으니까요."

"두 분은 끝까지 화해하지 않으셨습니까?"

"예. 랜들하고 소냐는 예전으로 돌아가지 못했답니다. 랜들이 결혼을 반대했을 때 소냐는 노발대발하며 이렇게 말했지요. '알았어. 오빠는 정말 구제불능이야! 앞으로 내 소식은 평생 못 듣고 살 줄 알아!'"

"하지만 부인께서도 평생 소식을 못 들으신 건 아니었죠?"

벨 괴들러는 미소를 지었다.

"맞아요. 그 뒤로 18개월쯤 지났을 때 편지를 받았어요. 부다페스트에서 온 걸로 기억하는데 주소는 적지 않았더군요. 아무튼 오빠한테 너무 행복하게 잘 지내고 있다고 전해 달라면서 얼마 전에 쌍둥이를 낳았다고 했어요."

"쌍둥이의 이름도 알려 주셨습니까?"

벨 괴들러는 다시 한 번 미소를 지었다.

"정오 직후에 태어난 아이들이라 핍과 에마라고 부를까 생각한다더군요. 물론 농담이었겠죠."

"이후로 다시 소식을 들으신 적 있습니까?"

"아니요. 남편, 아이들하고 미국으로 잠깐 여행을 간다고 했는데 그 뒤로 소식이 끊겼어요……."

"그 편지를 보관하고 계시지는 않겠죠?"

"미안하지만 없어진 것 같은데……. 랜들한테 편지를 읽어 줬더니 이렇게 투덜거리더군요. '언젠가는 그 자식하고 결혼한 걸 후회하게 될 거야.' 그걸로 끝이었고 우리는 소냐를 까맣게 잊고 지냈어요. 이방인이 된 거예요……."

"그래도 괴틀러 씨는 블랙록 양이 부인보다 먼저 세상을 떠날 경우 조카들에게 재산을 물려주기로 하지 않으셨습니까?"

"아, 그건 내가 그렇게 시킨 거예요. 유언장 이야기를 들었을 때 이렇게 말했거든요. '만약 블랙키가 나보다 먼저 죽으면 어쩌려고요?' 랜들은 내 말을 듣고 깜짝 놀라더군요. '나야 잔병치레가 많지만 블랙키는 쇠심처럼 튼튼해도 사고라는 게 생길 수도 있고 삐걱대는 문이 오래 간다는 속담도 있잖아요…….' '그럼 물려줄 사람이 없는데? 아무도 없는데?' '소냐가 있잖아요.' '내 재산을 소냐한테 줘서 그 자식 손에 넘어가는 꼴을 보라고? 그럴 수는 없지!' '그럼 아이들한테 주세요. 핍하고 에마한테. 이후로 아이를 더 낳았는지도 모르겠네요.' 그랬더니 랜들은 투덜거리면서 아이들 조항을 유언장에 넣었죠."

크래독은 천천히 입을 열었다.

"이후로 지금까지 시누이나 조카 분 소식을 전혀 들은 바 없으십니까?"

"예. 죽었을지도 모르고 어딘가에서 살고 있을지도 모르죠."

그 어딘가가 치핑 클레그혼일 수도 있지. 크래독은 이렇게 생각했다.

벨 괴들러는 그의 생각을 읽었는지 불안한 눈빛을 보였다.

"그 아이들이 블랙키를 해치지 못하게 막아 주세요. 블랙키처럼 착한 사람한테, 그렇게 착한 사람한테 무슨 일이 생기면 안 돼요……."

그녀의 목소리가 갑자기 잦아들었다. 입과 눈 주변으로 난데없이 잿빛 그림자가 드리워졌다. 크래독이 말했다.

"피곤하신 모양이로군요. 이제 그만 가 보겠습니다."

그녀는 고개를 끄덕였다.

"맥을 불러 주세요."

그녀의 목소리는 속삭임에 가까웠다.

"피곤하군요……."

그녀는 희미하게 손을 움직이며 다시 입을 열었다.

"블랙키를 부탁할게요……. 아무 일도 생기지 않게…… 부탁할게요……."

"최선을 다하겠습니다, 괴들러 부인."

그는 자리에서 일어섰고 문 쪽으로 걸어갔다.

가느다란 그녀의 목소리가 그의 뒤를 따라왔다.

"얼마 안 남았어요……. 내가 죽기까지……. 위험해……. 부탁할게요……."

밖으로 나선 그는 맥클랜드 간호사와 마주쳤다. 그는 불안한 목소리로 말했다.

"저 때문에 안 좋아지신 건 아닌지 모르겠습니다."

"아니에요, 크래독 씨. 갑자기 피곤해하실 거라고 아까 말씀드렸잖아요."

이후에 그는 간호사에게 물었다.

"괴들러 부인이 옛날 사진을 가지고 계신지, 시간이 없어서 묻지 못했습니다. 혹시……."

그녀는 말허리를 잘랐다.

"남은 게 없을 거예요. 전쟁이 시작될 무렵 런던 저택에 있던 개인적인 기록이며 그런 것들을 가구와 함께 보관 창고로 옮겼거든요. 당시 건강 상태가 아주 안 좋으셔서 말이에요. 그런데 보관 창고가 폭격을 당하는 바람에 기념품이며 가족들에 대한 기록이 모두 없어졌어요. 부인께서 아주 상심이 크셨죠. 아마 남은 게 없을 거예요."

그렇게 됐군. 크래독은 이렇게 생각했다.

하지만 이번 여행에서 아무런 소득도 얻지 못한 것은 아니었다. 핍과 에마, 이 쌍둥이는 유령이 아닌 실체였다.

크래독은 생각하기 시작했다. 여기, 유럽 어디에선가 자란 남매가 있다. 소냐 괴들러는 결혼 당시 재산이 넉넉했겠지만 유럽에서 돈은 돈이 아니었다. 전쟁을 거치는 동안 온갖 괴상한 일들이 벌어졌으니 말이다. 전과 기록이 있는 남자의 아들과 딸. 두 사람이 거의 빈털터리인 채 영국으로 건너왔다면? 그렇다면 어떻게 했을까? 부유한 친척이 있나 알아보았을 것이다. 그런데 백만장자였던 외삼촌이 죽는다. 그럼 두 사람은 제일 먼저 삼촌의 유언장을 확인할 것이다. 혹시라도 두 사람 또는 어머니에게 남긴 재산이 있나 알아볼 것이다. 두 사람은 서머싯 하우스로 가서 유언장의 내용을 읽고 레티셔 블랙록 양의 존재를 발견한다. 이후 랜들 괴들러의 미망인에 대해서 알아보았더니 스코틀랜드에 머물고 있는데 살날이 얼마 남지 않았다고 한다. 레티셔 블랙록이라는 여자가 미망인보다 먼저 죽으면 어마어마한 재산이 두 사람의 차지가 된다. 그렇다면 어떻게 할 것인가?

두 사람은 스코틀랜드로 건너가지 않고 레티셔 블랙록이 어디에서 살고 있는지 알아볼 것이다. 그러고는 그곳으로 찾아갈 것이다. 정체를 숨긴 채……. 함께 아니면 따로따로. 에마…… 핍과 에마…핍이나 에마, 또는 두 사람 모두가 지금 치핑 클레그혼 살고 있지 않다면 내 손에 장을 지지겠다.

달콤한 죽음

I

리틀 패덕스의 부엌에서는 블랙록 양이 미치에게 지시 사항을 전달하고 있었다.

"정어리 샌드위치하고 토마토 샌드위치. 미치가 아주 맛있게 만드는 스콘 조금. 그리고 미치의 특별 케이크도 부탁할게."

"파티 여시나 봐요?"

"버너 양의 생일이라 손님 몇 명을 초대하려고."

"그 나이에 생일 파티라니. 그 나이 때는 생일을 잊어버리는 게 좋은데."

"버너 양은 잊고 싶지 않다잖아. 몇몇 사람들이 선물을 들고 올 테니까 자그마한 파티로 꾸미는 게 낫지 않겠어?"

"지난번에도 그렇게 말씀하시더니 무슨 일이 벌어졌는지 기억 안 나세요?"

블랙록 양은 끓어오르는 속을 가라앉혔다.

"오늘은 그런 일 없을 거야."

"이 집에 무슨 일이 벌어질지 누가 알겠어요? 난 하루 종일 벌벌 떨다가 밤이면 방문을 잠그고 숨어 있는 사람 없나 옷장을 살핀다고요."

"그럼 안심도 되고 좋겠네."

블랙록 양이 차갑게 말했다.

"특별 케이크라는 게 그거 말씀하시는 거죠?"

미치가 무슨 단어인가를 중얼거렸다. 영어에 길들여진 블랙록 양의 귀에는 '슈비체브츠르' 또는 고양이들이 서로 침을 뱉는 소리처럼 들렸다.

"그래, 맞아. 맛이 아주 진한 거."

"맞아요, 맛이 아주 진하죠. 하지만 재료가 없잖아요! 못 만들어요. 초콜릿, 버터 듬뿍, 설탕, 건포도가 있어야 되는데."

"버터는 미국에서 보내 준 이걸 쓰면 되고 건포도는 크리스마스를 대비해서 아껴 놓은 걸 써. 그리고 초콜릿이랑 설탕은 여기."

미치의 얼굴이 삽시간에 환한 미소로 빛났다.

"그럼 맛있게, 아주 맛있게 만들어 드릴게요!"

그녀는 황홀하다는 듯이 큰소리로 외쳤다.

"아주, 아주, 아주 진한 케이크가 될 거예요! 그리고 위에는 당의,

초콜릿 당의를 씌워서 예쁘게 장식하고 '축 생일'이라고 써야지. 모래 맛 나는 케이크만 먹는 영국 사람들은 한 번도, 한 번도, 한 번도 맛보지 못한 케이크를 만들어야지. 다들 맛있다고 할 거예요. 맛있다고……."

그녀의 얼굴 위로 다시 먹구름이 드리워졌다.

"패트릭 씨는 그 케이크를 달콤한 죽음이라고 불러요. 내 케이크를! 내 케이크에 그런 이름을 붙이다니!"

"칭찬이야. 둘이 먹다 하나가 죽어도 모를 만큼 맛있는 케이크라는 뜻이니까."

미치는 의심스러운 눈초리로 그녀를 쳐다보았다.

"그래도 싫어요. 죽음이라는 단어는. 내 케이크를 먹는다고 죽는 것도 아닌데. 죽기는커녕 기분이 훨씬 좋아지는데."

"맞아. 기분이 훨씬 좋아질 거야."

블랙록 양은 이야기가 잘 끝난 데 안도의 한숨을 내쉬며 부엌을 빠져나왔다. 미치는 어떤 반응을 보일지 아무도 짐작할 수 없는 인물이었다.

그녀는 밖에서 도라 버너와 마주쳤다.

"레티, 내가 부엌에 들어가서 미치한테 샌드위치 자르는 법을 가르쳐 줘도 될까?"

"안 돼."

블랙록 양은 친구를 복도 쪽으로 잡아끌었다.

"지금 기분이 별로 안 좋으니까 건드리지 않는 게 좋겠어."

"그래도 잠깐 가르쳐 주기만 하면 되는데."

"아무것도 가르쳐 주지 마, 도라. 중유럽 사람들은 누가 가르쳐 주는 걸 안 좋아해. 싫어한다고."

도라는 의심스러운 눈초리로 친구를 쳐다보더니 갑자기 미소를 지었다.

"방금 전에 에드먼드 스웨트넘의 전화를 받았어. 오늘 하루 행복한 일들이 많기를 바란다면서 오후에 꿀 한 병을 선물로 들고 찾아오겠다는 거 있지? 참 고맙지 않니? 오늘이 내 생일인 줄 어떻게 알았나 몰라."

"모르는 사람이 없을걸? 네가 계속 이야기를 했으니까."

"그냥 오늘부터 쉰아홉 살이 된다고 말했을 뿐인데……."

블랙록 양이 눈을 반짝이며 말했다.

"쉰아홉이 아니라 예순네 살이잖아, 도라."

"그랬더니 힌클리프 양이 이렇게 말하더라. '그렇게 안 보이시는데요? 전 몇 살 정도 된 것 같아요?' 좀 난감한 질문이었어. 힌클리프 양은 워낙 특이하게 생겨서 몇 살인지 감이 안 잡히잖아. 아무튼 오늘 계란을 들고 오겠대. 요즘 우리 집 암탉들이 알 낳는 게 영 시원치 않다고 말했거든."

"성적이 제법 좋네? 꿀에, 계란에, 줄리아는 어마어마하게 큰 초콜릿 한 상자를 선물했고……."

"어디서 그런 걸 구했는지 모르겠어."

"묻지 마. 분명히 불법적인 수단을 동원했을 테니까."

"그리고 너한테 받은 예쁜 브로치도 있잖아."

버너 양은 가슴에 꽂힌 다이아몬드 잎사귀를 자랑스럽게 내려다보았다.

"마음에 들어? 그렇다면 다행이고. 난 보석 좋은 줄 모르겠더라."

"아주 마음에 들어."

"잘됐다. 이제 나가서 오리들 모이 주자."

II

"하!"

파티에 참석한 사람들이 식당의 탁자에 둘러앉기 시작할 무렵 패트릭이 연극조로 감탄사를 터뜨렸다.

"이게 뭡니까? 달콤한 죽음이 아닙니까?"

"쉿! 미치한테 안 들리게 해. 자기 케이크에 그런 이름을 붙였다고 질색하더라."

블랙록 양이 말했다.

"그래도 달콤한 죽음인 건 어쩔 수 없어요! 버니 아주머니의 생일 케이크인가요?"

"그렇단다. 내 인생 최고로 근사한 생일 파티야."

버너 양이 말했다.

그녀의 두 뺨은 발갛게 달아올라 있었다. 이스터브룩 대령이 "사탕처럼 달콤한 분께 사탕을!"이라는 말과 함께 조그마한 사탕 상자를 건네며 고개를 숙이고 인사했을 때부터 죽 그런 상태였다.

이 말을 듣고 줄리아는 황급히 고개를 돌리다 블랙록 양의 눈총을 받았다.

모두들 다과 탁자 위에 놓인 맛있는 다과를 마음껏 즐겼고 크래커로 입가심을 한 뒤 자리에서 일어섰다.

"속이 메슥거려. 케이크 때문이야. 지난번에도 그러더니."

줄리아가 말했다.

"그래도 맛있잖아."

패트릭이 말했다.

"외국 사람들은 과자 만들기에 일가견이 있는 것 같아. 그래서 단순한 푸딩을 못 만드는 거라고."

힌클리프 양이 말했다.

모두들 그녀의 말을 존중하는 뜻에서 잠자코 있었다. 하지만 패트릭은 단순한 푸딩을 좋아하는 사람도 있느냐고 묻고 싶어 입이 근질거리는 눈치였다.

"새로운 정원사 구하셨어요?"

응접실로 자리를 옮긴 뒤 힌클리프 양이 블랙록 양에게 물었다.

"아니요. 왜요?"

"닭장 근처에서 어떤 남자가 기웃거리는 걸 봤거든요. 군인처럼 탄탄하게 생겼던데."

"아, 그 사람요? 우리 집 전담 형사예요."

줄리아의 말을 듣고 이스터브룩 부인이 핸드백을 떨어뜨렸다.

"형사? 형…… 형사라니. 도대체 왜?"

"몰라요. 그냥 집 주변을 돌면서 감시하던데. 레티 이모를 보호하려는 거겠죠."

줄리아가 대답했다.

"말도 안 되는 소리. 내 몸은 내가 지킬 수 있어."

블랙록 양이 말했다.

"하지만 이제 다 끝난 얘기 아닌가요? 그보다 왜 심문을 다시 시작했는지 그걸 묻고 싶어요."

이스터브룩 부인이 큰 소리로 말했다.

"만족스럽지 않으니까 그런 거지. 그러니까 심문을 다시 시작한 거야."

그녀의 남편이 대답했다.

"만족스럽지 않다니 뭐가요?"

이스터브룩 대령은 할 말이 많지만 참겠다는 듯이 고개를 저었다. 대령을 싫어하는 에드먼드 스웨트넘이 입을 열었다.

"그러니까 우리 모두 의심을 받고 있다는 뜻입니다."

"무슨 의심을요?"

이스터브룩 부인이 또다시 물었다.

"신경 쓰지 마, 여보."

"기회만 보이면 살인을 저지르려는 의도를 가지고 어슬렁거리고 있다는 의심이죠."

에드먼드 스웨트넘의 대답에 도라 버너가 고함을 질렀다.

"그만 해요, 스웨트넘 씨. 제발 그만! 우리 레티를 죽이려는 사람이 어디 있다고!"

끔찍하도록 어색한 침묵이 찾아왔다. 얼굴이 벌겋게 달아오른 에드먼드는 농담이었다고 중얼거렸다. 필리파가 높고 맑은 목소리로 6시 뉴스를 듣자고 제안했고 모두들 열광적으로 찬성의 뜻을 보였다.

패트릭이 줄리아에게 중얼거렸다.

"하면 부인이 있어야 하는 건데. 그랬더라면 높고 맑은 목소리로 '하지만 살인 기회를 노리는 사람이 있을 것 같은데. 안 그런가요, 블랙록 양?' 하고 물었을 거야."

"하면 부인하고 마플 양이라는 할머니가 빠진 게 얼마나 다행인지 몰라. 그 할머니는 진짜 참견 대장이라니까? 거기다 무슨 생각을 하는지 도무지 모르겠고. 정말 빅토리아 시대 인물다워."

뉴스를 듣다 보니 대화는 자연스럽게 핵전쟁의 공포 쪽으로 흘러갔다. 이스터브룩 대령은 문명 사회에 반하는 가장 큰 골칫거리가 러시아라고 주장했고 에드먼드는 러시아 사람들 중에 괜찮은 친구도 있다고 반박했다. 하지만 이 말을 들은 사람들의 반응은 싸늘했다.

잠시 후 사람들은 리틀 패덕스의 주인에게 다시 한 번 고맙다는 인사를 하고 각자의 집으로 돌아갔다.

"재미있었니, 버니?"

마지막 손님까지 배웅을 마친 다음 블랙록 양이 물었다.

"그럼. 그런데 머리가 지끈거려. 너무 흥분해서 그런가 봐."

"케이크 때문이에요. 저도 속이 좀 안 좋은걸요? 게다가 아주머니는 오전 내내 초콜릿을 드셨잖아요."

패트릭이 말했다.

"방에 가서 누워야겠다. 아스피린 먹고 푹 자야지."

"그게 좋겠다."

블랙록 양이 말했다.

버너 양은 2층으로 올라갔다.

"오늘은 제가 오리들을 우리 안에 넣을까요, 레티 이모?"

블랙록 양은 패트릭을 엄한 눈초리로 바라보았다.

"오늘은 걸쇠를 제대로 잠그겠다고 약속하면."

"약속할게요. 정말로 약속할게요."

"셰리주 한 잔 드세요, 레티 이모. 옛날에 우리 집 보모가 그러는데 셰리주를 마시면 속이 가라앉는대요. 좀 앞뒤가 안 맞는 말이기는 하지만 지금 상황에는 신기하게도 들어맞는 것 같아요."

줄리아가 말했다.

"그래, 그것도 좋겠다. 진한 케이크는 아무래도 자주 먹던 게 아니라서. 버니, 깜짝 놀랐잖아! 왜? 무슨 일이야?"

"아스피린이 어디 있는지 모르겠어."

버너 양이 우울한 목소리로 대답했다.

"그럼 내 걸 먹어. 침대 옆에 있으니까."

"제 화장대 위에도 한 통 있어요."

필리파가 말했다.

"고마워. 정말 고마워. 내 아스피린을 못 찾으면 신세 좀 질게. 하지만 분명히 어딘가에 뒀는데. 새로 사온 거. 어디다 뒀더라?"

"욕실에 보면 무더기로 쌓여 있잖아요. 집 전체가 아스피린투성이인데요, 뭘."

줄리아가 짜증난 말투로 대답했다.

"칠칠맞게 자꾸 물건을 흘리고 다니니까 속상해서 그렇지."

버너 양은 다시 2층으로 올라갔다.

줄리아가 자기 잔을 들며 말했다.

"참 딱하기도 하시지. 버니 아주머니한테도 셰리주 좀 갖다드릴까요?"

블랙록 양이 대답했다.

"아니다. 안 그래도 좀 흥분한 상태인데 셰리주까지 마시면 안 좋을 거야. 그러면 내일 두통이 더 심해질 테니까. 아무튼 버니가 오늘 파티를 재미있어한 것 같아서 다행이구나!"

"정말 좋아하시던걸요?"

필리파가 말했다.

"미치한테 셰리주 한 잔 주는 건 어때요?"

줄리아는 이렇게 말하더니 옆문이 닫히는 소리를 듣고 패트릭을 불렀다.

"오빠! 미치 좀 불러다 줘."

이렇게 해서 미치가 불려왔고 줄리아가 셰리주를 한 잔 따랐다.

"이 세상 최고의 요리사를 위하여!"

패트릭이 자기 잔을 들며 외쳤다.

미치는 기쁜 표정을 지으면서도 항의의 뜻을 내비쳤다.

"그 말은 틀렸어요. 난 요리사가 아니니까. 우리나라에서는 지적인 일을 했다고요."

"그랬다면 재능을 썩힌 거죠. 달콤한 죽음 같은 걸작에 비하면 지적인 일은 아무것도 아니니까."

패트릭이 말했다.

"세상에, 그 이름은 싫다고……."

"싫어도 어쩔 수 없어요. 내가 이름을 지어 버렸으니까. 자, 건배합시다. 달콤한 죽음과 그 후유증을 위하여!"

패트릭이 말했다.

III

"필리파, 얘기 좀 할 수 있을까?"

"예, 말씀하세요. 블랙록 양."

필리파 헤임스는 약간 놀란 표정으로 고개를 들었다.

"무슨 걱정이 있는 건 아니지?"

"걱정이라니요?"

"요즘 얼굴이 좀 안 좋아 보여서. 무슨 문제가 있는 건 아니지?"

"아니에요, 블랙록 양. 무슨 문제가 있겠어요?"

"그러니까 말이야. 난 또 혹시 필리파가 패트릭하고……."

"패트릭하고요?"

필리파는 정말 놀란 표정을 지었다.

"아니었던 모양이네? 내가 너무 주제넘게 나선 거라면 이해해 줘. 둘이 워낙 붙어 있는 시간이 많으니까……. 그런데 패트릭이 내 친척이기는 하지만 좋은 남편이 될 타입은 아니거든. 앞으로 한참 동안은."

필리파의 표정이 딱딱하게 굳었다.

"전 재혼 같은 건 하지 않을 거예요."

"그런 생각 마, 필리파. 언젠가 좋은 남자 만날 테니까. 아직 젊잖아. 지금 그런 얘기를 할 때는 아닌 것 같고 정말 아무 문제없는 거지? 예를 들어 돈 걱정이 생겼다거나……."

"아니에요. 아무 문제 없어요."

"꼬맹이 교육 때문에 가끔 걱정하는 거 알아. 그래서 얘기 좀 하자고 했던 거였어. 오늘 오후 밀체스터에 가서 베딩펠드 변호사를 만났거든. 요즘 상황이 좀 불안하니까 만일의 경우를 대비해서 유언장을 새로 쓰려고. 그래서 버니 몫을 제외한 나머지를 필리파한테 물려주기로 했어."

"예?"

필리파는 되물으며 블랙록 양을 뚫어져라 쳐다보았다. 불안한 표정이었다. 아니, 겁에 질린 표정이었다.

"하지만 싫어요. 정말 싫어요……. 차라리…… 그런데 이유가 뭔가요? 왜 저한테 주시겠다는 거죠?"

"물려줄 만한 사람이 없으니까."

블랙록 양의 목소리에서 묘한 분위기가 느껴졌다.

"패트릭하고 줄리아가 있잖아요."

"그래, 패트릭하고 줄리아가 있기는 하지."

그녀의 목소리는 여전히 묘한 분위기를 풍겼다.

"두 사람은 친척이잖아요."

"먼 친척이야. 그러니까 내 유산을 물려받을 권리가 없어."

"하지만, 하지만 그럴 권리가 없기는 저도 마찬가지예요. 무슨 생각으로 그러셨는지 모르겠지만, 아무튼 전 싫어요."

그녀는 감사의 눈빛이 아니라 오히려 적의에 가까운 눈빛을 보였다. 그녀의 태도에서는 공포 비슷한 분위기가 느껴졌다.

"무슨 생각을 하긴. 필리파를 좋아하게 됐거든. 게다가 그 꼬맹이도 있고……. 내가 지금 죽으면 유산이 얼마 안 되겠지만 몇 주만 지나면 상황이 아주 달라질 거야."

그녀는 필리파를 지긋이 쳐다보았다.

"돌아가시다니 그런 말씀 마세요!"

"예방 조치만 취하면 죽을 일은 없겠지."

"예방 조치라고요?"

"그래. 예방 조치를 한번 생각해 봐……. 그리고 이젠 더 이상 걱정 말고."

블랙록 양은 자리에서 벌떡 일어섰다. 밖으로 나간 그녀가 복도에서 줄리아와 이야기를 나누는 소리가 들렸다.

잠시 후 줄리아가 응접실 안으로 들어왔다.

그녀의 눈빛이 냉혹하게 번뜩였다.

"머리를 아주 잘 쓰셨군. 안 그래요, 필리파? 얌전한 줄 알았더니…… 다크호스였어……."

"남의 대화를……."

"그래요. 들었어요. 들으라고 한 대화 아니었던가요?"

"그게 무슨 뜻이죠?"

"우리 레티 이모가 그 정도 머리를 못 쓸 인물이 아니죠……. 아무튼 잘됐네요, 필리파. 돈방석에 앉게 됐으니까."

"줄리아…… 난 절대…… 그런 생각은……."

"그런 생각은 안 해 보셨다? 설마 그럴 리가. 지금 생활에 쪼들리고 있잖아요. 돈이 궁하잖아요. 하지만 이거 한 가지만 알아둬요. 이제는 누군가 레티 이모를 건드리기만 하면 당신이 첫 번째 용의자가 된다는 걸."

"하지만 내가 그런 짓을 할 리 없잖아요. 지금 블랙록 양을 살해하는 멍청한 짓을 벌일 리 없잖아요. 조금만 기다리면……."

"아하, 그러니까 그 거시기인가 뭔가 하는 할머니가 스코틀랜드에서 죽어 가고 있다는 걸 알고 계시다? 혹시나 했더니…… 필리파, 당신은 정말 다크호스로군요?"

"당신이나 패트릭 몫을 가로챌 생각은 없어요!"

"그런가요, 헤임스 부인? 미안하지만 못 믿겠군요."

돌아온 크래독 경위

크래독 경위의 귀향길은 끔찍했다. 꿈이라기보다 악몽에 가까운 것이 그를 계속 괴롭혔다. 그는 제시간에 어딘가 닿기 위해, 혹은 제시간에 무언가를 막기 위해 고풍스러운 성의 잿빛 복도를 몇 번이고 달렸다. 마침내 그는 잠에서 깨어나는 꿈을 꾸었다. 어마어마한 안도감이 물밀듯 밀려왔다. 그런데 그때 객실 문이 스르르 열렸고 레티셔 블랙록이 얼굴에서 핏물을 뚝뚝 흘리며 나타나더니 나무라는 투로 말했다.

"왜 저를 살리지 못했죠? 노력만 했으면 살릴 수 있었을 텐데."

마침내 열차가 밀체스터에 도착했을 때 크래독 경위는 고맙다는 생각이 들었다. 그는 곧장 경찰서로 달려가 라이즈데일에게 보고를 했다. 라이즈데일은 신중하게 귀를 기울였다.

"새로운 정보는 별로 얻은 게 없군. 하지만 블랙록 양의 이야기가 사실로 밝혀진 셈이야. 핍과 에마라……. 흠, 도대체 누구인지……."

"패트릭과 줄리아 사이먼스의 나이가 마침 맞아떨어집니다, 서장님. 블랙록 양이 두 사람을 어렸을 때 이후로 본 적이 있는지, 그 부분만 확인하면……."

라이즈데일이 희미하게 쿡쿡거리며 웃었다.

"그 부분은 우리의 동지 마플 양이 이미 확인을 해 두었다네. 사실 블랙록 양은 두 사람을 2개월 전에 처음 만났다고 하더군."

"그렇다면……."

"쉽게 단정 지을 수는 없는 상황이야, 크래독. 패트릭과 줄리아를 조사해 보았는데 아직까지 의심스러운 구석이 발견되지 않았거든. 패트릭의 해군 복무 기록은 사실이더군. '반항기'가 있다는 구절만 제외하면 상당히 훌륭한 내용이었어. 칸에도 연락을 취했는데 사이먼스 부인이 말하길, 아들딸이 치핑 클레그혼에 있는 친척 레티셔 블랙록의 집에 머물고 있다는 거야. 그러니까 그쪽도 가능성이 사라진 거지."

"사이먼스 부인의 신원은 확실합니까?"

"아주 오랫동안 사이먼스 부인으로 살아온 것만큼은 확실해."

라이즈데일이 무미건조한 말투로 대답했다.

"그렇다면 믿을 수밖에 없겠군요. 조건에 딱 맞는 사람은 패트릭과 줄리아뿐인데. 나이도 비슷하고. 블랙록 양한테 얼굴이 알려지지도 않았고. 핍과 에마의 존재가 사실이라면 그 둘일 수밖에 없는데 말입니다."

서장은 생각에 잠긴 표정으로 고개를 끄덕이다 크래독 앞으로 서류 한 장을 내밀었다.

"이스터브룩 부인에 대해서 지금까지 캐낸 정보일세."

경위는 서류를 읽더니 눈썹을 치켜세웠다.

"아주 흥미진진한 정보로군요. 참 잘도 속였다는 생각이 듭니다. 하지만 제가 보기에 이번 사건하고는 연관이 없는 것 같습니다."

"나도 같은 생각이야. 그리고 이건 헤임스 부인에 대한 정보."

크래독의 눈썹이 또 한 번 치켜 올라갔다.

"헤임스 부인은 다시 한 번 심문할 필요가 있는 것 같습니다."

"이 정보는 상관관계가 있다고 생각하나?"

"그럴 수도 있다고 봅니다. 가능성이 상당히 희박하기는 하지만……"

두 사람은 일이 분 정도 침묵을 지켰다.

"플레처 쪽은 어떻습니까?"

"아주 적극적인 모습을 보이고 있지. 블랙록 양의 동의 아래 일상적인 가택 수색을 벌였는데 별다른 성과를 올리지 못했다고 하더군. 이후로 그 문에 기름 칠을 했을 만한 후보를 찾고 있어. 그 외국 여자가 집을 비운 시간에 드나든 사람이 있나 조사하는 거지. 그런데 생각보다 복잡한 것이 그 여자는 거의 매일 오후마다 산책을 나서는 모양이야. 보통 시내까지 걸어가 블루버드에서 커피를 마신다는군. 그런데 블랙록 양과 버너 양도 거의 매일 오후면 집을 비운다는 거야. 가까운 해변으로 검은 딸기를 따러 간다고."

"항상 문을 잠그지 않고 외출하겠죠?"

"예전에는 그랬다더군. 지금은 달라졌겠지만."

"조사 결과가 어떻습니까? 집이 비어 있는 시간에 드나든 사람이 누구랍니까?"

"거의 전부라고 보면 맞을 걸세."

라이즈데일은 그의 앞에 놓인 서류를 쳐다보았다.

"머거트로이드 양은 알을 지키는 암탉을 데리고 갔다더군.(무슨 소리인지 모르겠지만 아무튼 그렇게 말했다네.) 아주 장황하게 앞뒤가 안 맞는 설명을 늘어놓았다는데 켕기는 구석이 있다기보다 원래 그런 성격이라는 게 플레처의 생각이야."

"그럴 겁니다. 흥분을 잘하거든요."

"그리고 스웨트넘 부인은 블랙록 양이 부엌 탁자에 놓아둔 말고기를 가지러 갔고. 블랙록 양이 그날 차를 몰고 밀체스터에 다녀왔는데 그럴 때마다 스웨트넘 부인한테 말고기를 사다 준다는 거야. 말이 된다고 생각하나?"

크래독은 곰곰이 생각해 보았다.

"블랙록 양이 밀체스터에서 돌아오는 길에 직접 갖다줄 수도 있었을 텐데 그러지 않은 이유가 뭐라고 합니까?"

"나도 모르겠네. 스웨트넘 부인 말로는 블랙록 양이 항상 부엌 탁자에 놓아두기 때문에 미치가 없는 틈을 타서 가지고 온다던데. 미치가 가끔 무례하게 굴어서 말일세."

"앞뒤가 잘 맞는군요. 다음은 또 누가 있습니까?"

"힌클리프 양. 본인 말로는 최근 그 집에 간 적이 없다고 하는데 그렇지가 않아. 미치가 어느 날 옆문으로 나오는 힌클리프 양을 본 적이 있고 버트 부인(이 마을 주민일세.)도 마찬가지라고 했거든. 힌클리프 양한테 이 얘기를 했더니 그런 적이 있는지 모르겠지만 잊어버렸다고 했다더군. 무슨 이유로 갔는지는 모르겠다고, 아마 지나가다 들른 길이었을 거라고."

"좀 이상하군요."

"그녀의 태도도 수상하지 않은가? 그리고 다음은 이스터브룩 부인. 아끼는 애완견들을 운동시키러 나선 길에 뜨개질 본을 빌릴 수 있을까 해서 들렀는데 블랙록 양이 집에 없었다는군. 집 안에서 잠시 기다렸다더라고."

"그렇군요. 어쩌면 염탐을 하거나 문에 기름을 칠하러 갔을지도 모르는 일입니다. 대령 쪽은 어떻습니까?"

"블랙록 양이 읽고 싶어 하기에 인도 관련 서적을 들고 찾아간 적이 있다네."

"블랙록 양 쪽 이야기는 어떻습니까?"

"대령의 강권을 어떻게든 피하려고 했는데 소용이 없었다더군."

크래독은 한숨을 내쉬었다.

"맞는 말입니다. 책을 빌려 주기로 결심한 사람은 아무도 못 말리는 법입니다."

"에드먼드 스웨트넘은 어떤지 모르겠어. 아주 애매한 태도를 보이고 있거든. 어머니 심부름으로 가끔 찾아가기는 하는데 요즘은 들른 적이 없다나?"

"그러니까 한 명도 예외가 없는 셈이로군요."

"그렇지."

라이즈데일은 이렇게 말하고 보일락 말락 미소를 지었다.

"마플 양의 움직임도 활발하기는 마찬가지야. 플레처가 말하길 블루버드에서는 모닝 커피를, 볼더스에서는 셰리주를, 리틀 패덕스에는 차를 마셨다는군. 스웨트넘 부인의 정원을 칭찬하는가 하면 이스터브룩 대령이 인도에서 가지고 온 골동품을 구경하러 들르기도 하고."

"이스터브룩 대령이 진짜 대령인지 아닌지도 알아냈을지 모르겠군요."

"맞는 말이야. 보기에 진짜인 것 같기는 하지만. 극동 담당 기관에 문의해서 신원을 확인해야겠지."

"그나저나 블랙록 양에게 피신을 권하면 받아들일까요?"

"치핑 클레그혼을 떠나 있으라고 하면?"

"그렇습니다. 믿을 수 있는 친구 버너를 데리고 아무도 모르는 곳으로 피해 있으라고 하면 말입니다. 스코틀랜드로 가서 벨 괴들러와 함께 있으면 어떨까요? 추억의 장소일 테니까요."

"거기서 벨 괴들러가 죽기만을 기다리고 있으란 말인가? 받아들이지 않을 걸세. 생각이 올바른 여자라면 그런 제안을 달가워할 리가 없지."

"생사가 걸린 문제라면……."

"진정하게, 크래독. 사람을 죽이는 게 생각처럼 그렇게 쉽지는 않으니까."

"정말 그럴까요?"

"글쎄. 어떤 의미에서는 쉬울 수도 있지. 방법은 여러 가지이니까. 제초제를 쓰든가. 블랙록 양이 오리들을 우리에 넣으러 나왔을 때 뒤통수를 내리치든가 아니면 덤불에 숨어 있다 총을 쏘든가. 아주 간단해. 하지만 사람을 살해하고도 의심을 받지 않는 것. 그게 어렵단 말이지. 게다가 지금은 철저하게 감시를 당하고 있는 상황이 아닌가. 주도면밀하게 세웠던 원래 계획이 실패한 만큼 미지의 범인은 다른 방법을 생각해야 한단 말이지."

"알겠습니다, 서장님. 하지만 시간 문제를 생각해야 합니다. 괴들러 부인은 지금 죽어 가고 있습니다. 언제 숨을 거둘지 모르는 상황입니다. 그러니까 범인은 기다릴 여유가 없습니다."

"맞는 말이야."

"그리고 또 한 가지가 있습니다. 범인은 지금 우리가 모든 사람들의 뒷조사를 하는 줄 분명히 알고 있을 겁니다."

라이즈데일은 한숨을 내쉬었다.

"그런데 그게 시간이 걸린단 말이지. 동양, 인도까지 접촉을 해야 하니까. 그래, 아주 길고 지루한 작업이 될 거야."

"그러니까 범인으로서는 서둘러야 할 또 다른 이유가 생긴 셈입니다. 서장님, 지금은 아주 위험한 상황입니다. 엄청난 액수의 돈이 걸려 있지 않습니까. 만약 벨 괴들러가 숨을 거두면……."

그는 경관이 들어오는 모습을 보고 말을 멈추었다.

"치핑 클레그혼의 레그 경관 전화입니다, 서장님."

"연결시켜."

크래독은 딱딱하게 굳어 가는 서장의 표정을 바라보았다.

"알겠네. 크래독 경위를 바로 보내도록 하지."

라이즈데일은 거친 말투로 이렇게 말하고 수화기를 내려놓았다.

"혹시……."

크래독이 물었다.

라이즈데일은 고개를 저었다.

"아니야. 도라 버너일세. 아스피린이 필요해서 레티셔 블랙록의 침대 옆에 있던 걸 먹은 모양이야. 병 속에 얼마 안 남아 있었던 모양인지 두 알을 꺼내고 한 알을 남겨 놓았다더군. 의사가 남은 한 알을 분석실로 보냈는데 아스피린이 아닌 게 분명하다는 거야."

"죽었습니까?"

"그렇다네. 오늘 아침에 시체로 발견되었다고 하니까 잠을 자는 도중에 숨을 거둔 거지. 의사 말로는 건강이 안 좋기는 했지만 자연사가 아니며 수면제 중독이 의심된다는 소견을 내놓았다는군. 부검은 오늘 밤 실시될 예정이라네."

"레티셔 블랙록의 침대 옆 아스피린이라니. 정말 교활한 악당이 아닙니까! 패트릭 말로는 예전에 블랙록 양이 반 병 남은 셰리주를 치우고 새 병을 땄다고 하던데 아스피린도 새 것으로 바꾸지는 않았던 모양이로군요. 어제나 그제 이 집에 들른 사람이 누구누구입니까? 바꿔치기한 지 며칠 안 됐을 텐데요."

라이즈데일은 그를 쳐다보았다.

"용의자 전부 어제 그 집에 있었지. 버너 양의 생일 파티가 열렸으니까. 어느 누구라도 몰래 2층으로 올라가서 아스피린을 바꿔치기 할 수 있었을 걸세. 아니면 그 집 식구 중 한 명이 아무 때나 기회를 봐서 해치웠을지도 모르는 일이고."

앨범

마플 양은 중무장을 한 채 목사관 입구에 서서 번치가 건네는 쪽지를 받아 들었다.

"줄리언이 직접 못 가서 많이 미안해한다고 꼭 좀 전해 주세요. 로크 햄릿의 신자 한 명이 사경을 헤매고 있거든요. 블랙록 양이 만나고 싶다고 하면 점심 후에 들르겠대요. 쪽지에 장례식 일정을 적었어요. 부검이 화요일이니까 수요일이 어떻겠냐고. 가엾은 버니 아주머니. 다른 사람을 겨냥하고 독을 넣은 건데 그 아스피린을 먹다니…… 편히 주무세요, 아주머니. 그나저나 제인 이모, 거기까지 걸어가시려면 너무 힘드시지 않을까 걱정이에요. 그런데 아이를 지금 당장 병원에 데리고 가야 하는 상황이라서……"

마플 양은 힘들 것 없다고 대답했고 번치는 종종걸음으로 자취를 감추었다.

블랙록 양을 기다리던 마플 양은 응접실을 둘러보며 도라 버너가 그날 아침 블루버드에서 패트릭이 '응접실 등을 조작'해서 '불이 나가게' 만든 것 같다고 말한 이유가 뭘까 생각했다. 어떤 등을 말한 걸까? 그리고 그 등을 '조작'했다니?

마플 양이 보기에는 통로 옆 탁자 위에 놓인 작은 등이 분명한 것 같았다. 양치기 소년인가 소녀 이야기를 했으니까. 그리고 그 등은 아주 섬세한 드레스덴 제품이었고 파란색 외투와 분홍색 바지 차림의 양치기 소년이 원래 촛대였다가 전기 등으로 바뀐 부분을 들고 있었다. 벨럼 지(紙)로 만든 갓이 조금 커서 소년의 모습을 거의 덮었다. 그리고 도라 버너가 또 무슨 말을 했더라? "그날은 분명 양치기 소년이 아니라 양치기 소녀 등이었는데 다음 날 보니까……." 그렇다. 지금은 분명 양치기 소년이었다.

마플 양은 번치와 함께 차를 마시러 왔을 때 도라 버너가 원래 한 쌍으로 이루어진 등이라고 했던 말이 생각났다. 양치기 소년과 소녀, 이렇게 한 쌍으로. 그런데 강도극이 벌어지던 날에는 소녀였던 것이 다음 날 아침 소년으로 바뀌었고 지금까지 자리를 지키고 있었다. 등이 밤사이에 바뀐 것이었다. 그리고 도라는 무슨 이유에서인지 몰라도 패트릭이 등을 바꾼 장본인이라고 생각했다.(어쩌면 아무 이유 없이 그렇게 생각했을 수도 있었다.)

왜 등을 바꿨을까? 원래 등을 살펴보면 패트릭이 무슨 수로 '불이 나가게' 만들었는지 알 수 있기 때문이었을 것이다. 그렇다면 과연 어떤 식으로 등을 조작했을까? 마플 양은 그녀의 앞에 놓인 등을 뚫어져라 쳐다보았다. 탁자 가장자리를 에두른 코드가 벽에 달린 콘센트에 꽂혀 있었다. 코드의 중간에는 작은 배 모양의 스위치가 달려 있었다. 마플 양은 전자 제품에 대한 지식이 거의 없었기 때문에 아무리 쳐다보아도 소용이 없었다.

양치기 소녀 등은 어디 있을까? '창고 방'에 있거나 버렸을까? 가만, 도라 버너가 붓과 기름이 번들거리는 컵을 든 패트릭과 마주쳤다는 곳이 어디더라? 덤불 속이라고 했던가? 마플 양은 지금까지 생각한 것들을 크래독 경위에게 전하기로 마음먹었다.

처음에 블랙록 양은 광고를 실은 배후 인물로 조카 패트릭을 지목했다. 마플 양의 경험으로 미루어 보건대 그런 식의 직감은 맞아떨어지는 경우가 많았다. 상대방을 잘 알다보면 그가 어떤 생각을 하는지 짐작할 수 있기 때문이었다⋯⋯.

패트릭 사이먼스⋯⋯.

잘생긴 청년. 붙임성 있는 청년. 나이를 불문하고 여자들이 좋아함직한 청년. 랜들 괴들러의 여동생이 결혼한 남자도 그런 부류였겠지. 패트릭 사이먼스가 핍일까? 하지만 패트릭은 전쟁 당시 해군에 몸을 담고 있었다. 경찰이 나서면 사실 여부를 금세 확인할 수 있을 것이다.

하지만 가끔은 놀라울 만큼 연극을 잘하는 사람도 있게 마련이었다. 대담하기만 하면 많은 사람들을 속일 수 있는 법이었다.

문이 열렸고 블랙록 양이 안으로 들어섰다. 전보다 몇 년은 더 늙어 버린 얼굴이었다. 생기를 모두 잃어버린 모습이었다.

"마음 고생이 심하실 텐데 나까지 끼어들어서 미안해요."

마플 양이 말했다.

"목사님은 임종을 앞둔 신자와 함께 계시고 번치는 아이가 아파서 병원에 갔거든요. 목사님께서 이 쪽지를 전해 달라고 하셨어요."

블랙록 양은 그녀가 건넨 쪽지를 받았다.

"앉으세요, 마플 양. 쪽지 때문에 여기까지 찾아와 주시다니 정말 고맙습니다."

그녀는 쪽지를 읽더니 조용한 목소리로 말했다.

"목사님은 참 속이 깊으신 분이에요. 일상적인 위로로 그치는 법이 없으니까……. 목사님께서 정한 일정대로 하겠다고 전해 주세요. 버니가…… 버니가 제일 좋아한 찬송가는 「내 갈 길 멀고 밤은 깊은데」였어요."

갑자기 그녀의 목소리가 갈라졌다.

마플 양은 다정하게 이야기를 건넸다.

"난 버너 양을 잘 모르지만 그래도 아주 많이 안타깝군요."

레티셔 블랙록이 갑자기 울음을 터뜨렸다. 애처롭고 절망이 깃든 울음이었다. 마플 양은 가만히 앉아 있었다.

잠시 후 블랙록 양이 몸을 추슬렀다. 퉁퉁 부운 얼굴에 눈물 자국이 남아 있었다.

"죄송해요. 참을 수가, 참을 수가 없어서 그만……. 버니는, 버니는 과거를 잇는 유일한 끈이었어요. 저를, 저를 기억해 주는 유일한 사람이었어요. 그런 버니마저 가고 없으니 저는 이제 혼자예요."

"무슨 뜻인지 알아요. 나를 기억해 주던 마지막 사람이 떠나고 혼자가 된 기분. 나도 조카가 있고 다정한 친구들이 있지만 어렸을 적 내 모습을 아는 사람은 한 명도 없답니다. 아주 오래전 이야기를 함께 추억할 사람이 없지요. 난 아주 오랫동안 혼자로 지내 왔답니다."

두 여자는 잠시 아무 말도 하지 않았다.

"제 심정을 이해해 주시는군요."

자리에서 일어난 레티셔 블랙록은 책상 쪽으로 걸어갔다.

"목사님께 몇 마디 쓸게요."

그녀는 펜을 어색하게 잡고 천천히 글씨를 써 나갔다.

"관절염 때문에 글씨를 전혀 쓰지 못할 때도 있답니다."

그녀는 편지를 봉하고 마플 양에게 건넸다.

"괜찮으시다면 목사님께 전해 주시겠어요?"

복도 쪽에서 남자의 목소리가 들리자 블랙록 양이 조용히 말했다.

"크래독 경위님이 오셨네요."

그녀는 벽난로 위에 달린 거울로 다가가서 분첩으로 얼굴을 두드렸다.

잠시 후 들어선 크래독은 화가 난 듯 험상궂은 얼굴이었다. 그는 못마땅하다는 표정으로 마플 양을 쳐다보았다.

"아, 여기 계셨군요."

벽난로 앞에 서 있던 블랙록 양이 고개를 돌리며 말했다.

"목사님이 보내는 쪽지를 갖다주셨어요."

마플 양은 허둥지둥 이야기를 꺼냈다.

"지금 당장 자리를 비켜 드릴게요. 지금 당장. 폐를 끼치면 안 되지요."

"어제 오후 이곳에서 열린 다과 모임에 참석하셨습니까?"

마플 양은 안절부절못하는 모습을 보였다.

"아, 아니요. 번치 차를 타고 친구들을 만나러 갔어요."

"그럼 마플 양한테 들을 이야기는 없겠군요."

크래독은 어서 나가 달라는 듯이 응접실 문을 열었고 마플 양은 허둥지둥 자리를 비켰다.

"나이 많은 할머니들은 왜 그렇게 참견을 좋아하는지……."

크래독이 말했다.

"그래도 너무하셨어요. 정말로 목사님이 쓰신 쪽지를 전해주러 오셨는데."

블랙록 양이 말했다.

"그러셨겠죠."

"단순한 호기심 때문에 저러시는 건 아닐 거예요."

"블랙록 양 말씀이 맞을지도 모르겠습니다만 제가 보기에는 심각한 참견병에 걸리신 것 같습니다."

"귀여운 분이잖아요."

몰라서 그렇지 방울뱀만큼이나 위험한 인물이랍니다. 크래독은 속으로 이렇게 생각했다. 하지만 그는 어느 누구에게도 마플 양의 정체를 밝힐 마음이 없었다. 아직도 살인범이 유유히 활보하고 다니는 만큼 말을 최대한 아끼는 게 상책이었다. 다음 희생자가 제인 마플이 되어서는 안 될 일이었다. 어딘가에 살인범이 숨어 있는데…… 그곳이 과연 어디일까?

"어쭙잖은 위로 드린답시고 시간 낭비하지 않겠습니다, 블랙록 양. 사실 저도 버너 양을 생각하면 마음이 착잡합니다. 저희가 막았어야 하는 건데."

"어쩔 수 없는 일이었잖아요."

"그렇긴 합니다. 막기가 쉽지는 않았겠죠. 하지만 이제는 시간이 없습니다. 범인이 누굽니까, 블랙록 양? 당신에게 총을 겨누고 저희가 우물쭈물하는 사이 다시 한 번 살인을 계획할지도 모르는 사람이 누굽니까?"

레티셔 블랙록은 몸을 부르르 떨었다.

"모르겠어요. 모르겠다고요!"

"괴들러 부인을 만나 보았습니다. 그분으로서는 최선을 다했지만 많은 정보를 얻지는 못했습니다. 블랙록 양의 죽음으로 이익을 볼 사람은 몇 안 됩니다. 먼저 핍과 에마. 패트릭과 줄리아가 얼추 비슷한 나이입니다만 신원이 분명합니다. 게다가 이 두 사람한테 수사력을 집중할 수도 없는 상황입니다. 블랙록 양, 소냐 괴들러를 만나면 얼굴을 알아볼 수 있겠습니까?"

"소냐를 알아볼 수 있겠느냐고요? 당연하죠."

그녀는 갑자기 말을 멈추더니 천천히 다시 입을 열었다.

"아니, 못 알아보겠군요. 워낙 시간이 많이 흐른 뒤라. 30년이니……. 지금쯤 나이 많은 아주머니가 됐겠네요."

"기억하기로는 생김새가 어떻습니까?"

"소냐 말씀인가요?"

블랙록 양은 잠시 기억을 더듬는 눈치였다.

"키가 작고 머리 색은 검고……."

"특징이나 버릇 같은 건 없습니까?"

"그, 글쎄요. 특별한 건 없는 것 같은데. 성격이 활달했어요. 아주 활달했어요."

"지금은 활달하지 않을 수도 있습니다. 사진 갖고 계십니까?"

"소냐 사진 말씀인가요? 어디 보자……. 제대로 된 사진은 없을 것 같은데. 예전에 찍은 스냅 사진은 있을 거예요. 앨범을 보면 적어도 한 장은 있을 것 같아요."

"보여 주실 수 있습니까?"

"그럼요. 그런데 앨범을 어디다 뒀더라?"

"블랙록 양, 스웨트넘 부인이 소냐 괴들러일 가능성도 있다고 보십니까?"

블랙록 양은 깜짝 놀란 표정으로 그를 쳐다보았다.

"스웨트넘 부인이요? 하지만 남편이 공무원이었다고 하던데요. 처음엔 인도에서 근무했고 나중엔 홍콩으로 건너갔다고."

"그거야 스웨트넘 부인이 한 이야기 아닙니까? 법정 용어로 표현하자면 블랙록 양이 직접적으로 아는 사실은 아니지 않습니까?"

블랙록 양이 느릿느릿 입을 뗐다.

"그야 그렇죠. 그렇게 물으신다면……. 하지만 스웨트넘 부인이라니 말도 안 돼요!"

"소냐 괴들러가 연극을 한 적이 있습니까? 아마추어 연극 배우였다던지."

"예, 맞아요. 아주 재주가 있었어요."

"그럴 줄 알았습니다! 뿐만 아니라 스웨트넘 부인은 가발을 쓰고 다니지 않습니까!"

크래독은 말을 마치자마자 곧바로 덧붙였다.

"하면 부인한테 들은 이야기입니다만."

"맞아요, 맞아요. 제가 보기에도 가발 같았어요. 유난히 곱슬곱슬한 게……. 그래도 말이 안 돼요. 아주 친절하고 가끔은 정말 재미있는 분인걸요."

"그럼 힌클리프 양하고 머거트로이드 양은 어떻습니까? 둘 중에 한 분이 소냐 괴들러일 가능성은?"

"힌클리프 양은 키가 너무 커요. 남자만 하잖아요."

"그럼 머거트로이드 양은?"

"하, 하지만 머거트로이드 양이 소냐일 가능성은 없어요."

"눈이 나쁘지 않으십니까, 블랙록 양?"

"맞아요. 근시예요."

"아무튼 아주 오래전에 찍었고 흐릿하다 하더라도 소냐 괴들러의 사진을 보고 싶습니다. 저희는 아마추어하고 달라서 경험상 비슷한 부분을 발견할 수 있습니다."

"찾아볼게요."

"지금 찾아보시면 안 되겠습니까?"

"지금요?"

"그래 주시면 고맙겠습니다만."

"알겠어요. 잠깐 생각할 시간을 주세요. 벽장에 있던 책을 치우면서 앨범을 보았는데……. 줄리아가 도와줬어요. 옛날 옷차림을 보면서 웃었던 기억이 나요. 책은 응접실 선반으로 옮겼는데 앨범하고 《아트 저널》 묶음은 어디 됐더라? 기억력 하고는! 줄리아는 알고 있을지 몰라요. 지금 집에 있는데."

"제가 모셔오겠습니다."

크래독은 밖으로 나가서 줄리아를 찾았지만 1층에는 없었다. 미치에게 물었더니 알 게 뭐냐고 짜증스럽게 대꾸했다.

"부엌에서 점심 준비하고 있었는데 어떻게 알아요? 난 내 손으로 만든 음식 아니면 절대 안 먹어요, 절대! 알아들었어요?"

크래독은 계단 밑에서 2층을 향해 "사이먼스 양!" 하고 불렀다. 대답이 없었다. 그는 계단을 올라가기 시작했다.

그는 층계참을 돌자마자 줄리아와 마주쳤다. 그녀는 뒤쪽으로 꼬불꼬불한 층계가 보이는 곳에서 문을 열고 막 나오는 참이었다.

"다락방에 있었어요. 무슨 일이신가요?"

크래독은 찾은 이유를 설명했다.

"옛날 사진이 든 앨범요? 생각나요. 서재에 있는 커다란 벽장에 넣은 것 같은데. 찾아드릴게요."

그녀는 아래층으로 내려가더니 서재 문을 열었다. 창문 근처에 커다란 벽장이 있었다. 줄리아가 벽장 문을 열었더니 이런저런 잡동사니들이 한눈에 들어왔다.

"다 쓰레기예요, 쓰레기. 하지만 나이 드신 분들은 물건을 못 버리죠."

크래독은 쭈그리고 앉아 아래쪽 선반에서 낡은 앨범 몇 개를 꺼냈다.

"이건가요?"

"예."

블랙록 양도 두 사람을 따라서 서재로 들어왔다.

"이런, 여기 있었구나? 생각도 못했네."

크래독은 탁자 위에 앨범을 내려놓고 장을 넘겼다.

챙 넓은 모자를 쓴 여자들, 걷기 힘들 만큼 몸에 꼭 붙는 드레스를 입은 여자들……. 사진마다 아랫부분에 깔끔한 설명이 달려 있었지만 세월이 흐르면서 잉크도 빛이 바래고 말았다.

"이 앨범에 있을 거예요."

블랙록 양이 말했다.

"두 번째나 세 번째 쪽에. 다른 앨범은 소냐가 결혼하면서 가지고 갔어요."

그녀는 페이지를 넘겼다.

"분명히 여기 있을 텐데……."

순간 페이지를 넘기던 그녀의 손길이 멈추었다.

듬성듬성 빈자리가 눈에 띄었다. 크래독은 허리를 구부리고 희미하게 남은 설명을 힘들게 읽어 내려갔다.

"소냐…… 나…… R. G."

그리고 그 다음은 '바닷가의 소냐와 벨'. 맞은편 페이지에도 있었다. '스킨으로 소풍 나선 날'. 그는 다음 페이지로 넘겼다. '샬럿, 나, 소냐, R. G.'

크래독은 입술을 꾹 다문 채 고개를 들었다.

"어떤 사람이 사진을 없앴군요. 그것도 아주 최근에."

"지난번에 봤을 때는 빈 자리가 없었는데. 안 그러니, 줄리아?"

"전 자세하게는 안 봤어요. 그냥 옛날 드레스 몇 개만 보고 말았지. 하지만 이모 말씀이 맞아요. 빈자리는 없었어요."

크래독의 표정이 더욱 어두워졌다.

"어떤 사람이 최근에 이 앨범에서 소냐 괴들러의 사진을 모두 없앴습니다."

편지

I

"다시 번거롭게 해 드려서 죄송합니다, 헤임스 부인."

"괜찮아요."

필리파가 냉랭한 말투로 이야기했다.

"이 방으로 들어가실까요?"

"서재로요? 마음대로 하시죠. 그런데 아주 추울 거예요. 난로가 없어서."

"상관없습니다. 잠깐이면 되니까. 그리고 여기서 이야기하면 아무도 못 들을 거 아닙니까?"

"그게 중요한 문제인가요?"

"저는 상관없습니다만, 헤임스 부인은 상관있으실지도 모르겠습니다.”

“무슨 말씀이신가요?”

“헤임스 부인, 부군께서 이탈리아에서 전사했다고 하셨죠?”

“예, 그런데요?”

“사실대로 말씀하시는 편이 훨씬 간단하지 않았을까요? 부대를 이탈한 탈영병이라고 말입니다.”

필리파는 하얗게 질린 얼굴로 주먹을 쥐었다 폈다 했다.

잠시 후 그녀가 쏘아붙이듯이 물었다.

“그런 식으로 다 들추어내야 속이 시원하신가요?”

크래독은 무미건조한 말투로 대답했다.

“저희는 진실을 알고 싶을 따름입니다.”

그녀는 잠자코 침묵을 지키다 잠시 후 입을 열었다.

“그래서요?”

“‘그래서요.’라니 무슨 뜻입니까, 헤임스 부인?”

“그러니까 어떻게 하시겠느냐는 뜻이죠. 소문을 내실 건가요? 그게 불가피하거나, 아니면 정당하거나, 아니면 너그러운 처사라고 생각하세요?”

“아는 사람이 아무도 없습니까?”

“이 마을 사람은 아무도 몰라요. 해리도…….”

순간 그녀의 목소리가 바뀌었다.

“우리 아이도 몰라요. 알리고 싶지 않아요. 평생 알리고 싶지 않아요.”

"그건 너무 위험한 발상입니다, 헤임스 부인. 아이가 이해할 만한 나이가 되면 솔직하게 이야기하십시오. 어느 날 우연히 알게 되면 더욱 충격을 받을 테니까요. 아버지가 영웅처럼 전사했다는 환상을 계속 심어 주시면……."

"그런 환상 심어 준 적 없어요. 거짓말을 하지는 않았다고요. 그냥 솔직히 이야기하지 않았을 뿐이지. 그 아이의 아버지는 전사했어요. 우리는 그렇게 알고 있을 거예요."

"하지만 아직 살아 계시다는 말씀입니까?"

"그럴지도 모르죠. 저야 모르는 일이지만."

"부군을 마지막으로 보신 게 언제입니까?"

필리파는 말이 떨어지지가 무섭게 대답했다.

"몇 년 됐어요."

"정말입니까? 한 2주일 쯤 전에 만난 적이 없단 말씀이신가요?"

"무슨 뜻으로 하시는 질문인가요?"

"부인이 이 집 별채에서 루디 셰르츠를 만났을 가능성은 없다고 생각합니다. 하지만 미치의 이야기는 상당히 설득력이 있습니다. 그러니까 제 말은 그날 아침 일터를 잠깐 비우고 만난 남자가 부군이 아니었느냐는 뜻입니다."

"별채에서 아무도 만난 적 없어요."

"돈이 다 떨어졌다고 하기에 얼마쯤 마련해 주지 않으셨습니까?"

"만난 적 없다니까요. 별채에서 아무도 만난 적 없다고요."

"탈영병은 막다른 궁지에 몰린 사람입니다. 그래서 도둑질이나 강도극, 뭐 이런 것에 연루될 때가 많습니다. 그리고 탈영병들은 외국제 리볼버를 가지고 다니는 경우가 허다합니다."

"전 지금 남편이 어디 있는지 몰라요. 몇 년 동안 만난 적도 없고요."

"최후의 발언입니까, 헤임스 부인?"

"더 이상 드릴 말씀이 없군요."

II

필리파 헤임스와의 면담을 마친 크래독은 분노와 좌절감을 감출 수 없었다.

"고집불통 같으니라고."

그는 화가 난 투로 혼잣말을 중얼거렸다.

필리파는 거짓말을 하는 게 분명했다. 하지만 그는 그녀의 완강한 부인을 무너뜨리는 데 실패했다. 그는 헤임스 대위에 대해 좀 더 알고 싶었다. 그에 관한 정보는 초라하기 짝이 없었다. 군 기록을 보면 형편없기는 했지만 범죄자로 돌변할 여지는 보이지 않았다.

게다가 기름 칠을 한 문은 헤임스라는 인물과는 별로 어울리지 않았다.

집안 식구 중 누군가 또는 집 안에 쉽게 드나들 수 있는 누군가 다른 사람이 그 일을 저지른 것은 분명했다.

그는 계단 위를 올려다보다 문득 줄리아가 무슨 일로 다락방에 있었을까 하는 생각을 했다. 다락방이라면 성격이 까다로운 줄리아하고 안 어울리는 장소였다.

무슨 일로 다락방에 있었을까?

그는 2층으로 달려 올라갔다. 층계참에는 아무도 없었다. 그는 줄리아가 문을 열고 나왔던 곳의 좁은 계단을 통해 다락방으로 올라갔다.

트렁크, 낡은 여행 가방, 부서진 가구, 다리 하나가 없는 의자, 깨진 사기 등, 낡은 식기 세트의 일부 등이 있었다.

그는 한 트렁크의 뚜껑을 열었다. 옷이 들어 있었다. 유행이 지나기는 했지만 상당히 고급스러운 여성복이 들어 있었다. 블랙록 양이나 죽었다는 여동생이 입던 옷인 것 같았다.

다른 트렁크를 열었다. 이번에는 커튼이었다.

그는 서류용 작은 손가방 쪽으로 관심을 돌렸다. 서류와 편지들이 들어 있었다. 누렇게 빛이 바랜, 아주 오래전 편지였다.

손가방 바깥쪽을 보았더니 CLB라는 이니셜이 적혀 있었다. 레티셔의 동생 샬럿의 가방인 모양이었다. 그는 편지 한 통을 펼쳐보았다. 이렇게 시작되는 편지였다.

사랑하는 샬럿에게

어제는 벨의 상태가 좋아서 소풍을 다녀왔어. R. G.도 하루 시간을 냈고. 아스포겔 발행은 잘 끝났어. R. G.가 어찌나 기뻐하던지. 우선주가 상한가를 기록 중이란다.

그는 나머지 부분을 건너뛰고 서명 부분을 살펴보았다.

사랑하는 언니, 레티셔가

그는 또 다른 편지를 집어 들었다.

사랑하는 샬럿에게
가끔은 사람들도 만나고 그랬으면 좋겠다. 네가 너무 예민한 반응을 보이는 거야. 상상하는 것처럼 그렇게 끔찍하지 않을 텐데. 그리고 사람들은 그런 데 신경 쓰지도 않아. 네 생각처럼 얼굴이 흉한 것도 아니고.

그는 고개를 끄덕였다. 샬럿 블랙록에게 흉터인가 기형이 있었다고 벨 괴들러한테 들은 이야기가 생각났다. 레티셔가 결국 동생을 돌보기 위해 일을 그만두었다고 말이다. 병약한 동생을 걱정하는 언니의 마음과 사랑이 여러 편지에서 고스란히 느껴졌다. 그녀는 아픈 동생이 보기에 재미있음직한 일상의 사건과 상황들을 길고 자세하게 전해 주고 있었다. 이따금 특이한 사진까지 넣어서. 그리고 샬럿은 언니의 편지를 모두 모아 놓았다.
크래독은 갑자기 온몸이 짜릿해지는 것을 느꼈다. 어쩌면 이 안에 단서가 들어 있을지도 몰랐다. 레티셔 블랙록이 오랫동안 잊고 있었던 사실들이 적혀 있을지도 몰랐다. 과거의 충실한 기록이라

할 수 있는 이 편지 어딘가에 미지의 인물이 누구인지 신원을 밝힐 만한 단서가 숨어 있을 수도 있었다. 그게 아니면 사진이라도. 앨범의 사진을 없앤 당사자가 미처 알지 못했던 소냐 괴들러의 사진이 나타날지도 모르는 일이었다.

크래독 경위는 편지들을 조심스럽게 추스른 다음 가방을 닫고 1층으로 내려갔다. 아래층 층계참에 서 있던 레티셔 블랙록이 놀란 표정으로 그를 쳐다보았다.

"다락방에 있다 내려오시는 길인가요? 발소리가 들리기에 누군가 했더니……."

"블랙록 양께서 동생한테 보낸 편지를 찾았습니다. 가지고 가서 좀 읽어 봐도 되겠습니까?"

그녀는 화가 난다는 듯이 얼굴을 붉혔다.

"꼭 그렇게까지 하셔야겠어요? 이유가 뭔가요? 편지가 무슨 도움이 된다는 거죠?"

"소냐 괴들러의 사진이 들어 있을지도 모르고 어떤 성격이었는지 윤곽을 잡을 수 있기 때문입니다. 성격을 암시하는 구절이나 사건이 있을지 모르니까요."

"아주 사적인 편지입니다, 경위님."

"알고 있습니다."

"제가 무슨 말을 하건 소용없겠죠……. 칼자루를 쥔 쪽은 경위님이니까. 가지고 가세요, 가지고 가시라고요! 하지만 소냐에 대한 정보는 거의 없을 겁니다. 제가 랜들 괴들러하고 일을 시작한 지 1년인가 2년 뒤에 결혼을 했으니까."

크래독은 고집스럽게 이야기했다.

"그래도 뭔가 있을지 모릅니다. 저희들로서는 모든 수단을 동원해야합니다. 위험이 상당히 심각한 수준이니까요."

블랙록 양이 입술을 깨물며 말했다.

"알고 있어요. 저를 겨냥한 아스피린을 먹고 버니가 죽었으니까. 다음 차례는 패트릭 아니면 줄리아, 그것도 아니면 필리파나 미치가 될지도 모르죠. 어느 쪽이건 앞날이 창창한 젊은 사람들인데 제 몫의 와인을 마시거나 제가 받은 초콜릿을 먹고 그런 일이 생긴다면······. 편지 가지고 가세요. 가지고 가 버리세요. 그리고 다 읽으신 다음에 태워 주세요. 저하고 샬럿한테만 의미가 있는 편지인데 다 지나간 과거가 되어 버렸네요. 이젠 과거를 기억하는 사람도 남아 있지 않으니까······."

그녀는 끼고 있던 가짜 진주 목걸이를 손으로 만지작거렸다. 크래독은 그 모습을 보며 트위드 상하의와 진주 목걸이가 참 안 어울린다는 생각을 했다.

그녀는 같은 이야기를 반복했다.

"가지고 가 버리세요."

III

다음 날 오후, 경위는 목사관을 찾아갔다.

어두컴컴하고 세찬 비바람이 부는 날이었다.

마플 양은 의자를 벽난로 쪽으로 바짝 당기고 앉아 뜨개질을 하고 있었다. 번치는 바닥을 기어 다니며 옷감을 본에 맞게 자르고 있었다.

그녀는 의자에 몸을 묻고 눈 위로 흘러내린 머리카락을 쓸어 올리며 기대가 된다는 눈빛으로 크래독을 올려다보았다.

경위는 마플 양을 향해 이야기를 시작했다.

"기밀 누설인지 모르겠습니다만 마플 양께 이 편지를 보여 드리고 싶습니다."

그는 다락방에서 편지를 발견하게 된 설명했다.

"상당히 가슴 뭉클한 내용이었습니다. 블랙록 양은 동생이 건강하게 삶에 대한 관심을 잃지 않도록 주변의 모든 일을 시시콜콜 편지에 담았더군요. 그리고 그 배경에는 두 자매의 아버지인 블랙록 의사의 그림자가 선명하게 깔려 있었습니다. 자신의 생각과 주장이 무조건 옳다고 생각하는 고집불통, 벽창호이더군요. 그 고집 때문에 환자들이 숱하게 목숨을 잃었을 것 같습니다. 새로운 발상이나 방법을 전혀 받아들이지 않았으니까요."

"그런 식으로 나무라기만 할 일은 아니죠. 요즘 젊은 의사들은 실험에 너무 열을 올리는 게 난 오히려 불만이랍니다. 치아를 모조리 뽑고 이상한 약을 잔뜩 먹이고 내장의 일부까지 잘라낸 다음 아무 방법이 없다고 고백을 하니 말이에요. 난 커다랗고 시커먼 약병으로 상징되는 옛날 의학이 좋아요. 약을 먹기 싫은 경우에는 싱크대에 부어 버리면 그만이니까."

그녀는 크래독이 건네는 편지를 받았다.

"저보다는 마플 양의 이해가 더 빠르지 않을까 싶어서 이 편지를 읽어 주십사 하는 겁니다. 저는 이런 사람들의 심리가 어떤지 파악하기가 어려워서 말입니다."

마플 양은 금방이라도 찢어질 것 같은 편지를 펼쳐 들었다.

사랑하는 샬럿에게

집안에 아주 복잡한 일이 생겨서 이틀 동안 편지를 쓰지 못했어. 랜들의 여동생 소냐가(기억하지? 그날 차를 타고 너를 데리러 왔었잖아. 그때처럼 자주 바깥 출입을 했으면 좋겠다.) 드미트리 스탐포르디스라는 남자하고 결혼을 선포했거든. 그 남자 얼굴은 딱 한 번 본 적 있는데 잘생기기는 했지만 믿음직스러운 부류는 아니더라. R. G.는 사기꾼에 도둑놈이라면서 그 남자를 끔찍이 싫어해. 벨은 소파에 누워서 웃기만 하고. 소냐가 겉으로는 침착해 보이지만 불같은 면이 있거든. 결국 어제 R. G.하고 크게 한 판 붙었지. 저러다 R. G.가 소냐 손에 죽는건 아닌가 겁이 날 정도였다니까.

난 최선을 다했어. 소냐하고 R. G., 두 사람하고 얘기를 해서 간신히 진정시켜 놓았거든. 그런데 둘이 마주치자마자 또 싸움이 시작된거 있지? 얼마나 넌더리가 나는지 몰라. R. G.는 뒷조사를 하고 있어. 스탐포르디스라는 남자를 털끝만큼도 못 믿겠나 봐.

그러는 동안 일은 뒷전이었지. 내가 회사 운영을 맡았는데 재미있었어. R. G.한테 재량권을 받았거든. 어제는 R. G.가 그러더라. "제정신 박힌 사람이 한 명이라도 남아 있는 게 얼마나 다행인지 모르겠군. 블랙키, 당신은 사기꾼을 사랑하거나 그럴 일 없겠지?" 어떤 남자든 사랑할 일 없을 것 같다고 대답했더니 R. G.가 "우리, 시내에서 새로운 모험을 몇 개 벌여 볼까?" 하고 운을 띄우지 않겠니?

R. G.는 사악한 장난을 치거나 아슬아슬한 짓을 벌일 때가 가끔 있어. 지난번에는 이러는 거야. "블랙키, 당신은 날 곧고 좁은 길로만 인도하겠다는 결심이 단단한 모양이로군." 당연하지! 정직한 길과 그렇지 않은 길을 구분 못하는 사람들을 보면 이해를 못하겠어. 그런데 R. G.는 정말로 구분을 못한다니까? 어떤 짓을 하면 법에 걸리는지 그것만 알고 있을 따름이야.

벨은 웃기만 해. 소냐의 결혼을 놓고 난리법석을 떠는 게 말도 안된다는 거야. "자기 재산도 있겠다, 이 남자하고 결혼을 하고 싶으면 하는 거 아니야?" 엄청난 실수가 될 수도 있다고 했더니 이러는 거야. "결혼하고 싶은 남자랑 결혼하는데 그게 어떻게 실수가 될 수 있어? 후회를 할 수는 있겠지만 실수는 아니지. 소냐는 돈 때문에라도 남매지간을 계속 유지하고 싶을 거야. 돈을 아주 좋아하잖아." 그런데 지금은 아닌 것 같아.

그나저나 아버지는 좀 어떠시니? 사랑한다는 말 전해 달라고는 못하겠다. 하지만 네가 보기에 그러는 편이 낫겠다 싶으면 전해 주든가. 사람들은 많이 만나고 있니? 너무 우울하게 지내면 안 좋아.

소냐가 안부 전해 달래. 지금 방 안으로 들어왔는데 발톱을 가는 고양이처럼 주먹을 쥐었다 폈다 하고 있어. R. G.하고 다시 한 판 벌일 생각인가 봐. 소냐가 사람 약 올리는 성격이기는 해. 싸늘한 눈빛으로 내려다보거든.

사랑한다, 샬럿. 기운 내렴. 요오드 치료가 효과 있을지도 모르잖아. 알아보았더니 정말 효과 좋은 것 같더라.

사랑하는 언니, 레티셔가

마플 양은 편지를 접고 크래독에게 다시 돌려주었다. 그녀는 멍한 표정이었다.

"어떤 인물인 것 같습니까?"

크래독이 캐물었다.

"어떤 그림이 그려지십니까?"

"소냐 말씀인가요? 다른 이의 눈을 통해서 어떤 사람의 평가를 내리기란 쉽지 않은 일이랍니다……. 고집이 센 것만은 분명해요. 그리고 욕심이 많고……."

크래독이 중얼거렸다.

"'발톱을 가는 고양이처럼 주먹을 쥐었다 폈다 하고 있어.' 이 문장을 보면 생각나는 사람이 있습니다만……."

그는 미간을 찌푸렸다.

이번에는 마플 양이 중얼거렸다.

"뒷조사를 한다……."

"뒷조사의 결과만 알 수 있다면 좋을 텐데요……."

크래독이 말했다.

"편지를 읽고 나신 후에 세인트 메리 미드에서 생각나는 사람이 있으세요?"

번치가 크래독의 말허리를 자르고 나섰다. 시침핀을 물고 하는 말이라 알아듣기가 조금 어려웠다.

"아니⋯⋯. 하지만 의사인 블랙록 씨는 감리교 목사 커티스 씨하고 비슷한 것 같아. 자기 아이한테 치아교정기를 못 끼게 했거든. 뼈 드렁니도 신의 섭리라나? 그래서 내가 말했지. '목사님은 수염도 깎고 머리도 자르잖아요. 머리카락이 자라는 것도 신의 섭리 아닌가요?' 그랬더니 그건 다르다는 거야. 남자다운 발상이지. 하지만 커티스 목사가 생각난다고 해서 지금 눈앞에 놓인 문제가 해결되지는 않을 테고⋯⋯."

"리볼버의 정체를 아직 파악하지 못했습니다. 루디 셰르츠의 소유가 아닌 것만 분명할 뿐. 치핑 클레그혼에서 리볼버를 가지고 있었던 사람이 누구인지 그것만 알 수 있으면 좋을 텐데."

"이스터브룩 대령님이 한 자루 가지고 있어요. 서랍에 보관한다던데."

번치가 말했다.

"그걸 어떻게 아십니까, 하먼 부인?"

"1주일에 두 번씩 우리 집 살림을 도와주는 버트 부인한테 들었어요. 군인 출신이니까 리볼버를 가지고 있는 것도 당연하다고. 도둑이 들면 간단하게 처치할 수 있을 거라나요?"

"언제 그런 이야기를 들으셨습니까?"

"한참 됐는데……. 6개월쯤 전인 것 같아요."

"이스터브룩 대령이라……."

크래독은 이렇게 중얼거렸다.

"지금 상황이 박람회 가면 마주치는 화살표 나침반 하고 비슷하다는 생각 들지 않으세요?"

번치가 여전히 시침핀을 문 채로 이야기했다.

"뱅글뱅글 돌다가 매번 다른 데서 멈추어 서잖아요."

"그러게 말입니다!"

크래독이 투덜거렸다.

"이스터브룩 대령은 책을 갖다준답시고 리틀 패덕스에 들른 적이 있습니다. 그때 문에 기름 칠을 해 놓았을지도 모르는 일입니다. 하지만 리틀 패덕스에 간 일을 아무렇지도 않게 털어놓았단 말씀이죠. 힌클리프 양하고는 다르게."

마플 양이 부드럽게 헛기침을 했다.

"요즘 시대 상황을 염두에 넣으셔야지요, 경위님."

크래독은 무슨 말인지 모르겠다는 표정으로 그녀를 쳐다보았다.

"뭐니 뭐니 해도 경위님은 경찰이니까요. 누구든 경찰 앞에서는 속을 다 털어놓지 않는 법이랍니다."

"저는 그 이유를 모르겠습니다. 숨길 만한 잘못이 있지 않은 한 그럴 필요가 없지 않습니까?"

"이모는 버터를 말씀하시는 거예요."

번치가 펄럭이는 종이를 고정시키려고 탁자 다리 주변을 열심히 움직이며 말했다.

"버터하고 옥수수를 암탉, 그리고 가끔은 크림하고 바꾸는 거 말이에요. 또 가끔은 베이컨하고 바꾸기도 하고."

"블랙록 양한테 받은 쪽지를 경위님에게 보여 드리려무나."

마플 양이 말했다.

"받은 지 좀 되긴 한데요, 난해하기가 1급 추리 소설에 버금간답니다."

"그걸 어디 뒀더라? 이거 말씀하시는 건가요, 제인 이모?"

마플 양은 쪽지를 쳐다보더니 만족스러운 표정으로 말했다.

"그래. 바로 이거 말이야."

그녀는 쪽지를 경위에게 건네주었다. 쪽지의 내용은 다음과 같았다.

뒷조사를 해 보았더니 목요일이라는군요. 3시 이후면 아무 때나 괜찮아요. 제 몫이 있으면 늘 놓던 데 갖다주세요.

번치는 시침핀을 뽑고 웃음을 터뜨렸다. 마플 양은 경위의 표정을 지켜보았다.

번치가 설명을 자청했다.

"이 근처 농장에서 버터를 만드는 날이 목요일이거든요. 마음에 드는 사람한테 조금씩 나누어 주는데 보통은 힌클리프 양이 수거 담당이죠. 돼지들 때문인지 농부들하고 사이가 아주 좋으니까. 그런데 이게 또 극비리에 치러지는 일이에요. 일종의 물물 교환이라고나 할까? 버터를 받으면 오이나 그 비슷한 걸 보내고 돼지를 잡으면 또 조금 주고받고 하는 식이죠. 가끔 어느 집 가축이 '사고'를 당해서 처리해야 할 때도 그렇고. 경위님도 무슨 뜻인지 아시죠? 경찰 앞에서 직접적인 표현을 쓸 수는 없으니까 이 정도로 얘기할게요. 그런데 이런 물물 교환이 대부분 불법이잖아요. 하도 은밀하게 얽혀 있어서 아무도 눈치 채지 못할 뿐이지. 힌크도 버터나 그 비슷한 물건을 '늘 놓던 데' 갖다놓으러 리틀 패덕스에 간 걸 거예요. 찬장 밑 빈 밀가루 통이 아닌가 싶은데."

크래독은 한숨을 내쉬었다.

"두 분의 도움이 얼마나 큰 힘이 되는지 모릅니다."

"그리고 의류 쿠폰도 있죠. 쿠폰을 돈 주고 사지는 않아요. 그건 공정한 거래가 아니니까. 하지만 버트 부인이나 핀치 부인이나 허긴스 부인은 다른 사람한테 잘 안 입는 예쁜 모직 옷이나 겨울 코트를 받으면 돈 대신 쿠폰을 준답니다."

"더 이상은 말씀 마십시오. 전부 위법이니까요."

"그럼 법이 잘못된 거죠."

번치가 다시 시침핀을 입에 물며 말했다.

"저는 그런 거 안 해요. 줄리언이 싫어하니까. 하지만 어떤 일들이 벌어지는지는 훤히 알고 있어요."

크래독은 절망감에 휩싸였다.

"들어 보면 얼마나 행복하고 평범하고 재미있고 소박한 마을 같습니까? 하지만 한 여자와 한 남자가 살해됐고 제가 진상 파악을 못 하고 헤매는 사이 또 한 여자가 죽을지 모릅니다. 핍과 에마에 대한 걱정은 당분간 접겠습니다. 지금은 소냐에게 집중하려고 합니다. 생김새만이라도 알 수 있으면 좋을 텐데. 편지 안에 사진이 한두 장 들어 있기는 했지만 소냐 사진은 아니었습니다."

"소냐 사진이 아닌지 어떻게 아시나요? 어떻게 생겼는지 알고 계신가요?"

"블랙록 양 말로는 키가 작고 머리 색은 검다고 했습니다."

"그래요? 그것 참 재미있군요."

마플 양의 대답이었다.

"누군가를 닮은 듯한 사진이 한 장 있기는 했습니다. 키가 크고 금발을 위로 틀어 올린 여자 사진인데 누구인지 모르겠더군요. 소냐는 아닌 게 분명한데. 스웨트넘 부인이 젊었을 때 검은 머리였을 가능성이 있다고 생각하십니까?"

"아주 까맣지는 않았을 거예요. 눈이 파란 색이니까."

번치가 대답했다.

"드미트리 스탐포르디스 사진도 있지 않을까 싶었는데 너무 많은 걸 기대했던 모양입니다. 아무튼……."

그는 편지를 챙기며 말을 이었다.

"이 편지를 보고 특별히 떠오르는 단서가 없으셨다니 아쉽습니다, 마플 양."

"아니에요, 아니에요. 떠오르는 단서가 많던걸요. 다시 한 번 찬찬히 읽어보세요, 경위님. 특히 랜들 괴들러가 드미트리 스탐포르디스를 뒷조사했다는 부분을."

크래독은 그녀의 얼굴을 뚫어져라 쳐다보았다.

전화벨이 울렸다. 번치가 일어나서 전화를 받으러 복도로 나갔다. 빅토리아 시대에 만들어진 저택답게 전화기는 밖에 있었고 그 위치는 지금까지 변함이 없었다.

잠시 후 거실로 들어온 그녀가 크래독에게 말했다.

"경위님을 찾는 전화예요."

그는 조금 놀란 표정을 지으며 밖으로 나갔다. 그리고 만일의 경우를 대비하여 조심스럽게 거실 문을 닫았다.

"크래독? 라이즈데일일세."

"예, 서장님."

"자네 보고서를 읽다 보니까 필리파 헤임스가 탈영한 이후로 남편을 만난 적이 없다고 한 내용이 있던데."

"그렇습니다. 아주 단호하게 부인하더군요. 하지만 제가 보기에는 거짓말인 것 같았습니다."

"나도 자네하고 같은 생각일세. 그런데 자네 열흘 전에 있었던 사건 기억나나? 어떤 남자가 트럭에 치여서 뇌진탕과 골반 골절로 밀체스터 종합병원에 실려 간 사건."

"트럭에 깔릴 뻔한 아이를 구하고 자기가 치인 친구 말씀입니까?"

"그래. 신분증도 전혀 없었고 신원을 확인하러 나타난 사람도 없었지. 도망자 분위기였단 말씀이야. 의식을 회복하지 못하고 어젯밤에 죽었는데 신원이 밝혀졌다네. 사우스 로움셔스 부대의 대위였던 탈영병 로널드 헤임스로."

"필리파 헤임스의 남편이었단 말씀입니까?"

"그렇다네. 그런데 소지품 중에서 치핑 클레그혼행 버스 표하고 제법 많은 액수의 돈이 나왔어."

"그러니까 부인한테 돈을 얻은 것이로군요? 미치가 별채에서 헤임스 부인과 어떤 남자가 이야기 나누는 소리를 들었다고 했을 때 남편인 줄 확신하고 있었습니다. 당사자는 절대 아니라고 했지만. 그런데 서장님, 그 남자가 트럭에 치였던 시점이……."

라이즈데일이 선수를 치고 나섰다.

"맞아. 28일 밀체스터 종합병원으로 실려 갔지. 리틀 패덕스 강도 사건은 29일에 벌어졌고. 그러니까 아무런 관계가 없는 셈이야. 하지만 헤임스 부인은 사고 소식을 전혀 모르고 남편이 사건에 연루되어 있을지 모른다고 생각했을 걸세. 미우나 고우나 남편이니까 입을 다물고 있었을 테고."

"상당히 용감한 친구였군요."

크래독이 느릿느릿 말했다.

"트럭에 치일 뻔한 아이를 구한 것 말인가? 물론이지. 용감한 행동이고말고. 헤임스가 겁이 나서 탈영했다고 생각하지는 말게. 뭐, 어쨌거나 과거지사지만. 이름에 먹칠한 것을 명예로운 죽음으로 갚았군."

"다행입니다. 부인 입장에서 보나 두 사람의 아이 입장에서 보나 말입니다."

"그렇지. 아이는 아버지를 부끄럽게 생각할 필요 없게 됐고. 그리고 부인은 이제 다른 남자를 만날 수 있게 됐고."

"저도 그 생각을 하고 있었습니다……. 이제 가능성이 열린 셈이군요."

"자네가 지금 현장에 나가 있으니 만큼 당장 가서 부인에게 이 소식을 알리게나."

"알겠습니다, 서장님. 지금 당장 달려가겠습니다. 아니, 부인이 리틀 패덕스로 돌아올 때까지 기다리는 편이 나을지도 모르겠습니다. 조금은 충격적인 소식일 텐데 이 소식을 먼저 전해 주고 싶은 사람이 있거든요."

사건의 재구성

I

"등 켜 드리고 나갈게요."

번치가 말했다.

"안이 너무 어둡죠? 폭풍우가 닥치려나 봐요."

그녀는 탁자 저쪽에 놓여 있던 작은 전기 등을 마플 양 쪽으로 옮겼다. 마플 양은 등이 높은 의자에 앉아 뜨개질을 하고 있었다.

코드가 탁자를 가로질러 움직이자 고양이 디글랏빌레셋이 덤벼들더니 난폭하게 물어뜯고 할퀴기 시작했다.

"안 돼, 디글랏빌레셋. 하지 마! 내가 못 살아. 이것 좀 보세요. 코드를 거의 끊어 놨어요. 다 너덜너덜해졌잖아. 이 멍청한 것아, 그러다 감전될지도 모른단 말이야."

"고맙구나, 번치."

마플 양은 이렇게 말하고 등을 켜기 위해 손을 내밀었다.

"거기서 켜는 게 아니에요. 코드 중간에 달린 작은 스위치를 눌러야 해요. 잠깐만요. 거치적거리지 않게 이 꽃을 치울게요."

그녀는 크리스마스 로즈가 든 꽃병을 탁자 저쪽으로 옮겼다. 이 모습을 본 디글랏빌레셋이 꼬리를 흔들더니 번치의 팔을 장난스럽게 할퀴었다. 그 바람에 꽃병에 들어 있던 물이 코드의 너덜너덜한 부분과 디글랏빌레셋 위로 떨어졌다. 디글랏빌레셋은 성난 비명을 지르며 펄쩍 뛰었다.

마플 양이 작은 배 모양 스위치를 눌렀다. 코드의 젖은 부분에서 불똥이 튀면서 탁탁 소리가 났다.

"어머나, 꺼져 버렸네요? 이 방 불이 죄다 나간 모양인데⋯⋯."

번치가 이렇게 말하면서 전등 스위치를 올렸다.

"맞아요. 다 나갔어요. 아무개인가 하는 것 하나에 죄다 연결이 되어 있어서 그렇다니까요? 탁자에 그을음까지 남았잖아? 이 장난꾸러기 디글랏빌레셋! 다 너 때문이야! 제인 이모, 왜 그러세요? 놀라셨어요?"

"아니다. 전에 모르고 지나쳤던 걸 갑자기 알게 돼서⋯⋯."

"나가서 퓨즈 고치고 줄리언의 서재에 있는 등을 들고 올게요."

"아니, 번거롭게 그럴 것 없다. 버스 시간 다 되지 않았니? 불 켤 필요 없어. 가만히 앉아서 생각할 게 좀 있으니까. 서두르렴. 그러다 버스 놓칠라."

마플 양은 번치가 사라진 뒤 2분 동안 목석처럼 앉아 있었다. 방 안 공기는 조만간 들이닥칠 폭풍우를 암시하는 듯 묵직했다.

마플 양은 종이 한 장을 앞으로 잡아당겼다. 그녀는 제일 먼저 '등?'이라고 쓰고 밑줄을 여러 번 그었다.

그리고 잠시 후 또 다른 단어를 적었다.

그녀의 연필이 종이 위를 움직일 때마다 단어가 하나씩 등장했다…….

II

천장이 낮고 격자 창문이 달려 있어서 조금 어두컴컴한 볼더스의 거실. 여기에서 힌클리프 양과 머거트로이드 양이 입씨름을 벌이고 있었다.

"머거트로이드, 넌 노력조차 하지 않는다는 게 문제야."

"하지만 힌크, 몇 번이나 말했잖아. 정말 아무것도 생각나지 않는다니까."

"에이미 머거트로이드, 지금부터 건설적인 사고를 시작하겠다. 여태껏 우리는 탐정의 입장에서 사건을 바라보지 못했다. 문에 대한 내 생각은 착각이었음을 고백한다. 자네는 범인을 위해 문을 잡고 있지 않았다. 자네는 결백하다, 머거트로이드!"

머거트로이드 양은 억지로 미소를 지었다.

"입이 무거운 여자가 치핑 클레그혼의 세탁을 전담한 건 행운이었어."

힌클리프 양이 말을 이었다.

"지금까지는 그걸 고맙게 생각했고. 하지만 이번만큼은 아니야. 모두들 응접실의 두 번째 문에 대해서 알고 있었는데 우리만 어제 듣다니."

"난 아직도 이해가 안 되는 게……."

"간단해. 우리의 첫 번째 전제는 맞았어. 닫히지 않도록 문 잡고 있기, 손전등 흔들기, 리볼버 쏘기, 이 세 가지를 동시에 할 수 없다는 건. 그래서 우리는 리볼버와 손전등을 택하고 문을 버렸지. 하지만 그게 잘못이었어. 리볼버를 제외시켰어야 하는 건데."

"하지만 그 남자는 리볼버를 들고 있었잖아. 그 남자가 쓰러진 옆에 놓여있는 걸 봤단 말이야."

"죽은 다음에는 리볼버가 옆에 있었지. 그건 분명해. 하지만 총을 쏘지는 않았단 말이야."

"그럼 누가 쐈다는 거야?"

"그걸 앞으로 찾아보잔 말이지. 누구였건 간에 레티 블랙록의 침대 옆에 독이 든 아스피린을 놓아서 가엾은 도라 버너의 목숨을 앗아간 사람하고 동일 인물이야. 그러니까 루디 셰르츠일 수는 없어. 지금은 싸늘한 주검으로 변했으니까. 강도극이 벌어졌던 날, 그리고 생일 파티가 열리던 날 그 집에 있던 사람들 중에 한 명이겠지? 여기서 유일하게 제외되는 인물이 하면 부인이야."

"생일 파티가 열리던 날 누군가 아스피린을 넣었단 말이야?"

"당연하지."

"하지만 무슨 수로?"

"사람들 모두 뒷간에 다녀왔잖아, 안 그래?"

힌클리프 양이 거친 표현을 동원해 가며 물었다.

"나만 하더라도 그 끈적끈적한 케이크 때문에 화장실에서 손을 씻었다고. 그리고 이스터브룩의 꼬마 애인은 블랙록 양의 침실에서 천박한 얼굴에다 분칠을 했고."

"힌크! 설마하니 이스터브룩 부인을……."

"아직은 몰라. 하지만 그 여자가 범인이라면 너무 뻔해. 아스피린을 갖다놓으려고 생각한 사람이라면 침실을 대놓고 드나들진 않을 거 아냐. 기회도 얼마든지 많은데."

"남자들은 2층에 안 올라갔잖아."

"뒷계단이 있잖아. 그리고 어떤 남자가 자리를 비우면 정말로 화장실 가는지 따라가 보는 사람이 어디 있니? 누가 봐도 예의에 어긋나는 짓이잖아! 어쨌거나 괜한 반항은 집어치워, 머거트로이드. 이제 최초의 살인 기도 현장으로 돌아가는 거다? 먼저 명백한 사실부터 나열할 테니까 잘 들어. 모든 게 너의 손에 달려 있으니까."

머거트로이드 양은 깜짝 놀란 표정을 지었다.

"힌크, 내가 얼마나 뒤죽박죽인지 너도 잘 알잖아!"

"이건 두뇌가 아니라 눈을 쓰는 문제야. 넌 두뇌라고 하면 회색 솜뭉치를 생각하지? 네가 목격한 부분이 중요시되는 문제라고."

"하지만 본 게 아무것도 없는걸?"

"좀 전에도 이야기했지만 머거트로이드 너는 노력조차 하지 않는다는 게 문제야. 당시 상황을 이야기할 테니까 집중해서 들어봐. 레티 블랙록을 노린 미지의 인물은 그날 저녁 그 응접실에 있었어. 그는(딱히 남자일 이유는 없지만 편의상 '그'라고 부를게. 남자가 사실 비열한 종족이기도 하니까.) 못이 박혀 있거나 그랬을 응접실 두 번째 문에 미리 기름 칠을 해 놓았지. 언제 그랬느냐고는 묻지 마. 이야기가 괜히 복잡해지니까. 솔직히 말하면 나만 하더라도 치핑 클레그혼의 아무 집이나 들어가서 한 30분 정도 아무도 모르게 별의별 짓을 다 할 수 있지. 가정부가 어디 있는지, 그 집 식구들이 몇 시에 외출하는지, 식구들이 어디 가서 언제 돌아오는지 그것만 알면 되니까. 치밀한 계획만 세우면 된다 이거야. 아무튼 본론으로 돌아가서 그는 두 번째 문에 기름 칠을 해 놓았어. 아무 소리 없이 열릴 수 있도록. 상황을 설명하자면 이런 거야. 불이 나가고 첫 번째 문(앞문)이 쾅하고 열린다. 누가 나타나서 손전등을 휘두르며 협박 비슷한 대사를 읊는다. 사람들 모두 눈을 희번덕거리는 동안 살그머니 두 번째 문으로 빠져나간 X(그래, X라고 하는 게 좋겠다.)는 스위스 멍청이 뒤에서 레티 블랙록을 향해 총알 두어 방을 날리고 멍청이를 쏜다. 그러고는 리볼버를 바닥에 떨어뜨린다. 그러면 너처럼 머리 쓰기 싫어하는 사람들은 당연히 스위스 멍청이를 범인으로 간주할 테고 불이 들어오면 아무 생각 없이 응접실로 다시 돌아갈 거 아냐. 안 그래?"

"응. 마, 맞아. 하지만 그게 누군데?"

"머거트로이드, 네가 모르면 아무도 모르는 거야!"

머거트로이드 양은 깜짝 놀란 나머지 얼굴을 실룩거렸다.

"뭐라고? 하지만 난 아무것도 몰라. 정말이야, 힌크!"

"네가 두뇌라고 부르는 회색 솜뭉치를 좀 쓰라니까? 먼저, 불이 나갔을 때 모두들 어디 있었지?"

"몰라."

"그래, 당연히 모르겠지. 너 정말 짜증난다, 머거트로이드. 네가 어디 있었는지는 알 거 아냐, 안 그래? 넌 문 뒤에 있었잖아."

"응. 마, 맞아. 문이 열리면서 티눈을 건드렸어."

"티눈이 그렇게 신경 쓰이면 병원엘 가, 병원엘. 그러다 나중에 패혈증 걸릴걸? 아무튼 넌 문 뒤에 있었어. 나는 혀를 내밀고 술을 기다리면서 벽난로에 기대 있었고, 레티 블랙록은 통로 근처 탁자 옆에서 담배를 집어 들고 있었지. 패트릭 사이먼스는 레티 블랙록이 술을 놓아두었다는 작은 방 쪽에 있었고. 그렇지?"

"맞아, 맞아. 생각난다."

"좋았어. 그런데 누군가 패트릭 뒤를 따라갔거나 따라가려고 했던 사람이 있었단 말이지. 남자였는데. 짜증나게 이스터브룩이었는지 에드먼드 스웨트넘이었는지 모르겠단 말이야. 넌 기억 나니?"

"아니, 기억 안 나."

"어련하시겠어! 그리고 작은 방 쪽으로 간 사람이 또 한 명 있었어. 필리파 헤임스. 등을 보면서 평평하니 참 예쁘다, 말을 타면 잘 어울리겠다 생각했던 기억이 분명 나거든. 필리파 헤임스는 작은 방 벽난로 쪽으로 걸어가고 있었어. 그런데 그쪽으로 걸어간 이유는 잘 몰라. 그 순간 불이 나갔거든. 아무튼 이제 위치가 정해졌지? 저쪽 응접실에는 패트릭 사이먼스, 필리파 헤임스, 그리고 이스터브룩 대령과 에드먼드 스웨트넘 둘 중 한 명. 머거트로이드, 이제 집중력을 발휘해 봐. 이 셋 중 한 사람이 범인일 가능성이 제일 높단 말이야. 저쪽 문으로 나갈 생각이 있는 사람이라면 불이 나갔을 때 나가기 편하도록 미리 자리를 잡았을 거 아냐. 그러니까 이 셋 중 한 사람일 가능성이 제일 커. 그렇다면 머거트로이드, 네가 할 수 있는 일은 아무것도 없게 되는 셈이지!"

머거트로이드 양의 표정이 눈에 띄게 밝아졌다.

힌클리프 양의 이야기는 계속됐다.

"하지만…… 이 셋 중 한 사람이 아닐 가능성도 있단 말이지. 그럼 네 역할이 커지는 거야, 머거트로이드."

"내 역할이 커지다니?"

"좀 전에도 말했다시피 네가 모르면 아무도 모르는 거니까."

"하지만 난 아무것도 몰라! 정말 몰라! 아무것도 보지 못했다고!"

"아무것도 보지 못했을 리 있니? 응접실 안 광경을 봤을 만한 인물이 너밖에 없는데. 넌 문 뒤에 서 있었잖아. 그러니까 손전등 불빛을 문이 막아 줬을 거 아냐. 넌 손전등 불빛하고 같은 방향에 서 있었어. 나머지 사람들은 눈이 부셨어도 너만큼은 눈이 부시지 않았을 거라고."

"응, 마, 맞아. 하지만 아무것도 못 봤어. 불빛이 하도 이리저리 움직여서……."

"이리저리 움직이면서 뭘 비추던? 사람들 얼굴을 비췄잖아, 안 그 래? 그리고 탁자는 어때? 의자는?"

"마……맞아. 그러니까…… 버너 양은 입을 떡 벌리고 휘둥그레 뜬 눈을 끔뻑였어."

"바로 그거야!"

힌클리프 양은 안도의 한숨을 내쉬었다.

"회색 솜뭉치 동원하기가 이렇게 힘들다니! 자, 계속해 봐."

"하지만 그게 전부야. 정말이야."

"그럼 응접실 안이 텅 비어 있었단 말이야? 서 있거나 앉아 있는 사람이 한 명도 없었다고?"

"아냐. 그렇지는 않았어. 하먼 부인은 의자 팔걸이에 걸터앉아 있 었어. 눈을 질끈 감고 꼭 쥔 주먹으로 얼굴을 가리고 있었어. 어린아 이처럼."

"좋았어. 하먼 부인하고 버너 양은 그랬단 말이지? 내가 지금 뭘 하려는지 모르겠니? 너 혼자서 생각하게 만들려니까 힘들다, 힘들 어. 하지만 네가 본 사람들을 한 사람씩 제외시키면 네가 못 본 사 람을 알게 되잖아. 그게 우리의 목적이라고. 무슨 뜻인지 알겠지? 그 응접실 안에는 탁자, 의자, 국화꽃, 기타 등등 말고도 여러 사람 들이 있었어. 줄리아 사이먼스, 스웨트넘 부인, 이스터브룩 부인, 이 스터브룩 대령이나 에드먼드 스웨트넘 둘 중 한 사람, 도라 버너 그 리고 번치 하먼. 그런데 번치 하먼하고 도라 버너는 봤다고 했지? 그럼 그 두 사람은 제외야. 이제 머거트로이드, 생각해 봐. '생각' 좀 해 보라고. 이 중에 안 보인 사람이 있는지."

나뭇가지 하나가 열려 있던 창문을 때리자 머거트로이드 양은 약간 움찔했다. 그녀는 눈을 감고 혼잣말을 중얼거리기 시작했다…….

"꽃…… 탁자…… 커다란 안락의자…… 손전등이 네가 있는 곳까지 비추지는 않았어……. 하면 부인은 보았고……."

전화벨이 날카롭게 울렸다. 힌클리프 양은 수화기를 집어 들었다.

"여보세요? 예? 경찰서라고요?"

머거트로이드 양은 눈을 감고 친구가 시킨 대로 29일 밤을 머릿속으로 재현했다. 손전등 불빛이 천천히 움직였고…… 사람들…… 창문…… 소파…… 도라 버너…… 벽…… 등이 놓인 탁자…… 통로…… 갑자기 들린 총소리…….

"……그런데 이상해!"

머거트로이드 양이 외쳤다.

"뭐라고요?"

힌클리프 양은 수화기에 대고 고함을 질렀다.

"오늘 아침부터 거기 있었다고요? 몇 시요? 말도 안 돼! 그런데 지금에야 전화를 주다니! 동물 보호소에 찌를까 보다! 실수? 그게 지금 할 말이에요?"

그녀는 쾅 하고 수화기를 내려놓았다.

"그 개 말이야. 빨간 세터. 오늘 아침부터 경찰서에 있었대. 오늘 아침 8시부터! 그런데 이 멍청이들이 지금에야 전화를 준 거야. 지금 당장 가서 데리고 와야겠어."

그녀는 쏜살같이 밖으로 뛰쳐나갔고 이제 눈을 뜬 머거트로이드 양이 카랑카랑한 목소리로 외쳤다.

"하지만 내 말 좀 들어 봐, 힌크. 정말 희한하다니까? 난 정말 이해가 안 돼……."

힌클리프 양은 차고로 쓰는 헛간으로 달려가며 말했다.

"나머지 이야기는 돌아와서 계속하자. 같이 갔으면 좋겠지만 나 갈 준비할 때까지 기다릴 수가 있어야지. 너 지금 침실용 슬리퍼 신고 있잖아."

그녀는 차에 시동을 걸고 쿨렁쿨렁하며 후진으로 차고를 빠져나갔다. 머거트로이드 양은 재빨리 길가로 달려갔다.

"하지만 들어봐, 힌크. 정말 이상하단 말이야……."

"갔다 와서 들을게……."

자동차가 한 번 더 쿨렁대더니 쏜살같이 앞으로 튀어나갔다. 머거트로이드 양의 흥분한 목소리가 희미하게 들렸다.

"하지만 힌크, 그 여자가 그 자리에 없었어……."

III

시커먼 먹구름이 몰려들고 있었다. 머거트로이드 양이 멍하니 서서 멀어져가는 자동차를 바라보고 있을 무렵, 굵은 빗방울이 떨어지기 시작했다.

머거트로이드 양은 조바심을 내며 빨랫줄이 있는 곳으로 달려갔다. 몇 시간 전에 점퍼 몇 개와 양모 속옷을 널어 놓은 참이었다.

그녀는 계속 혼잣말을 중얼거렸다.

"정말 희한한 일이네……. 어머나, 이러다 빨래 다 젖겠다……. 거의 다 말랐을 텐데……."

그녀는 말을 안 듣는 빨래집게와 한바탕 씨름을 벌이다 고개를 돌렸다. 누군가의 발소리가 들렸다.

그녀는 발소리의 주인공을 향해 다정한 미소를 지어 보였다.

"안녕하세요. 안으로 들어가 계세요. 비 맞으시잖아요."

"제가 도와 드릴게요."

"그래 주시겠어요? 다시 젖으면 난감하거든요. 빨랫줄 높이를 낮춰야겠어요. 손이 잘 안 닿네요."

"당신 스카프가 여기 있네요. 목에 감아 드릴까요?"

"고맙습니다……. 그렇게 해 주세요. 빨래집게에 손이 닿아야……."

그녀의 목에 감긴 양모 스카프가 단단하게 조여졌다…….

머거트로이드 양은 입을 벌렸지만 꺽꺽 하고 숨막히는 소리만 조그맣게 흘러나올 따름이었다.

스카프는 더욱 단단하게 조여졌다…….

IV

경찰서를 출발한 힌클리프 양은 서둘러 발걸음을 옮기는 마플 양을 보고 차를 세웠다.

"마플 양! 그러다 다 젖겠어요. 우리 집에서 차나 한잔하세요. 번치가 버스 기다리는 걸 봤으니까 지금 목사관으로 가서 봐야 아무도 없을 거예요. 우리 집으로 가세요. 머거트로이드하고 사건을 재구성하고 있거든요. 결론에 거의 근접한 것 같아요. 개 조심하세요. 지금 좀 불안한 상태거든요."

"예쁘기도 해라."

"암놈인데 예쁘죠? 경찰서 멍청이들이 오늘 아침부터 데리고 있으면서 저한테 말도 하지 않은 거 있죠? 게으른 악당들이라고 쏘아붙이고 오는 길이에요. 윽! 죄송해요, 그런 표현을 써서. 아일랜드에서 살았을 때 마부들 손에 컸거든요."

자동차는 쿨렁거리며 볼더스의 조그만 뒷마당으로 들어섰다.

두 여자가 차에서 내리자 먹이를 바라는 오리 떼와 닭 떼가 득달같이 다가와서 에워쌌다.

"망할 놈의 머거트로이드. 옥수수를 안 먹인 모양이네."

"옥수수 구하기가 힘들죠?"

힌클리프 양은 눈을 찡긋했다.

"저야 농부들하고 친하잖아요."

그녀는 암탉들을 휘휘 쫓으며 마플 양을 집 쪽으로 안내했다.

"비를 많이 맞지는 않으셨어요?"

"예. 비싼 레인코트 덕 좀 봤죠."

"머거트로이드가 벽난로를 켜 놓았는지 모르겠네. 머거트로이드, 나 왔어! 어디 있어? 머거트로이드! 그나저나 개는 어디 갔죠? 감쪽같이 사라졌네요?"

밖에서 구슬픈 개 울음소리가 들렸다.

"멍청한 녀석 같으니라고."

힌클리프 양은 문 쪽으로 걸어가서 개를 불렀다.

"깜찍아, 깜찍아! 우스운 이름이지만 그렇게 부르더라고요. 다른 이름을 만들어 줘야겠어요. 이리 온, 깜찍아!"

빨간색 세터는 빨랫줄 밑에 누워 있는 무언가의 냄새를 맡고 있었다. 일렬로 늘어선 옷들이 바람에 나부꼈다.

"빨래 걷을 생각도 안 한 모양이네? 머거트로이드가 도대체 어디 간 거지?"

빨간색 세터는 옷 무더기처럼 보이는 무언가를 향해 다시 한 번 킁킁거리더니 고개를 높이 치켜들고 구슬픈 울음소리를 냈다.

"도대체 왜 저러는 걸까요?"

힌클리프 양이 저벅저벅 잔디를 가로질러 걸어갔다.

불길한 예감이 든 마플 양도 그녀의 뒤를 따라서 얼른 달려갔다. 빗줄기가 퍼붓는 가운데 두 사람은 그렇게 나란히 서 있었다. 나이 많은 쪽이 나이 적은 쪽의 어깨를 감싼 채로.

두 사람을 맞이한 것은 벌겋게 충혈된 얼굴과 튀어나온 혓바닥이었다. 마플 양은 그 광경을 본 순간 힌클리프 양의 근육이 뻣뻣하게 굳는 것을 느낄 수 있었다.

"누군지 밝혀지기만 하면 죽여 버리겠어."

힌클리프 양의 목소리는 나지막하고 조용했다.

"그 여자를 잡기만 하면……."

마플 양이 의심스럽다는 듯이 물었다.

"'그 여자'라고요?"

힌클리프 양은 분노로 이글거리는 얼굴을 마플 양 쪽으로 돌렸다.

"예. 누구 짓인지 알아요. 거의 확실하게……. 세 명의 용의자 가운데 한 명이에요."

그녀는 죽은 친구의 모습을 다시 내려다보다 집 쪽으로 발걸음을 돌렸다. 그녀의 목소리는 냉정하고 차가웠다.

"경찰서에 전화를 걸려고요. 기다리는 동안 말씀드릴게요. 머거트로이드가 저기 저렇게 누워 있는 건 제 책임도 커요. 게임을 시작하는 바람에…… 살인은 게임이 아닌데……."

"그렇죠. 살인은 게임이 아니죠."

"뭔가 알고 계신 거죠, 그렇죠?"

힌클리프 양은 수화기를 들고 다이얼을 돌리며 물었다.

그녀는 간단하게 설명을 마치고 전화를 끊었다.

"몇 분 있으면 도착한다는군요……. 맞아요, 마플 양이 이런 일에 관여한 적 있다고 들은 기억이 나요…… 에드먼드 스웨트넘한테 들은 것 같은데……. 머거트로이드하고 제가 어떤 게임을 하고 있었는지 알려 드릴까요?"

그녀는 경찰서로 출발하기 전 상황을 짤막하게 이야기했다.

"막 출발하려는데 머거트로이드가 뒤에서 소리를 지르더라고요. 그래서 범인이 남자가 아니라 여자인 줄 알게 된 거죠……. 조금 늦게 출발했더라면! 이야기를 끝까지 들었더라면! 젠장, 개 따위는 15분쯤 더 맡겨도 상관없는 건데…….”

“그렇게 자책하지 말아요. 그래 봐야 소용없으니까. 앞일은 누구도 예측하지 못하는 법이니까.”

“맞아요, 아무도 예측 못하는 법이죠……. 무언가 유리창에 부딪히는 소리가 들렸어요. 그때부터 그 여자가 밖에서 듣고 있었던 게 분명해요……. 우리 집 쪽으로 걸어왔을 텐데…… 머거트로이드하고 저는 목청껏 고함을 지르고 있었으니…… 다 들렸겠죠……. 다 들렸겠죠…….”

“친구 분이 마지막으로 뭐라 하던가요?”

“딱 한 문장이었어요. ‘그 여자가 그 자리에 없었어.’”

그녀는 잠시 멈추었다 다시 이야기를 시작했다.

“우리가 아직 제외시키지 않은 여자가 세 명 있었거든요. 스웨트넘 부인, 이스터브룩 부인, 줄리아 사이먼스. 이 셋 중에서 한 사람이 ‘그 자리에 없었다.’는 거죠……. 다른 문을 통해 밖으로 나갔으니까 응접실 안에 없었다고.”

“그렇군요. 알겠어요.”

“세 여자 중 한 사람이에요. 누군지 아직은 모르지만 반드시 알아내고야 말 거예요!”

“끼어들어서 미안하지만 머거트로이드 양이 좀 전에 그런 투로 말을 하던가요?”

“좀 전에 그런 투라뇨?”

"음, 그러니까 어떻게 설명을 해야 하나? 좀 전에 힌클리프 양이 이렇게 말했잖아요. '그 여자가 그 자리에 없었어.' 모든 단어에 똑같은 무게를 실어서. 하지만 이 문장을 세 가지 방법으로 이야기할 수 있죠. '그 여자가 그 자리에 없었어.'라고 하면 사람을 강조하는 말이 되고. '그 여자가 그 자리에 없었어.' 라고 하면 의심이 맞았다는 뜻이 되고. 마지막으로 '그 여자가 그 자리에 없었어.'라고 하면 조금 전 힌클리프 양의 말투하고 비슷하게 되는데 어느 부분도 강조하지 않은 밋밋한 문장이 되지요. 굳이 찾는다면 '그 자리'를 강조했다고 할까."

"잘 모르겠어요."

힌클리프 양은 고개를 저었다.

"생각이 안 나요…… 생각이 날 리 없죠. 물론 '그 여자가 그 자리에 없었어.'라고 했겠죠. 이치를 따지면 그게 당연한 거니까. 하지만 모르겠어요. 그게 중요한 문제인가요?"

"그렇답니다."

마플 양은 생각에 잠긴 말투였다.

"아주 '사소하기는' 하지만 그래도 암시는 암시이니까요. 맞아요. 아주 중요한 문제랍니다."

사라진 마플 양

I

집배원은 최근에 오전뿐만 아니라 오후에도 치핑 클레그혼에 편지를 배달하라는 지시를 받고 기분이 상했다.

이날 오후 정확히 5시 10분에 리틀 패덕스로 배달된 편지는 세 통이었다.

수신인 이름에 필리파 헤임스의 이름이 적힌 것은 초등학생이 보내는 편지였다. 나머지 두 통은 블랙록 양이 수신인으로 되어 있었다. 블랙록 양은 필리파와 함께 다과 탁자에 앉은 자리에서 편지를 뜯었다. 필리파는 억수로 쏟아지는 폭우 덕분에 퇴근을 앞당길 수 있었다. 온실 문을 닫고 나면 할 일이 없기 때문이었다.

블랙록 양의 첫 번째 편지는 부엌 보일러 수리비 청구서였다. 그녀는 청구서를 보고 화가 난다는 듯이 콧방귀를 뀌었다.

"다이먼드네 가게가 요구하는 비용은 상상을 초월한다니까? 정말 상상을 초월해. 하지만 다른 데도 다 마찬가지가 아닐까 싶어."

그녀는 두 번째 편지를 뜯었다. 누구인지 모르는 사람의 글씨였다.

레티 아주머니께

화요일에 가도 될까요? 이틀 전 패트릭한테 편지를 보냈는데 답장이 없어서요. 그래서 괜찮은가 보다 생각했죠. 어머니가 다음 달 영국으로 건너오시는데 아주머니를 뵙고 싶으시대요.

기차가 치핑 클레그혼에 도착하는 시각은 6시 15분인데 괜찮으신지 모르겠어요.

줄리아 사이먼스 드림

블랙록 양은 깜짝 놀란 표정으로 편지를 다시 한 번 읽었다. 잠시 후 그녀의 얼굴은 딱딱하게 굳었다. 그녀는 아들이 보낸 편지를 읽으며 미소 짓는 필리파를 쳐다보았다.

"줄리아하고 패트릭, 지금 집에 있어?"

필리파가 고개를 들었다.

"예. 제가 퇴근하고 잠시 후에 들어오던데요. 옷 갈아입으러 2층으로 올라갔어요. 비를 맞았다고."

"미안하지만 가서 좀 불러 줄래?"

"그럴게요."

"잠깐만 이 편지 좀 읽어 봐."

그녀는 필리파에게 편지를 건네주었다.

필리파는 편지를 읽더니 미간을 찌푸렸다.

"이게 무슨 뜻인지……."

"나도 무슨 뜻인지 모르겠어……. 무슨 뜻인지 이제 밝힐 때가 된 것 같군. 패트릭하고 줄리아 좀 불러다 줘."

필리파는 계단 쪽으로 가서 소리를 질렀다.

"패트릭! 줄리아! 블랙록 양이 좀 보자고 하시는데요?"

계단을 달려 내려온 패트릭이 응접실 안으로 들어왔다.

"필리파도 옆에 앉아."

블랙록 양이 말했다.

패트릭이 유쾌한 말투로 입을 열었다.

"안녕하세요, 이모님. 저를 부르셨나이까?"

"그래. 이게 무슨 뜻인지 설명 좀 해 주겠니?"

편지를 읽는 순간 패트릭의 얼굴은 당황한 나머지 우스꽝스럽게 일그러졌다.

"전보를 치려고 했는데! 이런 바보!"

"네 동생 줄리아가 보낸 편지 맞니?"

"예. 마…… 맞아요."

블랙록 양은 그의 대답을 듣고 딱딱하게 물었다.

"그럼 네가 줄리아 사이먼스라고 데리고 온 아가씨, 네 여동생이 자 내 친척이라고 한 아가씨는 도대체 누구란 말이냐?"

"그게, 저기, 레티 이모. 사실은 다 말씀드릴게요. 그런 짓 하면 안 되는 줄 알고 있었지만, 괜찮겠다 싶어서. 그러니까 설명을 드리자면……."

"설명 듣자고 기다리고 있는 거 안 보이니? 그 아가씨는 도대체 누구야?"

"제대하자마자 나간 칵테일 파티에서 만난 여자예요. 이야기를 나누다가 이곳으로 내려온다고 했는데, 문득 그 여자를 데리고 오면 되겠다는 생각이 들더라고요. 줄리아는, 그러니까 진짜 줄리아는 연극 배우가 되고 싶어서 안달이 났는데 어머니가 엄청 반대를 하셨어요. 그런데 퍼스인가 어디에 있는 유명한 레퍼토리 극장의 단원이 될 기회가 생기니까 줄리아는 한번 해 보고 싶다고 했어요. 그런데 저하고 같이 여기서 참한 딸처럼 약사 공부를 하고 있다고 하면 엄마를 안심시킬 수 있으니까……."

"그 아가씨는 누구냐고 물었는데?"

이때 줄리아가 태연하고 천연덕스러운 표정으로 들어서자 패트릭은 안도의 한숨을 내쉬며 그쪽으로 고개를 돌렸다.

"들켰어."

줄리아는 눈썹을 살짝 치켜세울 뿐 냉랭한 표정에는 변함이 없었다. 그녀는 앞으로 다가가서 의자에 앉았다.

"좋아요. 그렇게 됐군요. 화가 아주 많이 나셨겠죠?"

그녀는 블랙록 양의 안색을 살폈지만 여전히 무심한 태도였다.

"제가 아주머니라면 화가 아주 많이 날 텐데."

"넌 도대체 누구지?"

줄리아는 한숨을 내쉬었다.

"이제 깨끗하게 털어놓을 때가 된 것 같군요. 말씀드릴게요. 전 핍과 에마 조합의 반쪽이에요. 정확하게 말하면 세례명이 에마 조슬린 스탬포르디스죠. 아버지는 나중에 스탬포르디스라는 성을 버렸어요. 그 다음으로 쓴 게 아마 드 쿠르시였을걸요? 우리 부모님은 핍하고 제가 태어난 지 3년 만에 갈라섰어요. 각자의 길로 가면서 우리 쌍둥이까지 갈라 놓았고. 저는 아버지 쪽 전리품이었어요. 아버지는 부모로서는 형편없는 사람이었지만 매력적인 구석도 있었답니다. 전 여러 수녀원을 전전하면서 자랐어요. 아버지는 돈이 없거나 사악한 일을 벌일 때마다 부자인 척 첫 학기 등록금을 두둑하게 내놓고는 이후 일이 년 동안 입을 싹 씻었거든요. 사이사이 세계 각지를 누비면서 아버지하고 재미있는 시간을 함께 보낸 적도 있지만 전쟁 때문에 영원히 헤어졌죠. 아버지 소식은 아직도 몰라요. 저는 그 동안 여러 가지 모험을 즐겼어요. 잠깐 동안 프랑스 레지스탕스에 몸담았을 때는 제법 짜릿하던데요? 아무튼 긴 이야기를 짧게 줄이자면 어찌어찌 런던으로 흘러 들어와서 미래를 생각하게 됐죠. 그런데 어머니하고 끔찍한 전쟁을 치르고 인연을 끊었다는 외삼촌이 엄청난 유산을 남기고 죽었다는 이야기가 생각나더라고요. 그래서 유언장을 찾아봤죠. 혹시 내 앞으로 남겨 놓은 게 있나 하고. 직접적으로 남겨 놓은 건 없더군요. 미망인에 대해서 뒷조사를 좀 했더니 약으로 목숨을 연명하면서 시름시름 죽어 가고 있는 것 같더라고요. 솔직히 고백하자면 제일 그럴듯한 먹잇감이 아주머니라는 생각이 들었어요. 엄청난 돈을 물려받는데 듣자하니 달리 쓸 데도 없는 것 같고 해서. 좋아요. 아주 솔직하게 털어놓을게요. 아주머니하고 친해지면, 아주머니의 눈에 들면 되겠다, 생각했죠. 랜들 삼촌이 돌아가신 뒤로 상황이 많이 달라졌잖아요. 유럽에 엄청난 변화가 생기면서 우리가 가지고 있던 돈은 휴지 조각으로 변해 버렸어요. 그 바람에 피붙이라고는 하나도 없는 가엾은 고아로 환심을 사면 몇 푼 챙길 수도 있겠다는 생각까지 하게 된 거예요."

"그래? 그랬단 말이지?"

블랙록 양의 말투는 여전히 딱딱했다.

"예, 그랬어요. 물론 전 아주머니의 모습을 전혀 몰랐죠. 그래서 어떤 식으로 불쌍한 척 접근하면 될까 생각을 하는데…… 신기하게 패트릭을 만난 거예요. 아주머니의 조카인가 친척이라고 하는. 그건 정말 상상도 못한 행운이었어요. 무턱대고 패트릭한테 접근했더니 고맙게도 넘어와 주더군요. 진짜 줄리아는 배우가 되고 싶어서 몸이 달아 있었어요. 그래서 설득했죠. 연기는 너의 의무라고, 퍼스의 불편한 하숙집을 조금만 참으면 제2의 사라 베르나르*가 될 수 있다고 말이에요. 패트릭은 너무 나무라지 마세요. 피붙이 하나 없다고 했더니 무척 안타까워하더라고요. 그러다 남매지간인 양 여기서 함께 지내면 딱 좋겠다는 생각을 하게 된 거고."

---

* 프랑스의 19세기 후반을 장식한 대표적인 여배우.

"그러고는 네가 경찰한테 거짓말을 줄줄이 늘어놓는데도 가만 보고 있었단 말이지?"

"이해해 주세요, 아주머니. 그 말도 안 되는 강도 사건이 벌어졌을 때 (아니, 벌어지고 난 뒤에) 저한테 이목이 집중되기 시작했잖아요. 솔직히 생각해 보자고요. 전 아주머니를 없앨 동기가 정말 충분하잖아요. 게다가 범인이 아니라고 해 봐야 증거도 없고. 그런 상황인데 제 발로 걸어가서 신분을 밝혀야 했단 말씀인가요? 패트릭마저도 가끔 저를 의심했는데 경찰은 오죽하겠어요? 뿐만 아니라 크래독 경위는 집요하리 만큼 의심이 많은 인물이던데. 안 될 말씀. 계속 줄리아인 척하면서 사건이 마무리되면 사라지는 수밖에요. 그런데 멍청한 줄리아가, 그러니까 진짜 줄리아가 연출가와 말다툼을 벌이고 홧김에 모든 걸 내동댕이칠 줄 누가 알았겠어요? 게다가 패트릭은 여기 내려와도 되느냐는 동생의 편지를 받고 '얼씬도 하지 마라.'하고 전보를 치는 걸 까맣게 잊어버리질 않나!"

그녀는 화가 난 눈초리로 패트릭을 노려보았다.

"둘 다 천하에 바보라니까!"

그녀는 한숨을 내쉬었다.

"밀체스터에서 얼마나 고생했는지 생각하면 정말이지……. 병원으로 출근한다는 거짓말을 안 들키려면 어디든 가 있어야 하잖아요. 끔찍한 영화를 몇 번이고 다시 보면서 영화관에서 시간을 때운 적이 얼마나 많은가 몰라."

"핍과 에마……."

블랙록 양은 중얼거렸다.

"두 사람이 실존 인물이라는 경위의 말을 듣고도 믿지 않았는데……."

그녀는 날카로운 눈빛으로 줄리아를 훑어보았다.

"네가 에마로구나. 그럼 핍은 어디 있지?"

줄리아의 맑고 천진난만한 눈이 그녀의 시선과 마주쳤다.

"저도 몰라요. 전혀 몰라요."

"거짓말은 아닌 것 같구나. 네 오라비를 마지막으로 본 게 언제였지?"

줄리아가 약간 머뭇거린다고 느낀 것은 그녀만의 착각이었을까?

그녀는 분명하고 침착한 어조로 대답했다.

"세 살, 그러니까 어머니가 데려가신 이후로 본 적 없어요. 핍은 물론이고 어머니까지. 지금 어디 사는지도 모르고요."

"그것 말고 달리 할 말은 없니?"

줄리아는 한숨을 내쉬었다.

"죄송하다고 말씀드릴 수도 있겠지만 거짓말은 하지 않을래요. 예전으로 돌아간다 해도 똑같은 일을 벌였을 테니까요. 물론 살인 사건이 벌어질 줄 알았더라면 이야기가 달라졌겠죠."

"줄리아."

블랙록 양이 불렀다.

"이 이름이 입에 붙었으니까 당분간은 그렇게 부르마. 좀 전에 프랑스에서 레지스탕스에 몸담았다고 했지?"

"예. 18개월 동안요."

"그럼 사격도 배웠겠구나?"

냉랭한 표정의 파란색 눈동자가 다시 한 번 블랙록 양의 눈과 마주쳤다.

"제 사격 솜씨는 괜찮은 편이에요. 사실 1급 저격수죠. 하지만 아주머니를 쏘지는 않았어요. 증거로 제시할 거라고는 아무것도 없지만. 하지만 제가 만약 아주머니를 쏘려고 마음먹었더라면 실수하는 일은 없었을 거예요."

II

자동차 다가오는 소리가 팽팽한 긴장감을 깨뜨렸다.

"누구지?"

블랙록 양이 물었다.

미치가 헝클어진 머리를 응접실 안으로 내밀고 눈을 희번덕거렸다.

"또 경찰이에요. 이게 바로 고문이라니까요! 왜 우릴 가만 내버려 두지 않는 거죠? 더 이상은 못 참겠어요. 수상한테 편지를 쓰겠어요. 여왕 폐하한테 편지를 쓰겠어요."

크래독이 그녀의 어깨에 손을 얹고 거칠게 옆으로 밀었다. 입술을 굳게 다문 표정이 어찌나 심각하던지 모두들 호기심 어린 눈빛으로 그를 쳐다보았다. 예전과는 전혀 다른 모습이었다.

그는 무뚝뚝하게 이야기를 시작했다.

"머거트로이드 양이 살해됐습니다. 이번에는 교실입니다. 사망 시각은 지금으로부터 한 시간쯤 전이고요."

그의 시선은 줄리아에게 집중되었다.

"사이먼스 양, 오늘 하루 종일 어디 있었습니까?"

줄리아는 경계하는 표정으로 대답했다.

"밀체스터에 있다가 조금 전에 들어왔어요."

"사이먼스 씨도 마찬가지입니까?"

그의 시선이 이번에는 패트릭에게 향했다.

"예."

"그럼 두 분이 함께 들어오셨나요?"

"예, 예. 함께 들어왔습니다."

"아니야, 패트릭."

줄리아가 가로막고 나섰다.

"소용없어. 그런 거짓말을 해 봐야 금세 탄로날 거야. 버스 운전 사들이 우리 얼굴을 다 아는걸. 전 밀체스터를 조금 일찍 출발했어요, 경위님. 4시면 여기 도착하는 버스를 타고."

"그러고는 무얼 하셨습니까?"

"좀 걸었어요."

"볼더스 쪽으로 말입니까?"

"아니요. 들판을 가로질러서 걸었어요."

크래독은 그녀를 뚫어져라 쳐다보았다. 줄리아는 창백한 얼굴로 입술을 굳게 다문 채 마주 바라보았다.

어느 누가 입을 열기도 전에 전화벨이 울렸다.

블랙록 양은 묻는 듯한 표정으로 크래독을 흘끗 쳐다보며 수화기를 들었다.

"예. 누구시라고요? 아, 번치? 뭐? 아니, 여기 안 계신데? 모르겠어……. 응, 경위님은 계셔."

그녀는 수화기를 낮춰 들며 말했다.

"하면 부인인데 경위님하고 이야기를 나누고 싶다는군요. 마플 양이 목사관으로 아직 안 돌아오셨다고. 걱정이 되나 봐요."

크래독은 두 걸음에 달려가서 수화기를 움켜쥐었다.

"전화 바꿨습니다."

"걱정이 돼서요, 경위님."

번치가 어린아이처럼 떠는 목소리로 말했다.

"제인 이모가 외출을 하셨는데 행방을 모르겠어요. 게다가 사람들 말로는 머거트로이드 양이 살해당했다고 하고. 사실인가요?"

"그렇습니다. 사실입니다, 하면 부인. 힌클리프 양이 시신을 발견할 당시 마플 양이 함께 계셨습니다."

"그렇다면 거기 계시겠군요?"

번치는 안심하는 기색을 보였다.

"아, 아닙니다. 지금은 거기 안 계실 겁니다. 그러니까, 어디 보자. 30분쯤 전에 떠나셨거든요. 아직 도착 안 하셨습니까?"

"예, 아직요. 걸어서 10분 거리밖에 안 되는데. 도대체 어디 계신 걸까요?"

"다른 집에 들르신 거 아닙니까?"

"전부 다 전화를 걸었는데 안 계시대요. 무서워요, 경위님."

무섭기는 나도 마찬가지야. 크래독은 속으로 이렇게 생각하고는 재빨리 말했다.

"제가 지금 당장 그쪽으로 가겠습니다."

"그렇게 좀 해 주세요. 그리고 쪽지가 한 장 있어요. 이모가 나가기 전에 쓰신 것 같은데. 중요한 건지 아닌지 모르겠어요. 제가 보기에는 그냥 낙서 같거든요?"

크래독은 수화기를 내려놓았다.

블랙록 양이 걱정스러운 말투로 물었다.

"마플 양한테 무슨 일이라도 생긴 건가요? 제발 아무 일 없었으면 좋겠는데……."

"저도 그랬으면 좋겠습니다."

그는 입술을 굳게 다문 표정이었다.

"연세도 많으시고 몸도 약하신데."

"그러게 말입니다."

블랙록 양은 선 채로 진주 목걸이를 만지작거리며 쉰 목소리로 말했다.

"날이 갈수록 점점 심각해지는군요. 범인이 누군지는 모르겠지만 분명 제정신이 아닐 거예요, 경위님. 분명 제정신이 아닐 거예요……."

"글쎄요."

신경질적인 손길을 견디기 힘들었는지, 블랙록 양의 목을 바짝 조이고 있던 진주 목걸이가 갑자기 끊어졌다. 반들반들한 하얀색 구슬이 사방으로 흩어졌다.

블랙록 양이 울부짖었다.

"내 진주가, 내 진주가……."

어찌나 가슴 아파하는 목소리이던지 모두들 놀란 눈으로 그녀를 쳐다볼 정도였다. 그녀는 손으로 목을 감싸고 몸을 돌리더니 흐느끼며 밖으로 뛰쳐나갔다.

필리파가 진주를 줍기 시작했다.

"저렇게 흔들리시는 모습은 처음이에요. 항상 끼고 계시던 목걸이라고는 하지만……. 특별한 사람한테 받은 선물일까요? 랜들 괴들러한테 받았다거나."

"그럴지도 모르죠."

크래독이 천천히 대답했다.

"설마, 설마, 진짜는 아니겠죠?"

필리파는 무릎을 꿇고 반짝이는 하얀색 구슬을 계속 주우며 물었다. 한 알을 손에 들고 있던 크래독은 무시하는 투로 "진짜냐고요? 설마!" 하고 대답하려다 순간 멈칫했다.

진짜일 '가능성'도 있지 않을까?

너무 크고 너무 반질반질하고 너무 하얀색 누가 봐도 가짜인 게 분명했지만 크래독은 전당포에서 진짜 진주 목걸이를 몇 실링에 넘기는 바람에 빚어진 사건을 떠올렸다.

레티셔 블랙록은 집 안에 값나가는 보석이 없다고 했다. 이 진주 목걸이가 만에 하나 진짜라면 가격이 어마어마할 것이 분명했다. 그리고 만약 랜들 괴들러한테 받은 선물이라면…… 부르는 게 값일지도 모르는 일이었다.

가짜처럼 보이는 진주 목걸이. 가짜인 게 뻔한 진주 목걸이. 하지만 이것이 진짜라면?

진짜일 가능성도 없지 않았다. 블랙록 양이 진짜인 줄 모르고 있거나 기껏해야 몇 기니밖에 안 되는 싸구려 액세서리인 것처럼 위장해 왔다면. 만약 이것이 진짜라면 값이 어느 정도일까? 어마어마하겠지……. 살인을 부르고도 남을 금액이겠지……. 목걸이의 가치를 아는 사람이 존재한다면.

그는 살인이라는 단어가 떠오르는 순간 상상의 나래를 접었다. 마플 양이 사라졌다. 그는 지금 당장 목사관으로 달려가야 했다.

III

목사관에 도착했더니 번치와 그녀의 남편이 걱정스러운 나머지 잔뜩 굳은 얼굴로 그를 기다리고 있었다.

"아직 안 오셨어요."

번치가 말했다.

"볼더스를 나서면서 집으로 돌아가겠다고 하셨습니까?"

줄리언이 물었다.

"그런 말씀은 없으셨습니다."

크래독은 제인 마플과 마지막으로 대면한 순간을 되새기며 천천히 입을 열었다.

굳게 다문 입술. 평소의 다정한 표정은 사라지고 얼음처럼 서늘한 빛이 보이던 파란 눈.

무언가 결심을 한 듯 심각하던 모습…… 어떤 결심이었을까?

"마지막으로 뵈었을 때 대문 옆에서 플레처 경사와 대화를 나누고 계셨습니다. 그러더니 밖으로 나가셨죠. 저는 곧장 목사관으로 돌아가시는 줄 알았습니다. 차로 모셔다 드려야 맞는 일이었지만 워낙 경황이 없었고 마플 양이 슬그머니 사라지시는 바람에……. 플레처라면 뭔가 아는 게 있을지 모릅니다! 플레처가 어디 있지?"

하지만 볼더스에 전화를 걸어 보았더니 플레처 경사마저 사라진 뒤였다. 그곳에도 없었고 어디로 간다는 메시지도 남겨 놓지 않았다고 했다. 무슨 일이 있어서 밀체스터로 돌아간 것 같다는 말만 들릴 따름이었다.

밀체스터 본서로 전화를 걸었지만 플레처의 행방은 여전히 묘연했다. 크래독은 번치가 전화로 한 이야기를 떠올리고 그녀에게 물었다.

"쪽지가 있다고 하셨죠? 마플 양이 무언가 적어 놓은 쪽지가 있다고."

번치가 종이를 가지고 왔다. 그는 탁자 위에 종이를 펼쳐 놓고 내려다보았다. 번치는 어깨 너머로 들여다보며 한 자 한 자 힘들게 해

독했다. 글씨가 워낙 비뚤비뚤해서 알아보기 힘들었다.

등.

그 다음 단어는 "제비꽃".

그리고 약간 띄운 뒤에 다음 문장이 쓰여 있었다.

아스피린 병이 있었던 곳은 어디인가?

이 흥미진진한 목록의 다음 단어는 알아보기가 더욱 힘들었다.

번치가 알아냈다.

"달콤한 죽음. 미치가 만든 케이크잖아요."

"뒤조사를 하다."

이번에는 크래독의 차례였다.

"뒷조사? 무슨 뒷조사란 말이죠? 이건 또 뭔가요? 용감하게 이겨 낸 가슴 아픈 고통……. 도대체 무슨 뜻인지……!"

"요오드."

크래독은 계속 읽어나갔다.

"진주. 아, 진주 목걸이 말이로군요."

"그리고 로티 아니, 레티. 하도 흘려 써서 '레'가 '로'로 보이네요. 그 다음에는 베른. 또 이건 뭔가요? 노후 연금……."

두 사람은 당황한 표정으로 서로의 얼굴을 쳐다보았다.

크래독이 얼른 리스트를 정리했다.

"등. 제비꽃. 아스피린 병이 있었던 곳은 어디인가. 달콤한 죽음. 뒤조사를 하다. 용감하게 이겨 낸 가슴 아픈 고통. 요오드. 진주 목걸이. 레티. 베른. 노후 연금."

번치가 물었다.

"이게 무슨 뜻일까요? 무슨 뜻이 있기는 할까요? 제가 보기에는 상관 관계가 전혀 없는데."

크래독은 천천히 입을 열었다.

"알 듯 말 듯한데 정확하게 감이 잡히질 않는군요. 그런데 진주 목걸이를 적어 놓으셨다니 신기합니다."

"진주 목걸이가 왜요?"

"블랙록 양은 항상 목에 꼭 끼는 세 줄짜리 진주 목걸이를 하고 계십니까?"

"예. 그걸 가지고 우리끼리 흉을 보기도 하는걸요. 너무하다 싶을 만큼 가짜인 티가 나잖아요. 하지만 블랙록 양은 그 목걸이를 멋있다고 생각하는 모양이에요."

"다른 이유가 있을지도 모릅니다."

"그럼 진짜란 말씀인가요? 말도 안 돼요!"

"그만한 크기의 진짜 진주를 보신 적 있습니까, 하먼 부인?"

"하지만 너무 반짝거리잖아요."

크래독은 어깨를 으쓱했다.

"아무려나 상관없습니다. 지금 중요한 문제는 마플 양이니까요. 어떻게든 마플 양을 찾아야 합니다."

너무 늦기 전에 마플 양을 찾아야 했다. 그런데 이미 늦어 버린 건 아닐까? 연필로 쓴 이 단어들을 보면 추격에 나섰다는 뜻인데…… 하지만 추격은 위험했다. 치가 떨리도록 위험했다. 그나저나 망할 놈의 플레처는 도대체 어디 있는 걸까?

목사관을 나선 크래독은 차를 세워 둔 곳으로 뚜벅뚜벅 걸어갔다. 수색, 그가 동원할 수 있는 수단은 수색뿐이었다. 빗방울이 뚝뚝 떨어지는 월계수 밑에서 누군가 그를 불렀다.

"경위님!"

플레처 경사가 다급하게 부르는 목소리였다.

"경위님!"

세 여자

리틀 패덕스의 저녁 식사가 끝났다. 침묵만이 흐르는 불편한 자리였다.

눈 밖에 난 줄 너무나도 잘 아는 패트릭이 아주 가끔씩 대화를 유도했지만 돌아오는 것은 싸늘한 냉대뿐이었다. 필리파 헤임스는 멍하니 생각에 잠겨 있었다. 블랙록 양은 평소처럼 씩씩하게 보이려는 노력을 기울이지 않았다. 옷을 갈아입고 식당에 나타난 그녀는 카메오 목걸이를 끼고 있었지만 검게 그늘진 눈가에선 난생 처음 공포의 빛이 보였고 부들부들 떠는 손은 공포의 또 다른 증거였다.

저녁 내내 예전처럼 냉랭한 태도를 유지한 사람은 줄리아뿐이었다.

"아주머니, 지금 당장 짐을 싸서 떠나려고 해도 경찰이 허락할 것 같지 않네요. 죄송해요. 그래도 이런 표현이 맞는지 모르겠지만, 이 집에 오랫동안 누를 끼치지는 않을 거예요. 크래독 경위가 지금 당장이라도 영장을 들고 나타나서 수갑을 채울 테니까요. 왜 진작 그러지 않았나 모르겠지만……."

"지금 마플 양을 찾느라 정신이 없으니까 그렇지."

블랙록 양의 대답이었다.

"그 할머니도 살해된 건가요? 하지만 이유가 뭐죠? 어떤 정보를 알고 있었기에?"

패트릭이 관심을 보이며 물었다.

"나도 모르겠다. 머거트로이드 양한테 무슨 이야기를 들은 모양이지."

블랙록 양이 멍하니 대답했다.

"만약 마플 양도 살해당했다면 논리적으로 볼 때 범인은 한 사람이에요."

"누구?"

"힌클리프지 누구겠어요?"

패트릭이 의기양양하게 말했다.

"마플 양의 살아생전 모습이 마지막으로 목격된 곳이 볼더스잖아요. 그 할머니는 볼더스를 빠져나오지 못한 거예요."

"머리가 아프구나."

블랙록 양은 멍한 목소리로 이렇게 말하고 이마를 손가락으로 눌렀다.

"힌크가 왜 마플 양을 살해했겠니? 말도 안 되잖아."

"힌크가 머거트로이드를 살해했다고 하면 말이 되죠."

패트릭의 의기양양한 목소리는 여전했다.

필리파가 무심결에 내뱉었다.

"힌크는 머거트로이드를 살해했을 리 없어요."

패트릭은 논쟁투로 반박했다.

"머거트로이드가 실수로 그녀, 그러니까 힌크를 범인으로 지목하는 단서를 흘렸다면 충분히 가능한 이야기죠."

"아무튼 힌크는 머거트로이드가 살해됐을 때 경찰서에 있었잖아요."

"머거트로이드를 이미 살해하고 경찰서로 떠났을 수도 있어요."

놀랍게도 레티셔 블랙록이 난데없이 고함을 버럭 질렀다.

"살해, 살해, 살해! 그것 말고는 할 이야기들이 그렇게도 없니? 무섭다. 무섭단 말이다! 예전에는 안 그랬어. 예전에는 내 한 몸 내가 감당할 수 있다고 생각했는데……. 하지만 지켜보면서 때를 기다리는 살인범을 어느 누가 당할 수 있을까? 오, 하느님!"

그녀는 두 손에 얼굴을 묻었다. 그러다 잠시 후 고개를 들고 사과하는 투로 딱딱하게 말했다.

"미안하구나. 잠시, 잠시 흥분을 해서."

"걱정 마세요, 레티 이모. 제가 지켜 드릴게요."

패트릭이 애정을 담아서 말했다.

"네가?"

레티셔 블랙록의 말투에서 느껴지는 환멸은 거의 비난에 가까웠다.

미치는 새로운 작전을 만들었는지 저녁 시간 직전에 응접실로 들어와서 식사 준비를 하지 않겠다고 선포했다.

"이 집에서는 더 이상 아무 일도 하지 않을 거예요. 방으로 들어가서 문 잠그고 해가 뜰 때까지 기다릴 거예요. 사람들 죽어 나가는 게 무섭단 말이에요. 머거트로이드 양이라면 전형적인 영국 바보처럼 생긴 얼굴인데 누가 그런 여자를 죽여요? 정신병자의 짓이에요! 죄다 정신병자가 벌인 짓이라고요! 정신병자는 아무나 죽이잖아요. 하지만 난 죽고 싶지 않다고요. 저 부엌에는 그림자가 비치고 발소리가 들려요. 마당에 누가 있나 싶으면 부엌 옆방 계단에 그림자가 나타나고 그러다 발소리가 들리고……. 그러니까 내 방에 올라가서 문 잠글 거예요. 서랍장으로 문을 막아 놓을지도 몰라요. 그리고 내일 아침이 되면 그 잔인한 경찰 나리한테 이 집을 떠난다고 말할 거예요. 안 된다고 하면 이렇게 말하죠. '놓아주지 않고는 못 배길 때까지 비명을 지르고 지르고 또 지르겠어요!'라고."

모든 사람들은 미치의 비명 소리를 생생하게 기억하는 만큼 이런 협박을 듣고 치를 떨었다.

"그러니까 이제 내 방으로 올라가겠어요."

미치는 같은 말을 반복하며 의사 표현을 확실히 했고 상징적인 의미로 입고 있던 앞치마를 벗어 던졌다.

"안녕히 주무세요, 블랙록 양. 어쩌면 오늘 밤을 못 넘기실 수도 있겠네요. 그럴 경우에 대비해서 작별 인사도 미리 드릴게요."

그녀는 말을 마치자마자 홱 하니 응접실을 나섰다. 그녀의 뒤로 조용히 문이 닫혔다. 여느 때처럼 나지막하게 우는 소리를 내면서.

줄리아가 일어서더니 아무렇지도 않다는 듯이 이야기했다.

"제가 나가서 식사 준비를 할게요. 차라리 잘됐네요. 모두들 저하고 한 탁자에 앉아 있기 싫으실 게 아니에요. 패트릭이 아주머니의 수호 천사를 자청하고 나섰으니까 모든 음식을 먼저 먹어 보게 하세요. 아주머니를 독살했다고 오해받기는 죽기보다 싫으니까."

줄리아가 준비한 음식은 맛이 아주 좋았다.

필리파가 부엌으로 건너가서 도움을 자청했지만 줄리아는 필요 없다고 딱 잘라 말했다.

"줄리아, 하고 싶은 말이 있어서 그러는데……."

"지금은 비밀 얘기하고 그럴 때가 아니잖아요. 식당으로 가 있어요, 필리파."

줄리아의 태도는 단호했다.

이렇게 해서 저녁 식사가 끝났고 다 같이 벽난로 옆 작은 탁자에 앉아서 커피를 마셨다. 모두들 아무 말이 없었다. 기다리고 또 기다릴 따름이었다.

8시 30분에 크래독 경위의 전화가 걸려왔다.

"15분 뒤에 그쪽으로 건너가겠습니다. 이스터브룩 대령 부부와 스웨트넘 부인, 부인의 아들이 함께 찾아갈 겁니다."

"하지만 경위님……. 오늘은 도무지 손님을 치를 분위기가 아니라서……."

블랙록 양은 막다른 궁지로 내몰린 사람의 목소리였다.

"블랙록 양의 심정은 잘 압니다. 죄송합니다. 하지만 워낙 급한 사안이라서요."

"마플 양은 찾으셨나요?"

"아니요."

경위는 이 말을 끝으로 전화를 끊었다.

줄리아가 쟁반에 커피 잔을 담고 부엌으로 건너갔더니 놀랍게도 미치가 싱크대에 쌓인 접시와 그릇을 노려보고 있었다.

미치는 줄리아를 보자마자 폭포수처럼 퍼부었다.

"깔끔한 내 부엌에 이게 도대체 무슨 난리람? 저 프라이팬은 오믈렛 만들 때만 쓰는 건데! 도대체 저 프라이팬을 뭐에 쓴 거죠?"

"양파 볶을 때 썼죠."

"못 쓰게 됐네, 못 쓰게 됐어! 이제 씻어야 할 거 아니에요! 오믈렛 프라이팬은 씻는 게 아닌데! 기름 먹은 신문지로 꼼꼼히 닦기만 하는 건데! 그리고 이 스튜 냄비는 우유 끓일 때만 쓰는……."

"미치가 뭘 어디다 썼는지 내가 어떻게 알아요? 방에 가서 잔다고 하더니 무슨 바람이 불어서 일어났는지 모르겠군요. 다시 방으로 들어가 줘요. 조용히 설거지나 하게."

줄리아가 짜증 섞인 말투로 대꾸했다.

"안 돼요. 내 부엌에 손대지 말아요."

"미치, 정말 왜 이래요?"

줄리아가 씩씩대며 부엌을 박차고 나오는 순간 초인종이 울렸다.

"가서 문이나 열어요."

미치가 부엌에서 소리를 질렀다. 줄리아는 듣기 민망한 유럽 대류 쪽 표현을 중얼거리면서 성큼성큼 현관 쪽으로 걸어갔다. 힌클리프 양이었다.

그녀가 걸걸한 목소리로 인사를 건넸다.

"안녕하세요. 갑자기 들이닥쳐서 미안해요. 경위님이 건 전화는 받았죠?"

"힌클리프 양이 온다는 이야기는 없었는데요?"

줄리아가 앞장서서 응접실로 향하며 물었다.

"내키지 않으면 오지 말라고 했어요. 하지만 가만히 앉아 있을 수 있어야지."

힌클리프 양에게 위로의 말을 건네거나 머거트로이드의 죽음을 입에 담는 사람은 없었다. 키가 크고 활기 넘쳤던 그녀의 까칠한 얼굴을 보면 충격이 그대로 전해졌고 위로의 인사 자체가 주제넘은 짓으로 느껴졌기 때문이었다.

"불을 전부 다 켜 주렴."

블랙록 양이 말했다.

"벽난로에 석탄도 좀 더 넣고. 춥다. 뼈가 시릴 만큼 추워. 이쪽으로 와서 벽난로 옆에 앉아요, 힌클리프 양. 경위님은 15분 안으로 오신다고 했어요. 지금쯤 오실 때가 됐는데……."

"미치가 다시 내려왔어요."

줄리아가 말했다.

"그래? 그 아인 가끔 제정신이 아니다 싶을 때가 있어. 하지만 지금은 우리 모두 제정신이 아닌 것 같구나."

"범죄인들을 모두 정신병자로 몰고 가는 발상에는 동의할 수 없어요. 정신병자이기는커녕 치가 떨릴 만큼 영리하고 제정신이 똑바로 박혀 있을걸요?"

힌클리프 양이 퉁명스럽게 쏘아붙였다.

밖에서 자동차 소리가 들렸고 크래독이 이스터브룩 대령 부부, 스웨트넘 모자와 함께 나타났다.

모두들 이상하리 만치 가라앉은 모습이었다.

이스터브룩 대령이 애써 평소의 말투를 흉내 내며 말했다.

"하! 아주 따뜻하군요."

이스터브룩 부인은 모피 코트를 입은 채 남편 가까이 앉았다. 평상시에는 예쁘장하고 약간 멍하게 느껴지던 얼굴이 지금은 초췌한 족제비처럼 변해 있었다. 에드먼드는 평소 심기가 불편하면 그렇듯이 잔뜩 찌푸린 표정으로 사람들을 노려보았다. 스웨트넘 부인은 아무렇지도 않은 척하려고 애를 쓰는 것이 느껴질 정도였지만 결국에는 서툰 연극에 그치고 말았다.

그녀는 지나가는 말처럼 이야기를 꺼냈다.

"정말 끔찍하기도 하지. 모든 상황이 말이에요. 아무튼 입을 다물고 있는 게 최선책이에요. 전염병처럼 다음 차례는 누가 될지 아무도 모르는 일이니까. 블랙록 양, 브랜디라도 좀 드시면 어떨까요? 반 잔만이라도. 기운 없을 때는 브랜디만 한 게 없답니다. 이, 이런 식으로 불쑥 찾아와서 죄송하지만 크래독 경위님이 꼭 참석해야 된다고 해서 말이죠. 게다가 너무 끔찍하기도 하고. 아직도 행방불명

이래요. 목사관에 머무는 그분 말이에요. 번치 하면은 지금 거의 제정신이 아니에요. 집에 안 가고 어디로 갔는지 아무도 모른다잖아요. 우리 집에는 안 오셨는데. 오늘은 그분 얼굴을 본 적도 없어요. 우리 집에 오셨다면 모르고 지나쳤을 리 없는데. 나는 뒤쪽의 응접실에 있었고 에드먼드는 앞쪽의 서재에서 글을 쓰고 있었으니까 어느 쪽으로 오셨건 모를 수가 없거든요. 아, 제발 아무 일도 없어야 할 텐데. 다치거나 뭐 그런 일이 없어야 할 텐데."

에드먼드가 괴롭다는 듯이 입을 열었다.

"어머니. 좀 조용히 계시면 안 될까요?"

"그래, 그러마. 나도 입 꼭 다물고 있고 싶어."

스웨트넘 부인은 이렇게 말하면서 줄리아의 옆자리에 앉았다. 크래독 경위는 문가에 서 있었다. 세 여자가 거의 나란히 그를 마주보고 있었다. 소파에 앉은 줄리아와 스웨트넘 부인, 그리고 남편의 소파 팔걸이에 걸터앉은 이스터브룩 부인. 일부러 자리를 그렇게 배치한 건 아니지만 상당히 마음에 드는 구도였다.

블랙록 양과 힌클리프 양은 벽난로 쪽으로 몸을 숙이고 있었다. 에드먼드는 두 사람 근처에 서 있었다. 필리파는 눈에 잘 띄지 않는 멀찌막한 곳에 있었다.

크래독은 단도직입적으로 이야기를 꺼냈다.

"머거트로이드 양이 살해되었다는 소식은 모두들 들어서 알고 계실 겁니다. 그런데 머거트로이드 양을 살해한 인물이 여성이라는 사실이 밝혀졌고 여러 가지 이유에 근거하여 용의자의 폭이 좁혀졌습니다. 여기 계신 여성 몇 분께 오늘 오후 4시에서 4시 20분 사이에 무엇을 하셨는지 묻겠습니다. 지금까지 사이먼스 양 행세를 하셨던 젊은 숙녀 분한테는 이미 이야기를 들었지만 다시 한 번 반복해 주실 것을 부탁드립니다. 사이먼스 양, 진술이 불리하게 작용될 것 같으면 대답을 거부하셔도 좋습니다. 그리고 사이먼스 양께서 하시는 말씀은 에드워즈 경관에 의해 기록으로 남고 법원에서 증거로 쓰일 수도 있습니다.”

“꼭 그런 식으로 말씀을 하셔야 하는 건가요?”

줄리아는 안색이 약간 창백했지만 침착한 태도는 여전했다.

“다시 한 번 말씀드리지만 저는 오늘 4시에서 4시 20분 사이에 들판을 가로질러서 콤프턴 농장 옆 개울까지 걸었어요. 그러다 포플러 나무 세 그루가 서 있는 곳에서 다시 도로로 들어섰고요. 걷는 동안 만난 사람은 없고 볼더스 근처에는 가지도 않았어요.”

“스웨트넘 부인?”

에드먼드가 물었다.

“방금 전에 하신 경고가 우리 모두에게 적용되는 건가요?”

“아닙니다. 지금 당장은 사이먼스 양에게만 적용됩니다. 다른 분들은 진술이 불리하게 작용할 이유가 없다고 보니까요. 하지만 변호사가 없는 상황에서 답변을 거부할 권리는 여러분 모두에게 있습니다.”

“하지만 그럴 필요 뭐가 있나요? 시간 낭비만 하는 건데. 제가 뭘 하고 있었는지 지금 당장 말씀드릴 수 있어요. 그걸 물으신 거죠?

이제 말씀드릴까요?"

스웨트넘 부인이 큰 소리로 외쳤다.

"예. 말씀해 주십시오, 스웨트넘 부인."

"잠시만 생각을 좀 해 볼게요."

스웨트넘 부인은 눈을 감았다 떴다.

"저는 머거트로이드 양 살인 사건하고 전혀 상관없어요. 여기 있는 모든 분들이 아시겠지만. 하지만 아무리 쓸데없는 질문이라도 그냥 넘기지 않고 대답을 꼼꼼히 적는 게 경찰의 임무겠죠. '조서 작성'을 위해서. 안 그런가요?"

스웨트넘 부인은 열심히 받아 적는 에드워즈 경관을 향해 이렇게 말하고는 예의바르게 물었다.

"제 이야기가 너무 빠르진 않은가요?"

속기에는 능하지만 임기응변의 재치가 부족한 에드워즈 경관은 귀까지 빨개지며 대답했다.

"괜찮습니다. 그래도 뭐, 조금만 더 천천히 말씀해 주시면 좋겠습니다만."

스웨트넘 부인은 쉼표나 마침표가 있어야 한다고 생각하는 부분에서는 충분히 쉬어 주며 진술을 다시 시작했다.

"아주 정확한 답변을 드리기는 힘들어요. 제가 워낙 시간관념이 없는 편이라서요. 그리고 전쟁 이후로 우리 집 시계 절반은 아예 멈췄고 그나마 남은 것들도 태엽을 잘 안 감아 줘서 늦거나 빠르거나 그렇거든요."

스웨트넘 부인은 모두들 시간이 헷갈릴 수밖에 없는 상황을 선명하게 그릴 수 있도록 잠시 말을 멈추었다가 다시 열심히 이야기를 시작했다.

"아마 4시에 저는 양말 뒤꿈치 부분을 뜨고 있었을 거예요.(그런데 겉뜨기가 아니라 안뜨기를 하고 있었지 뭐예요? 희한하기도 해라.) 그게 아니면 시든 국화를 잘라 내고 있었을 텐데. 아니다, 그건 4시 전이었겠다. 비가 오기 전에 했으니까."

"비는 정확히 4시 10분부터 내리기 시작했습니다."

경위가 말했다.

"그랬나요? 아유, 그럼 짐작하기가 훨씬 쉬워지겠네. 그렇다면 2층으로 올라가서 항상 비가 새는 곳에다 세숫대야를 갖다놓고 있었을 때였겠네요. 그런데 빗방울 떨어지는 속도가 심상치 않아서 하수구가 또 막혔구나 생각했죠. 내려와서 우비를 입고 고무장화를 신고 에드먼드를 불렀는데 대답이 없더라고요. 그래서 아주 중요한 장면을 쓰고 있나 보다 하고 방해하지 않기로 했어요. 예전에도 혼자서 자주 하던 일이니까요. 창문 올릴 때 쓰는 그 기다란 막대에다 빗자루 손잡이만 연결시키면 되거든요."

"그러니까 하수구 청소를 하고 계셨단 말씀입니까?"

크래독은 당혹스러워하는 에드워즈 경관의 표정을 읽고 이렇게 물었다.

"예. 낙엽 때문에 꽉 막혀 있더라고요. 한참 걸리는 바람에 옷이 좀 젖기는 했지만 깨끗하게 치웠죠. 그런 다음 집으로 들어가서 씻고 옷을 갈아입었어요. 낙엽이 썩으면 냄새가 지독하잖아요. 그리고 부엌으로 건너가서 주전자를 불에 올려놓았더니 부엌 시계로 6시 15분이더라고요."

에드워즈 경관이 눈을 끔뻑였다.

"그러니까 4시 40분 아니면 그 근처였다는 뜻이에요."

스웨트넘 부인은 의기양양하게 덧붙이며 진술을 마무리 지었다.

"하수구 청소하는 동안 지나간 사람이 있습니까?"

"아니요. 지나간 사람이 있었으면 당장 도움을 청했게요? 혼자서 하수구 청소하기가 얼마나 힘든데."

"부인의 말씀을 정리하자면 비가 내리기 시작할 무렵 우비와 고무 장화 차림으로 밖에서 하수구 청소를 하고 계셨지만 증인은 없다는 뜻이 됩니다. 맞습니까?"

"하수구를 한번 보세요. 얼마나 깨끗한지."

"어머니가 부르는 소리를 들으셨습니까, 스웨트넘 씨?"

"아니요. 낮잠을 자고 있었거든요."

"에드먼드. 소설 쓰고 있는 줄 알았더니!"

스웨트넘 부인이 나무라는 투로 말했다.

크래독 경위는 이스터브룩 부인 쪽으로 고개를 돌렸다.

"이제 이스터브룩 부인의 차례입니다."

"저는 아치하고 서재에 있었어요."

이스터브룩 부인은 순진해 보이는 눈망울을 크게 뜨고 남편을 쳐다보며 대답했다.

"둘이서 라디오를 듣고 있었잖아요. 안 그래요, 여보?"

잠시 침묵이 흘렀다. 이스터브룩 대령은 얼굴을 붉히더니 부인의 손을 잡았다.

"당신은 이런 상황을 이해 못해서 그러는 모양인데 그게 저기, 크래독 경위, 이런 질문을 너무 느닷없이 던진 게 아닌가 싶군. 우리 집사람은 지금 너무 당황하고 긴장하고 예민해진 상태라 진술의 중요성을 미처 생각하지 모양일세."

이스터브룩 부인이 원망스럽다는 투로 외쳤다.

"여보! 그때 저하고 같이 서재에 있었잖아요!"

"아니잖아. 안 그래? 사실대로 말을 해야지. 가뜩이나 이렇게 중요한 자리에서는. 내가 크로프트 엔드에 사는 농부 램슨하고 닭장 이야기를 시작한 때가 3시 45분이야. 그러고는 비가 그친 뒤에야 집으로 돌아왔지. 4시 45분, 차 마실 시간에 맞춰서. 로라가 스콘을 굽고 있었을 때."

"그럼 부인께서도 그때 외출을 하셨습니까?"

이스터브룩 부인의 예쁘장한 얼굴은 그 어느 때보다도 족제비 같은 인상을 풍겼다. 그녀의 눈빛은 덫에 걸린 듯한 표정이었다.

"아니에요, 아니에요. 라디오를 듣고 있었어요. 외출은 그 전에 했어요. 3시 30분쯤에요. 그냥 산책 삼아 나갔어요. 가까운 데를 걸으려고요."

그녀는 계속되는 질문을 예상한 눈치였지만 크래독은 조용히 말했다.

"알겠습니다, 이스터브룩 부인."

그는 이야기를 계속 이어 나갔다.

"여러분의 진술은 타자로 정리해서 기록으로 남길 겁니다. 나중에 읽어 보시고 잘못된 내용이 없는지 확인하신 다음 서명하시면 됩니다."

이스터브룩 부인은 이 말을 듣더니 악의에 가득 찬 눈빛으로 돌변하며 그를 쳐다보았다.

"왜 다른 사람들한테는 안 물어보세요? 저 헤임스인가 하는 여자도 있고 에드먼드 스웨트넘도 있는데. 정말로 낮잠을 자고 있었는지 어떻게 장담하세요? 아무도 본 사람 없잖아요."

크래독 경위는 차분한 목소리로 대답했다.

"머거트로이드 양이 죽기 전에 한 가지 진술을 남겼습니다. 강도극이 벌어지던 그 순간 응접실에서 사라진 사람이 있다고, 있는 줄 알았던 사람을 보지 못했다고 말입니다. 머거트로이드 양은 친구분에게 똑똑히 목격한 사람들의 이름을 하나씩 이야기했습니다. 그런 식으로 용의자를 한 명씩 제거해 나가던 와중에 보지 못한 사람이 있었다는 사실을 알게 된 거죠."

"응접실 안을 제대로 본 사람이 아무도 없었을 텐데요?"

줄리아가 물었다.

"머거트로이드는 예외였어요."

힌클리프 양의 나지막한 목소리가 불쑥 튀어나왔다.

"지금 크래독 경위님처럼 문 뒤에 서 있었으니까요. 그날 응접실 안에서 벌어진 상황을 유일하게 목격한 셈이죠."

"아하! 그렇게 생각하신다 이거죠?"

미치가 문을 세게 열어젖히며 위풍당당하게 등장하는 바람에 크래독은 하마터면 옆으로 넘어질 뻔했다. 그녀는 흥분한 나머지 거의 정신을 잃은 상태였다.

"뻣뻣한 경찰 나리, 이 미치는 왜 부르지 않으셨나요? 미치니까! 부엌데기 미치니까! 미치는 그냥 부엌에나 있으라고 해! 하지만 미치는 여기 이 사람들만큼, 아니 훨씬 더 많은 걸 볼 수 있어요. 훨씬 더 많은 걸 볼 수 있었다마다요. 난 도둑이 들어오던 그날 밤 본 게 있어요. 분명히 본 게 있는데 하도 믿어지지 않아서 지금까지 입을 다물고 있었죠. '아직은 말하면 안 돼. 기다려야 해.' 하고 중얼거리면서 말이에요."

"그런 다음 상황이 정리되면 어떤 사람한테 돈을 뜯을 생각이었나요?"

크래독이 물었다.

미치는 화가 난 고양이처럼 크래독 쪽으로 고개를 홱 돌렸다.

"그럼 좋죠. 그게 뭐 어때서? 입을 다물어 줬는데 돈 받는 게 당연하지! 게다가 언젠가 엄청나게, 엄청나게, 엄청나게 많은 돈을 받게 될 사람이라면. 하! 난 다 들었어요. 다 알아요. 저 여자가……."

그녀는 연극 배우처럼 줄리아를 손가락으로 가리키며 말했다.

"핍에마라는 은밀한 조직의 요원이라는 것도. 맞아요, 기다렸다가 돈을 받을 생각이었어요. 하지만 지금은 무서워. 차라리 안전한

쪽을 택하겠어요. 조만간 그 사람이 나까지 죽일 테니까 말해 버리 겠어요.”

크래독은 의심스럽다는 투로 대꾸했다.

“좋아요, 그럼, 뭘 봤다는 건지 어디 한번 말해 보시죠.”

미치는 진지한 목소리로 이야기를 시작했다.

“그날 밤에 나는 부엌 옆방에서 은 식기를 닦고 있지 않았어요. 총소리가 났을 때 식당에 있었다고요. 열쇠 구멍으로 내다봤죠. 캄 캄한 복도에서 다시 한 번 총소리가 들리더니 손전등이 바닥으로 떨어지더군요. 손전등이 뱅그르르 돌면서 떨어지는 순간 그 여자를 봤어요. 그 남자 옆에서 총을 들고 서 있는 그 여자를 봤어요. 블랙 록 양을.”

블랙록 양은 이 말을 듣자마자 자리에서 벌떡 일어섰다.

“나를 봤다고? 지금 제정신이야?”

에드먼드가 외쳤다.

“말도 안 돼! 블랙록 양을 봤을 리가…….”

크래독이 말허리를 자르고 나섰다. 그의 목소리는 신랄하기 짝이 없었다.

“과연 그럴 리가 없을까요, 스웨트넘 씨? 왜 그렇게 장담하십니 까? 총을 들고 서 있던 인물이 블랙록 양일 리 없기 때문인가요? 당 신이었기 때문인가요?”

“뭐라고요? 도대체 무슨 말도 안 되는…….”

“이스터브룩 대령의 리볼버를 슬쩍하지 않았습니까? 루디 셰르츠를 만나 장난인 척 계획을 짜지 않았습니까? 패트릭 사이먼스를 따라 저쪽 응접실로 건너간 다음 불이 나가자 미리 기름을 칠해 놓은 문을 열고 밖으로 빠져나가지 않았습니까? 당신은 블랙록 양을 향해 총을 쏘고 루디 셰르츠를 살해했습니다. 그리고 몇 초 뒤에 응접실로 돌아와서 라이터를 켰죠."

에드먼드는 기가 막힌 표정을 짓다 한꺼번에 말문을 터뜨렸다.

"정말 추잡한 발상이로군요. 왜 납니까? 도대체 내가 왜 그런 짓을 벌였다는 겁니까?"

"블랙록 양이 괴들러 부인보다 먼저 숨을 거두면 두 사람이 유산을 물려받게 되어 있습니다. 기억하시죠? 핍과 에마로 알려진 두 사람. 줄리아 사이먼스가 에마인 것으로 드러났고……."

"그럼 내가 핍이란 말인가요?"

에드먼드는 웃음을 터뜨렸다.

"멋집니다. 정말 멋져요! 나이가 비슷하다는 것 말고는 아무 연관성 없는 사람을 그런 식으로 몰다니. 내가 에드먼드 스웨트넘이라는 걸 증명해 보일까요, 멍청한 양반? 출생 증명서, 생활 기록부, 대학 졸업장…… 이 모든 걸 죄다 보여 드리면 만족하시겠습니까?"

"그 사람은 핍이 아니에요."

어두컴컴한 응접실 한쪽 구석에서 누군가의 목소리가 들렸다. 필리파 헤임스가 창백한 얼굴을 하고 앞으로 걸어 나왔다.

"제가 핍이에요, 경위님."

"당신이 핍이라고요, 헤임스 부인?"

"예. 모두들 핍을 남자라고 오해하신 모양인데. 줄리아는 나머지 한쪽이 여자인 줄 당연히 알고 있었을 텐데, 오늘 오후에 왜 그 말을 하지 않았는지 모르겠지만……."

"가족이니까. 그 순간 네 정체를 퍼뜩 알게 됐거든."

줄리아의 대꾸였다.

"저도 줄리아하고 비슷한 생각을 했어요."

필리파는 떨리는 목소리로 말을 이어 나갔다.

"남편이 죽고 전쟁이 끝나니까 앞으로 도대체 어떻게 살아야 하나 싶었거든요. 어머니는 오래전에 이미 돌아가셨고……. 외삼촌 쪽에 대해 알아봤어요. 괴들러 부인이 죽으면 블랙록 양한테 전 재산이 넘어간다고 하더군요. 그래서 블랙록 양이 사는 곳을 수소문한 끝에 이, 이곳으로 건너와서 루카스 부인의 집에 일자리를 얻었죠. 블랙록 양은 나이도 많고 친척도 없는 분이라고 하니까 도움을 받을 수 있지 않을까 싶었어요. 저야 일을 하니까 상관없지만 우리 해리 교육비가 문제였거든요. 어쨌거나 외삼촌 재산이고 블랙록 양은 물려줄 자식도 없고 하니까……."

필리파의 말투가 빨라졌다. 오랫동안 담고 있었던 봇물이 터지니까 주체할 수 없는 모양이었다.

"그러다 강도 사건이 터지니까 겁이 나기 시작했어요. 동기를 찾으면 블랙록 양을 살해할 만한 인물이 저밖에 없잖아요. 줄리아의 정체는 전혀 몰랐죠. 일란성 쌍둥이도 아니고 생김새가 전혀 다르잖아요. 그래서 의심을 받을 만한 사람이 저밖에 없다는 생각이 들었어요."

그녀는 말을 멈추고 금발을 쓸어 넘겼다. 순간 크래독은 편지 속에 들어 있던 희미한 사진의 주인공이 필리파의 어머니였음을 알아차렸다. 누가 보더라도 두 사람은 닮은꼴이었다. 그는 "주먹을 쥐었다 폈다 했다."는 표현이 낯익게 느껴졌던 이유도 깨달았다. 필리파가 지금 주먹을 쥐었다 폈다 하고 있었던 것이다.

"블랙록 양은 저한테 참 잘해 주셨어요. 아주, 아주 잘해 주셨죠. 그런 아주머니를 살해할 생각은 꿈에도 해 본 적이 없어요. 하지만 어쨌거나 제가 핍이니까 에드먼드를 의심하지는 말아 주세요."

"과연 그럴까요?"

크래독은 다시 신랄한 말투로 되돌아갔다.

"에드먼드 스웨트넘은 돈을 밝히는 사람입니다. 돈 많은 여자와의 결혼을 꿈꾸는 사람일지도 모르죠. 그런데 그 여자는 블랙록 양이 괴들러 부인보다 먼저 세상을 떠나지 않으면 부자가 될 수 없습니다. 그런데 괴들러 부인이 블랙록 양보다 먼저 눈을 감을 게 뻔하게 됐으니 무슨 수를 써야만 했던 겁니다. 안 그렇습니까, 에드먼드 스웨트넘 씨?"

"말도 안 되는 억측입니다!"

에드먼드가 고함을 질렀다.

이때 갑자기 비명 소리가 허공을 갈랐다. 부엌에서 새어 나오는 길고 끔찍한 비명이었다.

"미치 아니에요?"

줄리아가 외쳤다.

"아닙니다."

크래독 경위가 말했다.

"세 사람을 살해한 범인의 목소리입니다……."

진실

경위가 에드먼드 스웨트넘 쪽으로 고개를 돌린 순간 미치는 슬그머니 응접실을 빠져나와 부엌으로 되돌아갔다. 그녀가 싱크대를 물로 채우고 있을 때 블랙록 양이 들어왔다.

미치는 민망해하는 표정으로 그녀를 곁눈질했다.

"미치, 거짓말 한번 기가 막히게 잘하더구나."

블랙록 양의 말투는 상냥하기 그지없었다.

"설거지를 그런 식으로 하면 되겠어? 은 식기부터 먼저 씻고 싱크대에 물을 제대로 채워야지, 미치. 고작 5센티미터 채우고 설거지하려고?"

미치는 고분고분 수도를 더욱 세게 틀었다.

"화 안 나셨죠?"

"네가 거짓말 할 때마다 화를 내면 단 하루도 조용한 날이 없게?"

"경위님한테 가서 다 제가 지어낸 이야기라고 할게요."

"이미 알고 계신걸?"

블랙록 양의 말투는 여전히 상냥했다.

미치가 수도를 잠그는 순간 뒤로 두 개의 손이 다가오더니 재빨리 그녀의 머리를 잡고 물이 가득한 싱크대 속으로 밀어넣었다.

"이번만큼은 거짓말이 아닌 줄 아무도 모르기 망정이지!"

블랙록 양이 표독스럽게 내뱉었다.

미치가 팔을 내저으며 버둥거렸지만 블랙록 양은 그녀의 머리를 우악스럽게 잡고 물 속으로 계속 밀어 넣었다.

그때 뒤쪽 어디에선가 도라 버너의 애처로운 목소리가 들렸다.

"로티, 로티, 그러지 마……. 로티!"

블랙록 양은 비명을 지르며 두 손으로 허공을 휘저었다. 풀려난 미치는 캑캑, 어푸어푸 하는 소리와 함께 고개를 들었다. 블랙록 양의 비명은 그칠 줄 몰랐다. 주변을 전혀 의식하지 못한 때문이었다.

"도라, 도라, 용서해 줘. 어쩔 수 없었어. 어쩔 수 없었어……."

그녀는 이성을 잃고 부엌 옆방 쪽으로 돌진했다. 덩치 큰 플레처 경사가 그녀의 앞을 가로막는 순간 마플 양이 발그레한 얼굴 가득 의기양양한 표정을 지으며 벽장에서 모습을 드러냈다.

"목소리 흉내는 자신 있거든요."

"같이 가 주셔야겠습니다, 블랙록 양."

플레처 경사가 말했다.

"이 아가씨를 살해하려는 현장을 목격한 증인이 있을 뿐 아니라 다른 혐의 사실도 있으니까요. 레티셔 블랙록, 당신은……."

"샬럿 블랙록이에요."

마플 양이 바로잡아 주었다.

"그게 본명이랍니다. 항상 끼고 다니는 진주 목걸이를 풀어 보면 수술 자국이 있을 거예요."

"수술이라고요?"

"갑상선종 수술 말이죠."

이제 어느 정도 진정이 된 블랙록 양은 마플 양을 쳐다보았다.

"그럼 다 알고 계신 건가요?"

"얼마 전부터 알고 있었죠."

샬럿 블랙록은 탁자 옆에 주저앉으며 울음을 터뜨렸다.

"너무했어요. 도라 목소리를 흉내 내다니. 도라를 사랑했는데. 도라는 정말 사랑했는데."

크래독 경위와 다른 사람들이 문가를 가득 메웠다.

응급 조치와 인공 호흡에도 일가견이 있는 에드워즈 경관이 미치를 상대로 분주하게 움직였다. 미치는 정신을 차리자마자 열심히 자기 칭찬을 늘어놓았다.

"감쪽같았죠? 나 똑똑했죠? 용감했죠? 아, 난 정말 용감해! 거의, 거의 죽을 뻔했는데 워낙 용감하니까 '모든 걸' 걸 수 있었던 거라고요!"

사람들을 제치고 등장한 힌클리프 양이 탁자 옆에 주저앉은 샬럿 블랙록에게 달려들었다. 플레처 경사가 온 힘을 동원하고서야 그녀를 말릴 수 있었다.

"자, 자, 이러시면 안 됩니다, 힌클리프 양."

힌클리프 양이 이를 갈며 외쳤다.

"내 손으로 처리할 거야. 내 손으로 처리할 거라고. 에이미를 죽인 여자잖아!"

샬럿 블랙록은 그녀를 올려다보며 훌쩍였다.

"죽일 생각은 없었어. 아무도 죽일 생각은 없었어. 그런데 어쩔 수 없었어. 도라가 마음에 걸려. 도라가 죽고 나니까 난 외톨이가 됐어. 도라가 죽은 뒤로 난 외톨이가 됐다고. 도라, 도라……."

그녀는 다시 두 손에 얼굴을 묻고 흐느껴 울었다.

목사관의 저녁

마플 양은 등받이가 높은 안락의자에 앉았다. 번치는 양 팔로 무릎을 감싸고 벽난로 앞 바닥에 앉았다.

줄리언 하먼은 중년으로 접어드는 남자답지 않게 초등학생 같은 표정을 지으며 몸을 앞으로 숙였다. 크래독 경위는 파이프 담배를 피우면서 위스키와 소다를 마셨다. 근무 시간에는 상상조차 할 수 없는 일이었다. 이 네 사람을 줄리아, 패트릭, 에드먼드, 그리고 필리파가 에워쌌다.

"이건 마플 양이 해결하신 사건입니다."

크래독이 말했다.

"아니에요, 아니에요. 여기저기 조금씩 도와 드렸을 뿐인걸요. 전체를 총괄하고 지휘한 분은 경위님이었죠. 내가 모르는 부분도 많이 알고 계셨고."

"그럼 두 분이 같이 말씀해 주세요."

번치가 초조하다는 듯이 말했다.

"번갈아 이야기하시면 되잖아요. 하지만 시작은 제인 이모가 맡아 주세요. 뒤죽박죽 논리가 재미있으니까. 블랙록의 자작극이라는 걸 언제 처음 눈치 채셨어요?"

"글쎄다, 언제라고 꼭 집어서 얘기할 수는 없을 것 같은데…….

애초부터 블랙록이 제일 이상적인 용의자다 싶긴 했지. 제일 빤한 용의자였다고 할까? 강도극을 계획할 만한 사람은 블랙록 양일 수밖에 없었어. 루디 셰르츠를 아는 유일한 인물이었고 자기 집에서 그런 연극을 벌이면 일이 훨씬 쉬워지니까. 중앙 난방만 해도 그렇지 않니? 벽난로를 때면 응접실에 불빛이 남으니까 중앙 난방을 켠 건데 집주인이 아니면 그런 준비를 할 수가 없잖아. 처음에는 미처 몰랐지. 그렇게 간단한 걸 놓치다니 얼마나 부끄러운 노릇이냐! 나도 다른 사람들처럼 레티셔 블랙록을 살해하려는 인물이 있는 줄 착각했지 뭐니."

번치가 말했다.

"상황을 처음부터 자세히 듣고 싶어요. 그 스위스 남자가 블랙록 양을 알아본 건가요?"

"그렇단다. 예전에 일을 했던 곳이……."

마플 양은 머뭇거리며 크래독을 쳐다보았다.

"베른에 있는 아돌프 코흐 병원이었습니다. 코흐는 갑상선종 수술에 관한 한 세계 최고의 권위자였죠. 루디 셰르츠가 잡역부로 근무하고 있을 때 샬럿 블랙록이 그곳에서 갑상선종 제거 수술을 받았습니다. 그러다 셰르츠는 영국으로 건너왔는데 호텔에서 환자였던 숙녀 분과 마주치니까 무작정 말을 건 겁니다. 조금이라도 생각이 있는 사람이었으면 도망치듯 스위스를 빠져나온 상황이니 만큼 아는 척하지 않았을 텐데. 샬럿 블랙록은 이미 퇴원한 뒤에 벌어진 일이라 셰르츠가 어떤 인물인지 알지 못했죠."

"그러니까 그 남자는 몽트뢰에서 왔다는 둥, 자기 아버지가 호텔 사장이라는 둥 그런 얘기는 하지 않았단 말씀인가요?"

"그렇습니다. 샬럿 블랙록이 지어낸 이야기였습니다."

마플 양이 생각에 잠긴 목소리로 말했다.

"엄청난 충격이었을 거야. 생각해 보렴. 마음을 푹 놓고 있었는데 자기 신분을 아는 사람이 난데없이 나타났으니……. 블랙록 자매 중에 한 사람이 아니라 갑상선종 수술을 받은 샬럿 블랙록인 줄 아는 사람이 나타났으니 말이다.

처음부터 자세히 듣고 싶다고 했지? 크래독 경위님도 내 생각에 동의할지 모르겠다만 예쁘장하고 명랑하고 밝고 정 많던 샬럿 블랙록이 갑상선종이라고, 갑상선이 붓는 병에 걸린 것이 발단이 아닐까 싶구나. 예민하고 외모에 신경을 많이 쓰던 성격이었으니 만큼 청천벽력 같은 일이었지. 원래 10대 소녀들이 외모에 특히 민감하잖니. 어머니나 제대로 된 아버지가 있었더라면 그렇게 우울한 생활을 하지는 않았을 거야. 하지만 샬럿 블랙록은 억지로라도 밖으로 나가서 사람들과 어울리고, 병에 너무 신경 쓰지 말고 정상적인 생활을 하도록 돌봐 줄 사람이 없었단다. 뿐만 아니라 다른 부모 밑에서 자랐더라면 일찌감치 수술을 받았겠지.

하지만 블랙록 씨는 구식에 독선적이고 외고집에 폭군이나 다름없는 아버지였던 모양이야. 수술이라는 걸 믿지도 않았고. 샬럿은 요오드나 여러 가지 약을 먹는 것 말고는 아무 방법이 없다는 아버지의 말을 받아들일 수밖에 없었단다. 샬럿뿐만 아니라 레티셔도 아버지의 권위를 지나치게 믿었고.

샬럿은 감상적이고 나약한 딸이었단다. 그저 아버지 말이 맞겠거니 생각한 거야. 하지만 갑상선종이 점점 더 커지고 보기 흉하게 변하면서 사람들을 피하게 됐지. 원래는 그렇게 밝고 정이 많은 성격이었는데 말이다."

"살인범을 그런 식으로 묘사하시다니 뜻밖이군요."

에드먼드의 말에 마플 양이 대답했다.

"나약하고 정이 많은 사람들이 더 위험하지 않은가요? 그런 사람일수록 원한을 품으면 일말의 윤리마저 잊는 법이지요.

레티셔 블랙록의 성격은 정반대였답니다. 크래독 경위님이 벨 괴들러한테 들은 이야기가 따르면 정말 '좋은' 사람이라고 했다더군요. 제가 생각해도 레티셔는 '좋은' 사람이었을 것 같아요. 본인도 말했다시피 정직한 길과 그렇지 않은 길을 구분 못하는 사람들을 보면 이해를 못하겠다고 할 만큼 주관이 뚜렷한 사람이었죠. 레티셔라면 아무리 큰 유혹이 도사리고 있어도 사기 행각 따위는 단 한 순간도 생각하지 않았을 거예요.

레티셔는 동생을 끔찍이 아꼈답니다. 동생이 삶에 대한 흥미를 잃지 않도록 일상의 소소한 이야기들을 시시콜콜 적어서 편지를 보낼 만큼. 샬럿이 점점 우울증으로 빠져드는 게 걱정이 됐던 거예요.

그러다 마침내 아버지가 눈을 감았을 때 레티셔는 일말의 망설임도 없이 직장을 내동댕이치고 샬럿을 돌보러 고향으로 내려갔답니다. 그러고는 동생과 함께 스위스로 건너가서 수술을 하면 가망성이 있는지 상담을 받았지요. 여러분도 뒤늦게 깨달았다시피 수술은 아주 성공적이었어요. 흉측했던 모습은 사라지고 목에 꼭 맞는 진주나 구슬 목걸이를 끼면 흉터도 말끔하게 가릴 수 있었죠.

그리고 얼마 후에 전쟁이 터졌답니다. 영국으로 돌아가기가 힘들어진 두 자매는 적십자나 기타 여러 가지 일을 하며 스위스에 남았죠. 그렇지요, 크래독 경위님?"

"그렇습니다, 마플 양."

"두 자매는 가끔 영국 소식을 접했는데 그중에는 벨 괴들러의 건강이 위독하다는 소식도 들어 있었을 거예요. 두 자매도 인간이었으니 만큼 어마어마한 유산을 물려받으면 무얼 할지 계획을 세우고 이야기도 나누고 그러지 않았겠어요? 하지만 유산에 더욱 큰 의미를 둔 사람은 레티셔가 아니라 샬럿이었답니다. 어느 누구도 혐오하거나 동정하지 않는 평범한 여자로 거듭 태어났으니 말이에요. 드디어 인생을 마음껏 즐길 수 있게 됐으니 앞으로의 미래가 얼마나 창창하게 느껴졌겠어요? 여행도 하고, 근사한 집과 옷과 보석도 사고, 연극이나 콘서트 구경도 하고……. 샬럿의 입장에서 보자면 동화 같은 이야기가 현실이 된 셈이었죠.

그런데 레티셔가, 건강하고 튼튼하던 레티셔가 유행성 감기에 걸리더니 이게 폐렴으로 발전해서 일주일 만에 숨을 거둔 거예요! 샬럿은 언니뿐만 아니라 장밋빛 미래마저 잃게 된 셈이었죠. 아마 샬럿은 언니를 원망했을 거예요. 벨 괴들러가 위독하다는 편지를 받자마자 죽다니 너무하다고. 한 달만 더 살면 그 돈은 언니 몫이 됐을 텐데, 그리고 언니가 죽으면 내 몫이 됐을 텐데…….

여기에서 두 자매의 차이가 나타난다고 봐요. 샬럿은 자기가 급조한 계획을 나쁜 짓이라고 생각하지 않았어요. 원래 언니 몫이 될 돈이었으니까, 몇 달만 기다리면 언니 몫이 될 돈이었으니까…….

그리고 샬럿은 언니하고 자기를 한 몸으로 생각했답니다.

샬럿은 아마 의사나 다른 누가 언니의 세례명을 물었을 때 퍼뜩 좋은 수를 떠올렸을 거예요. 모두들 두 사람을 그저 블랙록 자매라고 불렀고 둘 다 나이 많고 예의바른 영국 출신에 비슷한 옷차림, 거기다 얼굴도 닮았으니까(번치한테도 얘기한 바 있다시피 나이 지긋한 여자들은 생김새가 비슷하답니다.) 죽은 사람이 언니가 아니라 동생이라고 하면 되지 않을까?

치밀한 계획이었다기보다는 충동적인 발상이었을 거예요. 언니가 아닌 내 이름으로 장례식을 치르자. 이렇게 해서 '샬럿'은 죽고 '레티셔'는 영국으로 돌아왔답니다. 샬럿이었을 때는 조연에 불과했지만 이제는 레티셔라는 주연으로 둔갑하면서 오랫동안 잠자고 있던 리더십이라던가, 결단력이라던가 하는 천성이 점점 고개를 들었겠죠. 두 사람의 심성은 비슷하지 않았을까 싶어요. 도덕성에는 큰 차이가 있었을지 몰라도.

계획을 성사시키려면 한두 가지 정도는 대비책이 필요했겠죠. 전혀 알지 못하는 마을에다 거처를 구한 이유는 고향 컴벌랜드(어쨌든 그곳에서 샬럿은 은둔자처럼 살았겠죠.) 사람들과 벨 괴들러를 피하기 위해서였답니다. 레티셔를 속속들이 잘 아는 벨 괴들러 앞에서는 아무리 연기를 잘해도 의심을 피할 수 없을 테니까. 글씨가 달라진 이유는 관절염 핑계를 댔지요. 샬럿을 아는 사람이 거의 없었으니 만큼 식은 죽 먹기였을 거예요."

"그러다가 레티셔를 아는 사람하고 만나기라도 하면 어쩌려고요? 레티셔를 아는 사람은 수도 없이 많을 거 아니에요."

번치가 물었다.

"그것도 별로 문제될 이유가 없었지. 생각해 보렴. '요전 날 레티셔를 만났는데 너무 변해서 못 알아볼 뻔했어.' 하고 말하는 사람은 있어도 레티셔라는 신원 자체를 의심하는 사람은 없을 것 아니겠니? 게다가 10년이면 못 알아볼 만큼 달라질 수 있는 시간이기도 하고. 상대방을 못 알아보는 건 눈이 나빠서 그렇다고 둘러대면 그만이잖니. 샬럿은 언니가 런던에서 어떤 생활을 보냈는지 속속들이 알고 있었잖아. 어떤 사람을 만나고 어떤 곳을 다녔는지 편지에 모두 다 적혀 있었으니까. 그러니까 신원을 의심하는 사람을 만나더라도 과거의 추억을 이야기하거나 둘 다 잘 아는 친구의 안부를 물으면 그만이었던 거야. '샬럿'의 얼굴을 아는 사람과 마주치면 어떻게 하나, 그게 유일한 걱정이었지.

리틀 패덕스에 정착한 샬럿은 이웃 사람들과 친분을 쌓았고 얼굴도 모르는 두 친척이 신세 좀 지겠다고 했을 때도 기꺼이 받아들였단다. 레티 이모라고 부르는 친척이 등장하면 더욱 입지가 든든해지니까.

그런데 만사형통이다 싶었을 때 엄청난 실수를 저지르지 않았겠니? 천성이 착하고 정이 많기 때문에 저지른 실수인데 학창시절 친구가 고생한다는 편지를 받고 그 길로 달려간 거야. 아무래도 외로워서 그랬겠지. 비밀을 감추느라 사람들하고 거리를 두고 살았으니까. 그리고 예전에 실제로 도라 버너를 좋아하기도 했을 테고. 아무 걱정 없이 즐겁기만 하던 학창 시절의 상징이기도 했고. 그런데 편지를 받고 달려온 친구를 만났을 때 도라가 얼마나 놀랐겠니! '레티셔'한테 편지를 보냈더니 '샬럿'이 달려온 셈이었잖아. 도라 앞에서는 레티셔인 척 속임수를 써도 소용없었지. 외롭고 우울한 나날을 보냈을 때 얼굴을 공개했던 몇 안 되는 오랜 친구 가운데 한 사람이었으니까.

샬럿은 도라도 이 문제를 자기처럼 생각할 거라는 확신 하에 솔직히 털어놓았단다. 도라는 진심으로 샬럿의 계획에 찬성했지. 워낙에 약간 모자란 구석이 있었잖니. 그러니까 레티가 너무 일찍 세상을 떠나는 바람에 유산이 날아가 버린다면 말도 안 된다고, 가슴 아픈 고통을 용감하게 이겨 낸 로티이니 만큼 그런 보상을 받아 마땅하다고 생각한 거야. 생전 이름도 못 들어본 사람이 유산을 차지하면 그보다 더 불공평한 일이 어디 있겠나 싶기도 했고.

도라는 비밀을 철저하게 지켜야 된다는 말을 듣고 고개를 끄덕였지. 지난번에 얘기한 버터 같은 거야. 대놓고 이야기할 수는 없지만 받는다고 해서 죄가 되지는 않는 것. 이렇게 해서 도라의 리틀 패덕스 생활이 시작됐는데, 얼마 안 있어 샬럿은 도라를 불러들인 게 얼마나 엄청난 실수였는지 깨닫게 됐단다. 한심하고 덤벙대고 어설프고 그런 면은 짜증스럽기는 해도 참을 수 있는 부분이었어. 샬럿은 도라를 정말 아꼈고 살날이 얼마 안 남았다는 걸 의사한테 들어서 알고 있었으니까. 하지만 도라가 시한폭탄처럼 돼 버린 게 문제였지. 샬럿과 레티셔는 서로 이름을 불렀지만 도라는 애칭을 좋아하는 성격이었거든. 레티, 로티, 이렇게. 그런데 레티라고 불러야 한다고 아무리 입단속을 해도 옛날 버릇이 자꾸 튀어나왔던 거야. 거기다 옛날 추억들까지 들먹이기 일쑤였으니 항상 옆에서 감시를 늦출 수 없었던 샬럿으로서는 얼마나 짜증 나는 일이었겠니?

앞뒤가 잘 안 맞는 도라의 이야기를 수상하게 여기는 사람은 다행히 아무도 없었지. 그런데 좀 전에도 얘기했던 것처럼 로열 온천 호텔에서 루디 셰르츠가 샬럿을 알아보고 말을 걸었을 때 정말 심각한 위험 상황이 닥친 거야.

루디 셰르츠가 호텔에서 횡령한 금액을 메운 돈은 아마 샬럿 블랙록의 주머니에서 나왔을 거다. 하지만 루디 셰르츠는 협박이나 뭐 그런 목적을 가지고 접근하지는 않았을 거야. 이 부분에 있어서는 크래독 경위님하고 내 생각이 같아."

"협박할 만한 거리가 있는 줄은 꿈에도 몰랐을 겁니다."

크래독 경위가 말했다.

"젊고 멀끔한 남자이니까. 그리고 그런 남자는 넋두리를 그럴듯하게 늘어놓기만 하면 나이 많은 여자들한테 쉽게 돈을 얻을 수 있다는 데 착안한 거죠.

하지만 샬럿 블랙록의 생각은 달랐습니다. 그걸 교묘한 협박으로 받아들였으니까요. 셰르츠가 무언가를 의심하고 있다고, 벨 괴들러의 사망 기사가 신문에 실리기라도 하면 그녀가 얼마나 큰 노다지인 줄 알아차릴 거라고 생각한 거죠.

샬럿 블랙록은 지금까지 완벽한 사기극을 벌이고 있었습니다. 레티셔 블랙록 행세를 하면서 은행에 계좌도 만들고 괴들러 부인과 연락도 주고받고 있었습니다. 그런데 뜻밖의 장애물이 나타난 겁니다. 의심스러운 성격인 데다 협박범으로 돌변할 가능성도 있는 스위스 출신의 호텔 직원. 이 사람만 사라지면 아무 걱정 없을 텐데.

처음에는 일종의 상상 비슷하게 시작됐을지도 모릅니다. 극적인 사건이라고는 거의 없는 인생을 살았으니 만큼 이런저런 상상을 하면서 즐거워했을 겁니다. 어떻게 이 남자를 없앨까?

그러다 계획을 만들었습니다. 그리고 그 계획을 실행에 옮기기로 결심했습니다. 블랙록 양은 루디 셰르츠에게 파티에서 엉터리 강도극을 벌일 계획을 알리고 아무도 모르는 사람한테 '강도' 역할을 맡기고 싶다며 두둑한 사례금을 제시했습니다.

아무 의심 없이 이 제안을 받아들인 것을 보면 알 수 있다시피 셰르츠는 그녀의 약점을 쥐고 있다거나 하는 생각은 전혀 못했습니다. 그가 보기에 블랙록 양은 순진하고 인심 후한 아주머니에 불과했죠.

블랙록 양은 그에게 광고 문구를 건네고 리틀 패덕스로 불러 지형 지물을 살피게 한 뒤 몰래 만날 장소를 알려 줬습니다. 물론 도라 버너는 이 사실을 까맣게 몰랐죠.

그리고 문제의 그날……."

그는 말을 멈추었다. 마플 양이 부드러운 목소리로 이야기를 이어 나갔다.

"샬럿은 하루 종일 안절부절못했을 거예요. 지금이라도 취소할까, 그런 생각도 했겠죠……. 도라 버너가 그러지 않던가요? 그날 레티가 불안해했다고. 틀림없이 불안했겠죠. 내가 지금 무슨 짓을 벌이려는 건가, 일이 잘못되면 어떻게 하나……. 하지만 계획을 취소할 만큼 불안하지는 않았던 거예요.

이스터브룩 대령의 서랍에서 리볼버를 꺼낼 때는 재미있었겠죠. 아무도 없는 집에 계란이나 잼이나 뭐 그런 걸 들고 가서 2층으로 슬쩍 올라가면 그만이었으니까. 아무 소리 없이 여닫히도록 응접실 두 번째 문에 기름을 칠할 때도 재미있었겠죠. 필리파의 꽃꽂이가 빛을 잃는다는 이유로 탁자를 옮길 때도 재미있었겠고요. 게임 비슷하게 느껴졌을 거예요. 하지만 그 다음 일은 게임이 아니었단 말이죠……. 그러니 불안할 수밖에 없지 않았겠어요? 도라 버너가 친구를 정확하게 본 거예요."

크래독이 이어 말했다.

"그래도 블랙록 양은 계획을 강행했습니다. 그리고 모든 게 계획대로 진행됐죠. 그녀는 6시가 지나자마자 '오리들을 우리 안에 넣겠다.'는 핑계를 대고 밖으로 나가서 셰르츠를 안으로 들이고 복면, 망토, 장갑, 손전등을 건넸습니다. 그리고 6시 30분, 시계가 울리기 시작하자 그녀는 통로 근처 탁자 옆에서 담뱃갑 위에 손을 올려놓고 모든 준비를 마쳤습니다. 아주 자연스럽지 않습니까? 집안의 주인 격인 패트릭은 술을 가지러 가고 안주인 격인 그녀는 담배를 가지러 가고. 그녀는 시계가 울리기 시작하면 모두들 시계를 쳐다볼 거라고 짐작했습니다. 그 짐작은 맞아떨어졌죠. 모두들 시계를 쳐다봤으니까요. 하지만 한 사람, 친구를 너무나도 아끼는 도라만큼은 예외였습니다. 첫 번째 진술에서도 밝힌 바 있다시피 그녀는 블랙록 양이 그 시각에 무엇을 했는지 정확히 알고 있었습니다. 제비꽃 화병을 들고 있었다고 이야기했으니까요.

블랙록 양은 등의 코드를 미리 벗겨 놓았습니다. 그리고 눈 깜짝할 사이에 일을 마쳤습니다. 담뱃갑, 꽃병, 등 스위치가 모두 가까운데 있었으니까요. 꽃병에 든 물을 코드의 벗겨진 부분에 쏟고 등 스위치를 올리면 그만이었지요. 물은 양도체입니다. 덕분에 전선이 타버렸죠."

"지난번 우리 집에서도 그런 일이 있었어요."

번치가 말했다.

"그날 그렇게 멍한 표정을 지으신 이유가 그 때문이었군요, 제인 이모?"

"그렇단다. 불이 어떤 식으로 나갔을지 도무지 알 수가 없었거든. 원래 쌍으로 이루어진 등인데 바꿔치기 됐다는 건 이미 알고 있었지만. 아마 한밤중에 몰래 바꿔 놓았을 거야."

크래독이 말했다.

"맞습니다. 다음 날 아침 플레처가 조사했을 때 등은 멀쩡했습니다. 코드가 벗겨졌다거나 전선이 탄 흔적이 전혀 없었죠."

마플 양이 말했다.

"도라 버너가 말하길 전날 밤에는 '양치기 소녀' 등이라고 했거든요. 그런데 나도 도라처럼 '패트릭'의 짓으로 오해하는 잘못을 저지른 거예요. 그런데 도라 버너는 재미있는 게, 누구한테 들었다면서 하는 이야기는 정확하지가 않아요. 상상력을 동원해서 과장하거나 다른 뜻으로 왜곡하거나 하는 식이죠. 그리고 '생각'도 틀릴 때가 많아요. 그런데 직접 '본' 건 상당히 정확했거든요. 레티셔가 제비꽃 병을 든 것도 봤고……."

"그리고 버너 양의 표현에 따르면 불꽃이 튀고 지지직 하는 소리도 났다고 하지 않았습니까?"

크래독이 끼어들었다.

"우리 번치가 크리스마스 로즈 꽃병의 물을 등 전선 위에 떨어뜨렸을 때 그 집의 불을 나가게 한 장본인은 블랙록 양일 수밖에 없다는 생각이 퍼뜩 들더군요. 그 탁자 가까이 있었던 사람은 블랙록 양뿐이었으니까요."

크래독이 말했다.

"저는 반성 좀 해야 합니다. 누군가 '담배를 올려놓는' 바람에 탁자에 그을음이 생겼다고 도라 버너가 누누이 강조할 때 알아차렸어야 하는 건데. 담배에 불을 붙인 사람이 아직 없었다는 걸 말입니다. 제비꽃이 시든 건 꽃병에 물이 없었기 때문이죠. 다시 물을 채워 넣는다는 걸 레티셔가 깜빡한 겁니다. 하지만 그녀는 아무도 눈치 채지 못하리라 생각했을 겁니다. 그리고 버너 양은 자기 실수로 애초에 꽃만 꽂은 것으로 착각했죠.

버너 양은 억측이 심한 성격이었습니다. 그리고 블랙록 양은 그런 점을 충분히 활용했죠. 버니가 패트릭을 의심한 것도 블랙록 양이 유도한 결과였다고 생각됩니다."

"왜 하필 접니까?"

패트릭이 불만스러운 어조로 물었다.

"강한 암시를 풍긴 것은 아니고 버니의 의심을 피하기 위한 방편이었죠. 아무튼 그 뒤의 일들은 여러분도 잘 아실 겁니다. 불이 나가고 모두들 비명을 지르는 동안 블랙록 양은 미리 기름을 칠해 놓은 문으로 빠져나갔고, 손전등으로 방 안을 뱅글뱅글 비추며 신나게 자기 역할을 즐기던 루디 셰르츠의 뒤로 다가갔습니다. 그는 정원용 장갑을 끼고 리볼버를 든 블랙록 양이 뒤에 서 있는 줄 몰랐을 겁니다. 블랙록 양은 손전등 불빛이 원하는 지점, 그러니까 그녀가 서 있었던 곳을 비출 때까지 기다렸다가 재빨리 총알을 두 방 날렸고 깜짝 놀란 셰르츠가 몸을 돌리자 가까이서 그를 쏘았습니다.

그런 다음 그의 시신 옆에 리볼버를 떨어뜨리고 장갑을 벗어서 홀에 있는 탁자 위에 올려놓고 다른 문을 통해 불이 나갔을 당시 서 있던 자리로 돌아갔죠. 귀에 상처는 어떻게 냈는지 모르겠습니다만……."

마플 양이 말했다.

"손톱 가위였을 거예요. 귓불은 살짝 베이기만 해도 피가 아주 많이 나와요. 사람 심리를 아주 잘 이용한 계획이었죠. 하얀 블라우스 위로 피가 흘러내리니까 실제로 총알이 스쳐 지나갔고 아슬아슬하게 목숨을 건진 것처럼 보이지 않았겠어요?"

크래독이 말했다.

"사건은 그렇게 묻힐 수도 있었습니다. 셰르츠가 블랙록 양을 겨냥한 게 분명하다는 도라 버너의 주장은 효과가 있었습니다. 친구가 부상당하는 광경을 직접 목격한 것 같은 인상을 풍기기에 충분했으니까요. 이 사건은 자살이나 우발적인 사망으로 결론이 내려지고 종결 처리됐을 수도 있습니다. 그런데 수사가 계속 진행된 것은 여기 계신 마플 양 덕분입니다."

마플 양은 열심히 고개를 저었다.

"당치도 않은 말씀이에요. 내 역할은 단역에 불과했던걸요. 미심쩍어한 분은 크래독 경위님이었죠. 수사가 계속 진행된 것은 경위님 덕분이랍니다."

크래독이 말했다.

"찜찜했습니다. 어딘가 이상하다는 생각이 들었죠. 그런데 어디가 이상한지 알 수 없어서 고민할 때 마플 양이 나타나신 겁니다. 이후에 블랙록 양은 지독한 불운을 겪습니다. 누군가 두 번째 문에 손을 댄 흔적이 제 눈에 띈 거죠. 그 전까지만 하더라도 우리가 나눈 이야기는 상당히 그럴듯한 가설에 불과했습니다. 그런데 기름 칠한 문이라는 증거가 나타난 겁니다. 그것도 우연히 제가 문을 잘못 찾은 덕분에."

마플 양이 말했다.

"신의 섭리가 아니었을까요, 경위님? 내가 워낙 구식이라 그런 생각을 하는 건지 모르겠지만."

크래독이 말했다.

"이렇게 해서 사냥이 다시 시작됐습니다. 하지만 이번에는 전과 달랐습니다. 레티셔 블랙록을 살해할 만한 동기가 있는 인물을 찾아 나선 것이었으니까요."

"그런데 그럴 만한 인물이 실제로 존재했고 블랙록 양은 그 사실을 알고 있었죠."

마플 양이 말했다.

"블랙록 양은 아마 필리파를 보자마자 알아차렸을 거예요. 은둔 생활을 하는 동안 만난 몇 안 되는 인물 중에 소냐 괴들러가 포함돼 있었으니까요. 사람이 나이를 먹다 보면 일이 년 전에 만난 사람보다 젊었을 때 만난 사람의 얼굴을 더욱 확실히 기억하게 된답니다.(경위님은 아직 잘 모르실 거예요.) 필리파는 샬럿이 만났을 당시 소냐 괴들러와 비슷한 나이였고 어머니를 많이 닮았죠. 그런데 이상하게도 샬럿은 필리파를 알아보고 속으로 기뻐하면서 많이 챙겨 주었던 것 같아요. 조금이나마 남아 있던 양심의 가책을 그런 식으로 달랜 게 아닌가 싶은데……. 샬럿은 유산을 물려받으면 필리파를 보살피겠다고 다짐했죠. 딸처럼 여기면서. 필리파뿐만 아니라 해리까지 한 집에 데리고 살면서. 샬럿은 이런 생각을 하면서 행복하고 뿌듯했을 거예요. 그런데 경위님이 심문을 계속하고 '핍과 에마'의 존재를 알게 되면서 샬럿은 불안해지기 시작했죠. 철없는 도둑이 강도극을 벌이다 목숨을 잃은 것으로 몰아갈 생각이었지 필리파를 희생양으로 만들고 싶지는 않았거든요. 그런데 기름 칠한 문이 발견되는 바람에 사건을 바라보는 시각이 180도 달라져 버리지 않았겠어요? 샬럿이 아는 한 살해 동기가 있는 인물은 필리파뿐이었고(줄리아의 신원은 꿈에도 몰랐으니까요.) 그렇기 때문에 필리파를 보호하기 위해 최선을 다했지요. 경위님께서 소녀의 생김새를 물었을 때 재빨리 키가 작고 머리 색이 검다고 대답한 것 하며, 앨범에서 레티셔의 사진을 없앨 때 경위님이 닮은 모습을 알아차리지 못하도록 소녀의 사진까지 없앤 것 하며……."

"그런데 저는 스웨트넘 부인을 소녀 괴들러로 의심하고 있었으니……."

크래독은 한심하다는 듯이 이렇게 말했다.

"불쌍한 어머니. 내가 아는 한 한 점 부끄럼 없는 인생을 사셨는데……."

에드먼드는 이렇게 중얼거렸다.

"하지만 정말로 위험한 인물은 도라 버너였죠."

마플 양이 이야기를 계속했다.

"날이 갈수록 기억력이 떨어지고 말이 많아졌으니까요. 그 집에서 차를 마시던 날 블랙록 양이 친구를 쳐다보던 눈빛이란! 자길 또로티라고 불렀거든요. 우리가 보기에는 단순한 말실수에 불과했지만 샬럿으로서는 끔찍했겠지요. 게다가 그런 일은 계속됐답니다. 가엾은 도라는 입을 다물고 있지 못하는 성격이었던 거예요. 블루버드에서 차를 마시던 날, 나는 도라가 한 사람이 아니라 두 사람 이야기를 하는 듯한 묘한 느낌을 받았답니다. 사실이 그랬기 때문이지요. 어느 순간에는 외모보다 성품이 돋보였다고 하고 또 어느 순간에는 예쁘장하고 명랑한 아가씨였다고 하고……. 레티더러 아주 똑똑하고 출세한 친구라고 하더니 너무 안타까운 인생을 살았다고 하면서 '용감하게 이겨 낸 가슴 아픈 고통'이라는 구절을 인용하지 않겠어요? 레티셔의 이력에는 어울리지도 않는 표현인데. 샬럿은 그날 아침 찻집으로 들어서기 전에 상당 부분 엿들었을 거예요. 등이 바뀌었다고, 양치기 소녀가 양치기 소년으로 바뀌었다고 한 말도 들었을 거예요. 그리고 그때 친구를 자기보다 더 아끼는 도라 버너가 얼마나 위험한 인물인지 알아차렸겠죠.

멜로 드라마에나 어울림직한 표현이기는 해도, 찻집에서 나하고 나눈 대화 때문에 도라의 운명이 결정되지 않았나 싶어요. 하지만 이러나저러나 결국에는 마찬가지였겠죠. 도라 버너가 살아 있는 한 샬럿은 마음을 놓을 수 없는 상황이었으니까……. 샬럿은 도라를 사랑했고 죽이고 싶지 않았지만 달리 방법이 없었답니다. 어쩌면 도라를 위하는 길이라고 자기 최면을 걸지 않았을까 싶어요.(번치야, 내가 지난번에 얘기한 엘러튼 간호사 생각나지?) 가엾은 버니, 어쨌든 오래 살지 못할 테고 마지막이 고통스러울지도 모르니까…….버니의 마지막 날을 아주 행복하게 꾸며 준 것을 보면 섬뜩하지 않은가요? 생일 파티며, 특별 케이크며…….”

“달콤한 죽음.”

필리파가 부르르 떨며 말했다.

“맞아요, 맞아요. 케이크 이름처럼 달콤한 죽음을 선사한 거죠……. 파티를 열어서 좋아하는 음식을 마음껏 대접하고 사람들한테 기분 상할 만한 이야기를 못하게 하고……. 그러고는 뭔지 모를 알약을 아스피린 병에 넣었지요. 버니가 얼마 전에 산 아스피린 병을 어디 두었는지 모르겠다며 그걸 먹도록. 거기다 사람들 눈에는 ‘레티셔’를 노린 소행으로 보일 테니까…….

이렇게 해서 버니는 잠을 자던 도중에 숨을 거두었답니다. 아주 행복하게. 샬럿은 이제 다시 마음을 놓게 됐지만 도라 버너가 그리웠겠지요. 그녀의 사랑과 신의가, 함께 옛날이야기를 나누던 순간들이……. 내가 줄리언이 보내는 쪽지를 들고 갔을 때 샬럿은 눈물을 펑펑 쏟았답니다. 정말로 슬펐던 거죠. 사랑하는 친구를 자기 손으로 죽였으니…….”

“소름 끼쳐요. 너무 소름 끼쳐.”

번치가 말했다.

"하지만 인간적인 면이 느껴지기는 합니다. 살인범이기 이전에 인간이니까."

줄리언 하먼이 말했다.

"맞는 말이야."

마플 양이 말했다.

"인간은 가여운 한편으로 아주 위험한 존재거든. 샬럿 블랙록처럼 나약하고 정이 많은 살인범일수록 특히 위험하지. 나약한 사람일수록 궁지에 몰리면 두려운 나머지 잔인하게 변하고 절제를 전혀 못하니까."

"머거트로이드 때처럼 말입니까?"

줄리언이 물었다.

"그렇지. 가엾은 머거트로이드……. 샬럿은 그 집에 찾아갔다가 사건 재현하는 소리를 들었을 거야. 창문이 열려 있었으니까. 샬럿은 그때까지만 하더라도 모든 위험이 사라진 줄 알고 있었지. 힌클리프 양이 친구를 채근하는 소리를 듣기 전까지는 목격자가 있는 줄 몰랐으니까. 모두들 자동적으로 루디 셰르츠 쪽을 보고 있었을 줄 알았거든. 샬럿은 창문 밖에서 숨을 죽이고 엿들었을 거야. 과연 진실이 밝혀질까? 힌클리프 양이 경찰서로 달려가는 순간 진실을 깨닫게 된 머거트로이드 양은 친구의 뒤통수에 대고 외쳤단다.

'그 여자가 그 자리에 없었어…….'

난 힌클리프 양한테 머거트로이드의 말투를 기억하느냐고 물은 적이 있어. '그 여자가 그 자리에 없었어.'라고 했다면 다른 뜻이 됐을 테니까."

"저라면 그렇게 미묘한 부분까지 포착하지 못했을 겁니다."

크래독이 말했다.

마플 양은 발그스름하게 달아오른 얼굴을 경위 쪽으로 돌렸다.

"머거트로이드 양이 어떤 식으로 사고를 전개했을지 생각하면 간단한걸요. 사람들은 무언가를 보고도 본 줄 모를 때가 있어요. 나 같은 경우에는 예전에 기차 사고를 당했을 때 제일 기억에 남는 것이 열차 옆면에 바른 페인트의 커다란 기포 자국이에요. 지금이라도 그림을 그려서 보여 줄 수 있을 만큼 생생하게 머릿속에 남아 있죠. 그리고 언젠가 한번 런던이 공습을 당했을 때에는(사방에서 유리가 튀고 그 엄청난 충격이란!) 종아리에 커다랗게 구멍이 난 짝짝이 스타킹을 신고 내 앞에 서 있던 여자가 제일 또렷하게 생각난답니다. 그러니까 머거트로이드 양도 잡념을 버리고 '실제로' 목격한 광경을 떠올리는 데 집중하면서 상당히 많은 부분을 기억해 낼 수 있었겠지요.

아마 손전등이 제일 먼저 비춘 벽난로 근처에서 출발했을 거예요. 그럼 다음 두 개의 창문, 그리고 창문과 그녀의 사이에 서 있던 사람들로 옮겨 갔겠죠. 불끈 쥔 주먹으로 눈을 가리고 있던 하면 부인, 이런 식으로. 이렇게 손전등의 움직임을 따라서 입을 떡 벌리고 눈을 휘둥그레 뜬 버너 양, 아무도 없는 빈 벽, 등과 담배 상자가 놓여 있던 탁자를 지나서 총알이 박힌 곳에 이르렀을 무렵 아주 희한한 사실에 맞닥뜨렸겠죠. 나중에 보니까 총알 두 개가 박혀 있던 곳, 총이 발사됐을 때 레티셔 블랙록이 서 있었던 곳이 분명한데 레티를 본 기억이 없는 거예요…….

내 말이 무슨 뜻인지 아시겠어요? 머거트로이드 양은 힌클리프 양이 생각해 보라고 한 세 여자를 생각하고 있었지요. 그중에 한 사람이 보이지 않았다면 그녀가 바로 문제의 '그 인물'일 테니까. 머거트로이드 양은 사실 '그 여자야! 그 여자가 없었어!'라고 말할 수도 있었겠지만 '장소'를 더듬어 가면서 생각을 하고 있었답니다. 그 사람이 있었어야 마땅한 곳인데 텅 비어 있었다. 아무도 없이. 불빛이 그곳을 비춘 기억은 나는데 그 사람을 본 기억은 없다. 머거트로이드 양은 일련의 정황을 한눈에 이해하지 못하고 '정말 희한한 일이야, 힌크. 그 여자가 그 자리에 없었어…….'라고 말했답니다. 그러니까 '그 여자'는 레티셔 블랙록이 될 수밖에 없었죠……."

번치가 물었다.

"하지만 이모는 전부터 알고 계시지 않았어요? 등이 나갔을 때, 종이에 여러 단어들을 적었을 때부터 말이에요."

"그렇단다. 여기저기 흩어져 있던 사실들이 그때 갑자기 하나의 그림으로 딱 맞아떨어지더구나."

번치는 종이에 적혀 있던 단어들을 중얼거리기 시작했다.

"등? 알겠고. 제비꽃? 알겠고. 아스피린 병? 알겠고. 버니가 그날 새 아스피린을 샀으니까 레티셔의 것을 먹을 이유가 없었다는 뜻인 거죠?"

"버니의 아스피린 병을 누가 없애거나 숨기지 않은 한 그럴 이유가 없었지. 범인이 노린 인물은 레티셔 블랙록이었던 것처럼 보이기 위해서 버니한테 자기 아스피린을 먹인 거야."

"맞아요. 그 다음이 '달콤한 죽음'. 특별한 의미가 담긴 케이크. 생일 파티. 버니가 숨을 거두기 직전에 즐겼던 행복한 날. 개를 잡기 전에 배불리 먹이는 것도 아니고……. 전 다정다감한 척 그랬다는 게 제일 소름 끼쳤어요."

"샬럿은 '실제로' 다정다감한 성격이었어. 아무도 죽일 생각은 없었다고, 부엌에서 마지막으로 한 말도 진심이었고. 그런데 자기 몫이 아닌 돈을 탐낸 게 문제였지. 돈에 대한 욕망 앞에서 모든 게 무너진 거야. 그동안 고생한 것에 대한 대가라고 생각하면서 집착 비슷할 정도로 발전했거든. 항상 보면 세상을 원망하는 사람들이 참 위험하단다. 보상을 받아야 한다고 생각하니까. 샬럿 블랙록보다 훨씬 고생을 많이 했어도 자기 인생에 만족하면서 행복하게 사는 사람들도 많은데……. 행복과 불행은 결국 마음먹기에 따라 달라지는 거야. 이런, 내가 또 다른 길로 샜구나. 무슨 얘기를 하고 있었더라?"

"이모가 적어 놓은 단어 얘기를 하고 있었죠. 그런데 '뒤조사를 하다'는 뭐예요? 무슨 뒷조사를 하신다는 거죠?"

마플 양은 크래독 경위를 쳐다보며 장난기 어린 표정으로 고개를 저었다.

"그 부분은 경위님이 알아차리셨어야 하는 건데. 레티셔 블랙록이 동생한테 보낸 편지를 저한테 보여 주셨잖아요. 거기 보면 '뒷조사'라는 단어가 나오죠. 그런데 내가 번치를 시켜서 경위님한테 보여 드린 쪽지에다가는 블랙록 양이 '뒤조사'라고 썼어요. 나이가 들수록 그런 습관은 안 바뀌게 마련인데. 내가 보기에는 아주 의미심 장한 부분이었어요."

"그러게 말씀입니다. 제가 알아차렸어야 하는 건데."

크래독이 말했다.

번치의 이야기는 계속됐다.

"용감하게 이겨 낸 가슴 아픈 고통. 이건 버니가 찻집에서 했던 말이죠? 물론 레티셔라면 가슴 아픈 고통을 겪었을 리 없을 테고. 요오드. 이 단어를 듣고 갑상선종 생각을 하신 건가요?"

"그렇단다. 거기다 스위스도 그렇고 동생이 폐결핵으로 죽었다는 블랙록 양의 이야기도 그렇고……. 내 기억이 맞다면 갑상선종의 최고 권위자들이 사는 데가 스위스이거든. 여기에 레티셔 블랙록이 항상 끼고 다니는 엉뚱한 진주 목걸이를 더하면 딱 들어맞지 않겠니? 그녀의 '스타일'에는 맞지 않지만 흉터를 감추기에는 제격이니까."

"진주 목걸이가 끊어졌을 때 블랙록 양이 왜 그렇게 흥분했는지 이제야 알겠습니다. 그 당시에는 이상하다 생각하고는 그만이었습 니다만."

크래독이 말했다.

"이모가 그 다음에 쓰신 단어는 로티인데 우리는 레티인 줄 알았 어요."

"여동생의 이름이 샬럿이었던 것으로 기억하는데 도라 버너가 블 랙록 양을 로티라고 부르는 걸 한 번인가 두 번인가 들었거든. 그렇 게 부른 다음에는 항상 난리법석을 떨었고."

"베른하고 노후 연금은 뭔가요?"

"루디 셰르츠가 베른에 있는 병원에서 잡역부로 일을 했다잖니."

"그럼 노후 연금은요?"

"이런, 이런, 번치야. 내가 블루버드에서 해 준 이야기 생각 안 나니? 하긴 나도 그때는 상관 관계를 몰랐다만. 바틀릿 부인이 오래전에 죽은 사람인데도 워더스푼 부인이 그쪽 연금까지 챙긴 거 기억 나느냐고 물었잖니. 나이 많은 여자들은 생김새가 서로 비슷하니까 가능한 일이었다고. 그렇게 그림을 만들고 나니까 너무 골치가 아프더구나. 그래서 바람이나 쐬면서 증명할 방법을 생각하려고 나갔다가 힌클리프 양을 만났던 거란다. 그 뒤 머거트로이드 양의 시신을 발견하게 됐지……."

마플 양의 목소리가 낮아졌다. 이제는 더 이상 들뜬 말투가 아니었다. 차분하고 냉정한 말투였다.

"당장에 무슨 수를 써야겠다는 들더구나. 하지만 증거가 없었어. 그래서 그럴듯한 계획을 세우고 플레처 경사한테 이야기했지."

"플레처를 얼마나 야단쳤는지 모릅니다! 저한테 미리 보고도 하지 않고 마플 양의 계획에 동조하다니!"

크래독이 이렇게 외쳤다.

"경사도 안 된다고 했지만 내 설득에 넘어간 거랍니다. 그런 다음 리틀 패덕스로 건너가서 미치를 우리 편으로 만들었지요."

줄리아가 이 말을 듣고 한숨을 내쉬었다.

"무슨 수로 미치를 한편으로 만드셨는지 상상이 안 돼요."

"열심히 공을 들인 결과랍니다. 그리고 지금까지 자기 생각만 하면서 살았으니까 한 번쯤은 남을 위하는 것도 좋지 않겠어요? 물론 여러 가지 감언이설을 늘어놓았지요. 지금 고국에서 살고 있다면 레지스탕스 활동을 벌이지 않았겠느냐고 했더니 분명 그랬을 거라고 하더군요. 그 대답을 듣고 내가 보기에도 그런 기질이 충분한 것 같다고 말했지요. 워낙 용감해서 위험을 무릅쓰고 한몫할 수 있는 사람 같다고. 그러면서 레지스탕스 활동을 한 여자들 이야기를 들려주었더니(그 중에는 진짜도 있고 내가 지어낸 이야기도 있었답니다.) 금세 넘어오더군요!"

"대단하십니다."

패트릭이 말했다.

"이렇게 해서 계획에 동참하겠다는 동의를 받아내고 대사가 완벽해질 때까지 연습을 시켰어요. 그런 다음 2층으로 올라가서 크래독 경위님이 나타날 때까지 내려오지 말라고 일렀지요. 흥분을 잘하는 사람들은 성격이 급해서 때가 무르익기도 전에 터뜨리는 경우가 많으니까요."

"감쪽같이 잘하던걸요?"

줄리아가 말했다.

"전 무슨 말인지 잘 모르겠어요. 물론 그 자리에 없었기 때문이겠지만……."

번치가 미안하다는 듯이 말했다.

"약간 복잡하고 아슬아슬한 계획이었단다. 먼저, 미치가 아무렇지도 않다는 듯 이야기를 꺼내는 거야. 협박을 생각하기도 했지만 이제는 너무 무섭고 골치가 아파서 안 되겠다고, 진실을 폭로하겠다고. 블랙록 양이 리볼버를 들고 루디 셰르츠 뒤에 서 있는 모습을 식당 열쇠 구멍으로 봤다고. 그러니까 '실제로 어떤 일이 벌어졌는지' 목격했다는 거지. 사실은 열쇠가 꽂혀 있었기 때문에 열쇠 구멍에 눈을 갖다대더라도 아무것도 보이지 않았을 텐데. 문제는 샬럿 블랙록이 그 사실을 알아차리느냐 하는 부분이었는데 엄청난 충격을 받은 사람은 그런 부분까지 생각하지 못할 거라는 짐작에 희망을 걸었단다. 미치가 그녀를 보았다고 한 데에만 신경 쓰지 않을까 싶었거든."

크래독이 화자(話者) 역할을 넘겨받았다.

"하지만 여기에서 중요한 부분을 짚고 넘어가자면 저는 미치의 이야기를 듣고 미심쩍다는 듯한 태도를 보였습니다. 그러고는 마침내 비밀 무기를 공개하는 것처럼 지금까지 한 번도 의심받은 적 없는 인물을 향해 공격을 퍼부었습니다. 에드먼드를 향해 말입니다."

"저도 제 역할을 톡톡히 했죠."

에드먼드가 끼어들었다.

"화를 내며 열심히 부인하기. 들은 계획대로였어요. 그런데 필리파, 당신이 앞으로 나서서 '내가 핍'이라고 폭로한 건 계획에 없던 부분이에요. 경위님도 그렇고 나도 그렇고 당신이 핍일 줄은 상상도 못했으니까. '내'가 핍 역할을 할 생각이었거든요! 그 이야기 때문에 계획이 잠시 어긋나기는 했지만 경위님이 근사하게 처리를 했죠. 나를 돈 많은 여자나 노리는 비열한 인간으로 몰고 가면서요. 어쩌면 당신도 무의식적으로 그런 생각을 하고 있을지 모르겠군요. 그렇다면 언젠가 우리 둘 사이에 돌이킬 수 없는 문제가 생길 텐데."

"난 왜 그렇게까지 해야만 했는지 이유를 모르겠는걸요."

마플 양이 대신 대답했다.

"생각해 봐요. 샬럿 블랙록이 보기에 진실을 아는, 또는 진실을 의심하는 유일한 인물은 미치가 되어야 하잖아요. 경찰의 의혹은 다른 데 쏠려 있어야 하고. 지금이야 모두들 미치의 이야기를 거짓말로 치부하지만 미치가 만약 똑같은 주장을 계속하면 심각하게 받아들일지도 모르는 일 아니겠어요? 그러니까 미치의 입을 막으러 나서야 했죠.

미치는 말을 마치자마자 부엌으로 돌아갔답니다. 내가 시킨 대로. 블랙록 양이 그 즉시 따라왔지요. 부엌에 미치 혼자인 줄 알았을 거예요. 플레처 경사는 부엌 옆방에 있었고 몸집이 작은 나는 벽장에 숨어 있었으니까."

번치가 마플 양을 쳐다보았다.

"그 후로 어떤 일이 벌어질 거라고 생각하셨어요?"

"둘 중 하나라고 생각했단다. 돈을 주고 입막음을 하려 들거나, 이 경우에는 플레처 경사가 증인이 되면 그만이었고. 아니면 죽이려고 하거나."

"그런데 그런 일을 벌이고도 빠져나갈 수 있을 거라고 생각했을까요? 금세 의심을 받을 텐데."

"그야 이미 이성을 잃은 상태였기 때문이지. 궁지에 몰려서 혼비백산한 쥐하고 다를 바 없었으니까. 그날 하루 동안 어떤 일들이 벌어졌는지 생각해 보렴. 먼저 힌클리프 양과 머거트로이드 양이 나눈 대화. 힌클리프 양이 경찰서에서 돌아오자마자 그날 밤 레티셔 블랙록이 안 보였다는 이야기를 들을 게 뻔한 상황이니 만큼 몇 분 안으로 머거트로이드 양의 입을 막아야 하지 않았겠니? 계획을 세우거나 연극을 꾸미거나 할 시간이 없으니까 잔인하게 죽이는 수밖에. 그래서 가엾은 머거트로이드 양에게 다가가 목을 조른 다음 얼른 집으로 돌아가서 옷을 갈아입고 벽난로 앞에서 다른 식구들을 맞았단다. 하루 종일 집 안에 있었던 것처럼.

그랬더니 줄리아의 정체가 밝혀지질 않나, 진주 목걸이가 끊어지는 바람에 흉터를 들킬 뻔한 가슴 철렁한 순간이 연출되지 않나, 경위님이 전화를 걸어서 사람들을 데리고 오겠다고 하질 않나…….
그러니 생각을 하거나 숨을 돌릴 여유가 있었겠니? 머릿속 가득 살인 생각뿐이었겠지. 해충과도 같은 젊은 남자의 제거, 안락사라고 볼 수 없는 잔인한 살인. 지금까지는 안심할 수 있는 상황이었지. 그런데 미치가 등장한 거야. 또 다른 위험 인물. 미치를 죽이고 입을 막아야겠다! 블랙록 양은 공포 때문에 제정신이 아니었어. 이제는 인간이 아니라 위험한 맹수였고."

"그런데 왜 벽장에 숨어 계셨던 거예요, 이모? 플레처 경사한테 맡길 수도 있었잖아요."

"우리 둘 다 있으면 더 안전하니까. 그리고 도라 버너의 목소리를 흉내 내는 건 자신 있었거든. 샬럿 블랙록의 마음을 흔들어 놓으려면 그 방법뿐이기도 했고."

"예상이 근사하게 맞아떨어졌군요!"

"그렇지……. 완전히 무너졌으니까."

저마다 당시 기억을 떠올리는 동안 오랜 침묵이 흘렀다. 이윽고 줄리아가 긴장감을 없애려는 듯 애써 밝은 목소리로 입을 열었다.

"그 일로 미치가 얼마나 달라졌는지 몰라요. 어제는 사우샘프턴 근처에 일자리를 얻었다면서 이러는 거 있죠?"

줄리아는 미치의 억양을 그럴듯하게 흉내 내며 말했다.

"거기 갔는데 외국인이라고 경찰에 등록하라 그러면 이럴 거예요. '좋아요. 등록하고말고! 경찰이 나를 얼마나 잘 아는데. 내가 경찰을 도운 적도 있다고요! 내가 아니었으면 아주 위험한 범인을 체포하지 못했을걸요? 난 용감하니까. 사자처럼 용감하니까. 목숨을 걸고 위험한 일을 맡았다고요.' 그러면 그 사람들이 이러겠죠? '미치, 우리의 영웅! 정말 대단해요!' 그럼 난 이렇게 말해야지. '에헴! 뭘 그 정도 가지고'."

줄리아는 잠시 말을 멈추었다가 덧붙였다.

"그것뿐만이 아니라 많은 부분이 변했어요."

에드먼드가 생각에 잠긴 목소리로 이야기를 꺼냈다.

"앞으로 미치의 활약상이 대단하겠군요! 이러다 수백 개의 사건을 해결해 주는 게 아닐까요?"

필리파가 말했다.

"우리를 대하는 태도도 많이 부드러워졌어요. 결혼 선물이라면서 달콤한 죽음을 만드는 법까지 가르쳐 주더라고요. 줄리아는 오믈렛용 프라이팬을 망쳐 놓았으니까 절대 알려 주지 말라면서."

"루카스 부인은 또 어떻고요."

에드먼드가 끼어들었다.

"벨 괴들러가 죽고 필리파와 줄리아가 어마어마한 재산을 물려받게 됐다는 소식을 들은 뒤로 필리파를 애지중지한답니다. 결혼 선물이라면서 은으로 된 아스파라거스 집게까지 선물했다니까요? 하지만 저는 루카스 부인을 결혼식 하객에서 제외하는 즐거움을 만끽할 생각이죠!"

"두 사람은 행복하게 잘 살았습니다, 이렇게 끝나는 건가요?"

패트릭이 물었다.

"에드먼드와 필리파, 그리고 패트릭과 줄리아는?"

그는 조심스럽게 뒷말을 덧붙였다.

"꿈도 꾸지 마."

줄리아가 대꾸했다.

"크래독 경위님이 퍼부은 이야기가 에드먼드보다는 당신한테 더 잘 어울리니까. 당신이야말로 돈 많은 여자하고 결혼해서 빈둥거리며 살고 싶은 인물이잖아!"

"한 여자를 위해서 그 고생을 했는데 고맙다고는 못할망정."

"당신 건망증 때문에 내가 감옥 신세를 지거나 살인범으로 몰릴 수 있었는데 고생이라니? 당신 여동생이 쓴 편지가 도착하던 그날 저녁을 죽을 때까지 잊지 않을 거야. 그대로 꼼짝없이 걸려든 줄 알았으니까. 탈출할 길도 보이지 않던 막막함이란! 게다가…….”

그녀는 생각에 잠긴 말투로 덧붙였다.

“연극 무대로 진출할 생각이야.”

“뭐? 당신마저?”

패트릭이 투덜거렸다.

“응. 퍼스에 가려고. 줄리아 대신 레퍼토리 극장에 들어갈 수 있나 알아봐야지. 연기를 배운 다음 극장 경영을 시작할 거야. 어쩌면 에드먼드의 작품을 상연할 기회가 올지도 모르지.”

“에드먼드는 소설을 쓰는 줄 알았더니?”

줄리언 하면이 물었다.

“애초에는 소설을 쓰기 시작했죠. 제법 근사한 작품을. 고약한 냄새를 풍기며 자리에서 일어난 수염 덥수룩한 남자, 지저분한 시트, 부종에 걸린 끔찍한 중년 부인, 침을 질질 흘리는 사악한 매춘부, 이런 사람들이 지겹도록 세태를 논하면서 뭐하러 사나 이야기를 늘어놓는 작품이었는데, 갑자기 재미있는 아이디어가 떠오르더군요. 그래서 종이에 옮겨 적었더니 제법 괜찮은 장면이 나오더란 말입니다. 좀 뻔하기는 하지만……. 그래도 신이 나서 계속 펜을 움직였더니 저도 모르는 사이에 3막짜리 소극(笑劇)이 탄생하더군요.”

“제목이 뭡니까? 집사의 목격담?”

패트릭이 물었다.

“뭐, 그런 식으로 쉽게 붙일 수도 있었겠지만……. 사실 「코끼리도 잊어버릴 때가 있다」입니다. 그런데 이게 채택돼서 상연이 된다는 거 아닙니까!"

"「코끼리도 잊어버릴 때가 있다」……. 코끼리는 모든 걸 기억하는 줄 알았더니?"

번치가 중얼거렸다.

줄리언 하먼 목사가 찔린다는 듯이 움찔했다.

"이런! 이야기에 정신이 팔려서 설교 준비를……."

"또 살인 사건 때문에 이렇게 됐네요? 이번에는 실화 때문에."

번치가 말했다.

"'살인하지 말라.' 십계명의 이 구절을 주제로 하시면 되겠네요."

패트릭이 의견을 내놓았다.

"안 돼……. 그런 구절을 설교 주제로 쓸 수는 없어."

줄리언 하먼은 나지막이 중얼거렸다.

"맞아요. 당신한테 그런 건 안 어울려요. 더 그럴듯하고 행복한 구절이 생각났어요."

번치가 기운찬 목소리로 읊기 시작했다.

"'오, 보라. 봄이 닥치고 거북이 노랫소리가 땅 위에서 들리는도다.' 정확하지는 않지만 어느 부분인지 알죠? 그나저나 여기서 왜 거북이가 등장하는지 모르겠네. 거북이가 노래도 부르나?"

줄리언 하먼 목사가 설명을 하고 나섰다.

"번역이 잘못된 거야. 원문에서는 거북이가 아니라 산비둘기거든. 원문에는 헤브루 어로 뭐라고 되어 있냐면……."

번치가 말을 가로막고 나서면서 남편을 끌어안았다.

"한 가지는 확실해요. 당신은 성경에 나오는 아하수에로가 아닥사스다 2세라고 생각하는데 우리 둘 사이에서는 그 사람이 2세가 아니라 3세죠?"

늘 그렇듯이 줄리언 하먼은 아내가 그 이야기를 왜 그렇게 재미있어하는지 이유를 알 수 없었다……

번치가 말했다.

"디글랏빌레셋이 당신을 돕겠대요. 아주 대견한 녀석이지 뭐예요. 불이 어떤 식으로 나갔는지 가르쳐 준 고양이니까."

에필로그

"신문 배달을 부탁해야겠어요."

신혼 여행을 마치고 치핑 클레그혼으로 돌아온 날, 에드먼드가 필리파에게 말했다.

"토트먼 씨네 보급소에 다녀옵시다."

숨을 헐떡이며 천천히 걷는 게 특징인 토트먼 씨는 두 사람을 따뜻하게 맞이했다.

"돌아오셨군요, 스웨트넘 선생님. 그리고 스웨트넘 부인."

"신문 배달을 부탁드리고 싶은데요."

"알겠습니다. 어머님은 안녕하시죠? 본머스에서 잘 지내고 계십니까?"

"좋으시답니다."

에드먼드로서는 그런지 안 그런지 알 도리가 없었지만, 고마운

반면 짜증날 때도 많은 부모라는 존재가 언제나 잘 지내고 있다고 믿는 쪽을 택했다. 이 세상의 거의 모든 자식들이 그렇듯이.

"그러실 겁니다. 아주 쾌적한 도시니까요. 작년 휴가 때 그쪽으로 여행을 갔는데 저희 어머님께서도 무척 좋아하시더군요."

"다행이네요. 부탁드릴 신문은……."

"선생님 작품이 런던에서 상연되고 있다고 들었습니다. 사람들 말로는 아주 재미있다고 하더군요."

"예, 반응이 아주 좋습니다."

"제목이 「코끼리도 잊어버릴 때가 있다」라고 들었습니다. 그런데 이런 말씀드리기 죄송하지만 코끼리는 모든 걸 기억하는 줄 알았습니다만?"

"예, 예, 맞습니다. 그런 제목을 붙인 게 실수였다는 생각이 들더군요. 물어보는 사람이 하도 많아서."

"박물학적인 지식 아니겠습니까?"

"예, 예, 맞습니다. 집게벌레의 모성애가 끔찍하다는 것과 같은 맥락이죠."

"아, 집게벌레가 그렇습니까? 그건 또 몰랐습니다."

"부탁드릴 신문은……."

"《타임스》이시겠죠?"

토트먼 씨가 연필을 들고 물었다.

"그리고 《데일리 워커》."

에드먼드가 말했다.

"그리고 《텔레그라프》."

필리파가 말했다.

"《뉴 스테이츠먼》."

에드먼드가 말했다.

"《라디오 타임스》."

필리파가 말했다.

"《스펙테이터》."

에드먼드가 말했다.

"《가드너스 크로니클》."

필리파가 말했다.

두 사람은 잠시 말을 멈추고 숨을 골랐다.

"고맙습니다, 선생님. 그리고 물론 《가제트》도 필요하시겠죠?"

"아니요."

에드먼드가 말했다.

"아니요."

필리파가 말했다.

"예? 필요 없으시단 말씀이신가요?"

"예."

"예."

"그러니까, 안 받으시겠다는 말씀이지요?"

토트먼 씨는 무엇이든 정확히 해야 직성이 풀리는 성격이었다.

"예, 안 받을 겁니다."

"그럼요."

"《노스 벤험 뉴스 앤드 치핑 클레그혼 가제트》를 안 받으시겠다는 말씀이지요?"

"예."

"그럼 앞으로 선생님 댁에는 매주 그 신문을 배달할 필요가 없는 겁니까?"

"예. 이제 됐습니까?"

에드먼드가 물었다.

"예, 알겠습니다, 선생님."

에드먼드와 필리파가 나가자 토트먼 씨는 뒤쪽 거실을 향해 터벅터벅 걸어갔다.

"어머니, 연필 가지고 계세요? 제 연필은 심이 다 됐어요."

"여기 있다."

토트먼 부인은 이렇게 말하며 주문장을 들었다.

"내가 적으마. 무슨 신문이 필요하다던?"

"《데일리 워커》,《데일리 텔레그라프》,《라디오 타임스》,《뉴 스테이츠먼》,《스펙테이터》……. 그리고 또 뭐냐《가드너스 크로니클》."

"《가드너스 크로니클》."

토트먼 부인은 바쁘게 받아 적으며 주문을 확인했다.

"그리고《가제트》."

"아니요,《가제트》는 필요 없답니다."

"뭐라고?"

《가제트》는 받지 않겠대요. 그러던걸요?"

"말도 안 되는 소리. 네가 잘못 들었겠지. 당연히 《가제트》도 받는다고 했겠지! 이 마을에서 《가제트》 안 보는 사람이 어디 있다고. 그 신문을 안 보면 어떤 일들이 벌어지는지 알 수가 없잖니?"

〈끝〉

작품 해설

『살인을 예고합니다』는 애거서 크리스티의 열다섯 번째 추리 소설로 널리 알려진 작품이다. 이 책이 나왔을 때 초판 5000부는 순식간에 동이 났고, 서평은 찬사 일색이었다. 유명 극작가이자 유머 작가인 A.A.밀른은 이렇게 말했다. "이 작품으로 그녀는 추리 소설의 여왕 자리를 굳히게 되었다. 그녀가 오래도록 번영하기를."

이 책은 이전에 발표했던 『열세 가지 수수께끼』의 「동행」이라는 단편에 나왔던 휴가 중인 두 영국 여인의 신원을 혼동한다는 설정에 기반을 두고 있다. 그리고 메리 바턴과 에이미 듀란트가 사는 곳인 리틀 패딕스는 레티셔 블랙록의 집 이름이기도 하다. 또한 이 책에 나오는 도라 버너는 할머니가 가장 좋아하는 등장 인물 중 하나이다.

어떤 사람은 이 작품을 마플 양이 등장하는 작품 중에서 단연 최고라고 꼽는다. 확실히 이 작품은 마플 양 시리즈를 다른 추리 소설들과는 차별되는 독특한 작품으로 만드는 본질적인 요소가 담겨 있다.

이 작품은 한적한 시골 마을을 배경으로 막 현대화의 길을 걷는 때묻지 않은 전후 영국의 모습을 생생하게 그려내고 있다. 할머니가 살았던 마을 역시 세인트 메리 미드보다는 크지 않았을 것이다. 세인트 메리 미드를 배경으로 할머니는 복잡한 구성에 신뢰성을 부여하기 위해 시골 마을에서 매일 되풀이되는 일상과 특정 지방에 대해 그녀가 알고 있는 지식들을 끌어들인 것이다. 그녀가 창조한 등장 인물들은 인간적인 약점과 진실성이 있어서 어디선가 본 듯한 느낌을 주며 시골이야말로 살인을 위한 무대로서 제격이라는 착각이 들게 한다.

애거서 크리스티의 가장 무시무시한 미스터리들은 철저히 평범한 배경에서 일어난다. 그녀는 범죄의 중심에 있는 극적 요소를 강조하기 위해 친근한 이야기들을 끌어내어 우리에게 일상에 숨어 있는 잔인함을 보여 준다.

꼼꼼히 관찰된 대화들을 통해 우리는 각각의 인물이 가진 이기적인 의도와 사악한 동기들을 짚어 낼 수 있다. 주의 깊게 균형 잡힌 인물들 간의 관계를 통해 질투, 탐욕, 원한 들의 실체가 드러나면서, 긴장은 서서히 고조된다.

이 소설은 심리학적 깊이와 탁월한 추리적 구성을 결합시켰다. 애거서 크리스티는 나이 든 노처녀 다섯 명의 관계와 그녀들의 감정을 이 소설의 중심에 두고 통찰력 있게 그려내고 있다. 마플 양과 두 쌍의 노처녀, 블랙록 양과 버너 양, 그리고 힌클리프 양과 머거트로이드 양이 바로 그들이다.

그녀는 노년에 찾아오는 고독을 날카롭게 포착해 내면서 다른 때와 달리 마플 양의 감정을 드러내고 있다.

무슨 뜻인지 알아요. 나를 기억해 주던 마지막 사람이 떠나고 혼자가 된 기분. 나도 조카가 있고 다정한 친구들이 있지만 어렸을 적 내 모습을 아는 사람은 한 명도 없답니다. 아주 오래전 이야기를 함께 추억할 사람이 없지요. 난 아주 오랫동안 혼자로 지내 왔답니다.

이 장면은 우리의 사랑받는 탐정을 분명하게 그려내는 동시에 현실적인 대사를 통해 주인공의 성격을 정확하게 보여 주고 있다. 이런 기법은 우리 할머니에게서는 흔히 찾아볼 수 없는 것이다.

그녀의 이야기들은 거침없이 흘러가기 때문에 때때로 너무 단순하고, 배경의 자세한 묘사나 부차적인 줄거리가 부족하다는 비난을 받을 때도 있다. 그러나 이것은 애거서 크리스티의 소설들이 가진 흡입력이 너무나 강하고, 매 구절마다 결정적인 사실이 숨어 있어 독자들로 하여금 처음 책을 펼쳐서 마지막 장을 넘길 때까지 경계를 늦추지 못하게 만들기 때문이다.

이런 점은 이 책 『살인을 예고합니다』에서 두드러지게 드러난다. 첫 장부터 독자들은 살인이 예고되고, 피를 흘리기 위한 무대가 준비되는 것을 보면서 바짝 긴장하게 된다. 이런 평범하지 않은 도입

부에서부터 시작해서, 이야기는 사소한 물증과 대사들이 기가 막히게 그물처럼 얽히고설킨 끝에 필연적인 결론으로 이어지는 것이다. 그러나 각각의 장면마다 빛나는 힌트들이 숨어 있었는 데도, 우리는 다시 한 번 마플 양의 뛰어난 논리와 만만찮은 기억력 그리고 발군의 추리력(그녀는 단지 인간 본성에 대해 조금 알 뿐이라고 말하지만) 앞에 무릎을 꿇게 되는 것이다.

소설을 다 읽고 나서 우리는 충실한 결말을 접하고 만족을 얻는다. 모든 질문들은 해답을 얻고, 모든 이야기들도 끝을 맺는다. 하지만 마플 양이 일러주는 결론을 알고 나면 우리는 그렇게 단순한 걸 왜 생각하지 못했을까 하고 분개하며 다음 소설을 꺼내 다시금 시도해 보고 싶어지는 것이다.

매튜 프리처드

옮긴이 | 이은선

연세대학교 중문과와 같은 학교 국제학대학원 동아시아학과를 졸업했다. 편집자와 저작권 담당자로
일했으며, 현재는 전문 번역가로 활동 중이다. 옮긴 책으로는 『탐정 아리스토텔레스』, 『헌책방마을 혜
이온와이』, 『화성의 인류학자』, 『통역사』, 『포의 그림자』, 『누들메이커』, 『기적』, 『굿독』, 『몬스터』, 『그
대로 두기』, 『워너비 재키』, 『마흔 살 여자가 서른 살 여자에게』, 『딸에게 보낸 편지』, 『노 임팩트 맨』,
『셜록 홈즈 실크 하우스의 비밀』, 『11/22/63』 등이 있다.

애거서 크리스티 에디터스 초이스

살인을 예고합니다

1판 1쇄 펴냄 2013년 12월 31일
1판 15쇄 펴냄 2024년 1월 24일

지은이 | 애거서 크리스티
옮긴이 | 이은선
발행인 | 박근섭
편집인 | 김준혁
펴낸곳 | 황금가지

출판등록 | 2009. 10. 8 (제2009-000273호)
주소 | 06027 서울 강남구 도산대로 1길 62 강남출판문화센터 5층
전화 | 영업부 515-2000 **편집부** 3446-8774 **팩시밀리** 515-2007
홈페이지 | www.goldenbough.co.kr

도서 파본 등의 이유로 반송이 필요할 경우에는 구매처에서 교환하시고
출판사 교환이 필요할 경우에는 아래 주소로 반송 사유를 적어 도서와 함께 보내주세요.
06027 서울 강남구 도산대로 1길 62 강남출판문화센터 6층 민음인 마케팅부

© ㈜민음인, 2013. Printed in Seoul, Korea

ISBN 978-89-6017-779-6 04840
ISBN 978-89-8273-108-2 04840 (set)

㈜민음인은 민음사 출판 그룹의 자회사입니다.
황금가지는 ㈜민음인의 픽션 전문 출간 브랜드입니다.